赤の大地と失われた花

THE LOST FLOWERS
OF ALICE HART

HOLLY
RINGLAND

ホリー・リングランド
三角和代［訳］

集英社

赤の大地と失われた花

自分の物語の価値と力を疑う女たちに。
わたしに花をもたらすため、すべてをあたえてくれた母に。
そしてあなたがいなければわたしの生涯の夢は
書かれないままになっていただろうサムに、本書を捧げる。

CONTENTS

園《にわ》の門の情熱《くるおし》の花より輝く泪《なみだ》が一粒《はらり》
あの女《ひと》がやってくる、
わが想《おも》いびと、いとしの君
あの女がやってくる、
わがさだめ、わがいのち
紅《あか》の薔薇《ばら》は叫ぶ――あの女が近い、近い
白の薔薇は泣き侘《わ》ぶ――あの女が遅い
千鳥草《ちどりそう》が耳を澄ます――聞こえる、聞こえる
百合《ゆり》は囁《ささや》く――わたしは待つ

テニスン卿アルフレッド

1 ブラック・ファイア・オーキッド

所有欲

Pyrorchis nigricans

西オーストラリア州

開花には火が必要。休眠状態にあったと思われる球根から発芽する。白色の花弁に真紅の縞《しま》。花が終わると全体が焦げたように黒くなる。

小道のつきあたりにある下見張りの家では、九歳のアリス・ハートが窓辺の机をまえにして父に火をつける方法をさまざまに思い描いていた。

父が作ったユーカリの机には図書館の本がひらいてある。世界中の火にまつわる神話をたくさん集めておさめている本だ。太平洋から潮の香りあふれる北東の風が吹きこんでいるが、アリスは煙、土、燃える羽根のにおいが感じられる気がした。小声で本を読みあげる。

不死鳥は火に飛びこみ、炎に焼きつくされ、灰となってから、作りかわり、組みかわり、生まれかわって舞いあがる――まえと同じでありながら違うものとして。

舞いあがる不死鳥のイラストに人差し指の先をただよわせた。銀色がかった白い羽根を光らせ、翼を大きく広げ、頭をのけぞらせてよろこびの声をあげている鳥。アリスはゴールドと赤みがかったオレンジの炎になめられたら肌が焦げてしまうかのように、急いで手をどけた。すがすがしい一陣の風が窓から海草のにおいを運ぶ。そして母の庭の風鈴が風の強まりを知らせた。

　机に身を乗りだして窓をほんの少しの隙間だけ残して閉める。本を押しやってイラストをにらみながら、何時間もまえに自分で作ったトーストの皿に手を伸ばした。三角形に切ってバターを塗っておいた冷たいトーストをゆっくりとかじる。もしも父が火で焼きつくされたとしたら、どんなふうになるだろう？　父の怪物はみんな灰になって、作りかわり、組みかわり、生まれかわり、アリスが物語を書けるようにこの机を作ってくれたときみたいに、いいところだけが残る。

　つかのま目をつぶり、砕ける波の音が窓から聞こえる近くの海を、ごうごうと音をたてる火の海だと想像した。父をそこに突き落としたら、本の不死鳥みたいに焼きつくされるだろうか？　悪い夢から覚めたように首を振りながら現れ、おいでと大きく腕を広げてくれるだろうか？　やあ《グッダイ》、ちびすけ、きっとそう言ってくれる。そうじゃなければ、ただ口笛を吹いて両手をポケットに入れ、にこやかな目で笑ってくれるか。もしかしたら、父の青い目が怒りで黒くなるのや、顔から血の気が引いて口のはしにたまったつばが、顔色と同じぐらい真っ白な泡になるのを二度と見ないですむだろうか。アリスは風がどの方角から吹いてくるか読みとったり、図書館の本を選んだり、机で物語を書いたりすることだけに集中できるかもしれない。火で組みかわった父が身重の母にふれる手は、いつだってやわらかいものになるだろう。そしてアリスにふれる手は、いつだってやさしさといつくしみあるものになる。なによりも、そんな父なら生まれる赤ちゃんを抱っこするだろうし、アリスもどうやって家族を守ればいいかと悩みながら眠れずに横たわることもなくなる。

1

ブラック・ファイア・オーキッド

本を閉じた。重たげなバタンという音が、寝室の壁の長さいっぱいの大きさの木の机に反響する。この机は大きな窓ふたつに面している。窓をひらけば蓬莱《ホウライ》シダ、麋角《ビカク》シダ（別名コウモリラン）、バタフライリーフ・プラントの庭が広がっていて、吐き気に負けるまでは母が手入れしていた。ちょうどこの日の朝、カンガルー・ポーの苗を鉢に移す作業中に、母は身体をふたつおりにしてシダに倒れこんだのだ。アリスは机で本を読んでいた。母がむせる音を聞き、慌てて窓を乗り越えてシダの花壇に着地した。それ以上なにをしたらいいのかわからなくて、母の手をしっかり握った。

「大丈夫」母は咳きこみ、アリスの手を握り返してから離した。「ただのつわりだからね、ちびちゃん。心配しないで」続いて呼吸を楽にしようと頭をそらしたところ、淡いブロンドの髪が流れてあたらしいアザが見えた。夜明けの海のような紫で、耳の下のやわらかな肌の裂傷をかこんでいる。アリスは目をそらすのが遅れてしまった。

「ああ、ちびちゃん」母はそわそわしながら立ちあがった。「キッチンでぼんやりしていてころんだの。赤ちゃんがいるとめまいがして」そう言って片手を腹にあて、もう片方の手でワンピースから土のかけらをつまみとった。アリスは母の重みでつぶれた若いシダを見つめた。

そのあとすぐに両親は出かけた。アリスは父のトラックが巻きあげるふわふわした土埃《つちぼこり》が青い朝に消えるまで玄関に立っていた。ふたりはまた赤ちゃんの検診で町へ行ったのだ。トラックには二席しかない。いい子にしていてね、母はアリスの頬にくちびるをかすめてお願いした。ジャスミンと不安のにおいがした。

冷めたトーストをもう一枚つかんで、くわえたまま図書館バッグに手を入れた。母には四年生のテストの勉強をすると約束したが、いまのところ通信教育の学校が送ってきた模試は開封されないまま机にのっている。図書館バッグから本を一冊取りだしてタイトルを読んだアリスの口は大きく開いた。テストのことはすっかり忘れてしまった。

嵐が近づく薄暗いなかで、『火をおこすためのビギナーズ・ガイド』のエンボス加工の表紙が照らされ、まるで生きているみたいだった。山火事が金属めいた炎をあげて揺れている。ぞくぞくするような危険な感覚がアリスのお腹に広がった。手のひらはどちらも湿っていた。表紙の片隅にふれたちょうどそのとき、ざわめく心に呼びだされたかのように、トビーの首輪のタグが背後でカチャカチャと音をたてた。犬はアリスの脚を静かに鼻先でつつき、肌に湿ったしみを残す。気分転換できてほっとしたアリスがほほえむと、トビーはおとなしく座った。トーストを差しだすと、トビーは素直にくわえて一歩下がってから、がつがつ食べる。よだれがアリスの足元にたれた。

「やだ、トビー」アリスは耳をかいてやる。親指をあげて左右に振る。トビーのしっぽもそれにあわせて床で左右に揺れた。片足をあげてアリスの脚に置く。トビーは父からのプレゼントで、アリスの親友だ。子犬の頃にテーブルの下で父の足を何度もあまがみして、洗濯機の側面に投げつけられた。父は獣医へ連れていくことを禁じ、以来トビーは、耳が聞こえていない。アリスはそれに気づいたが誰にも言わず、手信号を使って自分とトビーだけでつうじる秘密の言葉を作った。また親指を振ってトビーはいい子だと伝える。頬をなめられて苦笑しながら顔をふいた。トビーは何度かぐるぐる回り、足元にどさりと座る。もう子犬ではない。牧羊犬というより灰色の目の狼みたいに見える。アリスは裸足のつま先を丸めてトビーの長くふさふさした毛に差しいれた。トビーが一緒だと勇気が出て、『火をおこすためのビギナーズ・ガイド』をひらくと、最初の話にすぐさま夢中になった。

ドイツやデンマークといった遠い国々では、古いものを焼き払ってあたらしいものを招くために火を使っていた。季節、死、誕生、あるいは愛など次のサイクルを歓迎するためだ。なかには、小枝と茨で巨大な人形を作って火をつけ、終わりを引き寄せて始まりを表現する者までいた。奇跡を呼び寄せるのだ。

椅子にもたれた。目が熱くてよく開かない。ひらいたページに小枝で作られた燃える人形の写真があって、そこに両手を押しつける。火をつけたらどんな奇跡が生まれるだろう？ まず、家のなかでなにかが壊れる音が二度としなくなる。すっぱくていやな不安のにおいが空中を満たすことも二度とない。家庭菜園でうっかりまちがった移植ごてを使って野菜を植えても、罰を受けることはないだろう。自転車に乗る練習でバランスが取れなくても、怒った父に髪をつかまれて根元から引きちぎられることもなくなるかもしれない。読みとらないといけないきざしは天気だけとなって、父は怪物なのか、それともユーカリを机にかえた男なのかと警戒させる、あの顔を横切る影や雲がなくなる。

あれは父から海に突き落とされ放置されて、自分で泳いで砂浜まで帰るしかなかった日に続いて起こったことだった。あの夜に父は木造の小屋に消えて二日のあいだ閉じこもった。姿を現すと、苦労して長方形の机をせおっていた。自分の背丈より長い机だ。母のあたらしいシダ園を作るためにずっと取っておいた、スポッテッド・ガム（ガムはオーストラリアでのユーカリの総称）の木をなめらかな板にして作られたもの。父が窓枠の下の壁に机をボルトで固定するあいだ、アリスは部屋の隅を離れなかった。机は切りたての材木、オイル、ニスのくらくらする香りで寝室を満たした。父は真《しん》鍮《ちゅう》の蝶番《ちょうつがい》でとめた蓋をどう開けるか教えてくれて、紙、鉛筆、本を入れられる浅いくぼみを見せた。ユーカリの枝で支え棒を作って、アリスがなかを両手で探れるようにもしてくれた。

「今度町に行ったら、おまえのほしい鉛筆とクレヨンを全部買ってきてやろう、ちびすけ」

父の首に抱きついた。甘くて松脂《まつやに》みたいなカッソンズの石鹼のにおいがする。

「おれのかわいい娘」無精ひげが頰をこする。言葉のニスがアリスの舌をおおう。いいパパがまだそこにいるってわかってた。行かないで。お願いだから風向きをかえないで。だが、言えたのはこれだけだ。「ありがとう」

アリスの視線はひらいた本へとふたたびむけられる。

> 火をおこして燃焼させるには摩擦、燃料、酸素が必要だ。最適な火にはこうした最適な条件が必要になる。

顔をあげて庭に視線をむけた。フックからぶらさがるホウライシダの鉢を目に見えない風の力が押したり引いたりしている。細く開けた窓の隙間で風が吠えた。大きく息を吸ってゆっくりと肺を満たし、それからからっぽにする。火をおこして燃焼させるには摩擦、燃料、酸素が必要だ。最適な火にはこうした最適な条件が必要になる。母の庭の緑のハート形の葉っぱを見て、なにをすべきかわかった。

1

ブラック・ファイア・オーキッド

東から暴風がやってきて空に暗いカーテンを引くと、アリスは裏口でウインドブレーカーを着た。隣を行き来するトビーの毛皮のコートに指をからめると、トビーはクーンと鳴いてアリスのお腹に鼻をこすりつけた。耳が倒れている。外では風が母の白バラから花びらをちぎり、落ちた星のように庭へまきちらした。敷地の奥に、鍵のかかった父の木造の小屋が黒い塊のように見える。アリスは上着のポケットをたたいて小屋の鍵があることをたしかめた。少しだけ時間をかけて勇気を出してから、裏口を開けて家から駆けだし、トビーと風のなかに飛びこむ。

小屋に入るのは禁じられていたけれど、ここがどんなふうなのか想像するのをとめるものはなかった。父はひどいことをしたあとに、ほとんどの時間をここで過ごす。でも姿を現せば、いつもまえよりいい人になる。アリスは小屋に人を変身させる魔法みたいなものがあるのだと判断していた。壁の内側には魔法の鏡か糸車でもあるかのように。かつてもっと幼かった頃に、小屋になにがあるのか勇気を出して父に訊ねたことがあった。返事はなかったが、机を作ってくれたあとにアリスは理解した――図書館の本で錬金術について読んだし、ルンペルシュティルツヒェンの物語も知っている。この小屋は父が藁《わら》を紡いで黄金にかえる場所だった。

脚と肺を燃やして走った。トビーは空に吠えていたが、頭上の乾いた稲妻の槍に怯《おび》え、とうとうしっぽを脚のあいだに丸めた。アリスは小屋のドアのまえでポケットから鍵を出して錠にさした。開かない。風が顔を刺し、ころばせようとする。身体に押しつけられるトビーのあたたかさだけが支えだ。もう一度やってみた。鍵を押しこんでまわそうとしたら手のひらが痛い。鍵はどうしても動かない。焦りで目のまえがにじむ。鍵から手を離して目元をふき、顔にかかる髪を押しやった。それからもう一度ためす。今度は錠に油がさしてあるみたいに簡単に鍵がまわった。錠をねじってドアからはずして取っ手をひねり、よろめきながら小屋に入ると、トビーもすぐあとに続く。ドアは風に吸いよせられて、大きな音をたてて閉まった。

窓のない小屋は真っ暗だった。トビーがうなる。アリスは落ち着かせたくて暗闇に手を伸ばした。耳でざわめく血流と激しく吠える暴風の音しか聞こえない。小屋のわきにある鳳凰木《ホウオウボク》から莢《さや》がひっきりなしに雨のように降ってきて、屋根でブリキの靴がガチャガチャと踊っているみたいだ。

鼻をつく灯油のにおい。手探りすると作業台のランプにふれた。母が家のなかに似たようなランプを置いているから、形がわかっていた。隣にマッチ箱もあった。頭の奥で怒った声がわめく。ここにいてはだめだ。ここにいてはだめだ。アリスはびくりとしたが、それでもマッチ箱を開けた。さわって先端をたしかめ、箱の横のざらざらしたところでこすると、硫黄のにおいと共にぱっと火がつき、光が空気を満たした。灯油ランプの芯にマッチをあててガラスの蓋をねじってはめる。明かりが父の作業台にこぼれた。目のまえの小さな抽斗《ひきだし》が半びらきになっている。震える人差し指で大きく開けた。なかにあるのは写真が一枚、それにはっきりとは見えないものだ。写真を取りだす。はしっこがひび割れて黄ばんでいるが、写っているものは鮮明だった。蔦《つた》におおわれ不規則に広がってきらきら輝く古い家。第二の品を取りだそうとまた抽斗に手を入れる。指先がやわらかいものをかすめた。引っ張りだして明かりにかかげる。色あせたリボンで結ばれたひとふさの黒髪。

強烈な突風が小屋のドアを揺らす。アリスは髪と写真を落としてさっと振り返った。誰もいない。ただの風だ。鼓動がゆっくりになったところで、トビーが伏せの姿勢になってまたうなりはじめた。

震えながらアリスはランプをもちあげて父の小屋全体を照らした。思わず口が大きく開いて、膝からおかしなふうに力が抜ける。

　何十体もの木像にかこまれていた。ミニチュアから実物大まで、モデルはふたりだけだ。ひとりはお年寄りに近い女の人でいろんなポーズをしている。ユーカリの葉のにおいをかいでいるところ、鉢植えを調べているところ、あおむけで片腕を曲げて目元をおおい、もう片方の腕で空をさしているところ、スカートをつまんで作ったくぼみにアリスの知らない花をいっぱいに入れたものもある。もうひとりのモデルは女の子だ。本を読み、机で書き物をして、たんぽぽの綿毛を吹いている。父の彫刻に自分自身の姿を見て、アリスの頭は痛くなった。

　さまざまな姿の女の人と女の子の彫刻が小屋を満たして、作業台のすぐ近くまでせまっていた。アリスはゆっくりと呼吸をして自分の鼓動に耳をかたむけた。わたしはここにいる、鼓動はそう言う。わたしはここにいる。もしも火がなにかを別のものにかえる呪文となるのなら、言葉だって同じだ。本をたくさん読んできたから、言葉がもつ魔力は理解できた。繰り返せばなおさら。なにかを何度も言えばそうなる。心臓で脈打つ呪文に集中した。

　わたしはここにいる。

　わたしはここにいる。

　わたしはここにいる。

　アリスはゆっくりと小屋を歩きまわって木像をながめた。悪い王様のお話を思いだす。自分の王国にたくさんの敵を作ってしまい、土と石でこしらえた軍隊に自分をかこませた――けれど、土は肉ではないし、石は心臓でも血でもない。最後には、自分の身を守るためにこしらえたその軍隊を敵となった村人たちが利用して、王様は寝ているあいだにつぶされてしまう。先ほど読んだ言葉を思いだして、背中に悪寒が走る。火をおこして燃焼させるには摩擦、燃料、酸素が必要だ。

「おいで、トビー」急いで声をかけ、ひとつまたひとつと木像にふれていく。木像をまねて、Tシャツを使ってくぼみを作り、目につくなかでとくに小さな木像をいくつか入れた。トビーは隣でそわそわしている。アリスの心臓は力強く胸を打った。小屋にはこれだけたくさんの木像があるのだから、小さなものがなくなっても父は絶対気づかない。この木像なら火をおこす練習にちょうどいいだろう。

人生を取り返しがつかないほどかえた日として、アリスはこの日をつねに思いだすことになる。それを理解するまでにはさらに二十年の歳月がかかるとしても。人生はまえへと進むが、うしろむきにしか理解できない。自分がそこにいる最中《さなか》は景色が見えはしない。

＊

私道に車を入れるアリスの父は無言でハンドルを握っていた。顔にミミズ腫れが浮かぶ妻は、片手で傷をさすり、もう片方の手は胃にあてて助手席のドアに身体を押しつけている。彼はその目で妻が医者の腕にどうふれたかを見た。医者の表情も見た。見たのだ。アリスの父の右目の下が痙攣《けいれん》する。超音波検査を終えて身体を起こすときに、妻はめまいを起こした。彼は朝食のために寄り道して打ち合わせの時間に遅れたくなかったのだ。妻は自分で身体を支えようとした。それを医者が手伝った。

1

ブラック・ファイア・オーキッド

アリスの父は手の曲げ伸ばしをした。拳がまだ痛んでいる。妻をちらりと見やると、身体を丸めてふたりのあいだに渓谷を作っていた。彼はできれば妻に手を差し伸べ、もっとおこないに気をつけて彼を怒らせないようにしなければいけないと説明したかった。もしも花で話しかけたら、たぶん彼女は理解するだろう。サスマタモウセンゴケ、〝無視されたらわたしは死ぬ〟。ハーレクイン・フューシア、〝治癒と安堵〟。ウェディング・ブッシュ、〝貞節〟。けれど、ふたりがソーンフィールドを離れて以来、彼はもう何年も妻に花をわたすのを避けていた。

　妻は今日、助けてくれなかった。妻は出発まえに時間を作って朝食を包むべきだった。そうすればめまいを起こすこともなく、医者をなでまわす姿を彼に見せつけることもなかったはずだ。町を訪れることや、医療スタッフが妻の身体の内外をさわることに、彼がどれだけ苦しんでいるか知っているのに。この妊娠でも、アリスのときでも、超音波検査や検診に行けばかならず厄介事がもちあがった。毎回毎回、妻が彼を支えることに失敗するのは彼の責任だとでも？

「着いたぞ」彼はハンドブレーキを引いてエンジンを切った。妻は顔から手を離してドアの取っ手に伸ばす。一度、引っ張ってから待っている。彼の怒りは燃えあがった。こいつはなにも言わないつもりか？　運転席からドアロックを解除すれば、妻が振り返って感謝して、あるいは申し訳なさそうにほほえむものだと期待した。だが、妻は檻から逃げる鶏のように車から飛び降りた。彼は妻の名を叫びながら急いで車を降り、暴風のせいでふいに沈黙した。肌を刺すような強風に顔をしかめて妻を追い、わからせてやることにする。家に近づいたとき、あるものに目がとまった。

　小屋のドアが開いていた。錠が開けられて掛けがねからぶらさがっている。戸口で娘の赤いウインドブレーカーがちらりと見えて、それが彼の視界を満たした。

＊

Tシャツにもう木像が入れられなくなると、アリスは小屋を飛びだした。外は薄暗く、雷鳴が空を砕く。あまりに大きな音で、木像を落として小屋のドアに身体をつけて丸まった。トビーは縮こまり、背骨にそって毛が逆だっている。アリスは手を伸ばしてなでてから立ちあがったけれど、突風にたたかれてしまい、うしろへよろめいた。木像のことは忘れてしまい、トビーに合図して家へ走った。もう少しで裏口というところで、下向きの矢のようにするどい稲妻が黒い雲を銀の断片に割った。アリスはかたまった。白い閃光で見えた。父だ。裏口に立って両腕を脇にぴたりとつけ、両手は拳に握られている。もっと明るくなくても、もっと近づかなくても、目に闇が浮かんでいるとわかった。

　アリスは方向をかえて家の横手へ駆けた。父に姿を見られたかどうかよくわからない。母のシダ園の緑の葉のなかを走りながら、しまったと思いだした。灯油ランプが父の小屋にある。木造の小屋に。吹き消すのを忘れていた。

　窓に飛びこみ机に乗って、トビーを隣に引きあげた。そこに並んで座ったまま息をととのえる。トビーに顔をなめられ、うわのそらでなでてやった。煙のにおいがする？　大きな不安が全身にあふれる。机から飛び降り、図書館の本を集めてバッグに押しこみ、戸棚の奥深くに置いた。ウインドブレーカーも脱いでそこに放ってから窓を閉めた。きっと誰かが小屋に押し入ったんだよ、パパ。わたしは家のなかでパパの帰りを待ってたもの。

　アリスは父が寝室に来る音に気づかなかった。父を避けられるほどすばやくなかった。アリスが

1

ブラック・ファイア・オーキッド

最後に見たのは、トビーが歯をむきだし、恐怖で血走った目をしているところだった。煙、土、燃える羽根のにおいがした。ずきずきする熱が顔の両側に広がってアリスを暗闇に引きずった。

2

フランネル・フラワー

失せ物が見つかる

Actinotus helianthi

ニュー・サウス・ウェールズ州

この植物の茎、枝、葉は灰色がかった白で、綿毛におおわれフランネル生地のような手触りである。春に愛らしくデイジーに似た形の頭花がひらくが、山火事を経験してようやく咲き乱れる。

アリスが初めて教わった物語は暗闇の縁から始まっていた。自分の産声が母の心臓をふたたび動かしたのだ。

彼女が生まれた夜に亜熱帯低気圧の嵐が東から吹きつけ、大波が押し寄せて川が氾濫し、ハート家の敷地と町のあいだの小道を分断した。破水して身体をふたつに切り裂かれるような火に襲われながら道で立ち往生したアグネス・ハートは、夫のトラックの後部座席で身体から命と娘を押しだした。クレム・ハートは嵐がサトウキビ畑に突進するにつれてすっかりパニックに襲われ、最初は生まれたばかりの我が子を布でくるむのに必死で、妻の顔色に気づいていなかった。砂のように真っ白でくちびるがピピ貝の色合いになっているのを見て、クレムは無我夢中で妻を抱きかかえて赤ん坊のことを忘れた。アグネスを揺さぶるが反応はない。娘が大声で泣いて、やっとアグネスはぶるりと意識を取りもどした。小道の両側では、雨に濡れそぼつ茂みがいっせいに白いふわりとした

2

フランネル・フラワー

花を咲かせた。アリスの最初の呼吸は稲妻と花ひらく嵐百合《ストーム・リリー》の香りに満ちていた。

　わたしが呪いから目覚めるのに必要な真実の愛、それはあなただった、ちびちゃん。母はいつもそう言って物語をしめくくった。あなたがわたしのおとぎ話《フェアリーテイル》。

　アリスが二歳になると母は本にふれさせた。本を読み、ページの言葉をひとつずつ指さした。海辺でも同じことを繰り返した。イカが一匹、羽根が二枚、流木が三本、貝殻が四個、シーグラスが五つ。家じゅうに母の手書きの張り紙があった。本。椅子。窓。ドア。テーブル。カップ。風呂。ベッド。五歳でホームスクーリングを始める頃には、自分で文字が読めていた。あっという間に心の底から本を愛するようになったアリスだが、それ以上にいつでも母にお話してもらうことを愛した。ふたりだけでいると、アグネスは母と娘にまつわる物語をいくつも紡いでくれた。けれど、父に聞かれる場所では一度もお話はなかった。

　母と娘は儀式のような手順で、海まで歩いて砂に寝そべり、空を見あげた。母がやさしい声で語るお話で、ふたりは冬の列車に乗ってヨーロッパを横断し、高すぎててっぺんが見えず、尾根は雪にすっぽりおおわれて白い空と白い大地の分かれ目が見えない山のある風景を進んだ。タトゥーを入れた王様のいる石畳の街でふたりはベルベットのコートをまとう。そこでは港の建物がペンキの箱のように色とりどりで、ブロンズで作られた人魚が愛を永遠に待って腰かけている。アリスは目を閉じ、母の物語が紡ぐ一本一本の糸がふたりを中心にして繭を作り、やがてふたりはそこから脱皮して翼を広げて飛び去るのだと、想像することも少なくなかった。

　六歳になると、ある夜、母はベッドにアリスを寝かせながら身を乗りだして耳元で囁いた。いよいよね、ちびちゃん。母はほほえんでまた椅子に座り、上掛けを引っ張りあげた。あなたは庭でわたしを手伝えるくらい大きくなった。アリスは興奮して身体をよじった。母はたいていアリスに本をあたえ、そのあいだにひとりで庭づくりをしていた。明日始めましょう、母はそう言って明かりを消した。アリスはその夜、朝まで繰り返し起きだしては暗い窓の外をのぞいた。とうとう、空に最初の朝日が細く射したのを見て上掛けをはねのけた。

　母はキッチンでベジマイト（オーストラリアの発酵食品）とカッテージチーズをトーストに塗り、蜂蜜入りの紅茶をポットで淹《い》れて、トレイにのせて家の横手の庭へ運んだ。空気は冷たく、朝日はあたたかかった。母は苔の生えた切り株にトレイをのせ、ふたつのティーカップに甘い紅茶を注いだ。ふたり黙って飲んで食べた。アリスのこめかみで脈がどくどく鳴った。母はトーストを最後まで食べて紅茶を飲み干すと、シダと花のあいだにしゃがみ、眠る子供たちを起こすようにつぶやいた。アリスはどうしたらいいかわからなかった。これも庭づくり？　母のまねをして植物と一緒に腰を下ろして観察した。

　ゆっくりと、母の顔に浮かんでいた不安のしわは消えていった。深いしわのある額から力も抜けた。揉み手をすることも、そわそわすることもない。目にしっかり魂がこもって澄んだ。アリスの見知らぬ誰かになった。母は平和だった。おだやかだった。その姿は、潮が退《ひ》いて岩場の底に見つけたけれど、けっして両手ですくえない緑色の希望のようなものでアリスを満たした。

　あたらしいつぼみを調べるときの母の手首のかたむき、あごをあげて目元に光があたったところ、指にぐるりと細い泥の輪をつけてあたらしいシダの葉を土からそっと抜く様子――庭で母と過ごせば過ごすほど、母にとっての真実は世話をしている植物のなかにこそ花ひらいていると、アリスはより深く理解した。花に話しかけているときはなおさらだ。遠い目をして秘密の言葉をつぶやく。

2

フランネル・フラワー

茎から花をたおってポケットに入れながら、ここで一言、あちらで二言三言。

〝悲しみの追憶〟、ヒルガオの蔓《つる》から花を摘んでそう言う。〝もどってきた愛〟。母が枝からちぎるとレモン・マートルの柑橘系のにおいが空中を満たす。〝思い出のよろこび〟。カンガルー・ポーの真紅の手のひらをポケットに入れる。

　いくつもの質問がアリスの喉元をひっかいた。母はほかの場所、ほかの世界の物語を語るときだけ言葉があふれるのはどうして？　母とアリスの世界、目のまえの世界についてはどうしたの？　あんなに遠い目をするとき母はどこに行ってるんだろう？　どうしてアリスは一緒に行けない？

　七歳の誕生日を迎える頃には、答えのない質問がずしりと積まれてアリスの身体は重くなっていた。胸は質問でいっぱいだった。どうして母は同じ言葉を話すはずのこの国の花に、あんな謎めいた方法で話しかけるんだろう？　どうやったら父はふたりの別人になれる？　アリスの最初の産声は母をどんな呪いから救ったのか？　質問は心にのしかかって積まれるばかりで、莢を呑《の》みこもうとしているように喉につかえて痛かった。やすらかな日々が続いて、日光に照らされた庭で質問できる瞬間もたびたびあったが、アリスはなにも言わなかった。黙ったまま、ポケットを花で満たす母を追いかけた。

　母がアリスの沈黙に気づくことがあったとしても、口をひらいて沈黙を破ることは一度としてなかった。庭で過ごす時間は静かな時間だという了解があった。図書館みたいにね、母はホウライシダのなかをすべるように歩きながらそう言ったことがある。アリスは図書館に行ったことがなく、想像できるよりたくさんの本が一カ所にあるのを見たり、いくつもの本のページがめくられる囁きを聞いたりしたこともなかったけれど、母の物語をつうじてどんなところなのかわかった気分だった。母の説明から、図書館は静かな本の庭に違いなく、物語が花のように育つ場所だと想像した。

アリスは家の敷地を出たことがなかった。人生は境界線にとじこめられていた。母の庭からサトウキビ畑が始まるところまで、そして海がうなりながら近づく入江までだ。これらの境界線の先へ冒険することは禁じられていて、とくに私道と町につうじる小道の境目を越えてはいけないと言われていた。女の子が行くところじゃない、父がダイニングテーブルを拳でたたいて皿やフォークをジャンプさせたのは、母がアリスを学校へやったらどうだと提案したときだった。ここにいたほうが安全だ、父は怒った声で言い、会話を終わらせた。それが父の得意なことだった。なんでも終わらせるのだ。

昼間を庭で過ごすにしても海で過ごすにしても、嵐鳥《ストーム・バード》（オニカッコウ）が鳴くか、ひとすじの雲が太陽を横切るといつも終わりが訪れ、母はそれまで夢遊病で歩いていたみたいにぶるりと目覚める。活発に動けるようになってきびすを返すと家へと駆けだし、振り返りながらアリスに呼びかける。キッチンに先に着いたほうが、スコーンに生クリームをかけられることにしよう。午後のお茶はほろ苦い時間だった。父がじきに帰ってくるからだ。帰宅時間の十分まえに母は玄関で待機し、ひきつった笑みを浮かべて声はとても甲高くなって手をぎゅっと握っていた。

母が身体からすっかり消えてしまう日もあった。物語もなければ、海への散歩もなし。花としゃべることもない。カーテンを閉めて真っ白な日射しをさえぎってベッドに入ったままで、魂が完全にどこかへ行ってしまったように、母という人がいなくなった。

そうなったとき、アリスは自分を押しつぶそうとする家のなかから気をそらそうとした。誰もいないようなおそろしい静寂、母がベッドで丸まっている姿、そうしたもののせいで息をするのもむずかしくなった。もう十数回も読んだ本を手にして、全部やってしまった通信教育の課題プリントをもう一度見た。海へ逃げてカモメとキーキーと叫びあい、水際で波を追いかけた。サトウキビが作る壁ぞいに走って髪をなびかせ、熱い風に吹かれる緑の茎のように揺れた。でも、どれだけがんばってもぜんぜん気分はよくならない。できれば羽根とタンポポの綿毛を手に入れて鳥になり、遠くの海が空に縫いつけられた水平線の黄金の綴じ目まで飛びたかった。影におおわれた昼間が母のいないまま過ぎていく。アリスは自分の世界の縁を歩きまわった。自分も消えることができるのだと学ぶのは時間の問題でしかなかった。

✴

ある朝、父のトラックがガタゴトと遠くに消えてから、アリスはベッドに入ったまま、ケトルが音をたてるのを待っていた。いい一日の始まりを告げるすてきな音だ。それが聞こえず、重い脚で上掛けをけった。忍び足で両親の寝室へ行ってのぞくと、かぶっている毛布と同じように生気もなく身体を丸める母の姿がある。熱く震える怒りがアリスの全身を洗った。荒々しい足取りでキッチンに入り、パンをぴしゃりと合わせてベジマイトのサンドイッチを作り、ジャムの空き瓶に水を詰めてバックパックに入れると、サトウキビ畑へ走った。見られる危険が高すぎる小道を行くつもりはなく、サトウキビのなかに隠れていけばきっと反対側のどこかに、暗くて黙りこんだ家よりいい場所に出るとわかっていた。

頭上のキバタン（黄色の冠羽をもつオウム）のうるさい鳴き声もまともに耳に入らないくらい心臓の音

が大きく響いたけれど走りつづけた。サトウキビ畑の手前で足をとめた。畦道《あぜみち》がのっぽの緑の茎のあいだを走って見えなくなるまで続いている。

アリスは驚いた。できないと思いこんでいたことをやるのはこんなに簡単だったのか。足を踏みだすだけでいい。まず一歩。続いてもう一歩。

＊

どこまでもいつまでも歩き、サトウキビ畑を突き抜けて違う国にいる自分を見つけることができるのかもしれないと思いはじめた。たぶんヨーロッパに出て、母の物語の雪の世界を進む列車のどれかに乗れる。けれど、サトウキビ畑の向こう側にたどりついてみると、もっといい発見が待っていた。町の真ん中に出たのだ。

眉に手をあてて日射しをさえぎる。なんてたくさんの色、なんてにぎやかなんだろう。物音と人声。乗用車や農業用トラックが交差点を行きかってクラクションを鳴らし、農夫たちは日焼けした肘を窓からたらして、すれちがいざまに疲れた手をあげて挨拶していた。アリスは焼き立てのパンと砂糖衣のかかったケーキでいっぱいの大きな窓のある店に目をとめた。あれが絵本で見たことのある〝ベーカリー〟なんだ。入り口にビーズカーテンがかかっていた。外にはストライプのひよけの下に雑然と椅子やテーブルが並べられて、どのチェックのテーブルクロスの上にもあざやかな色の花が挿された花瓶があった。アリスの口のなかにつばがたまってきた。隣に母がいたらいいのにと願った。

2

フランネル・フラワー

ベーカリーの両隣は、農家の妻につかのま都会暮らしを感じさせるショーウィンドウだった。細いウエストのおしゃれなティードレス、つばが大きく波打つ帽子、タッセル飾りのハンドバッグ、キトン・ヒールの靴。アリスはサンダルのなかでつま先をくねらせた。ショーウィンドウのマネキンみたいな服を母が着ているのは見たことがない。母はよそ行きの服を一着しかもっていない。長袖の暗い赤でポリエステル地のワンピースとたいらな革の靴だ。ほかのときは自分で作ったゆったりした綿のワンピースを着て、アリスと同じようにたいていは素足だった。

　視線は目のまえの交差点へとただよった。若い女の人と女の子が道をわたろうと信号を待っている。女の人は女の子の手を握り、ピンクのバックパックをもっていた。女の子の靴はぴかぴかの黒で白いソックスの足首にはフリルつきだ。髪はきれいに二本のおさげに編まれておそろいのリボンで結ばれている。アリスは目をそらせなかった。信号がかわってふたりは道をわたり、ビーズカーテンをくぐってあのベーカリーに入った。少ししてから、なめらかなミルクシェイクと厚いショートケーキを手に現れた。きっとアリスも選んだだろう、胸が痛くなるほどしあわせそうな黄色のガーベラのあるテーブルにふたりは腰を下ろし、グラスのシェイクを飲み、上くちびるにミルクのひげをつけてほほえみあった。

　日射しがアリスを圧倒する。まぶしくて目をぎゅっとつぶった。あきらめて振り返り、家に着くまで走っていこうとしたそのとき、道のむかいの建物が視界に飛びこんできた。彫刻飾りのある石造りの前面にひとつの言葉。

　図書館。

　アリスは息を呑み、信号へ急いだ。さっきの女の子がしていたようにボタンを何度も押したら信号が青にかわり、交差点を走る車はなくなった。道を走って横切り、図書館の重い扉を押し開けた。

ロビーに入ると、膝に手をついて肩で息をした。冷たい空気が熱く汗ばんだ肌を落ち着かせる。耳で聞こえる脈もゆっくりになっていく。日焼けした額から髪をかきあげ、それと一緒にあの女の人と女の子、しあわせそうな黄色のガーベラを頭のなかから押しやった。ワンピースのしわを伸ばそうとして、それを着ていないことに気づいた。寝間着のままだった。家を出るまえに着替えた記憶がない。どうすればいいのか、どこへ行けばいいのかわからぬまま、その場に立ちつくして肌がすりむけるまで手首をつねった。外側の痛みは内側の痛みを考えないでいいようにしてくれる。色のついた光線が動いて目元を照らしはじめ、手首をつねるのはやめた。

ロビーをそっと歩いて図書室に入ると、そこは左右にも上にもひらけていた。日射しに引き寄せられて顔をあげ、さまざまな場面を描いたステンドグラスの窓を見る。森を歩く赤い頭巾の女の子。片方だけガラスの靴を履いて急いで馬車で逃げる女の子。海から陸の男の人にあこがれの視線をむける小さな人魚。全身を興奮がつらぬいた。

「どうしましたか？」

視線を窓から下げて質問の方向へむけた。髪を高くゆいあげてにっこり笑う若い女の人が八角形の机のまえに座っている。そっとそちらに近づいた。

「あら、忍び足しないでいいから」その人はくすくす笑い、鼻から息を吹いてさらに大声で笑った。

「そこまで静かにしないといけなかったら、わたしはここで一日ももたない。わたしの名前はサリー。あなたを見るのは初めてのようだけど」サリーの目は晴れた日の海を思いださせた。「それとも会ったことがある？」

2

フランネル・フラワー

アリスは首を振った。

「それはすてき。あたらしい友達！」サリーはパンと手を合わせた。爪は貝殻の色のピンクに塗られていた。間があく。

「それで、あなたは？」サリーが訊ねた。アリスはまつげを伏せて彼女をのぞいた。「あら、恥ずかしがらないで。図書館は気軽な場所よ。ここでは誰でも歓迎」

「アリス」そうつぶやいた。

「アリスなんと言うの？」

「アリス・ハート」

サリーの顔になんともたとえようのない感情がちらりと浮かんだ。彼女は咳払いをした。

「では、アリス・ハート」サリーはそう言う。「いい名前ね！　ようこそ、よろこんで案内する」

彼女はさっとアリスの寝間着に目をむけてから顔に視線をもどした。「今日はお母さんかお父さんと来たの？」

アリスは首を振る。

「そう。教えて、あなたは何歳なの、アリス？」

頰が熱かった。しばらくしてから片手の五本の指を広げ、もう片方の手の親指と人差し指と一緒にあげた。

「ちょうどいい。七歳は自分の貸出カードをもつのにふさわしい年齢よ」

アリスはさっと顔をあげた。

「あら、ちょっと見て。あなたの顔からお日さまが出ている」サリーはウインクする。アリスは指先で熱い頬にふれた。お日さま。

「申し込み用紙を用意するから、一緒に記入しましょう」サリーは手を伸ばしてアリスの腕を握った。「まず、なにか質問はある？」

考えてからうなずいた。

「はい。本が育つ庭を見せてもらえますか？」いつも質問を押しとどめる殻を声がすり抜けて、アリスはほっとしてほほえんだ。

サリーはちらりとアリスの顔を見てから、しゃがれた笑い声を爆発させる。

「アリス！　おもしろい子ね。あなたとわたしはきっと仲良しになれる」

当惑してほほえむしかなかった。

それから半時間、サリーは図書館を案内して、本は庭ではなく棚に生きていることをアリスに説明した。何列もの物語がアリスに呼びかけた。こんなにたくさんの本。しばらくしてサリーは席をはずすことになり、本棚の近くの大きくてふかふかした椅子にアリスを座らせた。

「棚を見てまわって好きな本を何冊か選んで。なにか用事があれば、わたしはむこうにいるから」

サリーは自分の机を指さした。すでに一冊の本を膝にのせているアリスはうなずいた。

✷

受話器を取るサリーの手は震えていた。署に電話しながら身を乗りだしてアリスが自分についてきていないことをたしかめたが、あの子はまだ椅子に座っていて、底のすりきれたサンダルが、ひどく汚れた寝間着の裾から突きでていた。サリーはアリスの貸出カードの申し込み用紙をいじり、紙のはしで指先を切って声をあげた。傷口の血を吸っていると目に涙があふれた。アリスはクレム・ハートの娘だ。頭から彼の名を押しやって耳に受話器を強く押しあてる。出て、出て、出て。やっと夫が電話に出た。

「ジョン？　わたし。いえ、そうじゃないの、ほんとうに。違うの、聞いて。クレム・ハートの娘がここにいる。なにかおかしい。寝間着姿なのよ、ジョン」サリーは平静をたもとうと苦心した。「それもひどく汚れてて」でも息が詰まる。「それにね、ジョン。あの子の細い腕はアザだらけで」

サリーは夫のしっかりした声を聞きながらうなずき、涙をぬぐった。

「ええ、自宅からずっと歩いてきたんだと思う。どういうことなの、四キロぐらいあるでしょう？」鼻をすすりあげて袖からハンカチを引っ張りだした。「わかった、そうする。あの子をここにひきとめておくから」

電話を切ると、サリーの汗ばんだ手から受話器がすべった。

✷

アリスは自分のまわりに半円にして積みあげた塔に本をもう一冊くわえた。

「アリス？」

「これを全部うちにもってかえりたいの、サリー」アリスは半円をさっと手で示して熱心な口調で言った。

サリーは本の塔を崩して何十冊も棚にもどすのを手伝いながら、図書館の本を借りる仕組みを二回、説明した。アリスは冊数をどれだけ絞らなければならないか知ってぼうぜんとしている。サリーは時間をたしかめた。物語を表したステンドグラスの窓から射していたまばゆい日光は、すでにパステルの影に弱まっている。

「選ぶのを手伝いましょうか？」

アリスは感謝してうなずいた。火についての本を読みたいのだが、それを口にするだけの勇気が出なかった。

サリーはしゃがんでアリスと視線をそろえ、いくつか質問をした。好きな場所をひとつあげて――海――図書館の物語の窓で好きなものを選んで――人魚――そこでわかったとうなずき、ハードカバーのほっそりした本で背表紙にブロンズ色の文字があるものに指をあてて棚から取りだした。

「きっとあなたはこれが気に入る。セルキーの話」

「セルキー」アリスは繰り返した。

「皮を脱いで、ほかの誰かに、ぜんぜん違うものになれる女たちのことよ」

アリスの全身が粟立《あわだ》った。その本を胸にかきいだいた。

「読書をするとわたし、お腹が減るの」サリーがいきなり言いだす。「あなたはどう、アリス？スコーンとジャムがあるし、お茶もいかが？」

スコーンと聞いて、アリスは母のことを思いだした。いますぐ帰りたくなったが、サリーはいてほしがっているようだ。「トイレに行っていいですか？」

「もちろん。女性トイレはそこの廊下のすぐ先、右にあるから。一緒に行きましょうか？」

「ううん、大丈夫」アリスはにっこりほほえんだ。

「あなたがもどってくる頃にここで待っているから。スコーンを食べましょうね、いい？」

アリスは廊下を急いだ。トイレのドアを押しあける。少し待ってから、廊下に頭を突きだしてサリーの机を見た。からっぽだ。廊下の先からフォークや磁器のカチャカチャという音が聞こえた。アリスはすばやく出口へむかった。

サトウキビ畑を走って帰りながら、母が花にするように、寝間着のポケットの貸出カードを上からなでた。セルキーの本はバックパックのなかでザッザッと揺れている。お日さまがお腹のなかではねまわっていた。母が図書館の本をどれだけ気に入ってくれるかばかり想像して、家に帰り着く頃には父が仕事からもどっているだろうことに気づいていなかった。

3

スティッキー・エヴァーラスティング

わたしの愛は
あなたから離れはしない

Xerochrysum viscosum

ニュー・サウス・ウェールズ州と
ヴィクトリア州

この紙のような質感の花は、レモン色、ゴールド、まだらのオレンジ色から焼けつくようなブロンズ色まで色合いに幅がある。あざやかな色のまま、容易に切り花やドライフラワーやプリザーブドフラワーにすることができる。

アリスが図書館を見つけて一カ月後、自分の部屋で遊んでいたら母の呼ぶ声がした。「雑草を抜きましょう、ちびちゃん」

のどかな午後だった。庭ではオレンジ色の蝶がたくさん舞っている。母はつばひろ帽の縁の下からアリスを見あげてほほえんだ。父が帰宅したときに出迎えるのと同じ笑みだ。すべて大丈夫、すべて問題なし、すべて無事。アリスもほほえみ返した。母が雑草に手を伸ばしたとき脇腹を抱えて顔をしかめたのに気づいたけれど。

図書館以来、うまくいっていなかった。父にベルトでお仕置きされて、アリスは何日も座ることができなかった。父は貸出カードをふたつに折って本を没収したが、そのまえにアリスは一気読みしていた。セルキーと魔法の皮の物語を、舌にのせた砂糖のように自分の血に吸収した。アザは治ったし、父が罰をあたえたのは一度だけだった。母のほうは父の怒りに耐えつづけた。夜に数回、

3

スティッキー・エヴァーラスティング

両親の寝室で荒々しい物音がしてアリスは目が覚めた。その醜い音に身体がかたまった。そんな夜にはベッドで耳をふさいでじっとして、夢のなかに逃れたいと願う。夢の大半は母と海へ走って皮を脱いで飛びこむというものだった。海から並んで顔を出して一度だけ振り返ってから、深くもぐる。砂浜ではふたりの皮が押し花にかわり、貝殻や海草にまぎれてばらばらになる。

「ほら、アリス」母が草のたばを差しだして、また顔をしかめた。庭から永遠にすべての雑草をとりのぞきたくて、アリスの肌は燃えた。そうすれば、母は秘密の言葉で花に話しかけて、ポケットを花で満たして毎日を過ごせる。

「これはなに、ママ？　雑草なの？」母は答えない。蝶のように気まぐれな視線がたえず私道へさっと動き、予兆の暗い雲が訪れないかとたしかめている。

やがて、それは姿を現した。

父が逆さまにしたアクブラ（オーストラリアの老舗帽子メーカー）のハットを後ろ手にもち、運転席から気取って飛び降りた。母は立ちあがり、膝に泥をつけたままタンポポを一束握りしめて、父を出迎える。父が身を乗りだして母にキスするとタンポポの根が揺れた。アリスは目をそらした。機嫌のいい父は、晴れた空から降ってきたにわか雨と同じようなものだった。なかなか信じられない光景だ。アリスと目が合うと父はほほえんだ。

「おまえが逃げてからみんなつらい思いをしたな、ちびすけ」父は逆さまの帽子がアリスに見えないようにしてしゃがんだ。「だが、おまえも敷地を離れることについて教訓を学んだろう」

アリスの胃がよじれた。

「ずっと考えていたんだ」父はやさしい口調だ。「やっぱり、おまえの貸出カードを作ってやってもいい」アリスはとまどって父を見る。「おれが図書館に行って本を借りてきてやろう。うちの決まりを守ると約束するならばだ。その約束を守りやすくするために、おまえは家に仲間がほしいんじゃないかと思ったから」父は話をしながらアリスを見ていなかった——かわりに視線は母の顔を探っていた。母はじっと立ってまばたきもしていなかったが、その顔には笑みが広がっていく。父はアリスを振り返り、帽子を差しだした。アリスはそれを受けとって膝まで下ろした。

　帽子のなかで丸まっていたのは黒と白のふわふわした丸いものだった。アリスはあっと声をもらした。子犬の目はかろうじて開いている程度だったけれど、冬の海と同じ灰色がかった青だった。子犬は起きあがり、するどくキャンと鳴いてアリスの鼻を軽くかんだ。アリスはうれしくて叫んだ。初めての友達。子犬が顔をなめた。

「どんな名前をつけるつもりだい、ちびすけ？」父がかかとに重心を移して立ちあがる。父の表情が読めなかった。

「トバイアス」アリスは決めた。「でも、トビーって呼ぶことにする」

　父は気さくに笑った。「トビーか、いいな」

「ママ、抱っこしたい？」アリスが訊ねると、母はうなずいてトビーに手を差し伸べた。

「まあ、とても幼いのね」母は驚きを声から隠せずに言う。「どこで手に入れたの、クレム？　離乳している月齢なのはたしか？」

　父の目が光った。顔が暗くなった。「もちろん、離乳しているさ」歯をくいしばるようにしてそう言うと、トビーの首の皮をつかみ、クーンと鳴く子犬をアリスへ投げた。

　その後、アリスは母のシダのなかで縮こまり、心臓のあたりに子犬をすりよせて、家のなかからする音を聞くまいとした。涙の集まったあごをトビーがなめ、そのあいだ風は甘い香りのサトウキビを吹き抜けて海へ流れた。

✷

父の機嫌の満ち引きは季節のように移りかわった。父がトビーの鼓膜を破ったあと、アリスは懸命に合図の言葉を教えた。アリスは八歳となり、ホームスクーリングの三年生に進級し、返却期限の二週間まえにたくさんの図書館の本を読み終えた。母は庭で過ごす時間がますます長くなり、花にひとりごとをつぶやいていた。

冬も終わりに近づいたある日、海から突風がひっきりなしに吹きつけ、あまりの激しさにアリスはおとぎ話のように家を吹き飛ばすんじゃないかと心配になった。トビーと玄関まえの階段から見ていると、父がウィンドサーフィンの道具をガレージから庭へ引きずりだした。

「北西四十ノットの風だ、ちびすけ」父は急いで農業用トラックの荷台に道具を積んだ。「貴重だぞ」そう言ってウィンドサーフィンの帆から蜘蛛の巣を払いのけた。アリスはうなずき、トビーの耳をなでた。貴重だとわかっていた。父が波にのるために支度をする姿は数えるほどしか見たことがない。同行を許されたことはなかった。父は車のエンジンをかけた。

「そらおいで、ちびすけ。今日の挑戦にはきっと幸運のお守りが必要になる。急いで」父が運転席の窓から顔を突きだして声をかけた。ひどく興奮した目を見ると不安になったが、誘われたという信じがたいよろこびでアリスは行動を起こした。寝室へ走って水着に着替えると母の横を走り抜け、いってきますと呼びかけ、トビーがすぐうしろに続いた。エンジンをブーンとうならせ、父は横滑りしながら私道を出て入江をめざした。

✷

砂浜に到着すると父はハーネスをつけてボードを水際へ引っ張った。アリスは待機した。父に呼ばれてから、ボードが砂浜に海まで残した深い溝をたどった。父はボードを波へ押し、風に対して帆を安定させる。力を入れた前腕の静脈が浮いていた。アリスはどうすればいいかわからぬまま、太腿《ふともも》まで海水に浸《つ》かっていた。父はボードに飛び乗る準備をしてからアリスを振り返り、眉をあげてみせてあけっぴろげな笑顔になった。アリスの鼓動が耳をノックする。父はボードへさっと首を振ってアリスに合図した。トビーが岸で歩きまわりながらさかんに吠えている。アリスは片手をあげて手のひらを広げてみせた。静かに。父が一緒に乗ろうと言ってきたことは一度もなかった。誘いをことわりはしない。

父にむかって海のなかを走りだしたとき、母の声が聞こえてきた。振り返ると、母は砂丘のてっぺんに立ってアリスの名を呼びながら、必死になって両手を振り、片手には蛍光オレンジ色のライフジャケットをもっている。呼び声は控えめなものから警戒したものへと高まった。トビーが砂浜を飛びだして母のもとへむかう。海では父が母の心配を顔のまわりでブンブン飛ぶ虫のようにたたきつぶした。

「ライフジャケットなんかいるものか。おまえはもう八歳だからな。おれは八歳のときには一国の

3

スティッキー・エヴァーラスティング

王だった」父はアリスにうなずく。「飛び乗れ、ちびすけ」

アリスはにっこり笑った。父に気にしてもらえると催眠術にかかったようになる。

父にしっかりと脇を抱えられてボードのまえの部分に座ると、アリスは風に身を乗りだした。父はボードに腹ばいになり、水をかいて進んでいく。銀色の魚が浅瀬をすっと泳いでいった。風が強く、しぶきが目にしみた。岸にいる母を一度振り返ると、ふたりのあいだの海の大きさが母を小さく見せた。

青緑の深い部分までたどりつくと、父は腹ばいからさっと立ちあがる姿勢となって、つま先をストラップへすべらせた。アリスはボードのはしにしがみついたが、つるつるすべる。父は帆をまっすぐに立てて脚を使ってバランスを取る。腱《けん》と筋肉がふくらはぎの皮膚の下でうねった。

「おれの脚のあいだに座って」父が指示を出す。アリスはボードを父のほうへじりじりと進んだ。

「つかまって」父の脚に腕をまわした。

瞬間、凪《な》いだ。世界は音もなくアクアマリンの色だった。そこでバシュッと音がして風が帆をふくらませ、海水がアリスの目に飛んだ。海がきらめく。ふたりは波間を切って入江ぞいにジグザグに進んだ。アリスはのけぞって目をつぶった。肌にあたる日射しがあたたかく、しぶきが顔をくすぐり、風がその指先で彼女の長い髪をすいた。

「アリス、あそこ」父が呼びかけた。イルカの小群が隣を泳いでいる。アリスはうれしくて叫び声をあげ、セルキーの本を思いだした。「もっとよく見えるように立ってごらん」父の脚につかまってふらつきながら立ちあがり、イルカの美しさにうっとりした。水中でまっすぐ、あるいは弧を描いて泳ぐ姿はとてもおだやかで自由だ。アリスはおずおずと父から手を離して自分の体重を使ってバランスを取った。腕を大きく広げ、ウエストをぐるぐるまわしながら手首をくねらせてイルカのまねをした。父が愉快がって風に吠える。心からしあわせそうな表情を見てアリスはぼうっとなった。

入江を離れて海峡に入ると、観光船がぐるりとまわって町の港へもどっていくところだった。カメラのフラッシュがアリスたちにむけられて光った。父が手を振る。

「観光客のためにもう一度フラをやって」父がうながした。「見られているんだぞ、アリス。やるんだ。いますぐ」

フラというのがなにかすぐにはわからなかった。父の性急な声の調子にも混乱させられた。ボードの先へ視線をむけ、ふたたび父を見あげる。このためらいの一瞬が失敗だった。父の顔を横切るあの影が見えたのだ。うしなった時間の埋め合わせをしようとボードの先端へ這っていき、ぐらつく脚で立ちがると、ウエストをまわして手首をくねらせた。観光船はふたりに背をむけた。カメラのフラッシュは海の反対側にむけて光った。アリスは期待をこめてほほえんだ。膝はがくがくしている。父を盗み見た。口元がけわしい。

父がすばやく帆を回転させてボードの方向がかわった。アリスはもう少しでバランスを崩すところだった。太陽がぎらついてするどく肌にかみつく。アリスはボードにしゃがみ、左右をしっかり握った。風に乗って運ばれるあきらめない母の呼び声を聞きながら、ふたりはふたたび入江へむけて海峡を横切っていく。波が高く黒々と盛りあがる。父は黙っていた。アリスはじわじわと父に近づいた。ふたたび父の脚のあいだに陣取ってふくらはぎにしがみつくと、皮膚の下で筋肉がぴくりと動くのを感じた。見あげたが、父はなんの表情も浮かべていない。アリスは涙を押しとどめた。

3

スティッキー・エヴァーラスティング

自分がせっかくの機会をだいなしにしてしまった。脚をつかむ手に力をこめた。

「ごめんなさい、パパ」アリスは小さな声で言った。

　背中にかかった圧は強くすばやいものだった。アリスは冷たい水に突き落とされ、波にくるまれて悲鳴をあげた。バシャバシャと水面に浮かび、金切り声を出して咳きこみ、塩水が肺で焼けつく刺激を切りきざもうとした。懸命に脚をけりだし、早瀬につかまることがあったらこうしろと母に教わったように腕をつきあげた。それほど遠くない場所で父がボードをすべらせてアリスを見つめ、白波のように色のない顔になっていた。アリスは進もうと水をけった。父はすばやく手首を動かしてふたたび帆を回転させた。もどってきてくれる。アリスはほっとして泣き声をあげた。けれど、帆が風を受けると父は逆方向へ遠ざかっていき、アリスは信じられずに脚をけりだすのをやめた。そして、沈みはじめた。海水に鼻をおおわれ、腕をばたつかせて強く脚をけりだし、波の上へ浮かぼうと戦った。

　気まぐれな潮の流れに翻弄されながら、波間に母がちらりと見えた。海に飛びこんで懸命に泳いでいる。母の姿はアリスにわきおこる力をあたえた。手足を動かしつづけていると、水温のごくわずかな変化に気づき、自分が浅瀬に近づいていると知った。母がしぶきをあげてアリスに手を伸ばし、アリス自身がライフジャケットであるようにしがみついた。ふたりとも足元のしっかりした砂の地面を感じると、アリスは立って胃液を吐こうとして、しゃがれてからっぽな音をたてた。腕も脚も疲れ切っていた。ぜいぜいと息をする。母の目はシーグラスのように、にごっていた。アリスを砂浜へ連れていくと、海に飛びこむまえに脱ぎ捨てていたワンピースでくるんだ。アリスが泣きやむまで抱きしめて前後に揺すった。吠えすぎてかすれた声のトビーはアリスの顔をなめながらクーンといった。アリスは弱々しくトビーをなでる。震えはじめたところで、母はアリスを抱えあげて無言で家へ運んだ。

岸を離れながら、アリスは砂浜に残る母のふらつく足跡を振り返った。海のはるか沖で、父の帆があざやかに波を切っていた。

✷

その日起こったことについて誰も話をしなかった。あれ以降、サトウキビ畑からもどってきても父は家にいることを避けた。罪悪感をまぎらわすためにいつもしていることをした。小屋に引きこもるのだ。食事時はよそよそしく、冷ややかに礼儀正しかった。父のまわりにいると、嵐の天候で避難場所のない屋外にいて、いつも空模様を観察しているようだった。アリスは手のひらが汗ばむ数週間を過ごして、自分とトビーと母で、母の物語に出てくる場所へ逃げたいと願っていた。雪が白砂糖みたいに大地をおおい、古代の輝く都市が水の上に建てられた場所。だが、数週間は数カ月となり、夏が始まってその輪郭が和らいで秋となっても、さらなる怒りの発作は起きなかった。アリスに書き物机を作って以来、父の潮はおだやかだった。海が暗いグリーンにかわるのを見たあの日、父は自分の嵐の部分を海の深いところに置いてきたのかもしれないとアリスは思いはじめた。

✷

3

スティッキー・エヴァーラスティング

ある晴れた日の朝食の席で、父は今度の週末に南の都市へ旅してあたらしいトラクターを買わねばならないと話した。アリスの九歳の誕生日には留守となる。避けられないことだ。母はうなずき、立ちあがって皿をかたづけた。アリスは椅子の下で脚を前後に揺らしながら、髪で顔を隠してこの知らせをじっくり考えてみた。母やトビーと週末をまるまる一緒に過ごせる。自分たちだけで。平和に。これ以上の誕生日プレゼントは望めない。

　父が出発する朝、母と一緒に手を振った。トビーでさえも父のトラックが巻き起こす土埃が押し寄せてから消えるまでじっと座っていた。母は車のない私道を見つめる。

「さあ」母はアリスの手を取った。「今週末は全部あなたのものよ、ちびちゃん。なにをしたい？」

「全部！」アリスはにっこりした。

　ふたりは音楽から始めた。母が古いレコードを引っ張りだし、アリスは目を閉じて身体を揺らしながら耳をかたむけ、海の上でやったように音楽の上に浮かんでいるのだと想像する。

「なんでも食べられるとしたら、お昼はなにがいい？」母が訊ねた。

　アリスはキッチンの椅子を調理台に引っ張って、母の隣に同じ高さで立ち、アンザック・ビスケット作りを手伝った。外側はカリッとして真ん中はゴールデン・シロップたっぷりでしっとりしているアリスのいちばん好きなレシピだ。焼くまえの生地を生で半分以上も食べてしまい、木のスプーンで何杯もトビーにわけた。

　ビスケットを焼くあいだに、母の足元に座って髪にブラシをかけてもらった。地肌にあたるゆっくりとしたリズムのブラシの音は、空を飛ぶ翼の音のようだった。母は百まで数えると身を乗りだしてアリスの耳元に質問をひとつ囁いた。アリスは返事として勢いよくうなずいた。母は部屋をあとにしてすぐにもどってきた。目を閉じるように言う。アリスはにっこりして、母の指先が髪を編む感触を楽しんだ。それが終わると、母はアリスの手を取って家のなかを歩いた。

「いいわよ、ちびちゃん。目を開けて」うれしそうな声だ。

アリスは期待でもうがまんできなくなるまで待った。目を開けると、鏡に映る自分を見て息を呑んだ。炎のようなオレンジ色のビーチ・ハイビスカスの冠が頭にからまっていた。別人のようだった。

「お誕生日おめでとう、ちびちゃん」母の声が震える。アリスは母の手を握った。ふたりで鏡のまえに立っていると、大きな雨粒があっという間に激しく屋根を打ちはじめた。母は窓辺へむかう。

「ママ、どうしたの？」

母は鼻をすすりあげて目元をふいた。「一緒においで、ちびちゃん。見せたいものがあるから」

嵐雲が通り過ぎるまでふたりは裏口で待った。空はスミレ色で日射しは銀色だった。母に続いて雨できらめく庭へむかう。母が最近植えた茂みまでやってきた。最後に目をとめたときは、あざやかな緑の葉がもつれたようにしか見えなかった。それが雨の直後のいまでは香りのいい白い花がいくつも咲いていた。びっくりしてアリスはこれを見つめた。

「きっと気に入ると思った」母が言う。

「これは魔法？」アリスは手を伸ばして花びらにふれた。

「最高のね」母はうなずく。「花の魔法よ」

アリスは腰をかがめてできるだけ花に近づいた。「これはなんなの、ママ？」

「ストーム・リリー。あなたが生まれた夜と同じ。どしゃぶりのあとにだけ花を咲かせるの」アリスはかがんで花をよく観察した。花びらがふわっと広がって中心が完全にむきだしになっている。

「雨が降らなかったら咲かない？」アリスは身体を起こして訊ねた。母はちらりと考えてからうなずいた。

「お父さんのトラックであなたが生まれた夜、道端で咲き乱れていた。嵐のなかで咲いていたのを覚えている」母は目をそらしたが、涙がたまっていることをアリスは見逃さなかった。

「アリス」母が話を切りだす。「ここにストーム・リリーを植えたのには理由があるの」

アリスはうなずいた。

「ストーム・リリーは期待のしるし。困難からいいことが生まれるという期待よ」母は片手をお腹にあてた。

アリスはうなずいたが、やはりぴんとこない。

「ちびちゃん、もうひとり赤ちゃんが生まれるの。弟か妹ができて、一緒に遊んだり世話をしたりできるのよ」母は茎からストーム・リリーをひとつたおり、アリスのおさげの先に挿した。むきだしで無防備になっている花の震える心臓をアリスは見おろした。

「いいニュースじゃないこと？」母が訊ねる。その目に映るストーム・リリーが見えた。「アリス？」

アリスは母の首に顔を隠して目をかたくつぶり、母の肌のにおいを吸いこんで泣くまいとした。嵐のあとに花や赤ちゃんを咲かせる魔法のようなものがあると知って、アリスは恐怖で満たされていた。アリスの世界で、父が害をあたえることのできる大切なものが増えるのだ。

✴

一晩中、天候は揺れうごいてまた嵐がやってきた。アリスとトビーが翌朝目覚めると、激流のような雨が窓辺で泣きじゃくり、玄関のドアをドンドンとたたいていた。アリスはあくびをして家を歩きまわりパンケーキを夢見た。父が今日遅くに帰ってくるまでどれだけ時間が残されているか、数えないようにする。でも、キッチンは暗かった。混乱して明かりのスイッチを手探りした。パチリと押す。キッチンには誰もいないし寒かった。両親の部屋に走って目が暗闇になれるまで待った。母がいないと気づいて外へ走り、呼びかけた。あっというまにずぶ濡れだ。トビーが吠える。どしゃぶりのなかで母の綿のワンピースがちらりと見えたかと思うと、前庭のソルトブッシュのあいだを抜けて姿を消した。海の方向だ。

　アリスがたどりつく頃には、すでに母は服を砂浜に投げ捨てていた。雨はやまず視界が悪かったけれど、海のなかにいる母をどうにか見つけられた。とても遠くまで泳いで、波に浮かぶ青白い点にしか見えない。もぐり、弧を描き、勝たねばならない戦いがあるかのように水のなかで手足を動かしている。長い時間を経て、母は波に身体をのせて浅瀬まで流れてくると、荒々しく叫んだ。それと同時に海が母を波打ち際へ吐き出した。

　アリスは砂浜で母の服をアザラシの皮のように肩にかけてくるまり、母の名を呼びつづけ、とうとう声がかれてきた。すぐ近くにいるのに、母には聞こえていないようだった。裸でやつれきって息を切らしてようやく砂から身体を起こした。雨に激しく打たれている裸の母を見てアリスは沈黙した。トビーが鳴き声をあげて歩きまわる。アリスは母の身体から視線をそらせなかった。妊娠したお腹はアリスが気づいていたよりも大きかった。お腹を縁取るのはアザ。鎖骨にそって、両腕の上から下まで、脇腹に、腰に、太腿の内側に、まるで岩をびっしりおおう苔みたいだ。ずっと父の嵐が来ないと思っていたけれど、完全にまちがっていたのだ。

「ママ」アリスは泣きだした。顔から涙と雨をぬぐおうとした。むだだった。怖いのと、気持ちが高ぶったのとで歯がカチカチいった。「ママはもうもどってこないかと思った」

母の視線はアリスをすり抜けているようだった。大きく暗い目、濃いまつげは水でくっついている。母はそのまま長いこと見つめていた。ようやくまばたきすると、口をひらいた。

「心配させた。ごめんなさい」母はアリスの肩からそっと服をほどくと濡れた身体に着た。「おいで、ちびちゃん。帰りましょう」母はアリスの手を取って、ふたりは雨のなか、砂浜を引き返した。どれだけひどく震えても、アリスは手を離さないようにした。

✷

数週間後、不死鳥についての本を読む午後の少しまえに、アリスと母は庭でグリーンピースとカボチャの種にかこまれていた。地平線に黒い煙がたちのぼっている。

「心配しなくて大丈夫、ちびちゃん」母は野菜の区画のためにあたらしい土をならしながら言った。

「あれはどこかの農園が野焼きをしているの」

「野焼きって？」

「植物を育てるために世界中の人が火を使う」母は説明する。アリスは掘り返したばかりの土から雑草を抜いていたその場にしゃがみ、母に聞いたことはあり得るのだろうかと考えた。「本当よ」母はうなずき、熊手に体重をかけた。「植物や木を燃やしてあたらしいものが育つようにするため。野焼きは山火事の危険も減らしてくれる」

アリスは膝を抱えた。「じゃあ、小さな火はもっと大きな火をとめられるの？」そう訊ねて、カエルが王子様に、女の子が鳥に、ライオンが子羊に変身する呪文が書かれた、机にのっている図書館の本のことを思いだした。「呪文みたいに？」

母はあたらしい土にカボチャの種をまいた。「ええ、そういうことだと思う。あるものを別のものにかえるような呪文ね。発芽して成長するには火がないとだめな花や種もあるくらい。蘭やデザート・オークにそうした種類がある」母は手から土を払って額の髪をかきあげた。「おりこうさんね」このときの母は目でも笑っていた。そしてまた種に注意をむけた。

アリスも草むしりを続けたが、そのあいだもずっと目のはしで母を見ていた。午後の日射しを背にして無からあたらしいものを育てようとしている。母は敷地を見まわし、小屋が目に入ると顔を曇らせた。たちどころにはっきりとアリスは理解した。正しい呪文を見つけないといけない。正しい季節の正しい火、父をあるものから別のものにかえるための呪文だ。

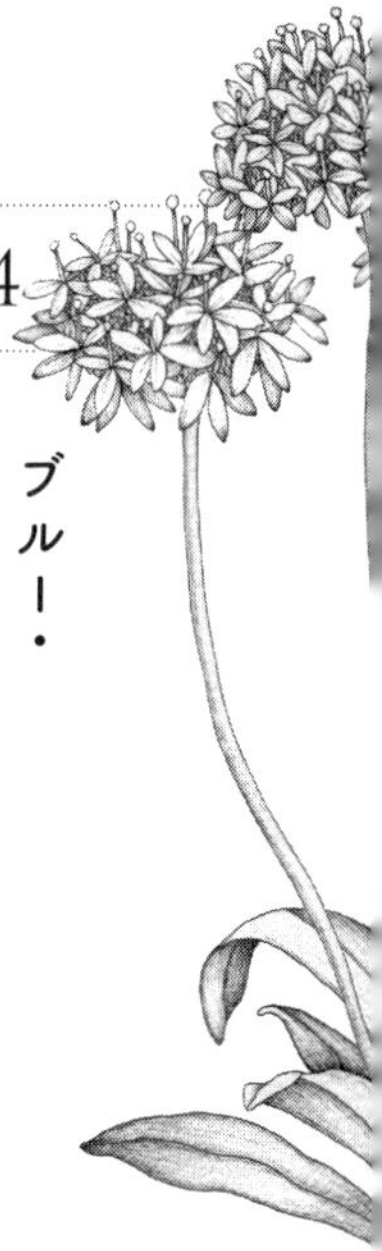

4 ブルー・ピンクッション

あなたの不在を悼む

Brunonia australis

すべての州と特別地域

森林地帯、ひらけた森、砂床《サンド・プレーン》に見られる多年草。通常は春、細長い茎に中間から濃い色味の青で半球形の房となる花が咲く。定着はむずかしい傾向にある。ほとんどは数年で枯れる。

アリス、聞こえる？　わたしはここにいる。

声。やわらかに。

意識がもどったり遠のいたりして、周囲を感じるだけの時間がかろうじて手に入る。殺菌と消毒のきついにおい。白い壁の部屋のまぶしさ。バラの甘い香り。チクチクする糊のきいたシーツ。隣で周期的にビーッと鳴る音。キュッキュッという床にキュッキュッという靴音。あの声。やわらかに。

ひとりじゃないのよ、アリス。わたしはここにいる。あなたにお話を聞かせるから。

返事をしたくてたまらず舌が厚くなる。一生懸命その声に答えようとして、バラの香りの近くにとどまろうとするけれど、あっという間にどんよりとした深みにふたたび沈んでいき、細い切れ目から見た記憶だけを残して手足が重くなる。

✷

なにもなかったところに、琥珀色《こはくいろ》の光があらゆる方向からアリスにせまってきた。じりじりと光に近づく。沖を泳いでから浅瀬の砂底にたどりついたときのような、足元がかたくなる感覚があった。いつもの砂浜にいると気づいたが、なにかとてもおかしい。銀色がかった緑の海辺の草におおわれた丘が燃えて煙があがっていた。砂浜は煤《すす》で黒く、海は消え、潮は見たこともないほど退いている。黒焦げになって死んだソルジャー・クラブの殻をけり、パステルカラーが焦げてしまったピピ貝を砕いた。燃えかすが薄くはがれた星のようにただよい、塩のような灰の塊がまつげに集まってくる。ずっと遠くに退いた海がちらちらと揺れ、暗い空の下にオレンジ色の残り火。空気は熱く、いやなにおいがした。

　わたしはここにいるからね、アリス。

　涙がアリスの頬を焼いた。

　アリス、あなたにお話を聞かせるから。

　アリスは黒くなった海岸線を探った。口のなかにピリピリする味。肌に熱を感じて、海を振り返った。

　遠く水平線で揺れていた残り火が爆発して炎になった。赤々と輝く波が立ちあがっては砕け、また立ちあがり、ものすごい形相で群れをなして逃げる野獣みたいだ。息をすると痛い。火の海が黒い砂の上のアリスにすさまじい音をたててせまってくる。

　そびえる波の熱が顔をあぶった。バラのにおいをかぐことしかできない。

4

ブルー・ピンクッション

次々に波が丸まってうねり立ち、ますます力をつけてアリスにむかって駆けてきた。なんとか這って砂浜のもっと陸のほうへ逃げようとするが、やわらかな砂に足をとられてばかりだ。動けずにどうしようもなくなって振り返ると、火の海が渦巻く炎の壁となってぐんぐん近づいてくる。お腹がかたくなって黙ってはいられなくなるが、大きく息を吸っても肺からころがりでるのは、小さな白い花が集まった無言の悲鳴だ。

アリスは珊瑚色《さんごいろ》と亜麻色の炎に浮かんでいる。いままで火の海だと思っていたものは海水なんかじゃなかった。灼熱《しゃくねつ》の光の海だった。海がまわりでさざ波を作り、絶えず変化する。水色の閃光、スミレ色のしぶき、橙色《だいだいいろ》の爆発。さまざまな色を指でくしけずりながら、アリスの身体は海に呑みこまれた。

その部屋は暗かった。ちくちくするシーツがきつく身体を包んでいる。部屋のにおいはとても刺激があって鼻と目が泡立つ気がするほどだ。寝返りを打とうとするが、それだけの力がない。光の帯が太くて真っ赤な蛇に姿をかえて身体に巻きつき、締めつけながら燃えた。アリスは激しく咳きこみ、肺が圧迫されて呼吸しようと泣き叫ぶ。恐怖が彼女の声をかぎつけた。

アリス、わたしの声が聞こえる？　わたしはここにいる。

アリスは自分の外にいて、身体を呑みこむ炎の蛇を見ていた。

わたしの声と一緒にいて。

✷

サリーは最後のページまで読み聞かせ、膝の本を閉じた。病室のアリスのベッドの隣に置いた椅子にもたれるが、この子の青ざめた肌といくつものアザの残る顔を見るのは耐えがたい。なんて違って見えるんだろう。とけそうな暑い夏の日に、寝間着姿で、汚れて、ネグレクトされて、夢かと思えるほどあざやかに図書館へ現れて初めて会ったときから、アリスは二歳年上になっている。いまはぐったりと横たわり、長い髪が枕に広がってベッドの両脇にたれた様子は、サリーが手にしている本の登場人物のようだ。

「聞こえる、アリス？」サリーはふたたび訊ねた。「アリス、わたしはここにいる。わたしの声と一緒にいて」表情を探り、病院のシーツに横たえられた腕がかすかにでも動かないかと見つめる。なんの動きもない。隣でブザーとモーターの音の鳴る機械に助けられて胸が上下するだけだ。あごに力はなく、顔の右側にそってアザになっていた。チューブが入れられた口はつぶれたＯの形に押しひらかれている。

サリーは涙をぬぐい、自分のしっぽを食べようとする蛇のように同じことをぐるぐると考えていた。アリスがひとりで図書館にやってきた日、けっして目を離してはいけなかった。あるいは、もっと心の底に隠していた深くてきびしい真実を認めれば、アリスを自分の車に押しこんで我が家へ

4

ブルー・ピンクッション

連れ帰って、あたたかい食事を作ってやり、風呂に入らせ、クレム・ハートから守りつづけるべきだった。

後悔で心がうずいてサリーは勢いよく椅子から立ちあがり、ベッドの足元を歩きまわった。

サリーには法的な権利がないとジョンは言ったが、耳をかたむけるんじゃなかった。ジョンから伝え聞いた話を受け入れるべきではなかった。サリーが図書館から警察署に連絡したのち、パトカーがハート家にむかった。アグネスは警官ふたりを歓迎した。紅茶とスコーンでもてなした。どうやら、警官たちがいるあいだにクレムが帰宅したらしい。アリスはただのやんちゃな子だ、とクレムは言った。なんのおかしなこともない。ジョンのためにサリーはこのことはできるだけ忘れようとした。けれどアリスと会って、自分には抑えのきかない影響を受けた。アリスのことしか考えられなくなったのだ。この子が図書館を訪れて一カ月ほどしてから、クレムがセルキーの本とテープどめしたアリスの貸出カードを手にして、まるで彼はすべての権利をもっているような顔をして図々しくやってきた。サリーは積みあげた本のうしろに隠れて、ほかの者に相手をさせた。彼が去ると、震えがとまらずに気分が悪くなって早退した。風呂に入った。スコッチのボトルを半分空けた。それでも震えていた。クレムのせいでサリーはいつもこうなった。彼はサリーのなによりも暗い秘密だった。

あれから何年も経ったいま、クレム・ハートは町のみんなが話題にする人物となっていた。美しい若妻と好奇心の強い娘を閉じこめていた、一見チャーミングだった若い農家の男、まるでダークなおとぎ話だ。あまりに悲劇だ、という者がいた。あまりに若い、と目をそらして言う者もいた。

心拍数のモニターは規則正しくピッピッと鳴っている。サリーは歩くのをやめた。アリスの閉じたまぶたの静脈は、透けそうな肌の下で細い紫の川のように走っている。サリーは自分の身体に腕をまわした。ギリアンが死んでから図書館で数えきれないほどの子供たちに会った。アリス・ハートほど心をかき乱された子はひとりとしていなかった。もちろん、偶然ではない。クレム・ハートの娘だからだ。ジョンが玄関から飛びこんできて火事のことを話したあの夜から、毎日サリーは病院を訪れてアリスに本を読み聞かせた。そのあいだ外の廊下に警官と福祉の担当者が集まってアリスの運命を決めていた。サリーは声をやさしく、はっきりと、強く出すようにして、アリスが彼女のなかのどこにいるとしても、自分の声を聞けるようにと願った。

引き戸が開いた。

「お疲れ、サリー。わたしたちの小さな戦士の今日の具合はどう?」

「いいわよ、ブルック。とてもいい」

ブルックはアリスのカルテに書きこみをして、点滴を確認し、検温しながらほほえんだ。「この子の病室をバラの香りにしたね。ずっと同じ香水を使いつづけているのは、あんたくらいしか知らないかも」

サリーは昔からの友情のあたたかさと気やすさになぐさめられてほほえんだ。けれど、機械類の音が頭を満たす。聞きつづけるのは耐えられず、話しはじめた。

「今日は本当にとても調子がいいの。本当にね。この子はおとぎ話が大好きで」読んでいた本をもちあげてみせる。手が震えた。「でも、そうじゃない人っていないわね?」

「たしかに。ハッピーエンドがきらいな人がいる?」ブルックがほほえむ。

サリーの笑顔はひきつった。一見ハッピーエンドでもじつは違うこともあると、誰よりもよく知っている。

ブルックが友をじっと見つめて静かに声をかけた。「わかるよ、サリー。これがあんたにとってどれだけつらいか、わかってる」

サリーは袖で鼻をふいた。

「これだけの年月で、わたしはなにひとつ学ばなかった。この子を助けることができたはずなのに。なにかできたはずだった。この子の姿を見て」サリーのあごは抑えがきかないほどガクガク震えた。

「わたしはばかな女よ」

「それは違う」ブルックは首を振る。「全然そう思わないからね、サリー。もしもわたしがアグネス・ハートだったら——神よ、彼女の哀れな魂をやすらかに眠らせてください——あんたに心から感謝するよ。広い心からわきでる愛で毎日ここへ来て、アリスに物語を読み聞かせしてるんだから」

アグネスの名が話題に出て、サリーは胃がひっくり返るようだった。この何年かで姿を見かけたのは数回だけ。二回はクレムのトラックの助手席に座って町を走っていくところだった。一回は郵便局の列に並んでいたところ。はかなげな人だった。どこか色あせているようで、目のまえでふっと消えそうだった。列で彼女のうしろに立ったサリーはそのきゃしゃな肩に耐えがたい思いをいだいた。病院でアリスのかたわらに座るのは、アグネスにしてやれるせめてものことだ。

「この子にはわたしの声だって聞こえてない」サリーは座ったままがくりと肩を落とす。目の奥が痛かった。

「ばか言わない」ブルックは鼻を鳴らす。「本心じゃないのはわかってるけど。いいよ、のたうちまわるのもアリだね」愛情をこめてブルックはサリーを肘でつついた。「あのさ、あんたは毎日ここへ来て、この子の回復の助けになってるよ、サリー。それはわかってよね。熱は下がってきたし、肺もきれいになってきた。脳浮腫に目を光らせているけれど、経過は良好。このままいけば、今週末までには退院できる」

サリーは顔をしかめた。目に浮かんだ涙を誤解したブルックは、サリーを抱きしめようと身を乗りだす。

「わかってる、この子のおばあさんのことは、たいしていい知らせじゃないよね？」ブルックはサリーを抱きしめてから身体を離した。

「おばあさん？」そう訊ねるサリーの脚は感覚がなくなっていく。

「ほら、福祉局がアリスのおばあさんを見つけたこと」

「えっ？」サリーはそう囁くのがやっとだ。

「たしか、内陸のどこか田舎の農園の人。花を育てているって。農園作りが得意な家系なんだろうね」

サリーはうなずくことしかできない。

「おばあさんに電話をして全部手配したのはジョンだと思ったけど――彼、あんたになにも話さなかった？」

サリーは椅子から飛びあがり、急いで自分の荷物をつかんだ。ブルックは様子をうかがいながら一歩近づき、安心させようと手を差しだした。サリーは引き戸へむかってあとずさりながら首を振る。

「そんな、サリー」ブルックの顔に事情を理解した表情が浮かんだ。

サリーは引き戸を開けて廊下を駆け、人生でもっとも愛したふたりの子を奪った病院から逃げだした。

✷

アリスはただよい、おだやかな無に支えられていた。海もなく、火もなく、蛇もなく、声もない。予感がして肌がちりちりする。近くでほとばしる空気と羽音。羽ばたいて、羽ばたいて、急降下。空高く、空高く、舞いあがる。

一枚の炎の羽根が、誘うようにちらちらと揺れる光の筋を残していく。アリスはおそれずについていった。

5

ペインテッド・フェザーフラワー

涙

Verticordia picta

オーストラリア南西部

甘い香りのするカップ状のピンクの花をつける小から中サイズの低木。定着しても十年ほどの寿命だが、長いシーズンにわたってあざやかな花を豊富に見せてくれる。

わたしはここにいる。わたしはここにいる。わたしはここにいる。

アリスは鼓動を聞いた。自分を安定させて感情を静めるために知るただひとつの方法だ。けれども、うまくいくとはかぎらなかった。なにかを聞くのは見るより悪いこともある——母の身体が壁にぶつかるにぶいドスンという音。父が母を殴るときの無音に近い細い呼吸。目を開けて空気を求めた。隣で機械が壊れたようにビーッビーッと鳴っている。パニックが肌を刺す。

女の人が部屋に駆けこんできた。「大丈夫だよ、アリス。起きあがって、楽に息ができるようにしよう」その人は手を伸ばしてアリスのうしろの壁にあるなにかを押した。「パニックを起こさないように」

ベッドの上半分があがっていき、アリスは座った姿勢になった。胸の痛みがやわらぎはじめる。

「前よりいい？」

アリスはうなずいた。

「よしよし。なるべく深く呼吸してみて」

できるだけ息をたくさん吸って心臓を遅くしようとした。女の人はベッドの横から身を乗りだしてアリスの手首に二本の指を軽く押しあてながら、チュニックみたいな制服にクリップでとめた小さな懐中時計を見つめた。

「わたしはブルックよ」彼女の声はやさしかった。「あなたの看護師」そしてアリスを見てウインクした。笑うとほっぺたに深いえくぼができた。まぶたのひだでさざ波のような青と紫のアイシャドウがきらきらしているのが、牡蠣《かき》のごつごつした殻の合間に真珠層を見たときみたいだった。ビーッという音がゆっくりになっていく。ブルックが手首を離した。

「なにかほしいものはある？」

アリスは水を一杯頼もうとしたが、言葉を作ることができなかった。飲む仕草をした。

「お安い御用。すぐにもどるからね」

ブルックは去った。機械がビーッと鳴る。白い部屋はほとんど聞きとれないが病院らしい雑音に満ちていた。院内のアナウンス。遠くでエレベーターが到着したピーンという音。自動ドアがシュッと開いて閉じる音。電話の呼び出し音。アリスの心臓がふたたび肋骨をノックしはじめた。目を閉じて呼吸することで鼓動をゆるやかにしようとしたけれど、深く呼吸しすぎると痛みがある。誰かを、助けを呼ぼうとしたが、声は蒸気でしかなかった。目と鼻が焼ける。積み重なった質問が肋骨からぶらさがる。ママとパパはどこにいるの？　わたしはいつ家に帰れる？　またしゃべろうとしたが、声が出てこようとしない。白い蛾が口から火の海へ飛んでいくイメージで頭がいっぱいになった。これは記憶？　本当に起こったこと？　それとも夢だったの？　夢だったとしたら、自分は眠っていただけということ？　どのくらい眠っていたんだろう？

「落ち着いて、アリス」ブルックが水差しとコップを手に急いで病室にもどってきた。荷物を置いてからアリスの手を握って頬の涙をふく。「ショックを感じるようになったんだね。でも、あなたは安全だから。わたしたちがついてるから大丈夫」アリスはブルックの真珠層の目を見つめた。心から信じたい。「お医者さんが診察に来るところよ」ブルックはアリスの手を親指でゆっくりと円を描いてなぞった。「親切なお医者さんだから」そう言いそえてアリスの顔を見つめる。

　まもなくして、白衣の女の人がアリスの病室にやってきた。すらりとして、長い銀髪を真ん中分けにしてたらしている。浜辺の草を連想した。

「アリス、わたしはドクター・ハリスです」その人はアリスのベッドの足元に立ち、クリップボードにはさんだ紙をめくった。

「あなたが目覚めて本当によかった。とても勇敢に戦いましたね」

　ドクター・ハリスはベッドの横手から近づいてきて、ポケットから小さなペンライトを取りだしてスイッチを入れ、アリスの左右の目を交互に照らした。アリスはとっさに目をつぶって顔をそむけた。

「ごめんなさい、まぶしいですよね」医師は聴診器の冷たい先っぽをアリスの胸にあてて耳を澄ます。胸にたくさんたまっている質問を聞いているの？　いまから急に顔をあげ、アリスが本当に知りたいかどうかもわからない答えをくれるんだろうか？　お腹に散らばる不安の小さな穴が広がった。

　ドクター・ハリスは聴診器を耳からはずした。ブルックになにか囁いてからクリップボードを手渡す。ブルックはそれをベッドのはしにかけて引き戸を閉めた。

「アリス、あなたがどうしてここへ来たのか、これからお話しします。いいですか？」

　アリスはブルックをちらりと見た。深刻そうな目をしている。アリスはドクター・ハリスに視線をもどし、のろのろとうなずいた。

「いい子ですね」ドクター・ハリスはさっと笑みを浮かべた。「アリス」ドクターは祈るように両手をしっかり合わせて切りだす。「あなたは自宅で火事にあいました。警察が原因を詳しく調べているところですが、なにより大切なのはあなたが無事で、立派に回復していることです」

　おそろしい沈黙が病室を満たす。

「本当に残念です、アリス」ドクター・ハリスの目は暗くうるんでいる。「ご両親はどちらも助かりませんでした。ここにいる者はみな、あなたのしあわせを気にかけていますし、世話を続けます。おばあさんがいらっしゃるまで……」

　アリスの耳は機能するのをやめた。ドクター・ハリスが祖母についてふたたびふれたことも、ほかのどんな話もいっさい耳に入らなかった。母のことだけを考えていた。光に満ちた母の目。庭でハミングしていたいくつかの歌、歌にまとわりつく悲しみ。やさしい手首をひねるところ。花でいっぱいのポケット。朝のあたたかいミルクのような息。熱い太陽の下で冷たい砂に寝そべった母の腕に抱かれ、呼吸と共に胸が上下するのを、物語を聞かせてくれる心臓と声のリズムを感じながら、ふたりはぬくもりの魔法の繭に編まれていく。わたしが呪いから目覚めるのに必要な真実の愛、それはあなただった、ちびちゃん。あなたがわたしのおとぎ話。

「……次の回診でまた会いましょう」ドクター・ハリスはそう言って、ブルックをちらりと見てから病室を去った。

ブルックはベッドの足元にとどまり、悲しそうな顔をしていた。アリスのくっついてひとつになったお腹の穴が燃えている。ブルックにこの音は聞こえないの？　炎のようにメラメラと怒りながらうめいて、お腹の中身を全部呑みこんでいるのに？　頭のなかで繰り返されるひとつの質問。それが全身を貫いてアリスのかけらをひきちぎる。

自分はなにをしてしまったんだろう？

ブルックが枕元へやってきて薄い色のジュースをコップに注ぎ、アリスに手渡した。最初はブルックの手から払いのけたかったけれど、冷たくて甘いジュースを一口味わったとたんに、頭をそらしてごくごくと飲んだ。ジュースは冷たく胃を打った。肩で息をしながら、もっと飲みたくてコップを差しだす。

「ゆっくりね」ブルックはためらいながら、さらにジュースを注ぐ。

急いで飲んだものだからジュースがあごにたれた。しゃっくりしながらもっと飲みたいとコップを差しだす。もっと。もっと。ブルックの顔のまえでコップを振った。

「これが最後よ」

最後の一口を喉に直接注ぐように飲んだ。震えながらコップを下ろす。ブルックが嘔《おう》吐袋《とぶくろ》をつかんでさっとひらいたちょうどそのとき、アリスはジュースを勢いよく吐いた。枕にばたりと頭をもどし、ハアハアと息をする。

「ほどほどにしないとね」ブルックがアリスの背中をなでた。「落ち着いて。いい子だから。ひとつずつ、呼吸を丁寧に」

アリスは二度と息をしたくなかった。

✷

とぎれとぎれに眠った。火事の夢でびっしょり冷や汗をかいた。目が覚めると心臓がとても熱く、胸がとけてひらきそうだった。血が出るまで鎖骨をひっかいた。ブルックが数日おきに爪を切ってくれたが、血はとまらなかった。アリスは毎晩肌をかきむしり、とうとうブルックがもってきたやわらかな手袋を寝るときにはめることになった。相変わらず、声はもどろうとしなかった。消えてしまって、引き潮でかきまわされた塩のように蒸発した。

あたらしい看護師たちがやってきた。ブルックとは違ってエプロンのような制服を着ていた。何人かがアリスに病院のなかを散歩させ、寝ていたあいだに筋肉が弱っているから、どうしたら筋力をつけられるか身体に思いださせなければならないと説明した。ベッドのなかや病室のまわりでできる運動を教えられた。ほかの人たちが、アリスの感情について話すためにやってきた。その人たちは絵の描かれたカードやおもちゃをもってきた。夢で聞いた、あの物語を語る声をふたたび聞くことはなかった。アリスの顔色はどんどん悪くなった。肌がひびわれた。心臓が渇いてしおれ、周辺からむきだしの赤い中心へ枯れていくところを想像した。毎夜、炎の波のあいだを戦いながら歩いた。たいていは、ベッドに横たわって窓の外のかわりゆく空を見つめ、思いださないように、なにも質問しないようにして、ブルックがやってくるのを待った。彼女がいちばんいい目をしていた。

時は流れた。アリスの声はうしなわれた。ブルックがどんなに勧めても、毎食、二、三口しか食べられない。問いかけることのない質問が身体中のあらゆる隙間を満たした。なによりも怖い質問。

自分はなにをしてしまったんだろう？

ほとんど食べられないが、甘いジュースと水は何度も水差しを取りかえてもらうほど飲んだ。それでも、あの煙も嘆きも洗い流してくれなかった。

じきに、目の下に嵐雲のような濃い紫のしみが現れた。看護師たちが一日に二度、太陽の下にアリスを散歩に連れだしたが、ぎらつく日射しに耐えられず、一度にほんの少ししか歩けなかった。ドクター・ハリスがふたたび訪れて、食事をするようにしなければ、チューブで栄養をあたえなければならないと説明した。アリスはそうさせた。問われることのない質問はチューブなんかより彼女を痛めつけた。身体のなかに気にするような部分は残っていなかった。

✷

ある朝、ピンクのゴムの靴をキュッキュッといわせて病室にやってきたブルックの目は、夏の海のようにきらめいていた。なにかを後ろ手に隠している。アリスはうっすらと興味をもってながめた。

「いいものが届いたよ」ブルックがにっこりする。「あなたのためだけに」アリスは片眉をあげてみせた。ブルックはドラムロールの音をまねした。

5

ペインテッド・フェザーフラワー

「ジャジャーン！」

彼女が手にしていたのは、色とりどりの糸をよった紐で結ばれた箱だった。アリスはベッドで起きあがった。かすかな好奇心がうずく。

「今朝シフトに入ったら、ナース・ステーションに届いてたよ。あなたの名前が書かれたタグしかついてなかった」ブルックはウインクして箱をアリスの膝にのせた。たしかな重みがある。

アリスは蝶結びの紐をほどいた。箱のなかで薄紙を丸めた下に並んでいるのはたくさんの本だった。背表紙が上向きで、母の庭の花が太陽に顔をむけていたのを連想した。タイトルの文字を指先でなぞり、知っている本を見つけて息を呑んだ。最初に図書館で借りた本、セルキーについての本。力がわいてきて、箱をひっくり返した。本がバラバラと膝に落ちる。よろこびのため息をついて両腕で本をすくった。ページを親指でめくっていき、埃っぽい紙とインクのかぐわしい香りを吸う。潮風と切望の物語が、顔のまわりではためいて手招きした。ブルックの靴が病室の外のリノリウムの廊下でキュッキュッと鳴る音がして、アリスは驚いて顔をあげた。ブルックが出ていく音が聞こえていなかった。

その後、ブルックはベッドテーブルを静かにアリスの病室へ押してきて、ベッドの上にセットした。カラフルな皿がいくつものっていた。ヨーグルトとフルーツサラダの容器。チーズと野菜のサンドイッチはすべて食べやすく小さくカットされ、カリッとしたポテトチップスが少し添えられていた。油と塩で輝いている。その隣には干しぶどうとアーモンドの小箱。そしてストローつきの冷えた麦芽乳のパック。

アリスはブルックと目を合わせた。一瞬の間を置いてうなずいた。

「よしよし」ブルックはテーブルのキャスターをロックして去っていった。

アリスはセルキーの本を手元に置いたまま、ほかの本を探って一冊を選んだ。表紙をひらき、背表紙がピシッという音を聞いてうれしくて震えた。サンドイッチ一切れに手を伸ばし、目をつぶってやわらかく新鮮なパンに歯を沈めた。こんなに美味しいものを最後に食べたのがいつだったか思いだせない。有塩バターと風味のあるチーズのなめらかさ。シャキシャキのレタス、甘いニンジン、汁たっぷりのトマト。むさぼるようにその一切れの残りもほっぺたに詰めこみ、苦労してパンと口から突きだすニンジンをかんだ。

麦芽乳を何口か飲んで軽食を流しこみ、大きなげっぷを出した。お腹がいっぱいになって満足してほほえみ、本に視線を移した。読んだことのない本だという自信はあったけれど、なぜか知っている話だった。エンボス加工の表紙をなでた。きれいな若い女の人が眠っていて、棘《とげ》のあるバラをもっていた。

✷

翌日『眠れる森の美女』をもう少しで読み終える頃、本から顔をあげると、ブルックとドクター・ハリスが病室のまえで知らない女の人ふたりとうろうろしていた。ひとりはスーツ姿。太い縁の四角いメガネをかけて明るい口紅をつけ、書類がびっしり入ったファイルを抱えている。もうひとりはボタンをきちんととめたカーキのシャツと同じ色のパンツ、かっちりした見た目の茶色のブーツ姿で、父が仕事に行くときと似たような格好だ。髪には白いものが混じっている。その人が動くたびに、小さな鈴が鳴っているような音がした。両方の手首に銀のブレスレットがいくつもさがっていて、手を使うとこすれあってチリンチリンといっているのだ。アリスは目を離すことができない。

　この人たちが病室にむかってきた。アリスは本に視線を集中させた。病室に入られても顔をあげなかった。小さな鈴がチリンチリンと鳴る音。

「アリス」ブルックがまず口をひらいた。声がうわずっている。ブルックの目に涙が浮かんでいるわけが理解できなかった。

　スーツの人が進みでた。「アリス、あなたに特別な人を紹介するために来たのよ」

　本を読みつづけた。いばら姫がもうすぐ愛によって救われる。スーツの人がまた話しかけたとき、声は大きすぎてまるでアリスによく聞こえていないと思っているようだった。

「アリス、こちらはあなたのおばあさん。お名前はジューン。あなたを引き取るためにいらしたの」

✷

　ブルックがアリスを車椅子に乗せて院内を押していき、まぶしい朝の日射しの下に立った。さっきスーツの人が話していたあいだ、ブルックは病室からいなくなっていた。ジューンはアリスを見つめるばかりで、かなりそわそわしていた。アリスはおばあちゃんというのがどんなものなのか物語でたくさん読んでわかっていたけれど、キング・ジーの服とブランドストーンの靴（いずれもオーストラリアのブランド）という実用的なアウトドアの衣類を身につけた自分の祖母は、おばあちゃんらしい格好でも態度でもなかった。ブレスレットの鈴の音はとまらないのに、口ではなにも言わない。スーツの人がアリスに本の入った箱を送ったのはジューンだと話したときでもそうだった。ジューンがアリスの後見人《ガーディアン》だとドクター・ハリスは言った。医師とスーツの人はその言葉をたくさん使った。守り人《ガーディアン》。その言葉は灯台を連想させた。でも、ジューンは守ってくれる光でいっぱいのようには見えない。こんなに遠い目をした人に会うのは初めてで、海と空の区別がつかないくらい遠くの水平線みたいだった。

　外では、ジューンが来客用の駐車場にとめた古い農業用トラックに座ってアリスたちを待っていた。隣にはとても大きな、ハアハアといっている犬。ひらいた窓からクラシック音楽が流れてくる。犬はブルックとアリスに目をとめると弾むように後ろ足で立って吠え、トラックの座席を巨体で埋めた。ジューンがぎくりとしてクラシックの音量を落とし、犬に抱きついた。

「ハリー！」ジューンが叫び、おとなしくさせようとする。「失礼」アリスたちにそう呼びかけ、慌ててトラックから這うようにおりた。ハリーは吠えつづける。アリスは考えるより先に腕をあげて〝静かに〟とハリーに合図した。ハリーはトビーではないのに。ハリーは吠えるのをやめず、アリスはつうじるはずがなかったのにと気づいて思わずあごを震わせた。

「どうしよう」ジューンがアリスの表情を誤解して叫ぶ。「彼は大きいけれど、なにも心配しなくていいから。ブルマスティフ犬はやさしいんだよ」祖母はアリスの車椅子の隣にしゃがんだ。アリスはそちらに顔をむけることができなかった。「ハリーには特別な力がある。悲しんでいる人の面倒を見るんだ」ジューンはじっとして反応を待っている。アリスはそれを無視して膝の上で手をせわしなくいじった。

「さあ、トラックに乗ろうね、アリス」ブルックが言う。

ジューンが道を開け、ブルックがアリスを車椅子から下ろして助手席に乗せた。ハリーが飛びあがって隣に座る。トビーとはちがい、塩っぽくて湿ったにおいじゃなく、甘い大地のにおいがした。それに長くてふかふかした毛もなくて、アリスが指に巻きつけられるものがなにもない。

ブルックが外から窓に身を乗り入れた。ハリーがうれしそうにハアハアという。アリスは下くちびるをかんだ。

「元気でね、アリス」ブルックがアリスの頰にそっとふれてから、いきなりトラックに背をむけた。少し離れた場所に立つジューンのもとに行き、低い声で話している。いますぐにでもきっと、ブルックは祖母に背をむけてピンクのゴムの靴でトラックのドアを勢いよく開け、全部まちがいだったと宣言する。アリスは行かなくていいと。ブルックがアリスの机と母の庭のある自宅へ連れかえってくれて、アリスは海辺のどこかで、帆立貝とソルジャー・クラブに埋もれた自分の声を見つけ、家族に聞こえるくらい大きな声でわめく。ほら、もうすぐだ、ブルックは振り返る。いますぐに。ブルックは友達だ。アリスを知りもしない人と一緒に行かせるはずがない。いくらその人が灯台でも。

アリスはふたりをじっと見つめた。ジューンはブルックの腕にふれ、ブルックも同じ仕草を返した。きっとジューンをなぐさめているんだ、全部が大きなまちがいで、アリスは行かないと説明している。そのとき、ブルックはジューンにアリスの私物——本だけだ——の入ったバッグを預け、トラックを振り返った。

「元気でね」ブルックはくちびるの動きでアリスに伝え、片手をあげて振った。からっぽの車椅子と病院のエントランスにとどまっている。一瞬の間を置いてブルックは車椅子を押して自動ドアへむかい、姿を消した。

　アリスは強烈なめまいにとらわれた。まるでブルックが歩き去ることで体内の血液をすべてもっていかれたようだ。ブルックはこの知らない人のもとに自分をただ置いていった。目をこすって涙をとどめようとしたが、むだだった。勘違いして、涙が声と同じ場所に消えたと思っていた。でも、いまや涙はこわれた蛇口からあふれるように頬を流れている。ジューンは助手席の窓の外に立っているが、両手の行き場がわからぬようにただ両脇にたらしていた。少ししてから助手席のドアを開け、アリスのバッグを座席のうしろに積みこみ、そっとドアを閉めた。トラックをまわって運転席に乗りこみ、エンジンをかけた。ふたりは黙って座っていた。特大の犬のハリーでさえも黙っている。

「じゃあ、家へむかおうか、アリス」ジューンが言った。ギアを入れる。「長旅になるよ」

　車は駐車場をあとにした。疲労がアリスのまぶたを引っ張る。なにもかもが痛い。何度かハリーがアリスの脚に鼻をこすりつけようとしたが、アリスは犬の顔を押しやり、祖母にも犬にも背をむけて目を閉じ、あたらしい世界を閉めだした。

＊

　ブルックはエレベーターを呼ぶボタンを思い切り押し、ハンドバッグを探って、いざというときのための煙草を見つけた。それを手のひらで強く握りしめた。ピーンと音をたててやってきたエレベーターに乗りこむと、駐車場へむかうボタンを思ったより強く押してしまう。また、本の箱を見たときのアリスのしあわせそうな表情を思いだした。贈り主について嘘をついたときの、あの子の目にあふれた光。いま一緒にいるのは祖母だ。家族なんだとブルックは自分に言い聞かせた。アリスにとってなにより必要となる存在だ。

　ブルックはハート家に起こったことに匹敵する事態を目撃した経験がなかった。警察は、複数の要素が重なった最悪の悲劇と呼んだ。乾いた稲妻、マッチを手にしてひとりで留守番する子供、男性加害者から妻子への暴力の悪循環にとらわれた家族。警察がジューンに説明したとき、ブルックは近くにたたずんでいた。クレムは我が子が意識をなくすまで寝室で殴りつけ、火事に気づいて子供を表へ引きずりだしてから、アグネスを助けようと家にもどった。だが、消防隊と救急車が到着する頃には心肺停止したアグネスを助けることはできず、クレムも直後に現場で煙を吸ったことが原因で亡くなった。この時点でジューンの顔色はとんでもなく悪かったので、ブルックは口をはさんで休憩を提案した。

　エレベーターが、また吐き気がするほど陽気なピーンという音をたてて駐車場に到着した。ブルックは肺いっぱいに新鮮な空気を吸い、煙草に火をつけまいとした。かわいそうな女だ、アグネス。まだ二十六歳で、夫をおそれて子供たちの後見人について遺言を残していた。子供のひとりは母アグネスを知ることはない。ブルックはその赤ん坊の男の子のことを思って腹に片手を押しあてた。アグネスの瀕死の、アザだらけの身体から取りだされた赤ん坊。吐き気がこみあげてくるのを抑える。どうして夫が身重の妻に、幼い娘に、まだ生まれていない息子にあんなことができるのか？

アリスは、火事を生きのびたアグネスの娘はこれからどうなるのか？意識がなく、殴られて、煙を吸ったアリスの姿がブルックの脳裏から離れない。煙草とライターをゴミ箱に投げ捨てた。車に乗り、コンクリートでタイヤをきしませて病院をあとにする。アリスのからっぽの病室からできる限り離れたかった。

外は夏の黄昏《たそがれ》が色濃く、かぐわしいにおいがした。海岸ぞいのノーフォークマツにオウムが鈴なりで酔ったようにキーと鳴き、日没の歌を歌っている。ブルックは車を路肩に寄せて窓を開け、塩、海草、フランジパニの濃密な芳香を吸いこんだ。アリスは悪夢にとらわれると花についてひっきりなしにつぶやいていた。花、不死鳥、火と。

「ほら」ブルックは自分にぼそりと言う。「しっかりしなさい」

彼女は目元をふいて鼻をかみ、イグニションのキーをまわした。スピードを出して海から遠ざかり、自宅近隣の誰もいない通りの街角をするどく曲がって自宅の私道に勢いよく車を入れた。家に足を踏み入れるとすぐにブルックは電話へ直行し、受話器を手にして、一日中おそれていた電話をかけはじめた。十二歳のときから知っているサリーの電話番号の最後の数字を意志の力で押す。

呼び出し音が鳴りはじめて耳元で血流が音をたてた。

彼女の光は
塩の海に広がる
同じように花咲き乱れる野原にも

サッフォー

6

ストライプド・ミントブッシュ

許された愛

Prostanthera striatiflora

オーストラリア中央部

岩の渓谷や露頭近くで見られる。かなり強いミントの香りがする。細く、革のように硬い葉をもつ。白い花は釣り鐘形で内側に紫のストライプ模様があり、花喉には黄色の点がある。睡眠障害を引き起こすことがあるため、飲用にしてはならない。鮮明な夢もその症状のひとつである。

車での移動は長くて暑く、黄色の埃で満ちていた。風に海の気配はちっともない。トラックの通気口から入ってくる空気は、トビーがあえぐ息のようにアリスの顔に熱くかかった。トビーの顔、よだれ、狼みたいな笑顔のことを考えて下くちびるをかみ、窓の外の初めて目にするかわった風景をじっとながめた。銀色の浜辺の草も塩田もなければ、ソルジャー・クラブも読みとるべき潮の満ち引きもなく、ネックレスにする海草もないし、海からの嵐を告げる、おばけみたいなちぎれ雲も広がっていない。

長くたいらな幹線道路の両側はひび割れた舌みたいに乾ききっていた。それなのにこの初めて見る景色は生命が豊富だ。蟬《せみ》が断続的に鳴く音、ワライカワセミが時折クワッカカカと大笑いする声が響いている。ユーカリの根元にワイルドフラワーが咲いて色がぼやけて見えることもあった。おとぎ話の雪のように真っ白な幹もあれば、黄土色のもあり、とても光沢があってなめらかな濡れたペンキでおおわれているみたいだった。

目をかたく閉じた。母。生まれることのなかった弟か妹。たくさんの本。庭。机。トビー。父。胸の左側を手首のあたりでこすった。目を開けた。視界の隅で、ジューンが片手を伸ばしてきたけれど、どこに置けばいいものかわからないようで、しばらくただよわせてから結局ハンドルにもどした。アリスは見なかったふりをした。この状況を切り抜けるにはいちばんいい方法に思える。ジューンを背にして身体ごと助手席の窓にむけた。シートのうしろに手を伸ばして本のバッグを探り、本はジューンからもらったというのは無視して、自分の本だという意識に集中することにした。最初に指先がふれた本を引っ張りだし、それを見て思わず笑みがこぼれそうになった。気持ちをなごませるのにぴったりだ。その本を抱きしめ、なぐさめを見いだした——固く頑丈な形、簡単には崩れないまっすぐな縁、紙のにおい、手招きしている物語、数えきれないほど何度もながめたハードカバーの表紙、そこに描かれたのは、かわった不思議な世界に落っこちるけれど、帰る道を見つける自分と同じ名前の女の子。

✷

ジューンは道路から視線をはずさず、ハンドルをきつく握りしめていた。ちらりとでも目をそらしたり、手をゆるめたりしたらなにが起こるかと不安だったからだ。手足の震えがとめられない。ポケットにあるフラスクからウイスキーを一口飲めさえしたらとめられるだろう。でも、そんなことはできない。今日はだめだ。トラックにこの子も乗っていて、手を伸ばしてふれられるほど近くに座っているときはいけない。アリス。自分の孫娘。一度も会ったことのなかった子。今日までは。横目で観察すると、この少女は心臓を動かしつづける原動力のようにして本を胸に押しつけていた。あの看護師に勧められたとおり、本の箱は祖母が贈ったものだと話を合わせることに同意した。どうやらアリスは本をとても愛していて、つながりを築くにはそうするのがなにより簡単な方法のようだ。いま、いちばん大事なのはアリスをこれ以上のストレスから守ることです、看護師はそう言ったのだ。

　アリスを見ていると、偽りがこの状況を緩和するだなんて滑稽に感じた。愚かな自分をたしなめる。腰を下ろしてじっくりとこの子に正直なところを話すべきだった。こんにちは、アリス。わたしはジューン、あんたの祖母だよ。あんたの父親は――ジューンは首を振った――わたしの息子だった。もう何年も会っていなかったんだよ。これからうちに連れていくね。そこであんたが危険な目にあうことは二度とないから。ジューンはまばたきをして涙をこらえた。たぶん、もっと短い言葉で伝えられたはずだ。本当にすまなかったね、アリス。わたしはもっといい母親でいるべきだった。本当に、本当にごめんなさい。

　地元の警察がソーンフィールドの玄関をノックしたとき、ジューンはパントリーに隠れてフラスクからウイスキーをあおってから顔を見せた。彼らを招き入れながら、用件は〈花〉のことだろうと考えていた。そうではなく、彼らは帽子を脱ぎ、息子が自宅の火事で妻ともども死んだと話した。息子夫婦の子供たちは助かった。生まれたばかりの息子と九歳の娘。孫はふたりとも治療を受けていて、ジューンが最近親者にあがっている。言いづらいことを伝えるしかないのだが、クレムが妻と娘に深刻な虐待をしていたのは明白だと。警官たちが去ってから、ジューンはトイレに駆けこむと同時に胃の中身を吐いた。息子に対する心の奥底に隠した不安を何年も寄せつけまいとしていたけれど、それが現実となっていた。

　そしていまアリスを見やり、ジューンはふたたび吐き気を覚えている。この子はアグネスそっくりだ。うねった髪、濃いまつげ、ぽってりしたくちびる、大きな目は好奇心と切望を強く感じさせる。アグネスもこの子も重要な臓器のように、はかなさを身体の外側に身につけていた。アリスが母親に似ているならば、性格も受け継いでいるんだろうか？　それともクレムのような子なのか？　ジューンにはまだなんとも言えなかった。アリスの沈黙は心配でならない。選択性緘黙《かんもく》は深い精神的外傷を処理している子供によく見られるのですよ、ドクター・ハリスはそう言ってジューンをなぐさめた。通常は一過性です。適切なカウンセリングとサポートがあれば、アリスは本人の準備ができればまた口を開くでしょう。それまでは、彼女がどれだけのことを覚えているか、わたしたちにわかることはありません。

　ハンドルを握る手に力をこめると、ブレスレットがチリンと鳴った。レジンに押しこめた黄色い花々をちらりと見おろす。銀のブレスレットのひとつひとつからチャームがぶらさがっている。チャームはすべて同じ花を使って作ったものだ。どのバタフライブッシュも同じように少しずつ形の違う五枚の黄色い花びらがついている。どの花にもいちばん上の花びらに赤い模様が出ていた。どの花も中心に三本のおしべがあり、そのうちもっとも大きなものは小型の足漕ぎボートのような形だ。ジューンはこのブレスレットを今日のためだけに作った。手首でチリンと鳴るたびに、その意味を秘密の祈り手のように繰り返してくれた。〝やりなおしのチャンス。やりなおしのチャンス。やりなおしのチャンス〟。

アリスは眠っているが息を呑み、ピクピク震えていた。首が痛そうな角度に曲がっている。ジューンは手を伸ばして姿勢を直してやろうかと考えたが、一瞬ののちにアリスは咳をして自分で首のむきをかえた。

ジューンは道路に注目した。アクセルをさらに深く踏む。この子がどんな夢を歩いているにしても、やさしいものであることを祈った。

✴

午後の遅い時間の日光が車内に射してきた。アリスはあっと思った。いつのまにか寝ていた。目の隅で乾いた涙がひび割れて首がこわばっている。背筋を伸ばしてストレッチした。ハリーが手をなめた。アリスはしたいようにさせた。疲れすぎて、もう一度払いのけることはできない。もうそこは幹線道路ではなく、でこぼこの土の道を通っていて、うるさい音を出して車がはねた。こぶや土のたまった穴をガタガタと乗り越えると、ドアの取っ手に膝がぶつかってピンクのアザができた。潮風が恋しくてたまらない。

ジューンは窓を開けて日焼けした肘を窓枠にあずけていた。白いものが混じるカールした髪が風をうけてそっと揺れている。アリスはその横顔をじっと見つめた。父と似たところはぜんぜんないのに、どうにも見たことのある気がする。ジューンが髪を耳にかけると、銀のブレスレットが手首でガチャガチャと音をたてた。どのブレスレットにも小さなチャームがさがっていて、黄色の押し花が入っている。ジューンがアリスに目をむけ、寝ているふりをするのは間に合わなかった。

6

ストライプド・ミントブッシュ

「起きたんだね」

目を閉じる瞬間のまつげごしでにじんでいたけれど、ジューンのほほえみが見えた。ジューンはブレスレットを揺すった。「これが気に入ったかい？　自分で作ったんだよ。花も全部、うちの農園のもの」

　アリスは顔をそむけて窓の外を見た。

「どの花もひとつの秘密の言葉なんだ。花を組みあわせて身につけるのは、自分だけの秘密の暗号を書いているようなもので、相手もわたしの言葉を知らないかぎり理解できない。今日は花をひとつだけ身につけようと思って」

　アリスの頬の筋肉はピクリとなった。ジューンがギアを入れかえ、ブレスレットがそれにこたえてチリンという。「花の意味が知りたい？　秘密の言葉を教えてあげるよ」

　アリスは無視して、簡単に燃えそうな乾いた低木が窓の外を流れる様子に集中した。車が家畜止めの細い溝を乗り越えると胃がくんとかたむいた。蟬のうるさい声でなにも考えられなくなる。ジューンはまだしゃべっていた。「教えてあげられる」アリスは隣の見知らぬ女をにらんだ。しばらくのあいだ、ジューンはしゃべらなかった。アリスは目を閉じた。ほうっておいてほしかった。

「惜しいところで町を見逃したよ。でも大丈夫。あとで探索する機会はたっぷりあるから」ジューンはトラックのペダルとギアを操作した。エンジンがブーンとうなってスピードがゆるむ。「着いたよ」

　土の道からもっと細くてなめらかな私道に曲がった。傾斜した道を走るあいだはトラックに騒音が満ちたけれど、それもウーンという低いうめき程度になった。空気がかわった。黄色い埃と対照的に、甘くみずみずしい。花をつけたグレヴィレアの低木がトラックの隣に現れた。オオカバマダラがヒラヒラ、シュッとワイルド・コットンの上を舞っている。アリスの五感は圧倒され、もっと身体を起こさずにいられなかった。蜂のブンブンいう音がいくつもかたまった白い巣箱から聞こえ、その隣に銀色がかった緑のねじれたユーカリが並び、どの木も初めて目にする大きな家に梢《こずえ》をむけていた。でも見たことのある家だと気づいた。

この家は父の小屋にあった古い写真で見たよりもずっと活気がある。色あせたリボンで結ばれた青みがかった黒い髪の房と同じ隠し場所にあった写真。アリスはジューンの髪をたしかめた。いまは白髪まじりでよくわからないけれど、昔はああいう黒だったのかもしれない。

私道の終わりまでやってくると、ジューンはトラックを方向転換させて太い蔦にすっぽりおおわれたガレージにとめた。ハリーはピンと背筋を伸ばして座り、しっぽを振るリズムはアリスの鼓動と調和していた。木立からは鳥の歌がひっきりなしに聞こえる。もとの家では、いまが一日のなかでお気に入りの時間だった。夕闇がせまり世界に青が振りかけられて、潮がなにを運んでくるのか、空気がつんとするにおいになるときだ。ここでは違っていた。もっと乾燥していてあたたかい。海の気配はぜんぜんない。空をただようペリカンはいないし、フエガラスの呼びかけもない。アリスは指先を太腿にくいこませて落ち着こうとした。オオカバマダラが助手席の窓にふれた。アリスが声に出せないことをすべて聞けるみたいにただよってから、ひらひらと去っていった。

「ようこそ、アリス」ジューンはトラックを飛びおりて、ベランダに続く短い木の階段のてっぺんに立っていた。彼女は片手を差しだした。

アリスはトラックにとどまった。ハリーも隣に座ったままで、アリスの手は自然とハリーの耳へ

6

ストライプド・ミントブッシュ

伸び、トビーが好きだった場所をさぐりあてていた。ハリーはうれしそうにうなった。アリスのことを、ほかの誰も病院まで迎えにきてくれなかった。ジューンだけ。そしてこの会ったこともなかった人に、迷子の犬のように渡された。ジューンの笑顔は揺らぎはじめている。アリスは目を閉じた。疲れた。とても疲れていて、眠ったら百年経っても起きない気がする。自分自身と取引をした。家には入る。眠るためだけに。

　ジューンの視線を避けてハリーと一緒にトラックを降りた。深呼吸をして肩をいからせ、重い足取りでベランダの階段をあがる。

　家をぐるりと木の幅広のベランダがとりまいて、灯油ランプが点々と置いてあった。鳥とコオロギが日没を歌っている。風が木立をかさかさと鳴らしてユーカリのすっきりしたにおいを解き放っていた。アリスはジューンに続いてベランダを横切り、玄関までやってくると足をとめた。網戸がジューンの背後でひらいて閉じた。アリスはまえに進まない。ハリーは隣にとどまっている。

「アリス？」ジューンが網戸まで引き返した。「部屋を用意しておいたから。慣れた部屋と違うのはわかっているけれど、あんたの好きに使っていい場所だよ」ジューンが声をかけて網戸をそっと押しあけた。

　アリスは鼻水が出ていた。手の甲でふきとった。

「うちに入って顔を洗って横になったらどう。なにか食べ物を運ぶから」

　視界がふらついた。

「あったかいおしぼりで顔をふいたら？　浴室はこの廊下のつきあたりだよ」ジューンがもどってきた。

疲れすぎて抵抗できず、案内されるまま玄関に入った。うなだれた花のように頭を下げた。ハリーはふたりの隣をゆっくり歩いていく。

家がとても広くてアリスの口は半開きになった。貝殻みたいに真っ白な長い廊下は大小さまざまなランプで照らされ、やわらかな影を投げかけている。廊下に敷かれた細長いカーペットを歩いた。鉢植えがどの片隅にも置いてある。棚には本がずらりと並び、合間に白い石の入った瓶、羽根をさした花瓶、ドライフラワーが飾られていた。すべてにさわりたかった。

ジューンは広々とした木と白いタイルの浴室にアリスを案内した。洗面ボウルにお湯をためた。鏡になっているキャビネットを開け、茶色の小瓶を取りだしてキャップをひねり、洗面ボウルに数滴を振り落とす。あたたかで心落ち着く香りがお湯からたちのぼった。アリスのまぶたは重くなった。ジューンはフェイスタオルを洗面ボウルに浸して絞ってから差しだし、アリスはそれで顔をおおって息を深く吸った。ぬくもりが目の奥の痛みをいくらか取り除いた。顔をふきおえてみると、ジューンはまだその場にいた。

「ぜったいにひとりにしないから。わたしはどこにも行かないよ」ジューンが囁いた。

✷

浴室での身繕いが終わると、アリスとハリーはジューンに続いてランプで照らされた螺旋《らせん》階段をあがった。てっぺんに小さなドア。ジューンがドアを開けるのを待ってアリスもあとを追った。ジューンが照明のスイッチをパチリとつけると、光がするどくてアリスはうっと声をあげて目をおおった。ジューンが急いで明かりを消した。

「ほら、手伝うよ」そう言われた。ジューンから肩に手をまわされて身体を固くしたまま、ふたりで部屋の奥へむかった。アリスは急いでジューンから離れてやわらかなベッドに入り、暗闇で上掛けごとシーツを引っ張りあげた。シーツは羽根のように肌にかぶさった。ジューンが出ていく音を待った。けれども、祖母がベッドのはしに腰を下ろした重みを感じた。

「一歩ずつやっていこうね、アリス」ジューンが静かに言う。「いいかい？」

寝返りを打ち、ジューンがいなくなるのを黙って願った。しばらくしてジューンが立ちあがったのを感じた。ドアがカチリといってそっと閉じられた。

息を吐きだした。眠りにつく直前に聞いたのは、ハリーが軽快に駆けまわって爪をタタタと鳴らしてから、ベッドの足元の床にドサッと寝そべった音だった。

✷

一階の廊下でジューンは壁に片手をあてて身体を支えた。今日は一日、酒を飲んでいない。

「彼女が来たの？」

ツイッグの声に驚いた。振り返らなかった。うなずく。

「彼女は大丈夫？」

間。

「わからない」ジューンは答えた。コオロギがふたりのあいだの沈黙を埋めて歌う。

「ジューン」

その場から動かず、壁に手をあてたままでいた。

「彼女はここにいていい。ほかの〈花〉となにもかわらないよ。あなたもよくわかっているようにね」ツイッグがきっぱりした厳しい口調で言う。「それどころか、彼女は誰よりもここにいていい人よ。あなたから、わたしたちから、この場所から癒やしを受けとって当然。彼女はあなたの家族」

「あの子はあいつの家族だよ」ジューンは言い返す。「あいつの家族なんだから、わたしは気にしたくもない」

「意地を張っちゃって」ツイッグの声はやわらかくなった。ふたたび沈黙。「震えているのね」

ジューンはうなずく。

「それで、あなたは大丈夫なの？」

「この数日はたいへんだった」目頭をつまんだ。なにを訊《き》かれるか感じとった。

「赤ん坊はどこ？」

ジューンは深いため息をもらした。

「まさか、本当に男の子のほうは連れてこなかったの？」ツイッグの声は震えている。

「いまはやめて、ツイッグ。頼むから。朝になったら話そう」ジューンは振り返ったが、廊下には人影もなく網戸がピシャリと閉まる音が響くだけだった。あとは追わなかった。言葉は害にしかならないこともあると、誰よりもよくわかっている。

家じゅうをまわってすべての明かりを消していった。考えなおして引き返し、あの子が夜中に目

6

ストライプド・ミントブッシュ

が覚めたときのためにランプをひとつだけつける。扉の閉まったキャンディの寝室のまえで足をとめたが、下からもれる光はない。たぶん畑のむこうの寮に〈花〉たちといるのだろう。紙巻き煙草の香りが家にただよっている。ツイッグがベランダで吸っているのだ。ジューンはふたたび廊下へもどって居間に足を踏み入れた。ひらいた窓から手を伸ばし、ボトルブラシの花を手折った。また廊下にもどってツイッグの寝室のドアの鍵穴にさした。花言葉は〝認めて〟。

自分の寝室でひとりになるとすぐ、ランプをつけてベッドに身体を投げだした。目元を腕でおおい、ポケットの満杯のフラスクが誘惑で刻々と重くなっているような気がするのを振り払った。

十八歳のクレムがジューンの遺言からはずされたと知って激怒し、アグネスを連れてソーンフィールドを去って以来、息子から頼りがあったのは一度だけだった。九年前、いまならアリスが生まれたのだと推測できるとき、息子の筆跡でジューンあての荷物がソーンフィールドに届いた。当時もいまとまったく同じことをした。ウイスキーのフラスクを手に寝室にひきこもったのだ。

ベッドに座り、ポケットのフラスクを取りだしてキャップを開け、思い切り酒をあおった。ウイスキーが手足の震えをとめて首の緊張を感じなくなるまで飲んだ。落ち着いた手をベッドの下に入れ、何度もいじって傷んだ荷物を引っ張りだす。箱の蓋をひらき、手彫りの木の装飾品をおずおずと取りだし、両手で抱えた。いま、上の部屋で眠る子と同じ、バラのつぼみのような口と大きな目をした生まれたばかりの赤ん坊が、革のような葉と釣り鐘形の花々のベッドに横たえられている。どの花の内側にもストライプが入って花喉には黄色の点がついていた。

「許された愛」ジューンは涙声でつぶやいた。

7 イエロー・ベルズ

初めての人への歓迎

Geleznowia verrucosa

西オーストラリア州

愛らしい黄色の花をつける小さな低木。日光を好み、乾燥に強く、かなり水はけのよい土を必要とする。多少日陰になっても育つが、基本的な日当たりのよさは必須。美しい切り花にできるが、繁殖と発芽が安定しないため、貴重な植物となっている。

夜明けの光と共にジューンはベッドから起きあがり、ブランドストーンのブーツを履いて音をたてずに家の裏口へむかった。外では世界が涼しく青かった。そこで心を静めて呼吸を繰り返す。フラスクのウイスキーを飲み干してもよく眠れなかった。本当を言えば、もう数十年もよく眠れていない。クレムが出ていってからはなおさらだった。うつむいた。ブーツの傷やかすれを見つめる。じつを言えばゆうべは自分をいじめるようなことをして、あの赤ん坊の手彫りの品とミントブッシュをナイトスタンドに置いたままにした。自分への罰、それが不眠だった。

空が明るくなると、仕事を始めるために家の横手へまわって植木ばさみとバケツを手にし、畑を横切ってオーストラリア固有種の花《ネイティヴフラワー》の温室へむかった。朝は蜜蜂の低いブーンという音と、時折混じるカササギフエガラスの歌に満ちていた。

温室の空気は湿気があって濃密だ。呼吸がしやすくなった。奥にむかうとすでにイエロー・ベルズの花が咲いており、ジューンはエプロンのポケットから植木ばさみを取りだした。

ソーンフィールドはいつも花と女が咲き誇ることのできる場所だった。ソーンフィールドにやってくるどの女にも、それまでの踏みつけにされた人生の自分から成長する機会をあたえられた。クレムが去ってからジューンはソーンフィールドを美、平和、避難と繁栄の場にしようと心を砕いてきた。自分のもとにやってきた女たちの生命線でもある花を、激しやすい息子に遺贈しないという決断を正当化することしかできなかった。

ツイッグはここにやってきた初めての〈花〉であり、政府に我が子たちを奪われてから抜け殻になった女だった。誰でも自分がつながっていると感じられる場所と人が必要だよ、ジューンはソーンフィールドでのツイッグの最初の夜にそう話した。それ以来、人生がふたりになにを投げかけてもツイッグはジューンのかたわらから離れなかった。ゆうべも彼女は、鐘の部屋で眠る口を閉ざした風変わりな子供はジューンの花畑で働く女たちと同じように、ここにいていいのだと念を押してきた。たとえあの子がクレムの娘でも。

ツイッグが正しいことはわかっている。だが、胸は不安に締めつけられた。ジューンには掘り返せないことがある。ぜひとも横たえて朽ちるままにしたいこと。アリスにあの子の父について話をすると考えるだけで自分の言葉が砂にかわり、干からびる気がした。

薄氷を踏む思いでアリスに接して優柔不断になり、やりなおすチャンスをみすみす壊しているようなこの感覚は、ジューンになじみのないものだった。責任を負って物事を判断する立場には慣れていた。種をまけば、予想した時期に花が咲いた。彼女の人生には植えつけ、成長、収穫のサイクルがあり、そのリズムと順番を拠り所にしていた。人生のペースがゆっくりとなって引退を考えかけていたいまになって、自分のもとに子供がやってきたことはおおいなる悩みの種だった。だが、初めて孫娘を目にしたとき、病院のベッドで横たわる姿がはかなく消えそうで、ジューンは痛む胸に手をあて、まだ自分にうしなえるものがどれだけ残っているのか悟った。

屋外で日射しが強さを増し、ジューンはネイティヴフラワーのあいだをさまよって花を咲かせたものを摘んでいった。あの子にどこからどう話せばいいのかわからない。真実は話せないが、その次にいいことならできる。花をつうじて話す方法を教えよう。

✷

アリスは息苦しくて目覚めた。吐き気のするような火の甲高い音や低い囁きが頭のなかでこだましている。顔の冷や汗をふいて起きあがろうとした。ショーツが濡れていた。ぐっしょりとなったシーツが脚にもつれて、生き物のように巻きついていた。脚を強くけりだしてどうにかベッドのはしに座る。夢の熱が薄れはじめた。肌が冷えた。隣でトビーがうめいた。アリスは首を振った。これはトビーではない。ここにはいない。母が起こしにくることもない。母の声がまた物語を聞かせてくれることもない。父は火で生まれかわらなかった。あの父ではない別のものになることはない。赤ちゃんに会うこともない。家には帰れない。

涙をふこうとするのはあきらめて流れるままにした。身体の内側のなにもかもが、夢の浜辺の草のように焦げた気がした。

やがて、部屋にいるのは自分だけではないと気づいた。振り返るとベッドの足元近くにハリーが

7

イエロー・ベルズ

お座りをしてこちらを見つめている。この犬はまるで笑っているみたいだった。近づいてきたハリーはとても大きくて、犬というより小さな馬を思わせた。ジューンはこの子をなんと呼んでいたっけ？　ブルなんとか？　ハリーがアリスの膝に頭をのせた。期待して眉毛がぴくぴく動いている。アリスはためらったが、この犬は怖くはなかった。だから頭をなでてやった。犬はふうと息をもらした。耳のうしろをかいてやると、座ってよろこびのうなり声をあげた。長いことアリスと一緒に座り、そのしっぽはゆっくりと弧を描いて左右に振れて床をはいていた。

　ゆうべの到着がまるで長く暗いトンネルの入り口で、いまは出口にいるような遠い感覚がした。ここまでの場面がぶつかりあって弾ける。ジューンのブレスレットの音。黄色い埃でおおわれた自分の肌。

　ハリーが立ちあがり、するどく一度吠えた。アリスはうつむいたまま、肩を落としていた。ハリーがまた吠える。アリスはにらみつけた。また吠えている。今度はもっと大きく。どうしても泣きやむことができなかったが、やがて涙が自然とおさまってきた。ハリーのしっぽがぶんぶん揺れる。この子はちゃんと耳が聞こえるが、とにかくアリスは親指を突きたてて左右に振ってみせた。ハリーは首をかしげてじっと見ている。近づいてきて手首をなめた。アリスはなでてやり、大きなあくびをして、たいして関心ももたずにあたりを見まわした。

　この部屋は六角形だった。ふたつの壁に長く白い棚が並んで、はみだしそうなくらい本がぎっしり詰まっている。三つの壁は床から天井までの窓になっていてうすいカーテンがかかっていた。そのうちひとつの壁のまえにこったデザインの机と椅子があり、招待されているように心惹《こころひ》かれた。背にしていた残りひとつの壁にむきなおった。この壁にベッドがつけられていて巨大な本からページをひらいたみたいに見える。誰かがたいへんな手間をかけてこの部屋を準備したのだ。ジューンが自分のためにこんなことをしてくれるだろうか？　存在することも知らなかった祖母、ジューンが？

　アリスは勢いをつけて床に足を下ろし、立ちあがった。ハリーが円を描いて舌を出しながら待っている。アリスはひどくめまいがしてよろめいた。目を閉じておさまるのを待った。ハリーが支えてくれた。めまいが去るとしっかりと立ちあがり、机にむかって椅子に腰を下ろした。自分の身体に合わせて作られたように感じる。机を両手でなでた。なめらかで手触りのいい板で、周囲には太陽と月、蝶の羽根、星の形の花をつなげた彫刻がしてある。指先でなぞってみた。この机にどこか親しみがあるのだが、答えのわからない質問をまたひとつ増やさなくてもいい。机にはインク壺、その隣にペン、色鉛筆、クレヨン、絵の具のチューブと筆がそれぞれ入った瓶が置いてある。きれいに重ねられたノート。色鉛筆をじっくり見ていくと想像できるかぎりの色がそろっていた。ほかの瓶に万年筆を見つけた。キャップをはずして手の甲に細く黒い線を書き、濡れたインクの光沢を楽しんだ。ノートをめくる。真っ白なページが続いて手招きしていた。

「ここは昔、鐘の部屋だったんだよ」

　アリスは飛びあがった。

「悪いね。驚かすつもりはなかった」

　ハリーはジューンを見てキャンキャン吠えた。祖母はハニー・トーストの皿と牛乳のグラスを手にして戸口に緊張して立っている。バターの甘い香りが部屋を満たした。アリスは昨日ガソリンスタンドでパサパサになったベジマイトのサンドイッチをほんの数口しか食べていなかった。ジューンは部屋に入ってきて机に皿とグラスを置いた。手が震えている。黄色い花びらが一枚、髪にくっついていた。

「ずっとまえのソーンフィールドが酪農農家だった頃、ここは家のなかでとくに大事な部屋だった。ここの鐘の音が敷地全体に響きわたって、一日の始まりと終わり、食事の時間をみんなに教えたんだ。鐘はとうの昔になくなったけれど、風の吹きかたによっては鐘が鳴っているように聞こえると思うこともあるよ」ジューンは落ち着かない様子で、皿をあてもないこうでもないと置き場所をずらしている。「ここにあがってくるといつだって、なんだかオルゴールのなかにいるような気がする」

ジューンはあたりを見まわしながら鼻をきかせている。窓辺へ歩いてカーテンを開けた。「こんなふうに開けるんだよ」留め金を動かせば、どの窓も上から三分の一が開くようになっていた。

アリスの頬は熱かった。ジューンがベッドに近づくところを見ていられない。視界の隅で、ジューンが上下のシーツをはがしてなにも騒がず丸めて、ドアに近づく姿を盗み見た。「食べ終わったら、わたしは下にいるから。シャワーを浴びるといいね。あたらしい服を用意しておくよ。シーツも」ジューンは小さくうなずいた。目はやはり遠くを見ているようだ。

アリスは息を吐きだした。おねしょをしてもこまったことにならなかった。

ジューンの足音がしなくなると、朝食の皿に飛びかかった。目を閉じてトーストをかじり、バターのにじむ甘さにうっとりする。片目を開けた。ハリーがお座りして見ている。ちょっと考えてから、バターがたっぷりついた部分をちぎってハリーに差しだした。一時休戦だ。ハリーは器用にトーストをアリスの指先から受けとり、たるんだ頬を震わせた。一緒にトーストと牛乳の食事を終えた。

ふわりと甘い香りにアリスは気づいた。ジューンが開けた窓へそっと近づき、窓ガラスに身体を押しつけて手を広げてあてる。家のてっぺんからは敷地がぐるりと見渡せた。ひとつの窓からは、ベランダの階段からユーカリの木立まで走る埃っぽい私道が見えた。次の窓へ走る。家の隣に錆びたトタン屋根の大きな木造の作業小屋、ひとつの壁には蔦がびっしりとからんでいる。この小屋と家のあいだに小道。最後の窓の外を見て、鼓動が速くなった。家と小屋のむこうは、異なる低木と花が何列も並ぶ見渡すかぎりの畑だった。アリスは花の海にかこまれていた。

すべての窓の留め金をはずすと、流れこんできた香りは海より刺激があって燃えるサトウキビより強かった。なんのにおいか突きとめようとした。掘り返した土。ガソリン。ユーカリの葉。湿った堆肥。そしてまちがいなくバラの香り。だが、いつまでもアリスの記憶に残るのは、次の瞬間の初めて〈花〉たちを見たときだった。

男の人に見まちがえそうだった。厚手の綿のワークシャツ、パンツ、重たげなワークブーツ姿は父と同じだ。帽子はつば広で手袋。彼女たちは先ほどの作業小屋からVの字に並んで現れ、バケツ、植木ばさみ、肥料の袋、熊手、鋤《すき》、じょうろを手にして、花々のあいだに散らばった。花を切ってバケツを満たし、作業小屋に運んでふたたびバケツを用意して姿を現す人もいる。花々の畝にそってあたらしい土を山積みにした手押し車を押し、足をとめて苗床にシャベルで土を入れる人もいた。さらに数人が畑のあちらこちらに水をまき、葉や茎を確認している。時折ひとりが誰かと笑い声をあげて、小さな鐘のように声が響いた。アリスは指を使って数えた。全部で十二人いる。

そこで歌が聞こえた。

7

イエロー・ベルズ

横手の温室がいくつかかたまった近くに女の人がひとりで座り、小さな包みの入った箱を整理しながら歌っていた。その人が手をとめて帽子を脱いで頭をかいたときにパステルブルーの髪が背中にころがり落ちて、アリスは息を呑んだ。その人は髪を束ねて帽子にたくしこみ、歌いつづけた。アリスは窓ガラスに両手と鼻を押しつけてその人を見つめた。青い髪の人で十三人になる。

その朝は部屋にとどまって窓から窓へとさまよい、女の人たちが躍動する姿をながめていた。水をまき、手入れをして、苗を植え、花を切る。あざやかな花の入ったバケツは、畑から作業小屋まで運ぶ女の人たちよりなんだか大きく見えた。

母がこのなかの誰かだったらと想像してしまう。顔が隠れる大きな帽子と身体を守る厚手の作業着姿の誰か。母の横顔が見えそうな気がする。帽子を深くかぶり、泥のブレスレットができた手首で花のつぼみに手を伸ばして。この部屋にいればいるほど、そんな想像が現実になりそうに思えてくる。

ハリーがドアをひっかいてクーンと鳴いた。トビーが同じことをするのはトイレに行きたいときだった。アリスは無視しようとした。一日中、窓のそばに座っていたい。でも、ハリーが両手でドアをひっかくようになると、誰かがここまであがってくるのではないかと心配になった。それに、ハリーにおもらしをしてほしくもない。ドアを開けるとハリーは吠えながら駆け足で降りていく。窓から見ていると、ハリーは外へ飛びだし、女の人たちに次々に走りよってあちらこちらのにおいをかいだ。みんな愛情をこめてハリーの脇腹をなでた。ハリーはぜんぜんおしっこなんかしなくてよかったのだ。裏切り者。

アリスはまた女の人たちを数えた。今度は外で働いているのは九人だけだった。青い髪の人を探したけれどほかの人と見分けがつかず、あきらめて窓辺から離れた。ベッドに腰かけた。日が高くて部屋は暑かった。下に降りて外に出て花の畝のあいだを走り、作業小屋に花のバケツが並ぶのを見たらどんなにすてきだろう。脚がむずむずする。指先で太腿をせわしなくつついた。

ドアからするどく吠える声がして考えごとは中断された。ハリーがぶらりとやってきてアリスの手をなめようとした。無視したが、ハリーは近くにお座りして見つめてくる。ハアハアいわない。しっぽを振ることもない。ただ見つめている。しばらくしてアリスは首を振った。ハリーは立ちあがって吠えはじめた。アリスは両手の仕草で静かにさせようとしたが、吠えるのをやめない。アリスが立ちあがると、ハリーはやっとおとなしくなった。ドアに近づいて待っている。アリスがあとに続くと、ハリーは階段を降りていく。アリスはためらって階段のてっぺんで足をとめた。吠える声が連続して螺旋をあがってくる。むっとしてアリスは階段を降りていった。

階段の一番下の廊下には誰もいなかった。つきあたりに、ジューンと顔を洗った浴室が見えた。忍び足で立ち寄る。目のまえの棚には清潔なタオルの隣にあたらしい服がたたんであった。ショーツ、そして外の女の人たちが着ているようなカーキのパンツとワークシャツ。ベイビー・ブルーのブーツ。輝く合皮をゆっくりとなでた。こんなにきれいな靴が自分のものになったことはなかった。シャツを身体にあててみる。ちょうどのサイズだった。顔に押しあてて、綿の清潔なにおいを吸いこむ。急いで浴室のドアを閉めてシャワーの栓をひねっておいてから、服を脱いだ。

7

イエロー・ベルズ

廊下にもどり、濡れた髪を指でととのえ、あたらしい服の軽くてふわりとした感覚、とても清潔になったよろこびに震えた。土埃をかぶったままだったからシャワーの湯が茶色く流れていた。肌からただよう石鹸の香り。急いで廊下の左右を見た。誰もいない。誰かに会うのを気にしすぎて、これからどうしたらいいかわからず、すばやく部屋にもどろうとしたとき、フォーク類と皿の音、女の人たちの声に気づいた。壁に身体を押しあて、弾けるようなおしゃべりとたまに甲高くあがる笑い声をたどった。廊下の先、家の裏手で網戸が開いて広いベランダがあるところ。しっかり物陰に隠れて網戸からのぞいた。

ベランダの四つの大きなテーブルに女の人たちが座っていた。アリスに背をむけて顔が見えない人たちもいる。でも、何人かはこちらをむいていた。年齢はさまざまだ。ひとりは喉をおおう複雑な何羽もの青い鳥のタトゥーをいれている。かっこいい黒縁のメガネをかけている人も。斑点のある羽根を髪に編みこんだ人。それから、顔は汗と埃で汚れているけれど完璧に真っ赤な口紅をつけている人。

テーブルは白いクロスがかけられてグリーンサラダ、スライスしたレモンとライムを浮かべた氷入りの汗をかいた水差し、グリルした野菜の皿、キッシュやパイの深皿、スライスしたアボカドの鉢、イチゴの小さな椀がのっていた。ハリーのしっぽがふたつの椅子のあいだから突きだして左右に揺れている。アリスはじりじりと近づいた。どのテーブルの中央にも花ではちきれそうな花瓶。母が見たら、どんなにこの光景を愛したことだろう。

「来たね」

アリスはぎくりとした。

「あたらしい服、似合ってるよ」ジューンが背後の廊下から声をかけてきた。アリスはどこに視線をむけたらいいかわからず、ベイビー・ブルーのブーツを見つめつづけた。「アリス」ジューンがそう言ってから、頰にふれようとするかのように手を差し伸べた。アリスが身をすくめると、ジューンは急いで手を引きもどしてブレスレットがチリンと音をたてた。

ベランダから笑い声が響く。

「さて」ジューンが網戸のむこうを見やる。「昼食にしよう。〈花〉たちが紹介されるのを待っているから」

8

バニラ・リリー

愛の大使

Sowerbaea juncea

オーストラリア東部

ユーカリの森、森林地帯、低木荒野、亜高山帯の草地に見られる多年草で、塊根は食用になる。イネのような葉に強いバニラのにおいをもつ。ライラックのようなピンクから白の色合いの花は紙のように薄く、やはり甘いバニラの香りがする。火災や野焼きのあとにふたたび芽を出す。

ジューンが網戸を大きく開けた。腰を下ろす女たちに沈黙が広がる。ジューンは振り返り、ついてくるようアリスに合図した。

「みんな、この子はアリス。アリス、こちらは〈花〉たち」

つぶやかれる挨拶がアリスの肌をひらひらと舞う。アリスは手首をつまんでお腹のなかのいやな感じから気を紛らわせようとした。

「アリスは」ジューンが一度言葉を切る。「わたしの孫娘だよ」〈花〉たちから少しばかり歓声があがった。ジューンはおさまるのを待った。「ソーンフィールドでわたしたちと一緒に暮らすために来たから」そう明言した。

アリスは青い髪の人がこのなかにいるのか知りたかったが、誰かひとりとでも目を合わせるなんてとんでもなかった。誰もしゃべらない。ハリーがにじりよってきて足元に座り、大きな身体を預けてきた。アリスは感謝してなでた。

「さて」ジューンが沈黙を破る。「じゃあ、食べよう。いや、ちょっと待って」女たちの顔を見まわした。「ツイッグ、キャンディはどこ？」

「かたづけをしているわ。先に食べててくれって言ってた」

アリスがその声を目で探すと、顔をとりまくつややかな黒髪とかげりのない明るい表情のすらりとした女の人がいた。

彼女はアリスにほほえみかけた。まるで全身に日射しを受けて立っているようにあたたかくなる。

「ありがとう、ツイッグ」ジューンはうなずいた。「アリス、こちらはツイッグ。〈花〉たちの世話とソーンフィールドの経営を手伝ってくれている人だよ」

ツイッグが笑って手を振った。アリスもほほえもうとした。

ジューンはテーブルをまわって〈花〉たちの紹介を続けた。ソフィがかっこいいメガネの人。エイミーが髪に羽根を編みこんだ人。ロビンが赤い口紅の人。ムーヴが白い喉に青い鳥のタトゥーを入れている人だった。彼女がほほえんでアリスに会釈すると、青い鳥の羽根が動いた。ほかの〈花〉たちの名前がアリスのまわりを流れていく。そのなかでフリンデル、タンマイ、オルガは初めて聞く名前だった。残りのフランシーン、ロゼーラ、ローレン、カロリーナ、ブーは物語で読んだことがある。ブーは見たこともないほど歳を取った人だった。肌は紙みたいにしわが寄って折りたたまれていて、本の生きているページのようだ。

ジューンは紹介を終えるとアリスを席に案内した。黄色い花のリースが飾ってある。どの花も小さな王冠みたいに見えた。

「イエロー・ベルズは初めての人への歓迎のしるしだよ」ジューンは隣に座りながら緊張した口調で言う。その手はいつ見ても震えているみたいだ。アリスは椅子の下で足をぶらつかせた。「食べよう、〈花〉たち」そう言ってジューンは片手を振り、ブレスレットが音をたてた。

　彼女の指示でベランダは活気づいた。ボウルがまわされ、冷えた飲み物に感謝してグラスを合わせる音。スプーンがディップをすくうときのガチャガチャと響く音、ナスのスライスをつまむトングの音に、ハリーがたまに興奮して吠える声が混じる。おしゃべりする女たちの声はうるさくなっては、料理を口に運んで静かになった。アリスは、カモメの群れがごちそうのヤビー（小型のザリガニ）を見てキーキー叫んでいる様子を連想した。うつむいた姿勢をかえなかったが、ジューンがすべての料理を少しずつアリスの皿にのせながら話しかけているのはうっすら気づいていた。イエロー・ベルズのリースのことばかり考えて、食べることまで気がまわらない。〝初めての人への歓迎〟。ジューンは祖母であり守り人であるが、初めての人だった。これだけ暑いのにアリスは震えた。誰も見ていないと確信して、リースからイエロー・ベルズをいくつかちぎってポケットに入れた。

　テーブルに座る女の人たちを観察した。ほほえむと涙が浮かぶ悲しい目をした人たちもいる。何人かは、ジューンみたいに白髪の縞が頭に混じっていた。目が合うと、まるでアリスがしあわせにしてあげたみたいに、またはなくしていた宝物を見つけたようにみんなが手を振ってくれた。この人たちをながめるとそれぞれの反応がとても調和していて、これまでに千回も踊ったことのあるダンスをしているみたいだ。母と一緒に読んだ物語を思いだした。十二人の踊る姉妹が城から毎晩消えていく話。ベランダに座り、それぞれ悲しみをいちばんいい舞踏会のドレスみたいにまとった女の人たちといると、アリスは眠ってしまって母の物語のひとつで目覚めたような気になった。

昼食がかたづけられて〈花〉たちは仕事にもどり、ジューンとアリスは裏手のベランダでふたりして立ちつくした。熟成していく午後に、熱く焼けた大地とココナッツの日焼け止めのにおいが重なっている。遠くでカササギフエガラスがさえずり、ワライカワセミがクワッカカカと笑った。ハリーがふたりの隣に横たわり、たくさんの残り物を楽しんでいる。

「おいで、アリス」ジューンが腕を大きく広げる。「案内しよう」

アリスはジューンに続いてベランダの裏の階段を降りて花の畝へむかった。目の高さから見ると、上から見たときより背が高く見える。サトウキビ畑にいるような気がしてならず、一瞬、混乱して足をとめた。

「ここは切り花用の畑」ジューンが指さす。「ほとんどはネイティヴフラワーを育てている。それが昔からソーンフィールドの中心だった。ネイティヴフラワーの販売が」話しぶりは堅苦しくてするどく、舌にレモンのスライスをのせてしゃべっているみたいだ。

ジューンは畑の奥まで歩き、裏手のビニールハウスと温室、その反対側にあり、〈花〉たちが暑さを避けて午後はそこで仕事をする作業小屋を指さした。

「農園のむこうは自然のままの森《ブッシュランド》でそこを抜けると川に行き当たるんだよ。川は……」ジューンは言いよどんだ。

アリスは顔をあげた。

「川にはいろいろあってね。また今度話す」ジューンに見つめられたが、アリスは水がそんなに近くにあると知って気もそぞろになっていた。「いま話したすべてがソーンフィールドの土地だ。何世代もわたしの家族のものなんだよ」ジューンは間を空けて続けた。「わたしたちの家族の」彼女は言いなおした。

＊

あれは暑い日の午後だった。自宅のキッチンで母が夕食の支度をするあいだ、アリスは母の足元に座っておとぎ話の本を読んでいた。おとぎ話は、家族というものが見たとおりとはかぎらないと教えてくれた。王様と女王様はかたっぽだけ靴下がなくなるみたいに子供がいなくなり、ものすごく年寄りになるまで見つからない（それも見つかることがあればの話だ）。母は死ぬこともあるし、父は消えることもあり、七人の兄弟が七羽の白鳥にかわることもある。アリスにとって、家族の物語はとくに興味ぶかいものだった。頭の上で母が振るう小麦粉がアリスのひらいたページに落ちてきた。母と目を合わせた。ママ、わたしたちのほかの家族はどこにいるの？

母は膝をついて目を大きくみひらき、アリスのくちびるに人差し指をあてた。視線はアリスを通り過ぎてクレムが低いいびきをかいている居間にむけられた。わたしたち三人だけなの、ちびちゃん。ずっと三人。わかった？

アリスは急いでうなずいた。二度と訊ねてはいけないと伝えるあの表情を、母は浮かべていたのだ。けれどその日以来、砂浜でひとりペリカンやカモメと過ごすときは、ある想像をするのを好むようになった。鳥のどれかが、ずっと行方不明だった姉へと急に変身したらどんなだろう。あるいは叔母。あるいは祖母だったら。

＊

「作業小屋に案内しようか？」ジューンが訊ねた。「仕事をする〈花〉たちを見れるよ」

花の畝のあいだを歩くアリスは、たくさんの花の名前がちっともわからなかった。でもそのとき、目のまえの真っ赤なカンガルー・ポーのしげみが視界に入った。先のほうにヒルガオ。勢いよく振り返って畝を目で追う。右のほうにそれはあった。レモン・マートルのふわふわした黄色の頭。すると、甘く朽ちかけた海草、サトウキビ畑の生の糖の香りに満ちたあの空気のにおいがする気がした。自分の机のつやのある表面にふれる記憶がよみがえって、指先がぴくりと動く。蓋を開けると蠟《ろう》と紙のにおいがして、クレヨンの箱、鉛筆、ノートが見える。母が窓の外をすべるように歩き、花の頭を両手でなでながら、秘密の言葉をしゃべっている。〝悲しみの追憶〟。〝もどってきた愛〟。〝思い出のよろこび〟。

いくつもの質問が記憶にからまった。毎朝目覚めたときの、母が家にいるかどうかわからない不安。物語をたくさん話す元気のいい母か、ベッドから出ることのできない幽霊のような塊か。父の帰宅を待つ時間の湿気のように息苦しいおそれ、西へむかう嵐のように予想できない父の機嫌。そしてトビーの笑った顔。大きな目、やわらかい毛、聞こえないピンと立った耳。いままで考えたことのなかった質問がひとつ、いきなりひらめいた。

トビーは死んだの？

誰もトビーのことにふれなかった。ドクター・ハリスも、ブルックも、ジューンも。トビーはどうなった？　いったいどこにいる？　動物は死んだらどうなるんだろう？　アリスの愛したものは

8
バニラ・リリー

少しでも残っているんだろうか？　アリスが悪いのか？　父の小屋でランプに火をつけたから……

「アリス？」ジューンが眉に手をあてて午後の日射しを防ぎながら呼びかけた。

アリスの顔のまわりにハエの群れが飛んでいた。追い払いながらジューンを見つめる。両親のどちらも一度だって話題にしなかった祖母。アリスの守り人のジューン、アリスを海から遠ざけて、この見知らぬ花の世界に連れてきた人物。彼女はアリスのもとにやってきて、しゃがんで視線の高さを合わせた。頭上でモモイロインコの群れがピンクの流れとなって飛びながら鳴き声をあげた。

「ねえ」ジューンの声はあたたかく、本気で心配してやさしくなっていた。

アリスは大きく息を吸いこんで普通に呼吸しようとした。全身が痛い。

ジューンがアリスにむけて片腕を広げた。なにもためらわず、アリスは進みでて胸に飛びこんだ。ジューンが抱きあげた。強い腕だった。アリスはジューンの首に顔をうずめた。祖母の肌は塩っぽくて煙草とペパーミントのにおいも混ざっていた。大きな涙がアリスの頬をころがった。海のいちばん暗いところと同じくらい、深くておそろしい身体の内側の場所からあふれたもの。

ジューンに抱っこされて階段からベランダへ運ばれながら、アリスは振り返った。花畑から家まで、ポケットから落ちた摘んだ花の跡が続いていた。

✷

ソーンフィールドのキッチンは蟬の声と黄昏に満ちていた。キャンディ・ベイビーは皿洗いをやめて窓に身を乗りだし、秋の空気を深々と吸った。近くの川の苔と葦《あし》の湿ったにおいが運ばれてくる。肌が粟立った。ジューンからは、おそらくキャンディはこの時期に生まれたのだろうと説明されていたが、どこで誰の子として生まれたのか知る者はいない。自分の誕生日として祝うのはジューンとツイッグが見つけてくれた日。川と花畑のあいだ、浸水したバニラ・リリーの群生する荒地で、青いパーティドレスにくるまれ、ゆりかごに入れられて浮かんでいたのだ。ジューンたちは家で二歳のクレムを寝かしつけようとして泣き声を聞きつけた。ジューンの懐中電灯の光がキャンディを見つけ、ツイッグが身をかがめて抱きあげると、クレムは赤ん坊をあやすような声を出して拍手した。バニラの芳香が濃密だったから、女たちは赤ん坊をキャンディ・ベイビーと呼ぶことにした。ジューンとツイッグが法律上の後見人となる頃には、その名が定着していた。成長してキャンディが料理の才能を見せても驚く者はいなかった。

　キャンディは洗い水にふたたび両手を浸して、縞になった藍色の空を見つめた。木とモルタルのソーンフィールドの壁のなかでは、シャワーが使われるとパイプがうめき声をあげる。キャンディはシンクの水を抜いてティータオルで手をふいた。キッチンのドアに近づいて廊下をのぞく。ジューンが閉じられた浴室のドアにもたれて座って、頭をのけぞらせて目を閉じ、膝で手を組んでいた。ランプのぼんやりした薄い明かりで、ジューンの濡れた頬が銀色に光った。ハリーがジューンの隣に座って前足を彼女の足にのせている。ジューンの気が動転するとよくやる仕草。

　キャンディはあとずさってキッチンにもどった。調理台を光り輝くまで磨く。ほかの者たちは外で花の世話をするが、彼女の庭はこのキッチンだった。ごちそうともてなしが花ひらく場所。二十六歳で、料理ほど好きなものはほかに思いつけなかった。もっとも、しゃれたものではない。大きな白い皿に小さく一口盛るなんてことはしない。キャンディは魂に滋養をあたえるために料理をする。味と量も負けないくらい大切だ。高校を中退して、包丁を扱っても大丈夫だとジューンを納得させると、ソーンフィールドの専任コックとなった。料理上手の血筋なのね、とツイッグは焼き立ての初めてのキャッサバ・ケーキをひと口食べてそう言った。これは才能だよ、とジューンが言ったのは、キャンディが初めて挑戦した自家栽培の野菜とハーブで作ったマンゴー・チャツネを添えた春巻きを食卓にのせたときだった。それは本当のことだった。おかずを作ってもお菓子を焼いても、身体の奥深くにある隠れた知識が手、直感、味蕾《みらい》を支配するようだった。彼女はキッチンで咲き誇り、たぶん母がシェフだったか、父がパン職人だったのだと想像して心を躍らせた。真実をけっして知ることはないと考えて切りひらかれる傷を、料理はいつもやわらげた。

水道管が閉じられて家がガタガタと揺れた。キャンディは調理台を磨くのをやめた。調理台に身を乗りだして聞き耳を立てる。廊下ですり足の音がして、一瞬ののちに浴室のドアがひらく音がした。

あたらしい者が到着するといつもつらい。安全に眠ることのできる場所が必要な女がまたひとり現れると、ソーンフィールドの全員の埃をかぶっていたはずの記憶をかきみだす。だが、今回は違った。クレムの子だ。しゃべろうとしない子。それどころかジューンの家族だという。誰もがジューンに家族などいないという話しか知らなかった。花がわたしの家族、彼女は折にふれてそう語り、花畑にさっと腕を広げてテーブルの女たちも含めた。

けれどジューンの家族をとりまく神話は崩壊した。孫がソーンフィールドにやってきたのだ。

おおいにほっとしたことに、ジューンはアリスにひとりでシャワーを浴びさせてくれた。アリスは顔にお湯をかけつづけた。身体が浸るような深さがあればと思わずにいられない。飛びこんでもぐることのできて、くちびるがひりひりするくらいしょっぱくて、目を落ち着かせる冷たい水を求めた。ここには走っていけるような海がない。川のことを思いだし、見つけたくてたまらなくなった。チャンスがありしだい、見つけると決めた。どんなに小さくても、楽しみにできることが生まれた。

　指の肌がふやけるまで待ってからシャワーをとめた。タオルはやわらかくてふっくらしていた。ジューンにもらったパジャマを着て歯を磨く。歯ブラシはピンクでアニメのお姫様の絵がついたものだ。歯磨き粉はよく泡立った。どれもこれもとてもかわいくて、おもちゃなのか本物なのかちょっとわからなくなったくらいだ。すっかり毛の傷んだ透明なプラスチックの歯ブラシが、浴室のカウンターのベジマイトの瓶に、母の歯ブラシと一緒に立ててあったことを思いだした。あの深く暗い場所がまたふくれあがってきて、涙がこぼれた。泣けば泣くほど、自分のなかに海のようなものがあると本気で思うようになる。

　浴室での身支度をすませると、ジューンに続いて部屋にあがった。ハリーがふたりを押しのけて駆け足であがっていく。

「ちょっとおばかさんみたいに見えるかもしれないけれど、ハリーにだまされないようにね」ジューンがウインクする。「とても特別な魔力をもっているんだよ。彼は悲しみのにおいをかぐことができるんだ」

　アリスはドアのところで足をとめ、ハリーがベッドの足元に落ち着くのを見ていた。

8

バニラ・リリー

「ここではみんなが働いている。これはハリーの仕事。悲しんでいる人が誰であってもその面倒を見ること、また安全だと感じられるように手伝うこと」ジューンの声がやさしくなる。「ハリーも秘密の言葉をもっているんだよ。だから、あんたが助けを必要としているのに、ハリーがどういうわけだか気づいていないときは、あんたは助けてほしいって伝えることができるんだ。覚えたいかい？」

アリスは親指のはしの皮膚をつまんだ。うなずいた。

「よかった。では、これがあんたの最初の仕事だね。ハリーと〝話す〟方法を覚えること。ツイッグかキャンディに教えるように伝えておくから」

アリスの背筋はほんの少しだけ伸びた。仕事ができた。

ジューンが部屋を歩きまわってカーテンを閉めた。カーテンはダンス用のスカートのようにうねっている。

「毛布をかけようか？」ジューンが訊ねて、アリスのベッドを指さした。「おや」驚きの声をあげている。アリスはその視線をたどった。

枕の上に小さな長方形のトレイがあり、薄い青の砂糖細工の花で飾ったきらきら輝く白いカップケーキがのっていた。カップケーキから星の形の紙がぶらさがり、こう書いてある。わたしを食べて。隣のクリーム色の封筒はアリスあてになっていた。

足元からほほえみが立ちあがってきて、内側のもつれた気持ちや苦痛を握りつぶしていき、顔までやってきて頬をあたためた。アリスはベッドに駆けよった。

「おやすみ、アリス」ジューンが戸口に立った。

アリスは小さく手を振った。ジューンが行ってしまうと、封筒を破ってあけた。なかには封筒と同じクリーム色の手書きの便箋《びんせん》が入っている。

親愛なるアリス

あたしにははっきりわかっていることは三つ。

一、あたしが生まれたとき誰かが——母だと思いたい——あたしを青いパーティドレスにくるんだこと。

二、この世界には王様の娘にちなんで名付けられた色があって、その娘はまったく同じ色合いの青で作られたドレスをいつも着ていたこと。彼女にまつわる物語を読むと友達になりたかったと思ってしまうこともある。人前で煙草を吸って（女がそんなことはしなかった時代に）、一度なんか服を着たまま船長とプールに飛びこんだことがあって、何度も首に大蛇を巻いて、動く列車から電柱を銃で狙って撃っていったこともあるの。

三、あたしのお気に入りの物語はこれ。あるとき、ここからそう遠くない島に女王がいて、木に登って夫が戦いから帰るのを待っていた。身体を枝にくくりつけ、夫がもどるまでそこにいると誓った。あまりに長く待ったものだから、女王はゆっくりと蘭にかわっていった。着ていた青いドレスの模様とまったく同じ花に。

あたしにははっきりわかっていることがもうひとつ。

ジューンがきみを迎えに病院へ行くとあたしたちに話した日、あたしは作業小屋でブルー・レディ・オーキッドを押し花にしていた。昔からいちばん好きな花で、それは花の中心があたしのいちばん好きな色だから。そう、かつてあたしがくるまれていたドレスの色。王様のはねっかえりの娘が好きだった色。アリス・ブルーと呼ばれる色だよ。

いい夢を見てね、スイートピー。朝食で会おう。

愛をこめて

キャンディ・ベイビー

アリスの頭は生まれたての赤ん坊たち、好きにふるまう女たち、花にかわる青いドレスのイメージでいっぱいになった。急にお腹がすいて、カップケーキを手にすると薄い紙のはしをはがしてバニラ味のスポンジに歯を沈めた。

顔に甘いかけらをくっつけ、ブルー・レディ・オーキッドを心臓に押しつけて眠りについた。

✴

キャンディは古いトマト缶に水を入れてシンクの奥のへこみに置き、乾燥ハーブを浸した。新鮮なコリアンダーとバジルの香りがふわっと広がる。朝食用に、ケトルの隣にカップを四つ並べた。ジューンがコーヒーカップと呼びたがるスープボウル、ツイッグが紅茶をこれで飲むと言ってきかない傷んだホーローのキャンプ用のカップ。キャンディ自身の磁器のティーカップとソーサーはロビンがバニラ・リリーを手描きしてくれたものだ。四番目のカップは小さくて無地だった。悲しみに打ちひしがれた顔をしたアリスを思ってキャンディは天井を見あげ、あの子がもうカップケーキを見つけただろうかと考えた。

ティータオルを干しているとジューンがキッチンにやってきた。深い闇のなかでレンジフードの明かりが彼女の顔を照らす。

「ありがとう、キャンディ。カップケーキのこと。あの子が笑うのを初めて見たよ」ジューンはあごを乱暴になでた。「驚いてしまうね」そう語る声は涙でくぐもっている。「ふたりのどちらにも、あそこまでそっくりだなんて」

キャンディはうなずいた。だから、自分はまだアリスに会う心の準備ができていなかったのだ。

「明日からやりなおせる。ジューンはいつもあたしたちにそう言ってるよね？」

「そんなに簡単じゃないだろ」ジューンがつぶやく。

キャンディはキッチンを去るジューンの腕をぎゅっと握った。自分の寝室へもどるとき、酒棚が開けられるきしんだ音がした。警察がクレムとアグネスの知らせを伝えて以来、ジューンがここまで酒浸りだとは知らなかった。人はあらゆるたぐいの逃避を探す。ジューンはそれをウイスキーのボトルの底に見つけた。自分の母は野生のバニラ・リリーの荒野に見つけたのだとキャンディは想像した。そして自分の逃避はソーンフィールドのキッチンだときびしくも学んでいた。

寝室のドアを閉めてベッド横のランプをつけると、部屋に拡散光が広がった。愛するもののほとんどがここにある。幅広のウィンドウ・ベンチがある大きな窓。壁にかけたフレーム入りの植物画はどれもツイッグがバニラ・リリーを描いたもの。ツイッグとジューンが荒野からキャンディを家に連れてきた夜から始まり、それぞれに日付が記されている。部屋の隅には自作のレシピ本がのった机と椅子。シングルベッドをおおうのはかつての〈花〉だったネスが、キャンディの十八回目の

8

バニラ・リリー

誕生日に手編みで作ってくれたユーカリの葉を模したブランケットだ。数年まえ、北にある小さなバナナ農園の町から絵葉書が届いて、ネスはそこに家を買ったと書いていた。ネスのように、ソーンフィールドにやってきて必要なだけの時間と力を手に入れてから去る者もいた。ツイッグやキャンディのように、永遠の家を見つけたと知る者もいた。

　腰を下ろしてベッドサイド・テーブルの抽斗を開け、料理するときはいつもはずしているネックレスに手を伸ばした。頭からかぶり、ペンダントを明かりにかかげる。バニラ・リリーの花びらを扇状に広げてレジンにふうじこめ、純銀でかたどってチェーンにつけたものだ。ジューンが十六回目の誕生日に作ってくれたもので、その直後にキャンディは月の浮かぶ空にむけて寝室の窓を開け、闇へ抜けだして身体の中心まで切り裂かれた喪失から逃れようとした。

　ジューンはクレマチスにちなんで息子に名前をつけた。あざやかで、いつも上をめざす星形の花は、子供の頃のキャンディにとってクレムそのものだった。星のように人をひきつける少年。キャンディはクレムにすっかり夢中だった。いつもついてまわってクレムに叱られたが、それでもクレムは何度も振り返ってキャンディがちゃんといるかどうかたしかめていた。

　キャンディは窓に近づいて花畑の奥の小道に目をむけた。森のなかをくねって川に通じる小道だ。アリスと同じくらいの年頃に、初めてジューンはひとりで川に行くことを許してくれた。木立を抜ける曲がりくねった小道をひとりで走っていると思っていたが、もちろん、クレムはキャンディの初めての冒険を放っておくはずがなかった。川に到着すると、クレムが頭上のリバー・レッド・ガムに結んだロープを使って激しい水しぶきをあげて飛びこんだので、キャンディは悲鳴をあげた。落ち着いたところで、クレムはこの大樹近くの空き地に大枝、小枝、葉っぱで作った秘密の隠れ家に案内した。隠れ家には寝袋、ランタン、ポケットナイフ、川の石のコレクション、お気に入りの本があった。ふたりはむかいあって座り、おたがいの膝がくっつく距離でクレムが本を読み聞かせながら、ウェンディがピーターパンの影を縫いもどしてやるイラストを指でなぞった。

　おれたちもこんなふうに縫いあわされてるんだ、キャンディ、と彼は言った。そしておれたちは大人になることはない。彼はポケットナイフをひらいた。誓いの儀式だ。

　キャンディはおずおずと手のひらの中心を差しだした。誓います。そう言って、すばやい貫くような痛みにあっと声をあげた。

　血の約束だ。クレムは得意そうに言いながら、自分の手のひらにもナイフの先端を沈めてから、キャンディと手を合わせて指をからめた。

　キャンディは手のひらに残るとても小さくかすかな傷跡を指先でなでた。

　成長してからもクレムはたしかに、キャンディの空でつねに昇っていくあざやかな星だった。けれどもキャンディが十四歳でクレムが十六歳のとき、救世軍がソーンフィールドにアグネス・アイヴィーを連れてきた日、なにもかもがかわった。クレムは青ざめ、ふさぎこみ、彼の視界にもはやキャンディは入っていなかった。彼はアグネスばかりを見ていた。彼女はキャンディと同い年で、やはり親がいなかった。髪にワトル（オーストラリアでのアカシア属の総称）の小枝をさし、所持品は『不思議の国のアリス』の本が一冊だけ。大きく彫りの深い目は絵に描いたもののように、人がどこに行っても追ってきた。ジューンはすぐにアグネスに仕事をあたえ、アグネスは勝つべき戦いであるかのように仕事に打ちこんだ。夜明けから夕暮れまで花畑に出て、両手に水ぶくれを作り、ついにはそれが弾けて血が流れるまで働いた。きゃしゃな腕が音を上げて、花畑から作業小屋まで切り立ての花を入れたバケツを運べなくなるまで働いた。額にしわを寄せてソーンフィールド辞書を勉強した。夜には鐘の部屋に座り、花の言葉から学んだものを月にむけて歌った。キャンディはソーンフィールド中でアグネスのあとをつけるようになり、彼女が働くときは伸びた影のなかをただよい、クレムが自分より愛している少女を観察した。川までアグネスをつけて茂みに隠れ、アグネスがペンを取りだし、左右の前腕、そして脚と、自分の肌に物語を書きつけ、それから服を脱いで青い川で泳いできれいに字が洗い流される様子を見つめた。近くで小枝が折れ、クレムも同じように隠れて川にいるアグネスをながめていることに気づいた。地上に落ちた星を見つけたような表情だった。クレムが自分とアグネスの名前をリバー・レッド・ガムの大樹の幹に彫っているのを見たキャンディは、彼をうしなったのだと知った。アグネスの呪文にソーンフィールドの誰もが――とくにクレムが――かかるのをなすすべもなく見ていることしかできなかった。アグネスが彼のなかにあるなにか、そなえていたもの、残酷なものを呼び覚ましたようだった。彼はキャンディと育った少年にもどることはなかった。

　クレムとアグネスがソーンフィールドを去り、クレムの荒々しい怒りの余波と彼がどこにもいない寂しさが、キャンディの世界を身体の奥底から引き裂いた。悲しみのあまりにおかしくなって、あの大樹からアグネスの名前を爪でひっかいて消し、一カ月のあいだ指先に棘が残ったままだった。なにをしても苦しみはやわらがなかった。自分自身がソーンフィールドを離れてもだ。

　家出した夜の記憶はまだ生々しく残っている。月明かりのなか、森を抜けて道路にむかって走ったときの燃えるようだった脚、恋人のそこで待っているという約束に誘われたこと。歩いて学校から家へ帰る道すがら彼が横に車をとめた午後以来、こっそり町に出かけては会っていた。彼はウォッカと煙草をくれた。自分の生まれた町の話をしてくれた。海岸ぞいの楽園のような場所。彼はそこへもどる途中で町に寄ったのだった。一緒に来るかい？　海での泳ぎかたを教えるし、彼女が自分の庭をもてる家も手に入れよう。彼と幹線道路で待ち合わせたあの夜にキャンディが抱いた自由の感覚は酒に酔ったかのようだった。車に乗ると彼がアクセルを踏みこみ、ふたりで淡い銀色の夜に飛びだして、クレムの不在でつきまとう痛みに追いつかれない場所へむかった。だが、ほんの数カ月後、キャンディは綿のワンピースにバニラ・リリーのペンダントだけをつけて荷物のひとつももたず、ソーンフィールドの私道を歩いていた。ジューンとツイッグは表のベランダに腰を下ろしていた。ふたりはキャンディを迎えてテーブルに三番目の席を作り、なにも言わなかった。自分の寝室は家出したときのままだった。なにもかわっていないのを見て、胸が押しつぶされるようだった。キャンディがばかなことをしていていずれもどってくると、ジューンとツイッグは知っていたのだ。悲しみから逃れられると考えて実際に失敗するよりまえに、ふたりに見抜かれていた。

　天井を見て、またアリスのことを考えた。アグネスとクレムのしゃべらない娘は彼女自身の記憶の世界にとらわれ、過去をふるいにかけて自分の人生になにが起こったのか理解しようとしている。キャンディはジューンがツイッグに話すのを立ち聞きした。クレムは意識がなくなるまでアリスを殴ったこと、アグネスの身重の身体はアザだらけで娘と同じような物語を語っていたこと。そんなことができるなんてどういう卑怯者だ？　クレムはどんな野獣になってしまったのか？　それにクレムの生まれたばかりの息子は、アリスの弟はどうなったのか？

　疑問を押しやった。親指の腹でネックレスのペンダントをなで、バニラ・リリーの言葉に集中する。〝愛の大使〟。ジューンの祖母のルース・ストーンが十九世紀に干魃《かんばつ》の厳しい土地に花農園を作って以来、ソーンフィールドのモットーはかわっていなかった。ワイルドフラワーの咲く場所。安全を求めてジューンのもとにやってきたキャンディやほかの女たちがみな、真実だと知っていることだ。

休む支度をしながら、アリスがどこからやってきたかもなにがあったかも関係なく、自分の家にたどりついたのだと、ほんのわずかでもいいから、もう気づいているだろうかと考えた。

9 ヴァイオレット・ナイトシェイド

魅了、魔術

Solanum brownii

ニュー・サウス・ウェールズ州

毒をもつ種類もあるナス科の植物。一般的に伝承において死や霊と結びつけられる。学名は落ち着きや癒やしを意味する〝solamen〟に由来し、ある種については催眠効果について言及がある。一部の蝶や蛾の幼虫の餌用植物となる。

アリスはベッドから飛び起きてむせた。肌は冷や汗でおおわれている。夢のなかで火のロープに首を絞められていた。顔の熱が薄れていくと、湿った枕にふたたび頭を横たえた。ベッドサイド・テーブルに手を伸ばし、キャンディの手紙をひらいて筆跡の曲線を指でたどる。夢の火が今回は違っていた。青かった。アリスの名前の色、キャンディの髪の色、悲しくて蘭に変身した女のドレスの色だった。

とめようとしたけれどとにかく涙が流れて、それが口笛のようにハリーへ合図したらしい。パタパタと寝室にやってきて首輪の音をさせ、濡れた鼻でアリスのむきだしの膝をつついた。ハリーの巨体が近くにいるだけで気分がよくなった。

目を閉じ、痛くなるまでぎゅっとまぶたに手を押しつけた。目を開けると、視界には黒い星がたくさん飛んでいた。それが見えなくなると、誰かが部屋に入って服と朝食のトレイを机に準備してくれていたと気づいた。ハリーに頬をなめられた。アリスは笑みをむけて立ちあがった。椅子の背もたれに洗ってある短パンとTシャツがかけてある。折りたたまれて机に置かれた靴下とショーツ。床できれいにそろえられたブーツ。今日はつば広の帽子と、〈花〉たちが着ていたのとそっくりな、小さなエプロンもあった。ポケットにアリスの名が水色で刺繍してある。キャンディお気に入りの物語にある女王のドレスの色だと、アリスが想像した色だ。ほかのものにかわってしまうほど愛する人を待ちつづける女のことを考えて、頭が痛くなった。

トレイの桃のスライスに手を伸ばした。甘くてみずみずしかった。パジャマのボトムで手をふいて、Tシャツをもった。すでに千回も着たような手触りの綿だった。たしか母がこれとそっくりのをもっていた。においが移るくらい長く母が着たあとに、それを着てベッドに入るのがアリスは大好きだった。

「おはよう」

ジューンが戸口に立っていた。ハリーがうれしそうに鼻をクンクンいわせる。アリスの髪は顔にたれていたが、あえて耳にかけようとはしなかった。ジューンがふたたびベッドのシーツ類をはがしてなにも言わずに部屋をあとにした。しばらくして、少し息を切らしながらまた階段をあがってきて、清潔なシーツを運んできた。恥ずかしくてアリスの頬は燃えた。ハリーが身体の横に寄りかかってきて、顔の涙をなめた。ジューンが膝を突きだして隣にかがむ。

「そのうち知らない場所にいるようには感じなくなるから、アリス。約束する。傷ついていることは知っているし、すべてがあたらしくて怖いことも知っている。でも、この場所はあんたの面倒を見てくれる。あんたに少しでもその気があれば」

顔をあげてジューンを見た。初めて祖母の目は遠くの地平線を見ているようではなくなっていた。たしかにここにいて、近くでしっかりとアリスを見ていた。

「いまはすべてが慣れなくていやだと思うだろうが、よくなる。ここでは安全。わかったかい？悪いことはもう起こりはしないから」

アリスがジューンを長く見れば見るほど、耳のなかで響く鼓動は速くなっていく。目をぎゅっとつぶった。息をするのがむずかしくなってきた。

「アリス？　大丈夫かい？」ジューンの声が遠くから聞こえはじめた。ハリーが吠えて歩きまわる。

アリスは首を振った。記憶が身体のなかで粉々になった。ソーンフィールドよりまえの。病院よりまえの。煙と灰よりまえの。そのずっとまえ。

父の小屋のなか。

花をもった女の人と女の子の木像。

ジューンのくちびるが動いているけれど、ちゃんと聞こえなかった。なにもかもが水の下にいるように聞こえて、同時に沈んでは浮かび、海のフィルターをとおしてジューンを見あげた。視界にジューンの顔が泳いできて、ほんの一瞬、意識が完全にはっきりする。

ついにその顔を見分けた。

ジューン、その表情、髪、姿勢、笑顔。まえに見たことがあったのだ。懸命に呼吸しようとした。ジューンは父が小屋で何体も彫っていたあの女の人だった。

✷

9

ヴァイオレット・ナイトシェイド

ジューンは玄関横のフックからアクブラ・ハットをさっと手に取り、勢いよく頭にのせるとコンソール・テーブルからキーをつかんだ。外へ走って表のベランダの階段を降り、まぶしい朝日に目を細めてトラックへ急ぐ。ドアを引き開けると驚いて叫び声をあげた。ハリーがいた。たったいま、鐘の部屋にアリスといたはずなのに、お座りをしてしっぽを脚に巻きつけて待ち、ジューンを見ている。

「脱出王のマジシャンも顔負けだね」ジューンはつぶやく。「あんたといると飽きないよ」そしてハリーの大きな耳をかいた。トラックに乗ると、先ほどのアリスの顔を思いだして冷や汗がどっと吹きでた。なにかに気づいたことが、ありありと目に浮かんでいた。ジューンは震える手を落ち着かせようとして、イグニションにキーを挿すまで三回やりなおさなければならなかった。ポケットをたたいてフラスクを取りだし、すばやく酒をあおった。

「ジューン」ツイッグが玄関から呼びかけた。

ジューンは慌ててポケットにフラスクをもどした。ウイスキーが喉を焼いていく。

ツイッグが急いでトラックに近づいてジューン側の窓の外に立って待っている。ふたりはアリスが到着してからというもの、刈りこんだ言葉しか、かわしていなかった。ジューンはこれからまた激しい言い争いになると考え、身構えた。長い友情がここで終わりを告げるか、さらに強いものとなるか、どちらかという議論だ。数十年のあいだに大きな出来事が何度かあって、またもやそういう事態になっているが、それでも歩み寄ろうとしている。家族とはそういうものだ。

車の窓を開けると、ツイッグがあからさまにあとずさった。ジューンはブレスケアのミントをもっていないことを後悔した。

「あの子は大丈夫」ツイッグは間を置いてから声を平然とたもって言った。「キャンディと居間で休んでいるから」

ジューンはうなずいた。

「病院に電話したらね――」

「やっぱり電話したんだ」ジューンは非難した。

ツイッグは無視した。「ブルックっていう看護師が、パニック障害かもしれないと言っていた。アリスは休息と、友達と、しっかり見てあげることが必要だって。それからカウンセリングも受けないといけないのよ、ジューン」ツイッグは一歩近づいて窓枠に両手を預けた。「あの子には話し相手が必要」

ジューンは首を振った。

「誰でも自分がつながっていると感じられる場所と人が必要なのよ、ジューン」ツイッグの声はトラックのエンジン音でかろうじて聞こえる程度だった。

ジューンはひきつった笑みを浮かべた。ツイッグはあえて、何十年もまえにソーンフィールドにやってきたとき、ジューン自身が声をかけたまさにその言葉を繰り返している。トラックのギアを入れた。ジューンは人の言いなりになるのがいやだった。

「あの子の入学手続きに行くよ」ぴしゃりと言い返した。ツイッグは驚いて飛びのいた。

ジューンは車で走り去りながら、ツイッグの言葉の重みがじわじわと肌に沈んで落ち着かなくなっていった。彼女はいったいなにを考えているんだろう、わたしの息子の娘のことを決めようとするなんて？　わたしを誰だと思っているんだ、公式の書類に書かれた近親者ではないか？　アリスの目にジューンを知っていたという気づきの浮かぶ様子が、繰り返し頭のなかで再生される。その同じ質問が頭から離れない。どうしてアリスはわたしの顔を知っていたのか？

✷

アリスは窓辺のカウチで横になり、ジューンのトラックがガタゴトと遠くへ消えていく音を聞いていた。情報のかけらをつなげようとした。父の小屋の木像はジューンだったこと。ジューンは祖母で、父の母だ。どうしていままでジューンに会ったことがなかったんだろう？　父がジューンを愛していなかったからとは思えない。きらいだったら、あれだけの時間をかけてジューンの木像を作るわけがない。ため息をついて、カウチにもっと深く顔をうずめた。カササギフエガラスの歌が窓から流れてくる。目を閉じて耳を澄ませた。振り子時計のチクタクという音。自分の心臓のゆっくりしたビート。呼吸の規則正しさ。

ジューンはアリスを抱えて下へ降り、ツイッグに世話を任せてから、家から消えてもどってこなかった。ツイッグが甘い飲み物を作ってくれて、身体は日射しの下に残されたチョコレートみたいに感じられてきた。まぶたが重くなって、ふたたび目を開けたときツイッグはいなくなっていた。でも目のまえにキャンディ・ベイビーが座っていた。長くて青い髪は巻きとっていない綿菓子みたいだ。

「ヘイ、スイートピー」キャンディがにやりと笑った。

アリスは彼女の髪、くちびるのきらめくグロス、はがれかけたミント色のマニキュア、耳にささったエナメルのカップケーキのピアスという風貌を飲むように見つめた。

「顔色がもどってよかったよ、小さなお花さん」キャンディはアリスの手を取って握りしめた。どう反応していいかわからず、アリスはただ見つめていた。「ビスケットを焼いてるんだ」キャンディが話しつづける。「朝のお茶のためだけど、みんなに食べさせるまえに誰かに味見してもらわないといけないんだよね。きみが手伝ってくれないかなって思ってたんだけど？」


アリスがひどく熱心にうなずくと、キャンディはいきなり腹の底から大笑いした。

「ねえ、知ってる？」キャンディはアリスの髪を耳にかけた。「ソーンフィールドでこんなにかわいい笑顔は見たことない」いままで笑顔がかわいいと言ってくれたのは母だけだった。


ビスケットを待ちながらアリスは指でお腹をトントンとつついた。窓辺の巨大な熱帯植物の葉のパッチワーク越しに、太くてまぶしい日射しが入ってくる。煙草のにおいと砂糖の甘い香りが混ざってキッチンからただよう。時々、キャンディのハミングが居間まで聞こえてくる。


やがてキッチンから足音が近づいて、シロップの香りの風も一緒に運んできた。アリスは懸命に起きあがろうとした。

「だめよ、スイートピー。横になって」キャンディはカウチに小さなサイド・テーブルを引っ張ってきて、アンザック・ビスケットの皿と冷たい牛乳のグラスを置いた。「横になって。ごちそうと一緒に」アリスはオーヴンから出したばかりで熱々のアンザック・ビスケットを一枚手にした。親指と人差し指ではしをはさんで押した。固い。真ん中も同じように押した。やわらかい。アリスはびっくりしてキャンディを見つめた。

「あら、当然。外はカリカリ、中はしっとり。アンザック・ビスケットを食べるならこうでない

9

ヴァイオレット・ナイトシェイド

と」キャンディはきっぱりとうなずいた。その瞬間にアリスは彼女を愛した。できるだけ大きく一口かじった。

「ほっぺたがふくらんで、フクロギツネみたいになってるよ」キャンディが鼻を鳴らす。

網戸がひらいて誰かがウェルカムマットの上でブーツの泥を落とす騒々しい音が廊下に響いた。

一瞬ののちにツイッグが居間にやってきた。心配して額にしわが寄っている。アリスとキャンディを見ると、表情がやわらいだ。

「完璧なタイミングだね、ツイッギー・デイジー」キャンディが皿を指さす。ツイッグはアリスを見て問いかけるように眉をあげた。アリスは照れ笑いをしてうなずいた。

「アリスがそう言うなら、ことわれないわね？」そう言うとツイッグはビスケットを手にしてかじってうめき声をあげた。「あなたは錬金術師《アルケミスト》よ、キャンディ」

〝アルケミスト〟。アリスはあとから辞書でその言葉を調べると自分に約束した。

「カモミールと蜂蜜のお茶が効いたみたいね、アリス。気分が少しはよくなった？」ツイッグがあたたかく笑いかけ、アリスはうなずいた。「よかった。本当によかった」

「ジューンはどこ行ったの？」キャンディはそう訊ねた瞬間、そんな質問をしなければよかったと思う表情になった。

「ジューンはその、ちょっと町で用事があってね」ツイッグはキャンディにするどい視線をむけてきびきびと話題をかえた。「〈花〉たちの朝のお茶の支度はできた？」

「コーヒーと紅茶のポット、それにビスケットは裏のベランダに準備してあるよ」キャンディがうなずく。

「お疲れさま。わたしは――」ツイッグの話は私道から車のクラクションとタイヤが砂をかむ音がして中断された。彼女は顔を突きだして窓の外を見た。

「ボルヤナがお給料の受けとりに来た。ビスケットをもたせてもいい？」ツイッグは皿からビスケットを二枚つまみ、それから三枚目も取って自分でくわえて笑った。彼女は廊下に消えたが、すぐにブーツの音をさせてもどってきた。「ねえ、これは罪深いほどの美味しさよ、キャンディ」ツイッグは背をむけてふたたび去ろうとした。「ああ、そうだ。アリスがいやじゃなければ、作業小屋を案内したらどう？〈花〉たちがまだいないあいだがおすすめよ。またあとでね」ツイッグは手を振って外へむかった。

「ボルヤナも〈花〉だけど、ただひとりここには住んでないんだよ」キャンディが説明する。「彼女と息子は町の反対側で暮らしているんだ。毎週やってきて、ソーンフィールドを清潔で整頓された場所にたもってくれる。とてもすてきなブルガリアンだよ」

〝ブルガリアン〟とはなんだろう。たぶん、花の種類？

「ねえ、いい？　あたしが上にひとっ走りしてブーツといるものを取ってくるから、支度をしたら一緒に作業小屋を見に行こう？」キャンディが訊ねた。「よければ、ボルヤナにも紹介するから」

アリスはうなずいた。キャンディ・ベイビーと一緒にいられるなら、なんでもしたかった。

キャンディが鐘の部屋へあがっていくと、アリスは窓辺に近づいて、ブルガリアンがどんなものなのか見ようとした。外の古くてガタのきた車の隣でツイッグと話しているのは、日焼けした力強い腕と長い黒髪、あざやかな赤い口紅をつけた女の人だった。ふたりは一緒になって心から笑っている。けれどアリスの目を引いたのはその人ではなかった。車のフロントシートに座った男の子だ。

これほど間近で男の子を見たことがなかった。

横顔だけが見えて、それもほとんどはボサボサの小麦色の髪に隠れていた。アリスの髪と同じように顔へたれている。うつむいて手にしたなにかを見ていた。あの子の目はどんなふうになっているんだろう。そこで男の子は身じろぎして、読んでいた本を窓枠にあずけた。本だ！

男の子はアリスの鼓動が速くなったのが聞こえたみたいに、顔をあげてまっすぐにこちらをむいた。初めての感覚がアリスの身体に走る。その場に氷漬けになったみたいに、手足が動こうとしなかった。窓から見つめ返した。のろのろと男の子が手をあげた。振っている。彼は手を振っている。途方に暮れながらアリスも手をあげて振った。

「支度できそう？」

アリスはさっとうしろを見た。キャンディがアリスの畑仕事用の服を片腕に抱え、青いブーツの靴紐をもってぶらさげていた。アリスは首を振った。身体のなかがごちゃごちゃに感じる。まるで取りだされてまちがった場所にもどしたみたいだ。

「どうした？」キャンディが隣に来て訊ねた。アリスは振り返って窓の外を指さしたが、ボルヤナはあの男の子を乗せて埃をまきあげて車で走り去っていた。

「ああ、気にしないで、スイートピー。また彼女には会えるから。すぐにね」

アリスは窓ガラスに両手を押しつけ、舞った埃が落ちる場所を見つめた。

✷

アリスはキャンディに続いて〈花〉たちの暮らす寮のまえをとおった。作業小屋に到着すると太い蔦でおおわれた戸口で立ちどまる。キャンディは蔦をどけてポケットから鍵束を取りだし、一本を鍵穴にすべらせた。

「心の準備はいい？」キャンディがにっこりして訊ねる。ドアがさっと開けられた。

ふたりは一緒に作業小屋の入り口に立った。朝日が背中をあたためるが、室内はエアコンが効かせてあり、急に寒くなった。腕をこすると、手をあげて振っていた男の子を思いだした。

「大きなため息ついちゃって」キャンディが片眉をあげてみせる。「大丈夫？」アリスはとてもしゃべりたかったが、出てくるのはため息だけだ。

「言葉は大切だって言われすぎてることもあるよね」キャンディがアリスの手を取った。「そう思わない？」

アリスはうなずいた。キャンディは手をしっかり握ってから離した。「こっちだよ」彼女はドアを押さえた。「見てまわろう」

ふたりは室内を歩いた。手前の半分は作業台、積み重ねられたバケツ、シンクの列、壁につけてずらりと並ぶ冷蔵庫で占められていた。棚には用具、遮光ネットを巻いたもの、いろんな種類のボトルやスプレーがおさめられている。壁のフックにはつば広の帽子、エプロン、ガーデニング用の手袋がかけられ、その下にはゴム長靴が並び、目に見えない花の戦士たちが気をつけの姿勢で立っているみたいだった。作業台を見やった。どれも下が棚になっていて桶や容器でいっぱいだ。作業小屋は豊かな土のにおいがした。

「畑で花を切ったらここにもってくるんだ。一本残らず、外に出すまえに調べる。完璧でないとだ

9

ヴァイオレット・ナイトシェイド

めだからね。国中のバイヤーから注文が届く。あたしたちの花は近くにも遠くにも出荷される。花屋、スーパーマーケット、ガソリンスタンド、市場。買ってくれるのは花嫁、夫をなくした人、そして――」キャンディの声が震えた。「母親になった人」彼女はベンチをなでた。「魔法みたいだと思わない、アリス？　あたしたちがここで育てた花が、伝えられない言葉をかわりにしゃべってくれるんだよ。うれしいときも悲しいときも、どんなときでも」

　アリスはキャンディの動きをまねて、作業台をなでた。言葉のかわりに花を贈るのはどんな人たちだろう？　花がどうやったら言葉と同じことをできるの？　たくさんの言葉で作られたアリスの本のどれかは、花のように見えるだろうか？　母に花を贈る人は誰もいなかった。

　しゃがんでから、作業台の下の花を切る道具の容器、紐をボール状に巻いたもの、あらゆる色のマーカーやペンを入れた小さなバケツを調べた。青いマーカーのキャップを取ってにおいをかいだ。手の甲にまっすぐ垂直の線を引いた。I――わたし、と。少し間を空けて、続けて文字を書いた。は、ここに、いる。キャンディが近づいてきたので、アリスはこの言葉をこすって消した。

「ねえねえ。アリス・ブルー」作業台の上からキャンディが頭を突きだす。「ついてきて」

　ふたりは作業台のあいだを縫うように歩き、シンクや冷蔵庫のまえをとおって作業小屋の奥の半分へと進んだ。そこはアトリエになっていた。いくつもの机が真っ白なカンバスにおおわれ、塗料缶や筆を入れた容器がちらばっていた。片隅にイーゼルが立てかけられ、スツール、絵の具のチューブでいっぱいの箱がある。別の机には巻いた銅箔《どうはく》、色つきガラスのかけら、たくさんの道具が置いてある。アトリエ最奥の仕切られたエリアにやってくる頃には、あの男の子のことを忘れていた。ジューンのことや父の木像のことを忘れていた。目のまえのものにすっかり引きこまれていた。

「宝物発見だね」キャンディが忍び笑いをもらす。

頭上のフレームから乾燥のさまざまな段階にある何十本という花がぶらさがっていた。簡素な仕切壁に長い作業台がつけられている。その上には、どれも使いこんで黒くなった道具や布が置かれ、ドライフラワーの花びらがちらばって、海岸に残された服のように放置されていた。アリスは作業台の木の表面に両手を押しつけ、母の両手が庭で花の頭の上をただよっていたのを思いだした。

作業台の片端にベルベットのシートが敷かれ、ブレスレット、ネックレス、イヤリング、指輪がどれもレジンに封印した押し花で飾られて並んでいた。

「ここはジューンの場所」キャンディが言う。「あの人がソーンフィールドの物語から魔法を作っている場所だよ」

魔法。アリスはアクセサリーのまえに立った。どれも光を浴びてきらめいている。

「ジューンはすべての花をここで育てる」キャンディはバングルを手にした。そこからぶらさがるチャームには薄いピーチ色の花びらが入っている。彼女はそれを光にかざした。「ジューンはすべてを押し花にして透明のレジンに入れ、銀で閉じるんだ」キャンディはバングルをもとあった場所に置いた。アリスはペンダント、イヤリング、指輪に押しこまれたほかの花の虹の色を見つめた。どれも永遠に封じこめられている。時のなかで凍りついているのに、生命力にあふれた色のまま。変色することも捨てられることもない。朽ちることも枯れることもない。

キャンディが隣に立った。「ヴィクトリア女王の時代、ヨーロッパの人たちは花で会話をした。本当だよ。ジューンの先祖——きみの先祖だね、アリス——遠い昔に生きた女たちが、イギリスからはるばる海を越えて花の言葉を運んで何世代にも伝え、最後にルース・ストーンがこのソーンフイールドにそれをもたらした。長いことルースは花の言葉を使ってなかったと言われてる。恋に落ちて初めて花でしゃべるようになったんだ。ただし、イギリスから運んだ花の言葉じゃなく、恋人にもらった花だけを使って――」キャンディはそこでくちびるを閉ざした。顔が赤くなっている。「とにかく……」結局は最後まで言わずじまいになった。

ルース・ストーン。先祖。好奇心が頭をもたげて頰がくすぐったくなった。全部の指に指輪をはめて、冷たい銀のペンダントをあたたかい肌に押しあて、手首にブレスレットをすべらせ、穴の開いていない耳にイヤリングをあててみたい。秘密の花の言葉を着て、声では伝えられないすべてをしゃべりたい。

作業台の反対の片端には小さな手作りの本が置いてあった。そちらへにじりよる。ひび割れた背表紙は何度も修理され、何本もの赤いリボンで綴じてある。表紙は色あせたゴールドのカリグラフィーで手書きされ、回転する車輪のような赤い花のイラストが添えられていた。ソーンフィールドのオーストラリア固有種《ネイティヴフラワー》の花の言葉。

「ルース・ストーンはきみのおばあさんのおばあさんだった」キャンディが言う。「これはルースの辞書だった。長い歳月、ルースの血筋の女たちはここで花を育てながらこの言葉を育てた」彼女は親指のつけ根で厚くてかびくさいページのはしをなでた。「ジューンの家族に代々伝わってきたもの。いや、きみの家族に、だね」

アリスは表紙の上に指先をただよわせた。とてもひらいてみたかったけれど、そんなことをしていいのかよくわからなかった。ページは黄ばんで妙な角度に折れている。余白にちょこちょこ手書きの言葉が見えた。アリスは首をかたむけた。完全に読めたのは数語だけだった。暗い。枝。つぶす。芳香。蝶。安息の地。こんな最高の本は見たことがない。

「アリス」キャンディが身体をふたつ折りにして目の高さを合わせた。「この物語を聞いたことがある？　ルース・ストーンについて？」

　アリスは首を振った。

「もう家族についてたくさんのことを知っているのかな、スイートピー？」キャンディがやさしく訊ねた。なぜか恥ずかしくなってアリスは目をそむけた。ふたたび首を振る。

「とてもラッキーな子」キャンディは悲しげにほほえんだ。

　アリスは混乱してキャンディを見た。手の甲で鼻をふいた。

「アリス・ブルーのことは覚えてるよね。きみへの手紙に書いた王様の娘」

　アリスはうなずいた。

「その娘も幼くしてお母さんをなくしたんだ」キャンディがアリスの手を握った。「嘆き悲しんで、伯母さんのもとに送られて一緒に暮らすことになった。本がいっぱいの宮殿で。その後すっかり大人になってからアリス・ブルーは、伯母さんが聞かせてくれたり、自分で読んだりした本の物語が自分を救ってくれたと語ったんだよ」

　アリスはアリス・ブルーを想像した。彼女だけの色のドレスを着て、本のページに窓から落ちる薄い光をたよりに読書している乙女。

「この場所を見つけたこと、しかもそこがきみの物語がある場所だなんて、とてもラッキーな子だよ、アリス。自分がどこからやってきて誰とつながっているのか知るチャンスをもてるなんて、とてもラッキーな子だ」キャンディは顔をそむけた。一瞬ののちに彼女は頬をぬぐった。うしろでエ

9
ヴァイオレット・ナイトシェイド

アコンがカチリといってうなっている。アリスは古い本を見つめて思い描いた。時代を超えてこの本に見入り、ネイティヴフラワーの束を握りしめて、秘密の言葉を書きたした女たち。

じっとしていたら脚がピクピクと震えはじめた。キャンディがふたたびこちらをむいて投げかけた質問によって、アリスの全身は切望であふれんばかりとなった。

「川への道を案内しようか？」

10 ソーン・ボックス

少女時代

Bursaria spinosa

オーストラリア東部

筋のついた濃い灰色の樹皮をもつ小型の木あるいは低木。なめらかな枝は棘で武装している。葉はつぶすと松のような芳香がある。甘い香りの白い花は夏に満開となる。蝶には花蜜を、小型の鳥類には猛禽類《もうきんるい》から身を隠す避難所を提供する。複雑な構成の棘には蜘蛛が巣を張りたがる。

アリスは日射しから目を守った。秋だから夜は涼しいが、昼間はやはりうだるように暑い。キャンディは蔦をどけて作業小屋の鍵をかけ、また蔦がドアをおおうままにした。裏手のベランダで〈花〉たちが朝のお茶をすませ、カップや皿をテーブルからキッチンへ運んでいた。キャンディは喉に青い鳥のタトゥーのあるムーヴに声をかけ、時間を訊ねた。ムーヴの返事を聞いて振り返ったキャンディの顔はこまりきっていた。アリスの心は沈んだ。

「ああ、スイートピー、ごめんね。思ったより遅くなってた。もう昼食の準備を始めないと、〈花〉たちを粗末にすることになっちゃう。それはどうしてもだめ。川に連れていくのはまた今度にするしかないよ」

アリスはキャンディの顔を探った。

「そんなふうに見ないで。お願い。きみをひとりで行かせることはできないって」

10
ソーン・ボックス

それでもアリスはキャンディの顔を見つめつづけた。

「まいった」キャンディは息を殺してつぶやく。「いいこと、いままでにないくらい注意すると約束するなら、だからね。全力で」キャンディは顔をしかめた。「そして、川をちょっと見たらすぐに帰ってくると約束すること。まっすぐにもどってきて。絶対だよ」

アリスは熱心にうなずいた。

「最後にもうひとつ。ジューンにもツイッグにも、きみの世話を任された初めての日にひとりで川に行かせたなんて話しちゃだめ」

アリスは眉をあげてみせた。

「あっ。なるほど。そんなことにはならないか」キャンディは腕組みをした。「わかったよ、アリス・ブルー」キャンディが降参して思わず笑う。「ひとりで川に行って探検していいよ。でも、あたしをがっかりさせないでね、いい？　こういうことについては、やりなおしのチャンスは簡単に訪れないものだよ」

アリスはキャンディに駆け寄って腰に手をまわした。わたしはあなたを信頼してる。

それからの十分間、キャンディは川への道順を繰り返した。花畑のつきあたりの小道へ行く。小道を進んで森を抜けたら川。そして小道を離れないこと。川には入らないこと。川を渡ろうとしないこと。川につうじる小道をたどる以外のことはいっさいしないこと。

アリスが一言について三回うなずくとキャンディは納得した。「じゃあ、いいよ。あたしは昼食の支度をするね。またあとで、スイートピー」

でもアリスはためらった。本当に許可をもらえたなんてすぐには信じられなかった。裏のベランダの階段でキャンディは振り返った。行って、くちびるの動きでそう伝えてにやりと笑い、両手でしっしっとアリスを追い払う。

花畑を迂回していくアリスの耳でキャンディの指示が響いた。足をとめず、振り返らず、ひるまなかった。声が出るのならば、上を向いてよろこびの声をあげただろう。視線を畑の行き止まりから森へと切りこむ灰色がかった小道から離そうとしなかった。その先は川、頭のなかで歌った。その先は川。

森の手前までやってくると、歩くスピードを落とした。枝の天井ごしに日光の縞が射して足元にたまった。コオロギとスズドリが一緒に歌い、たまに雨蛙がケロケロと参加した。頭上の節だらけのユーカリを見あげた。枝と葉が風でこすれあってやわらかな音をたてている。オオカバマダラがワイルド・コットンの茂みの上をヒラヒラと飛んでいく。足をとめ、石をおおう苔、毛がくるりと丸まった木生シダのつぼみ、甘い香りの紫のワイルドフラワーが群れている場所を観察した。空気は乾いた地面、バニラ、ユーカリのにおいで満ちていた。

ここにやってきた理由を忘れかけていたそのとき、聞こえた。動きをとめて耳を澄ます。たしかに聞こえる、かすかだがまちがいない。水が母の声のようにはっきりと呼びかけてくる。髪をなびかせ、川めざして駆けだした。

小道の終わりはひらけた土手で、目のまえが大きな緑の川だった。海みたいにうねったり、荒々しい音をたてたり、砕けたりはしていない。おだやかに流れつづける歌だった。川に惹きつけられたアリスは、まわりのすべても同じ気持ちであるように感じた。木の根は川へと伸びているし、長くひょろりとたれた苔は水に埋もれかけた岩にしがみついている。

10

ソーン・ボックス

川には入らないこと。

無言でキャンディに謝ってブーツをけって脱いだ。靴下もはぎとったところで、土手ぞいに続くもっと細い小路に気づいた。

首を伸ばしてどこへ続くのか見ようとした。キャンディはほかに小路があるとは言っていなかった。こういうことについては、やりなおしのチャンスは簡単に訪れないものだよ。アリスは小路へそっと近づいた。ちょっと見るだけ。けれど、がっかりしたことに小路はどこにもつうじていなかった。始まりと同じように、土手の目立たない場所のとても小さな円形のくぼみで突然終わっていた。たぶん、ふたりが座れるぐらいの大きさだ。埃のなかですり足になり、残念でため息をもらした。だが、川へもどろうとして視界に飛びこんだものがあった。日射しをさえぎるほど大きなものの光る輪郭。そのリバー・レッド・ガムの大樹がどれだけ大きいか確認して、目を丸くした。アリスの身長より太い幹。枝を見あげても、高すぎててっぺんが見えない。木登りするのを想像したら手のひらにじっとり汗をかいた。枝はどれも満開の花と長くて香りのよい三日月の形の葉がびっしりついている。根が川へ伸びる途中でいくつものポケットを作り、ユーカリの実《ガムナッツ》、葉、花がたくさんたまっていた。これは木の王様だ。けれど、なによりもアリスをうっとりさせたのは太い木の幹に名前がいくつか彫られたところだった。

目の高さから始まっているが、つま先立ちになって頭をそらすと全部が読めた。ルース・ストーンはわかったが、ほかに知った名前はないと思っていたら最後のふたつにたどりついた。

ジューン・ハート。

ジューンの名前の隣は深く削られていて、たぶんかつてはほかの名前が彫られていたようだった。

ジューンの名前の下にアリスの父の名があった。クレム・ハート。その隣にもやはり削られたあとがあって、名前があったに違いなかった。木からえぐりとられたふたつの名前。

花の秘密の言葉のように彫られている名前を読み解こうとしたが、できなかった。ルース・ストーン、ジェイコブ・ワイルド。ワトル・ハート、ルーカス・ハート。ジューン・ハート。クレム・ハート。

キバタンのするどい鳴き声でアリスは飛びあがった。名前と削られて小さくぽっかり空いた箇所がなぜか気になって仕方がない。

ふたたびキバタンが金切り声をあげ、アリスは川ぞいのひらけた場所へそろそろともどり、浅い呼吸をしながら立ちどまって鼓動が静まることを願った。

おだやかで規則正しく流れる川をまえにすると、気持ちが落ち着いてきた。正午近くの暑さと湿気が肌にまとわりつく。汗が背筋を伝った。そして、川をちょっと見たらすぐに帰ってくると約束すること。まっすぐにもどってきて。

自分を押しとどめることができなかった。Tシャツと短パンを脱ぎ捨て、すでに脱いでいたブーツの隣に置いて土手から砂地の川岸に降りた。冷たい水がひたひたと足元に寄せると慣れ親しんだ癒やしを感じて震えた。最後に泳いだのはずっと遠い昔のように感じ、海水の味もよく思いだせない。やさしい流れに誘われて膝の深さまで歩いていき、続いて腕を広げて水の表面をかきながら腰まで進む。肩の力が抜けた。まわりの森から鳥と虫の音がする。

あのリバー・レッド・ガムの大樹をちらりと見て、幹に彫ってあった名前について考えた。川にはいろいろあってね。花畑でジューンがそう話していた。何世代もわたしの家族のものなんだよ。

10

ソーン・ボックス

わたしたちの家族の。アリスは水中の砂底についた足を見おろした。川は自分のものにできるの？　それは海が自分のものだと言おうとするのと同じじゃない？　海に入れば、海が人を海のものにするのだとアリスは知っていた。それでも、自分がこの場所の一部のようなものだと思ったら、身体の奥の小さな空間があたたかさで満たされた。頭上でワライカワセミが早口でしゃべった。アリスはうなずいた。考えるのはもういい。一歩進んで渦巻く緑の水に沈み、訊ねられない質問は水面にすべて残した。

甘くてぜんぜんしょっぱくないのがショックだった。目がひりひりしない。泡を吐きだし、それがあがっていって弾けるのをながめた。川の心臓がアリスの耳でどくんといった。父から、すべての川は同じ水源にたどりつくと聞いたことがある。あたらしい質問がほころんだ。上流へ泳げば時をさかのぼって家に帰れるのだろうか？

その質問を長いこと考えすぎていつまでも水中にいたら肺が燃えるようになった。足を川床にぐっと押しつけ水面へ出て、水を吐きだした。火事以来、これほど息をするのが痛かったことはなかった。突然、森の日射しがあまり歓迎しているふうにも、水がそれほど癒やしにも感じられなくなった。よろめきながら川からあがり、激しく咳きこみつつ、土手から乾いた地面へと這いあがった。繰り返し咳をして、身体をふたつおりにして両手を膝に置いた。

「大丈夫？」

声のほうに勢いよく振り返った。

そこに彼がいた。川の向こう岸に。車に乗っていた男の子。

アリスはうつむいてまた咳をした。鼻水と涙が流れて、とめられなかった。とめようと必死になればなるほど、ますます強い咳が出る。声をあげて泣きはじめた頃に咳は吐き気にかわった。うしろでしぶきのあがる大きな音がしたかと思うと、すぐに足にしずくがかかった。男の子がずぶ濡れで隣に立っていた。

「息を吸って。〝吸う〟って考えながら。息を吐いて。〝吐く〟って考えながら」その子はアリスの背中に手をあてた。アリスは彼をちらりと見て言われるとおりにした。

吸う。吐く。

吸う。吐く。

ゆっくりと咳は出なくなっていく。

身体を起こし、今頃になってショーツしか身につけていなかったと気づいた。顔がかっと熱くなって、Tシャツと短パンをつかんで男の子の顔も見ないで小道へ駆けだした。

「ちょっと！」彼が叫ぶ。アリスは振り返ろうとしなかった。

森と花畑の境目にきてからやっと足をとめて服を着た。

そのときになって自分が裸足で、川にブーツを置いてきたと気づいた。

花畑のはしにそって家へむかって走った。午後の日射しが肌をあたためる。でも顔は冷たくなっていた。あとから抜けだしてブーツを取りにいくしかない。

花畑を越えると作業小屋のエアコンが低い音をたてていた。〈花〉たちがそこで午前中に集めた花の作業をしていた。アリスはすばやく裏のベランダの階段をあがった。テーブルはかたづいていて、椅子はどれもきれいにテーブルの下におさまっている。どのぐらい時間が経ったかわからなかった。昼食をとりそこなったんだろうか？　そう考えたら反応してお腹が大きく鳴った。そっと網戸に近づいた。

室内には誰もいないようだった。たぶん、ツイッグとキャンディも作業小屋にいるんだろう。ほっとした。食料を求めてキッチンにむかい、パンとバターとベジマイトを見つけてサンドイッチを二切れ作った。

「今日はハリー並みの食欲ね！」

アリスはかたまってから振り返り、戸口に立っているツイッグになんとか落ち着いてほほえみかけた。「キャンディから、あなたは上で早めにお昼にしたと聞いたわよ。午前中忙しくしていたからって。お皿をなめるようにたいらげたって話だった」

どうすればいいかわからず、アリスはうなずいた。やっぱり昼食をとりそこねたのだ。思ったよりずっと長く出かけていたんだ。こまったことに。いや下手するとキャンディのほうがこまったことになると考えて吐き気がした。だが、キャンディは自分をかばってくれていたのだ。今度は本当の笑顔になった。

「食欲があるのは、いいおこないと同じくらい大切と言いたい」ツイッグはキッチンを離れて廊下を進みながら言った。「ねえ、ハリーといえば、サンドイッチを食べ終わったら居間に来てくれる？」

アリスはとめていた息を吐きだした。埃で汚れた足にも湿った髪にもツイッグは気づかなかったみたいだ。

キッチンで立ったままサンドイッチを食べながら、ほほえまずにいられなかった。いまでは自分がもっているものがひとつある。自分のものだと感じられるものがソーンフィールドにひとつできた。初めて川を訪れた経験はいつまでも自分だけのものだ。ただし、もちろんあの男の子を別にすれば。あの子のことを考えたら、また頬が燃えるようだった。サンドイッチを置いた。急になんの味もしなくなった。

✷

居間は風通しがよくてまぶしかった。ツイッグがカウチに腰かけてハリーが足元に座り、時折ツイッグに耳をかいてもらってため息をついている。アリスも混じって、早朝にジューンが抱えてきて姿を消したあと休んだのと同じ場所に座った。あれはもう何日もまえのことのように感じる。ジューンのトラックが作業小屋の隣にとまっていることに気づいた。ジューンもここに来るだろうか？　そう考えると落ち着かなくなった。目をこする。まぶたが急にとても重くなった。

「ジューンから、ここにいるハリーは特別な力があると聞いてるでしょう？」ツイッグが訊ねた。

アリスはうなずいてあくびをした。

「わたしたちがハリーと話す方法を教えようと思っていたのよ。助けが必要なときはいつでも話せるように」

自分の名を聞きつけたハリーの耳が、ツイッグになでられながら、心持ち立った。ツイッグの脚に身体をすりつけてあごをだらりと開け、たまによだれをたらしている。すごい犬には見えない、とアリスは思った。

「ハリーはアシスタント・ドッグと呼ばれるものなの。アリス、いままでに聞いたことがある？」

首を横に振った。ハリーのまえに知っていた犬はトビーだけで、トビーはアリスのアシスタントではなかった。親友だった。

「アシスタント・ドッグは人が不安になったときに助ける特別な訓練を受けているの。ハリーのような犬は人の気持ちを感じとることができる。あなたが悲しかったり、怖かったり、こまっていたりすると、なぐさめて気晴らしをあたえることができる」ハリーに手をなめられてツイッグはほほえんだ。「たぶんハリーはもう、ちょっぴりなぐさめと気晴らしをくれてるんじゃない？　ここに到着してから」ツイッグはそう訊ねてアリスを見やった。

　ジューンとソーンフィールドに着いたとき、トラックのなかでハリーが隣にとどまっていたことを思いだした。悪い夢を見て目が覚めたときもそこにいて、昨日は部屋から下へ導いたくらいだった。アリスはハリーの歯をむきだした笑顔、先っぽの黒い耳、黄金色《こがねいろ》の顔を見つめた。これはトビーじゃないけれど、ツイッグは正しい。ハリーには気分をよくしてくれるところがある。

「ハリーの助けはたいてい、ソーンフィールドにあたらしい人がくわわったときにいちばん必要とされるの。だからアリス、あなたがハリーを必要とするときはいつでも、あなたがこまっていたり、怖かったり、パニックになったりしたらいつでも、ハリーはあなたのためにここにいるんだと思いだして。わたしたちみんなもそうよ」ツイッグはほほえんだ。ハリーの耳をなで、脇腹をぽんとたたいた。「ハリーのコマンドはすべて言葉で指示するのだけど、視覚によるコマンドも使うの。それを教えるわね、どう？」

　その午後の残りは、ハリーとしゃべる方法を教わった。すぐに理解した。身体のまえで指を鳴らすのは、まえに立ってアリスとなにかとのあいだに壁を作れという指示。身体のうしろで指を鳴らせば、ここに来いという意味。手をたたけば部屋に入って明かりをつけろという意味だから、アリスは暗闇に入らなくていい。それはお気に入りのコマンドだった。ハリーが駆け足で居間に入って床のボタンを押し、スタンドライトのスイッチを入れたのを見て笑ってしまった。

「ハリーはソーンフィールドのすべての部屋を知りつくしているのよ、アリス。すべての照明のスイッチの場所も」ツイッグはおごそかにうなずいたが、目は笑っていた。

最後のコマンドは頭上でひらいた手のひらを左から右へ振るというもので、それは空間に入って人がいないか、もしや侵入者がいないか調べ、誰か見つけたら吠えろという指示だった。これを使う場面は考えたくなかった。

「いいわね、アリス。よくできました。覚えが早い。今朝のように、またひとりきりだと感じてめまいがするようなことがあれば、ハリーを呼べると思いだして」

作業小屋のドアがひらいて〈花〉たちがかたづけをする音が窓からただよってくる頃には、ハリーのコマンドのコツを覚えていた。カウチに身を投げだした。疲れすぎてもう練習できなかった。

「ジューンもじきに夕食に顔を出すわよ」ツイッグが言う。「先にお風呂に入っておいて、早めに休めるようにしておけば？　今日はいろいろあったから」

アリスはうなずいた。本当はお風呂に入りたくなかったが、ツイッグのやさしい声は彼女の言うことがすべてもっともだと思わせる。ツイッグのあとから廊下を浴室にむかいながら、アリスはうしろで指を鳴らしたが、その必要はなかった。ハリーはぴたりとあとをついてきていた。

✷

10

ソーン・ボックス

ツイッグは網戸を開け、黄昏の空が広がる裏のベランダの階段に腰を下ろした。煙草を巻いて火をつけ、深々と吸い、燃える煙草のパチパチいう音に耳をかたむけて煙が肺を満たすのを感じた。一番星にむかって煙を吐く。花畑を照らす黄色い明かりは作業小屋の窓から放たれていた。ジューンは午後早くに帰ってからずっとあそこにいる。昼過ぎにツイッグが事務室で書類仕事をしながらアリスがもどるのを待っていたら、ジューンの疲れた足音が表のベランダの階段から聞こえた。出迎えようと廊下に出た。ジューンは気を使うなと片手で合図した。

「ツイッグ」ジューンはツイッグに口をひらく隙をあたえずそう言った。目の縁が赤い。ハリーがふたりのあいだに飛びはねてきて、もう少しでふたりとも押し倒すところだった。

「あの子は外に行ったから」ツイッグはそう伝えた。「もどったら、ハリーと会話するための基本のコマンドを教えるつもり」ツイッグはハリーの頭をなでた。「またパニック障害が出たら、対処を手伝ってくれるものが必要よ」

「またパニック障害が出ることがあればね」ジューンはため息をもらした。「入学手続きをすませてきたよ。来週から通うことになる。本人には今夜話をしようかね」

ツイッグは拳を握りしめた。ジューンはキャンディ・ベイビーを育てるときはここまで頑固ではなかった。だが、ツイッグは違いがわかっていた。キャンディは天からの恵み。アリスは血縁だ。

「手続きに午前中いっぱいかかったの？」ツイッグは表の網戸のむこう、ジューンのトラックを見やった。荷台の防水布の下から手彫りのヘーゼルウッドの木箱の角が突きだしている。ツイッグは片眉をあげた。ジューンがどこにいたかはっきりとわかった。町にあるジューンの倉庫で古い幽霊を掘り返していたのだ。

「落ち着いて。あんたが考えているようなことじゃないから。たいへんな一日だったんだ」

「ええ、そうでしょうとも」ツイッグは声を落として語気を強めた。「とりわけ、あなたの孫娘にとっては。でも、孫息子はどうなったのよ？　あなたが雑草みたいに置き去りにしてから」

いまの言葉はふたりの足元で砕けて破片になった。ジューンの顔を見て、ツイッグは破片をすべて掃いて、ぎざぎざのそれをひとつずつ呑みこみたくなった。ジューンは荒々しい足取りで家をあとにして作業小屋に入り、ドアをたたきつけて閉めた。それ以来、姿を見せない。

ツイッグはもう一本煙草に火をつけた。ジューンが自身の痛みをツイッグに投げ返さないだけの情けをもっていてありがたかった。ツイッグの怒りは、ジューンがクレムの子供たちを引き離したことに対するものだけではなかった。もちろん、そうじゃない。ツイッグ自身の赤ん坊たちを思っての怒りだった。三十年近くまえに、福祉局の職員たちが輝くホールデンの車に乗って現れ、彼女の家にずかずかと押し入り、子供たちがネグレクトされていると告発する裁判所命令を突きつけた。ツイッグには夫がいなかったからだ。職を探しにいくあいだ、ニーナとジョニーを妹のユーニスのもとに幾度となくあずけていたからだ。ツイッグが貧しかったからだ。福祉局の決定で、彼女の子供たちが正しいオーストラリア人になるただひとつのチャンスは、正しいオーストラリア人の家族のもとで育つことだとされたからだった。〝白人の〟オーストラリア人の家庭で（約百年にわたり、政府によってアボリジナルの親権が否定され、とくに白人とのあいだに誕生した子供たちが強制的に親元から引き離されており、この子供たちは「盗まれた世代」といわれる）。ひとりがツイッグを押さえこみ、もうひとりがニーナとジョニーを彼女の腕から引き離した。ふたりは泣き叫んだ。ツイッグは子供たちを落ち着かせようとして歌ったが、ふたりの苦しみはおさまらず、前庭のデイジー・ブッシュを引きちぎり、なにかをつか

10

ソーン・ボックス

もうと手を伸ばしながら連れ去られていった。ツイッグはへたりこんだ。日射しを浴びて茶色く枯れかけているちぎられたデイジーの隣で。子供たちが最後にふれたもの。彼女はそのまま動かず、厳しい北西の風に吹かれて歌い、植えなおせるかのように死んだ花たちをなでていると、ユーニスが仕事からもどってきた。ツイッグはニーナとジョニーが自分のもとへもどってくる方法がなんとか見つかると信じて耐えようとしたが、数年後にユーニスが失踪すると、ツイッグも逃げだした。海岸ぞいから内陸へとヒッチハイクしながら町から町へ。そして幹線道路ぞいに歩いていたある日、好奇心からソーンフィールドの私道に誘われると、そこで赤ん坊の泣き声を聞いた。

寮から笑い声があがって思い出の旅は中断された。ツイッグはシャツで目元をぬぐった。キャンディには〈花〉たちの夕食を寮で出すように頼んでおいた。ジューンがアリスに学校へ行くことを説明するつもりであれば、ふたりにしてやらねばならない。ジューンが作業小屋から姿を見せるつもりがあれば、だが。

そう考えたのが合図だったかのように、作業小屋のドアがひらいた。ツイッグが火のついた煙草の陰に隠れるようにして暗がりで身じろぎせず座っていると、ジューンが家のほうへ歩いてきた。ツイッグに気づいたとしても、表情に出さなかった。玄関がひらいて閉じた。ダイニングの食器棚の蝶番がひらいてきしみ、ジューンがテーブルに座った。廊下の奥では風呂の湯を抜くうがいのような音がしている。浴室のドアがひらいた。軽い足音がキッチンへむかう。オーヴンの火が消される音。ジューンがつぶやく声。ダイニングの椅子が引かれてジューンとアリスが腰を下ろした。ふたりが食事をして磁器にスチールがあたったりこすれたりする音。

アリスは川への行き帰りを走ってお腹をすかせていただろうから、正式な食事が待ち遠しかったに違いない。ツイッグはアリスが午前中に花畑を駆けていくのを見かけ、午後の早い時間にはキッチンで出くわして、あの子がどこにいたのかはっきりとわかっていた。濡れた髪は葉っぱだらけで、足は砂にまみれていた。だが、あの子の目には光が、頬には赤みがあったから、ツイッグはなにも言わなかった。ソーンフィールドを自分の家だと呼ぶようになった者なら誰でもわかっているように、壊れた魂を修復する方法は人によってさまざまだと知っている。いまは、アリスを支えるのはあの川なのだ。ツイッグにとっては、ソーンフィールドに来て以来、魂を修復してくれるのはいつでもジューンだった。

✴

ベッドで横たわるアリスの頭は、夕食でジューンから聞かされた知らせのせいでぐるぐるまわっていた。地元の学校に入学することになった。来週から通うのだと。

「今日、校長と直接話をしてきたよ」ジューンはそう語った。「校長は、あんたが最初から友達をもてるようにハリーも一緒に通ったらどうかと提案してくれた」

学校。本で読んだことがある。先生、教室、机、鉛筆、本。子供たち、運動場、サンドイッチのお弁当、読み書きと宿題。そしてハリーを連れていける。

寝返りを打った。いつの間にか川のことを考えてしまう。水面の下ではどんな音がしたか、息をしやすくするためにあの男の子が背中に手を置いてくれたときのおかしな気持ち。

風があごの下をくすぐった。アリスは起きあがった。白いカーテンが一枚、暗闇にはためいている。窓を開けた覚えはない。ランプに近づいて明かりをつけ、光のなかで目をこらした。そこに、ベッドの隣の床に、アリスのベイビー・ブルーのブーツがあった。

　隣にはバニラのにおいのワイルドフラワーの花束が添えてあった。

✷

　ツイッグがまた煙草を巻いていると、家の横手でドスンという音がした。息をとめて聞き耳を立てる。花畑につうじる土の小道を進むカサカサという足音が続き、少年の姿が見えた。ツイッグは眉間にしわを寄せた。ゆっくりと息を吐いた。まだ火をつけていない煙草を片手に、ライターをもう一方の手にもって、少年が振り返るかどうか見守った。小道が森に入る直前にその子は振り返り、顔は月光にはっきりと照らされた。

　そこに立っているのはボルヤナの息子だった。ランプのともったアリスの部屋の窓を見つめている。もしもツイッグが煙草に火をつけていても、裏のベランダの階段にいることを少年が気づいたかどうか怪しいものだ。

　少年が小道を帰っていき森に姿を消すと、ツイッグは煙草に火をつけて深く吸い、気持ちを静めた。まったく同じ光景を以前に見たことがある。アグネス・アイヴィーが鐘の部屋の子供だった頃、アグネスに花を贈るために窓から忍びこんだ少年はクレム・ハートだった。

11

リバー・リリー

隠された愛

Crinum pedunculatum

オーストラリア東部

とても大型の多年草で通常は森の周辺部に見られるが、マングローブ近くの水位の高い場所でも育つ。芳香のあるほっそりした星形の白い花をつける。種は親植物に付着したまま発芽することもある。液汁はハコクラゲに刺された際の薬として使われてきた。

アリスはその週、働く〈花〉たちのあとを追って農園中をめぐった。朝のお茶では、ブーと一緒に新聞のクロスワードパズルを解いた。ブーはたくさんの言葉を知っていた。そのあとは、ロビンと蜂の巣箱から蜂蜜を集めた。ロビンはエプロンのポケットにいつも入れている赤い口紅を少しつけてくれて、巣箱から取りたての蜂の巣の食べかたを教えてくれた。花の畝を歩きまわってあたらしく咲いた花を切るオルガ、ムーヴ、ソフィにぴったりくっついていった。新鮮なバラの花びらからローズウォーターを作るタンマイを手伝い、彼女のしてくれた話に夢中になった。魔術を使ったと責められて大地に身をゆだねたお姫様のシーター、自分を不当に扱った百人の男を呪ったお姫様のドラウパディー。午後には、作業台のあたりをうろついて花びら、茎、葉、紐でネックレスを作り、隣ではフランシーン、ローレン、カロリーナ、エイミーが花の注文をさばいて茶色の紙と麻紐で次々にブーケを包んでいった。苗小屋ではロゼーラと一緒にハミングし、ワイルド・コットンの

11

リバー・リリー

茂みに水をまくフリンデルを手伝った。オオカバマダラがさっと降りてきて蜜を吸い、ふたりの頭上をはためいた。

　金曜日を迎え、アリス、ツイッグ、キャンディは一日の仕事の終わりに裏のベランダで十二人の女たちに合流した。みんなエプロンをはずし、大きな麦わら帽子を脱いで顔をあおぐ。ジューンは家からキャスターつきのエスキー（クーラーボックス。オーストラリアでは商品名が転じて一般化した呼び名）をころがしてきて、霜のついたジンジャービア（通常アルコールを含まない発泡飲料）のボトルを取りだして琥珀色の宝物のようにみんなにまわした。〈花〉たちは背もたれに頭をのせて目をなかば閉じた。満開の花の畝、ビニールハウス、蜂の白い巣箱、遠くの銀色がかった濃い緑の森が黄昏の空に揺らいで夢のようだった。

　アリスもジンジャービアを飲みながら〈花〉たちの顔を盗み見た。いつもは陽気で仕事熱心な人たちだ。でも、この日の黄昏時のベランダではなにかが違った。誰もが黙りこんでいる。日が沈むにつれ、〈花〉たちが生きて、愛して、あとに残してきた物語のすべてが彼女たちに押し寄せてくる。女たちの肩は沈んだ。泣く人もいた。おたがいになぐさめあった。そしてジューンは中央に座り、冷静な表情で背筋を伸ばしていた。

　アリスは自分が〈花〉たちの誰ともたいして違わないと気づいていた。ジューンとでさえも。誰でも沈黙の必要なときがある。そこがソーンフィールドのすばらしい点だった。しゃべることができなくても、なにかを言える場所だから。アリスは自分なりに花でしゃべる言葉の力を理解するようになっていた。川に冒険して以来、夕食を終えて部屋に行くと毎晩、あたらしい花がベッドの足元のベイビー・ブルーのブーツに挿してあった。

✷

ジューンは裏のベランダに腰かけて花畑に日が昇るのをながめながら、濃いブラック・コーヒーの湯気を吹いていた。この朝はかすかにひんやりして、初めて冬の気配を感じさせる。ポケットからフラスクを取りだして少量をカップにたらした。カップの縁をくちびるに押しあて、コーヒーを少し口にふくみ、あたたかみを味わう。

花畑が朝日を吸いこむ様子を見ると、過去のソーンフィールドの花盛りに日が昇るところをながめている気分になった。八十年まえの朝日もこうだったかもしれない。ルース・ストーンが作業小屋から姿を現して、いまにもその角を曲がってきそうだ。赤銅色の夜明けを背に、両手はポケットに深く入れ、その目はまだ悲しみで縁取られてはいない。

コーヒーを飲み終え、ガーデニング用の手袋を拾いあげてベストのポケットに突っこんだ。すっかり明るくなった朝へ歩きだし、花畑を抜けて母が建てた苗小屋へむかう。ときには、もう一度だけ母と話したくてたまらなくなり、自分が粉々になって息をするのもつらすぎる気分になった。同じようにアリスがアグネスを恋しくてたまらないことはわかっていて、それがジューンを苦しめた。歴史が繰り返したがるのは残酷以外のなにものでもない。

苗小屋の空気はあたらしい息吹のきざしで濃厚だった。ジューンはしばし目を閉じた。母とはここでたくさんの時間を共に過ごした。ひとつかみの新芽と種に人々の万感の思いを込めて、母はソーンフィールドの物語を語った。忘れないでジュニー、ワトル・ストーンはそう語ったものだった。この約束はルースの贈り物よ。わたしたちの生きのびてきた方法。

11

リバー・リリー

子供だったジューンの想像力は、祖母の物語ではちきれそうだった。川の近くで何時間も過ごし、リバー・レッド・ガムの大樹の幹に彫られたルースの名、その隣に彫られたジェイコブ・ワイルドの名を指先でたどった。

ルース・ストーンが初めて町に現れたとき、彼女にまつわる噂はいくつもあった。ある者は彼女がオーストラリアへ送られた最後の流刑船に乗っていた女が産んだ子だと言った。またある者は処刑の運命から逃れたランカシャー州ペンドル・ヒルの魔女の子孫だと言った。伝えられるところによると、ルースのただひとつの所持品は奇妙な言葉で満たされた小型の本だけだった。ある者はそれが呪文の本だと主張した。またある者は中身を見たと誓い、花でいっぱいだったと言った。ルース・ストーンについて満場一致のただひとつの意見は、隣町にある街道ぞいの売春宿のオーナーであるマダム・ボーモントが、彼女を町はずれにある荒れ放題のソーンフィールド農園の最後の乳牛たちと物々交換したということだけだった。農園のオーナーである世捨て人のウェイド・ソーントンは乳牛たちを売り払い、町の歴史で最悪の干魃のあいだ、自分の農園が埃にかわるのをただながめていた。彼本人も町のゴシップに登場した。みずからの悪魔をラムで飲みこむことで有名だったのだ。いったんルース・ストーンが農園にやってくると、彼女の身体を食い物にすることが、ウェイドの好む悪魔祓《あくまばら》いの手段となった。

ルースが家からしばし避難するタイミングを見計らうようになるまで、さほど時間はかからなかった。夕食に作ることのできたなにかしらの粥をウェイドが食べ終えて四杯目の酒を飲むまえに、ルースはストーブ用の薪を集めるために家を抜けだし、ひどい干魃でちょろりと筋が流れるだけの川へ走った。ウェイドが当然のように酔っ払って意識をなくすまで、ルースはそこを隠れ場所とした。リバー・レッド・ガムの大樹の根元に腰を下ろして自由に歌って泣いた。本と歌だけが心の強い支えだった。母に教わった物語を歌った。言葉では話せないことを語る花についての物語だ。大樹の下で歌っていたある夜、仕事にあぶれてポケットには花の種しか入っていない家畜追いがルースの歌にまっすぐ導かれたように、乾燥してひび割れた川床へうっとりとなってさまよいでた。ルースが月光を浴びて歌いながら泣いているのを見て、ジェイコブ・ワイルドは無言でしゃがみ、彼女の足元に種を植えたと言われている。リバー・レッド・ガムの根と根のあいだの地面だ。ルースの涙が地上にこぼれた場所でその夜から一気に育ったものは野生のバニラ・リリーの群れであり、ルースとジェイコブの恋だった。

　ふたりはルースが抜けだせるときはいつでも川で逢瀬《おうせ》を繰り返した。ジェイコブは彼女に花の種を運び、ルースは彼に家からこっそりもちだせるわずかばかりの食料を運んだ。

　やがて種がたまり、ルースは家の近くの狭くて日陰になった片隅の土を耕してまくことにした。ワトルの木が一本だけ生えたほとんど不毛の土地だ。土は乾ききっていて、ルースが川から運べるいくらかの水でやわらかくするのに一カ月かかった。やがてワトルの花が一気に満開を迎えた。甘い黄色に燃えたつ冬の炎。この光景にルースは思わず膝をついた。香りは町まで届くほどだった。蜜蜂がこの木のまわりを舞って花蜜に酔った。ワトルの下ではいくつもの円を作って新芽が息吹いた。ルースは小さな本にすべてスケッチした。花が咲いてみるとどれも初めて見るもので、母の歌に出てきたキツネノテブクロやユキノハナとはまったく違っていた。ヴィクトリア朝の花言葉に手をくわえ、それぞれの花が自分にとってどんな意味かを書き記した。風変わりな美しいオーストラリアの固有種《ネイティヴフラワー》の花はどんなに厳しい環境でも咲き誇り、ルースを魅了した。深い緋色で中心が濃い血の色の赤をした花は格別だった。意味は、ルースは手帳に書きとめた。〝勇気を出して、心臓の感じるままに〟。

極度の干魃に見舞われ、農園を営む家庭の行き着く先は破産であり、地面からはなにも成長しないと思われた。このままでは町が焼きつくされて地図から永遠に消えることが確実視されたとき、ルース・ストーンはネイティヴフラワーの農園を始めた。

この知らせはあっという間に広がった。人々はみずから農園に足を運び、埃と牛の骨のなかにあざやかな花を目にした。人々はすぐにもどってきて、自分たちの枯れかけた庭から挿し木を届けた。ルースはすべてを植え、彼女の世話によって植物は生い茂った。ウェイド・ソーントンは酒を絶った。ソーンフィールドの扉を開放し、人々を招き入れた。彼らは鋤、水を入れたドラム缶、貴重な種を持参した。ルースはその人たちに行くべき場所と植えるべきものを指示した。みんなでいくつも温室を建てた。日の出から日の入りまで働いて新芽の世話をした。緑のみずみずしい香りが期待を抱かせた。ソーンフィールドに花が咲きそろうと、人々がやってきてルースと一緒に花を収穫し、ブーケにして、夜通し運転して国の最大規模の花市場へ運んだ。ルースはそれぞれの花の意味を説明した手書きのカードを、ひとつひとつの束に結びつけておいた。昼食のまえに花は売りきれた。ルースの心臓の言葉を話すネイティヴフラワーは、さらなる注文をソーンフィールドへもたらした。町の人々は希望をもちはじめた。

日々が流れた。冬の花々が咲いた。ふたたび花市場へ旅する計画がもちあがった。ウェイド・ソーントンはしらふで家の暗がりに立ちつくし、地元の人々にかこまれたルースの頰を赤らめてほほえむ顔を観察するうちに、苦々しいものが彼のなかで大きくなっていった。

ルースが初の大成功をおさめた収穫からそれほど経っていない頃のある夜、ウェイドがラムをがぶ飲みしてしばらく待っていると、足音が外の地面へ消えていった。寒くて星の彩る空の下、彼女を追ってウェイドはずっと昔に川へ出られるよう手作業で伐採して作った小道をたどった。そして茂みの陰でじっと待った。川床から男が現れてルースを抱きしめ、ウェイドの視界は怒りでにじんだ。ウェイドは無理やりルースに乗るたびに、指につばを吐いて彼女のなかに押し入るしかなく、彼女は顔をそらしてその目はうつろになり、身体は魂が抜けたようになる。だが、この男の腕のなかでルースは銀色に光り輝いて生き生きしていた。青白い冬の月明かりを浴びたルースは男の手を取り、自分の腹に押しあてた。ほほえんだ。目がきらめいている。一声わめいてウェイド・ソーントンは森から飛びでると、川石でジェイコブ・ワイルドを殴って気絶させた。ルースに口枷《くちかせ》をかませて木に縛りつけ、目の前で、彼女の愛人を素手で溺れさせた。

ジューンは震え、腕をさすって苗小屋の湿った空気を払いのけた。ソーンフィールドが受け継いできたものの重みは、十代だった頃、祖母に起こった物語を知って打ちのめされたとき、ずしりとのしかかった。だから忘れないでジュニー、母は花について教えながらそう語ったものだった。この約束はルースの贈り物よ。わたしたちの生きのびてきた方法。

いまなら母はなんと言うだろうか。ジューンは芽が出るようにあたらしい種の皮に傷をつける作業を始めながら考えた。母ワトル・ストーンなら娘にこう言うだろう。ジュニー、ソーンフィールドはアリスが生まれながらの権利をもつ場所なの。あの子は、それをあなたから学ばないといけないわ。

11

リバー・リリー

「アリス、さあ行くよ」ジューンの声が螺旋階段をあがってきた。

アリスは固くて糊のきいた制服を着てベッドに座った。ハリーが膝をなめる。アリスはため息をついた。あたらしいスクールバッグをベッドからかつぎあげ、重い足取りで階段を降りた。

「そら、そんな顔をしないで」ジューンがキッチンを横切ってアリスのランチボックスを差しだし、鼻を鳴らした。「学校は楽しいよ。あたらしい友達ができる」

外に出るとジューンは農場用トラックのドアを開けた。ハリーが飛びのる。アリスはベランダに立ったままでいた。足が動こうとしない。ジューンが手を差し伸べた。

「ハリーが一緒だからね」ジューンはハリーの隣へ行くよう合図した。アリスは言いたいことを伝えるためだけに、大きな音をたててベランダの階段を降りた。ジューンの手を借りてトラックに乗った。ハリーがキャンと吠える。アリスは怒っていた。ジューンがドアを閉め、ブレスレットがチリンと鳴った。

「出発するよ」そう言ってトラックを小走りで運転席側にまわって飛び乗った。車を出して家を離れかけたとき、背後でいっせいに歓声とはやし声があがった。アリスは振り返ってうしろの窓のむこうを見た。〈花〉たちが追いかけてきて騒々しく声をかけ、紙テープを投げて紙吹雪のクラッカーをポンといわせた。

「うまくやれるよ、アリス！」

「がんばれ、アリス！」

「学校での初日を楽しんでね、アリス！」

トラックから身を乗りだしてめちゃくちゃに手を振った。ジューンがクラクションを鳴らし、ふたりは遠ざかっていった。ジューンが涙をふくのをアリスは見た。

町につうじる道路までやってくると、ジューンはアクセルを深く踏みこんだ。アリスは指が痛くなるまでハリーの首輪にしがみついた。

✷

町の小学校は小さな下見張りのコテージがいくつもかたまったもので、ユーカリの木立に空をおおわれていた。ジューンとアリスの足元で葉とガムナッツがバリバリと砕け、レモンのような香りがただよう。ハリーはリードをピンと引っ張ってあらゆるものに鼻をくんくんいわせ、もう少しでアリスをころばせるところだった。いちばん大きな建物の外でジューンはしゃがんでアリスの襟をととのえた。息はミントのにおいだ。アリスは間近で顔をじっとながめた。ジューンの目は父の目とそっくりだった。ジューンが立ちあがり、肩をいからせる。

「さあ、行くよ。きっと大丈夫だからね」

受付に近づきながら、ジューンがふたりのうちどちらに言い聞かせていたのか、アリスにはよくわからないでいた。

✷

11

リバー・リリー

アリスはジューンやハリーと座って待った。受付の人からもう少ししたらリトルランチ（午前中に生徒たちが軽食をとる休み時間）になり、アリスの担任が迎えにくると言われた。ジューンは反芻《はんすう》する牛のようにミントガムをかみ、貧乏ゆすりがとまらない。アリスはハリーのリードを握り、なめらかな毛をなでた。ジューンが腕時計に視線を走らせる。

ベルがけたたましく鳴った。

「もうすぐだよ、アリス」ジューンが小声で言う。ハリーが進みでて安心させるようにその手をなめた。ジューンが耳をなでてやると、ハリーは背中を弓なりにして身体を伸ばし、大きくて長いおならをした。ジューンは咳きこんだが、まじめくさった表情をかえなかった。アリスの頬は燃えるようだった。受付の人が咳払いをする。においがただよってくると、ジューンはついに笑いころげた。目に涙を浮かべ、音でにおいを隠せるかのようにまた咳きこんでから立ちあがり、慌てて窓の留め金を探った。アリスが手伝おうとする一方で、ハリーはべろを出して息をしながら、にこにこして座っている。

「本当にすみません」ジューンは受付の人に陰気な声で告げた。「申し訳ないです」女の人はうなずいてハンカチを鼻にあてた。ジューンとアリスは窓を開けると、ほっとして力が抜けた。教室からあらゆる年齢層の子供たちがぞくぞくと外に出ていく。アリスは背をむけてまた椅子に座った。教室でハリーが自分の隣に座っておならをするところを想像した。一瞬ののち、アリスは身を乗りだしてハリーをぎゅっと抱きしめてから、リードをジューンに手渡した。ジューンはリードからアリスへと視線を移して目元をやわらげた。

「ひとりで大丈夫なんだね、アリス」ジューンはほほえんでいる。アリスはうなずいた。

ドアがひらいた。頬に白いチョークが一筋ついた若い男の人がやってきた。

「アリス・ハート？」

その人は近づきながら、鼻をひくつかせた。何度かにおいをかいでから、ちらりとハリーを見た。ジューンが立ちあがってこの人を迎えた。アリスは尻込みした。この人のハイソックスの片方はずり落ちていた。脚をおおうのはブロンドの毛で、父のように黒く太いものではなかった。

「さて、アリス」その人は笑顔になった。「わたしはミスター・チャンドラー。きみのあたらしい先生だよ」

彼は短パンで手をふいてから差しだした。アリスはジューンをさっと見た。ジューンは励ますようにうなずく。ミスター・チャンドラーの手は宙ぶらりんになっている。ジューンはアリスに聞こえないよう、なにかを彼に囁いた。先生は手を下ろした。一瞬の間を空けてあごをなでた。ツイッグが時々、考えこんだときにやるのと同じ仕草だとアリスは気づいた。

「教えてくれないか、アリス。きみは本が好きだったりするかな？　うちの教室の書架の整理をしてくれる人が必要で、きみはいいときに来てくれたと思うんだが」

少しためらってから、アリスは先生に手を差しだした。

✷

三時のベルまでの時間は冷たい糖蜜のようにゆっくりと流れた。

「ではみんな、また明日」ミスター・チャンドラーが呼びかけると、アリスのクラスメイトはいっせいに外へなだれでた。

アリスはゆっくりとスクールバッグに荷物を入れた。

「どうだったかい、アリス？　初日はまずまずかな？」

アリスはうなずいたが、うつむいたままでいた。友達はひとりもできなかった。話さないからだ。みんながアリスをハリーと同じくらい臭いみたいな態度をとったからだ。やっぱり教室までハリーと一緒に来ればよかった。だったら少なくとも友達がいたのに。

「お迎えがあるのかな？」ミスター・チャンドラーが訊ねた。

「あたしが迎えにきました」キャンディ・ベイビーが戸口に立ってピンクの風船ガムをふくらませた。冬に咲いた春の花みたいに、ぎょっとする場違いな雰囲気だ。ハリーが隣に座ってしっぽを振っている。アリスは泣きべそをかきながら、ふたりを見てにっこり笑った。

車へむかいながら、キャンディはアリスに今日のことをあれこれ質問し、ハリーが興奮してアリスの顔をなめていると、同じクラスの女の子たちのグループとすれ違った。

「ほらあの子。キモい」ひとりが声をかけてきた。

「失礼、それってなあに？」キャンディが訊ねる。

アリスは早く家に帰って本のある部屋にもどり、〈花〉たちをながめていたかった。スクールバッグのジッパーをいじっていると、誰かが小声で泣いているのが聞こえた。足をとめて耳を澄ます。また聞こえた。アリスはキャンディとハリーから離れていった。学校のコテージのひとつの裏で、川にいた男の子が棘のある雑草のなかに倒れていた。片方の頬にアザができてくちびるが切れている。両脚は細いひっかき傷だらけで血がにじんでいた。

「アリス？」キャンディが警戒した口調で呼びかけた。「オッジ！」彼女は叫んでアリスと一緒にむかった。「オッジ、どうした？」

「大丈夫だよ」男の子はふたりに手を差し伸べられると言った。そしてアリスの目を見つめた。

「違ってるからって目をつけられてるのは、きみだけじゃない」

「キモい同士でラブラブ！」近くの低木から嘲笑が聞こえた。キャンディがそこに飛びかかり、枝を揺らしてアリスのクラスメイトたちをちりぢりにさせた。アリスは気にしなかった。オッジがどんな子だとしても、彼と同じだとみんなに思われても、ちっとも気にならない。

少年が顔をしかめ、アリスは手を貸して立ちあがらせた。スクールバッグを拾ってあげて、片方の肩にかけると、もう片方の肩をオッジに突きだして寄りかからせた。傷ついたときの母よりも支えるのは楽だった。この子はアリスと同じぐらいの体格だ。

足を引きずりながら一緒に校門へむかった。キャンディがトラックのドアを開けてふたりのスクールバッグを積み、ハリーを荷台にのせてリードを留め金にかけ、アリスとオッジを助手席に乗せた。

「送っていくよ、おにいさん。そのひっかき傷とアザにはカレンデュラを塗れば、すぐにすっかりよくなるから。でも、こんなことをやった誰かさんには同じことは言えないね。ボルヤナが知ったらどうなることやら」

「だからママには教えないんだよ」オッジが頼みこむ。

キャンディは首を振りながら、トラックをバックさせた。無言で車を走らせる。ハリーは荷台で歩きまわってときたま風に顔を突きだしていた。メイン・ストリートを抜けるとき、アリスはパス

11

リバー・リリー

テルカラーに彩られた並ぶ店に見とれた。心の目では、ふたたびサトウキビ畑から現れたところで、あのドレスの店、テーブルに黄色い花がのったベーカリー、道のむかいの図書館、親切な笑顔でセルキーの本を薦めてくれた司書を見ていた。サリー。アリスはもっとはっきりと見ようとしたけれど、サリーの顔は流されていった。

　町の境界線の標識を通り過ぎてすぐ、キャンディは舗装されていない道へ曲がった。

「あの年老いた巨人たちってなんてきれいなの？」キャンディはハンドルに身を乗りだして見あげた。アリスもこのあたりのユーカリの白と銀の幹に感嘆し、雪にすっぽりおおわれて大地も空も同じものになった場所についての母の物語を思いだした。「着いたよ」キャンディは川の近くの小さな空き地に車を寄せた。アリスは流れる川を見つめた。だからあの子はアリスを見つけたのだ。川がオッジをアリスへとまっすぐ導いた。

　オッジは自分でトラックを降り、足をひきずりながら小さな木造の家へむかった。幅のある低いベランダが前面にあって、その奥に赤いコットンのカーテンとひらいた玄関のドア。

「オッジ？」家のなかから声がした。赤い口紅、黒髪の女の人が出てきた。「どうしたの？」

「学校でちょっとトラブルがあったんだ」キャンディがトラックを降りた。

　ボルヤナはアリスには理解できない言語でほとばしるようにしゃべった。オッジの紫色になりかけたアザや、棘でついた傷を見て大騒ぎする。オッジは降参するように両手をあげ、同じく流れるような言葉で返事をした。ハリーがトラックの荷台で吠えるのでキャンディはとうとうリードから離してやった。ハリーは荷台から飛び降りてボルヤナの隣に走り、身振り手振りする彼女の手元にむかって吠えた。

「ごめん、ごめん、ハリー」ボルヤナはハリーの頭をなでて安心させた。「心配することないから。このオグニアンはもう大きくなって自分のことは自分で面倒を見れるって、誰がこんなことをしたのか言おうとしないの」ボルヤナは腕組みした。

「あたしたちは帰ったほうがいいね、ボルヤナ。どうするかは親子ふたりに任せるよ」キャンディはうなずきながら言った。「行こう、ハリー」

「えっ？　だめよ！　うちに寄ってもらわなくちゃ。ちょっとだけお茶を飲んでいって。ジューンも気にしないわ」

「ジューンは絶対気にするから」キャンディは言う。「この子の学校の初日だったんだよ」——キャンディはアリスに片腕をまわした——「ジューンは話をすっかり聞きたくてたまらないはず。ボルヤナ、こちらはアリス。ジューンの孫娘だよ。あたしたちのいちばんあたらしい〈花〉」

アリスは照れ笑いをしたが、オッジから視線をそらすことができなかった。

「まあ。あなたに会えてすごくうれしい」ボルヤナの言葉は厚くて豊かなものでコーティングしたみたいに聞こえる。彼女はアリスの手をとってぶんぶんと握手した。

「あなたとうちのオッジは友達なの？」

「ぼくたちは同じ学校なんだよ」オッジが一歩まえに出た。

ボルヤナはうなずいた。「それはよかった」彼女はキャンディに視線を移した。「どうしてもお茶を一杯飲んではいけないの？　積もる話がたくさんあるようだけど」ボルヤナは片眉をあげた。アリスはすがるような目でキャンディを見あげた。

「わかった、わかったから。急いで一杯だけだよ」キャンディは根負けした。

キャンディとボルヤナは腕を組んで家に入り、顔を寄せて噂話をしていた。オッジとアリスはぎこちなく立ちつくした。

「このへんを案内するよ」オッジは川を指さした。アリスはうなずいた。背中で指を鳴らした。ハリーがあとに続きながら手首をなめた。

家の裏にはよく手入れのされた小さなバラ園と、丸々と太った鶏が三羽いる檻があった。アリスはカユプテの木の下に座り、オッジは檻を開け、鶏たちを出して歩かせた。ハリーは鶏のにおいをくんくんかいでいたが、興味をそそられずに丸くなった。

「こいつはペット、彼女はぼくのお気に入りなんだ」オッジは羽根のふわふわした黒い鶏を指さし、アザのある腕を伸ばしすぎて顔をしかめた。アリスは目を固く閉じたが、アザだらけで海からあがってきた母の裸の身体がまだ見えるようだった。

「大丈夫かい、アリス？」

アリスは肩をすくめた。オッジは彼の母のバラ園で落ちた花びらと葉を集めた。両手がいっぱいになるともどってきて、アリスのまわりの土に置いた。バラ園とアリスのあいだを行き来して、ついにサークルが完成した。彼はジャンプして内側に入り、腰を下ろした。

「パパが死んだあと、ぼくはこうして気持ちを切り替えた」オッジは膝を抱えた。「自分に言い聞かせた。このサークルのなかにあるものは、悲しみからは安全だって。サークルは大きくも小さくも好きなように作れる。ママが泣きやまなかったときは家中をかこむサークルを作ったよ。でも、バラ園の花びらを全部使うしかなかったもんで、ママの反応は思ってたのとちがったけど」

黄色の蝶がバラの上を舞っていた。小さなレモン色の炎のような羽を見つめていると、アリスは夏になればこの蝶が海の上を飛び、モクマオウの木でひなたぼっこをして、夜になれば寝室の窓をトントンとたたいたことを思いだした。

「パパの働いていた採掘所が崩れたんだ。しばらくのあいだママは毎日ベランダに座ってパパが帰るのを待っていた。いつもバラをもって」

　愛する人の帰りをいつまでも待ちつづけて、蘭になった女王と同じだ。アリスは腕が震えてさすった。

「寒い？」オッジが訊ねた。アリスは首を振った。ふたりとも川を見つめた。

「だからぼくはきみに花を摘んで、夜になるとブーツに入れておくんだ」オッジが静かに言う。

　アリスは髪で顔を隠した。

「どんな気持ちか、わかるから。悲しくてひとりぼっち」オッジは手にしたバラの花びらを裏返した。「ぼくたち一家はここで短いあいだ過ごすだけのつもりだった。引っ越せるだけの金をパパが貯めるまで。でも、パパが死んでしまったからここにとどまるしかない。ママは書類がないからほかにどうしようもないんだ」

　アリスは首を片方にかしげた。

「ぼくたちはオーストラリア人じゃないんだ。ママはここで生まれてない。だから、法律でここにいることは許されていないんだよ。この町を離れたり、ほかのどこかへ行こうとしたら、逮捕されて離れ離れにされるだろうってママは言ってる。ママは国へ送られて二度ともどることは許されないだろう。それはママが望んでない。ここがパパの国だから——国だったから。それでぼくたちは人付き合いをしない。ママはおおっぴらにたくさん仕事はしないし、ぼくは学校で友達を作ることが許されてない。第一、誰もぼくの友達になりたがらないけどね。あいつら、ママのことを魔女って呼ぶんだ。ソーンフィールドの女の人たちをみんなそう呼んでるからね」

　アリスは目を見ひらいた。

「違う、違う。心配しないで。本当のことじゃないから」

　アリスはほっとしてため息をついた。

　オッジは土から石を拾った。「ママはいつかブルガリアに帰ることを夢見ているから、ぼくは大人になったらそうしてあげたいと思ってる。金を貯めてバラの谷に連れて帰る」

　アリスはバラの花びらを鼻に近づけた。芳香で火事の夢を思いだす。

「ぼくはそこで生まれたとママは言ってる。故郷のブルガリアのバラの谷で。そこはただの場所じゃないんだ。ママの話じゃ、気がみなぎる場所なんだって。ぼくにはどういうことかよくわからないけど。ただ、王たちがそこには埋葬されていて、バラがすごく甘く育つのは王たちの骨と一緒に地面に黄金が埋められているからだって」

　アリスは片眉をあげた。

「ばれたか、黄金と骨のことはちょっと盛った。でも、いい話だろ？　王たちの骨と宝がバラの魔法みたいな谷の下に埋まってたらさ？」

　足音が近づいてきた。

「帰るよ、スイートピー」キャンディが呼びかけた。

　アリスとオッジがバラの花びらのサークルの外に出てキャンディに続いて家の表へむかうと、ボルヤナが待っていた。

「どうぞ、アリス。ささやかだけど歓迎の気持ち」ボルヤナは蓋に布をかぶせてリボンで縛った小さなガラス瓶を差しだした。なかではピンクのジャムがきらめいている。「バラで作ったの。トーストにつけると最高よ」

「じゃあね、アリス」オッジが呼びかけた。「明日学校で会おう」

明日。アリスは手を振り返し、キャンディは車でメイン・ストリートへむかった。オッジに明日会える。

家に帰りながら指先で熱い頬にふれた。お日さまが顔から射しているのだと想像した。

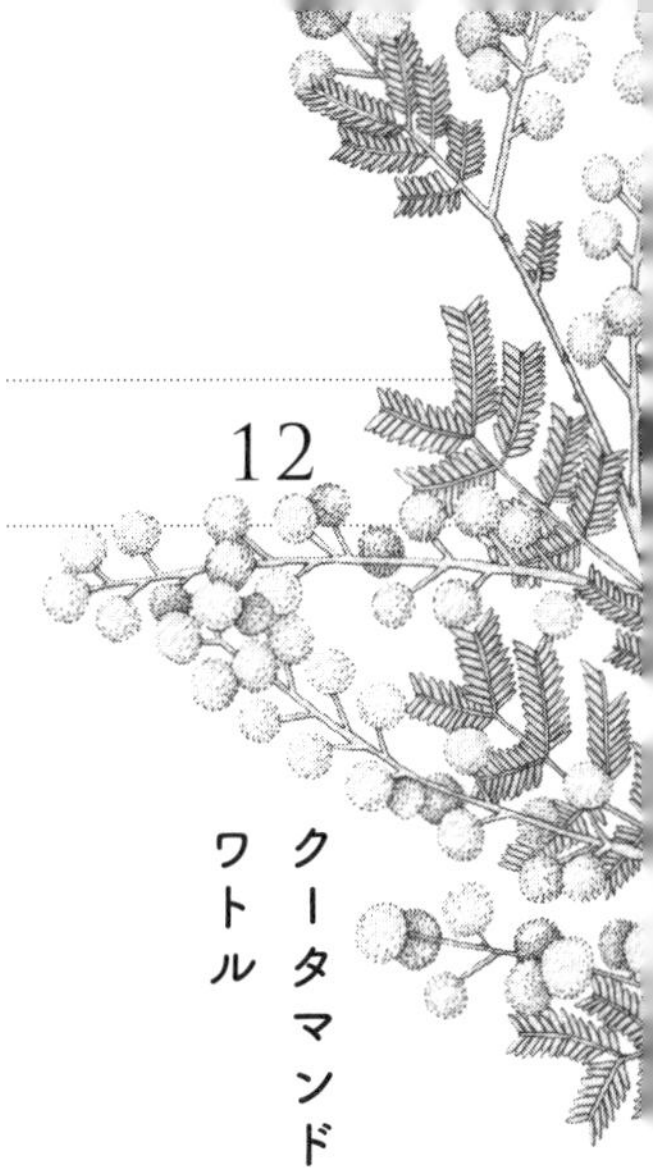

12

クータマンドラ・ワトル

わたしは傷ついても癒える

Acacia baileyana

ニュー・サウス・ウェールズ州

和名ギンヨウアカシア。俗称はミモザ。クータマンドラはこの木の原産の町の名。シダに似た葉と明るいゴールデン・イエローの球状の頭花をつける優美な木。環境に順応しやすく、耐寒性の常緑種で、育てやすい。冬にたくさんの花をつける。濃密な芳香があり、香りは甘い。豊富に花粉を出し、花蜜を集める蜜蜂に好まれる。

ジューンは暗い廊下を重い足取りで歩きながら、ランプの明かりをいくつかつけた。振り子時計が夜中の二時を知らせた。夜が明けたら都会の花市場まで車を走らせる長旅が待っている。だが、あと数時間先のことだ。ほんの一杯だけ。

もう何週間も夜はむなしさにさいなまれて眠れず、長引くばかりだった。あまりにもたくさんの亡霊たちが花咲くワトルの枝を手に足元に座るから、ジューンのベッドは重かった。冬はつねにもっとも厳しい季節だ。花の注文がぐっと減る。初霜の下の地面で横たわる昔の物語が寝返りを打つ。さらにこの冬はアリスが家にいる。

アリスはしゃべらないものの、笑顔になることが多くなってきた。学校のなにかがどうやらあの子を目覚めさせ、悲嘆のあまり感覚をなくしていた心を揺り動かした。何週間もおねしょをしていない。またパニック障害が起こることもなかった。ツイッグはカウンセリングを受けさせろとそれほど勧めなくなっていた。アリスはいつも膝に本を広げて押し花を作っている。あるいはキッチンやハーブガーデンでキャンディの隣にいて、一工夫《ひとくふう》とりいれた料理を手伝っていた。または、小さな青いブーツを履き、第二の影のようにツイッグのあとをついて作業小屋をうろついていた。

だが、どんなにジューンが目を離すまいとしても、そして次第に気温が下がってきていても毎日、アリスはたくみに姿を消し、ときには髪を濡らして帰宅した。川を見つけたのだとわかっていた。それにおそらく、あのリバー・レッド・ガムも。それでもジューンは自分からアリスにソーンフィールドの物語――あの子の先祖の女たちの話――を話せないでいた。ルースの名前を出したとたん、物語の流れる方向はひとつだけとなる。ワトルへ、ジューンへ、続いてまっすぐにクレム、アグネス、そしてジューンの苦渋の決断へむかう。

キッチン・カウンターのまえで、キャップをはずしたままだったウイスキーのボトルからおかわりを注いだ。うんざりしていた。思いだすのはつらすぎる過去の重荷をせおうことにうんざりしていた。人がとても話せはしないことをしゃべる花にもうんざりだ。傷心にも、孤独にも、亡霊にも。誤解されることにも。アリスにあの子の家族について話をするとなれば、ソーンフィールドの花々のなかで育った秘密のせいで、さらなる非難に耐えねばならないことを思って葛藤した。家族についての真実を突きつける以外に、あの子が癒える方法はあるはずだ。ジューンの顔を見知っていたと気づいたらしいあの朝のことはあったが、あの子は家族の詳しい話を知りはしない。父が母を連れてソーンフィールドをあとにした理由を知っているとほのめかすものはなにもない。あるいはジューンが考えなおしてクレムに譲歩し、アグネスを救えたはずだったということも。だが、出ていく息子をとめず、息子はアリスの母も連れていった。ジューンが息子の怒りに屈服しなかったから。

12

クータマンドラ・ワトル

アグネスは自分自身を愛すというのがどういうことかわからなくなるほど、クレムを愛していたから。

ウイスキーを居間へ運んでラッパ飲みした。アリスのソーンフィールドでの初日、あの子が腕のなかで丸まって首に顔をうずめたとき、あえて思いだすまいとしていた愛で身体が満たされるのを感じた。それをうしなう危険はおかせない。アリスに悪者だと思われることに耐えられない。来る日も来る日も、真実の物語は口にされないままだった。繰り返し、あとまわしにした。アリスが学校に通うようになったら話そう。アリスが笑ったら話そう。アリスが訊ねたら話そう。ツイッグに警告された。気をつけるのよ、ジューン。過去は思ってもみなかった形で、あたらしい芽を出す。正しく扱わなかったら、こうした物語自体が種をまくものだからね。

カウチに沈んで、ウイスキーのボトルをつかんだ手をだらりとたらしていると、過去がまわりに集まってきた。ソーンフィールドの物語が頭から離れることは、けっしてなかった。

ジェイコブ・ワイルドが殺害されたことで、祖母ルースの心は壊れた。ひとり川辺で彼の子を産み、干魃の時期に初めて花をつけたワトルの木にちなんで名をつけた。ルースの庭に残されたもの、娘にあたえることができたものはそれだけだった。ウェイド・ソーントンとその虐待に耐える家で生きのびるため、娘に勇気をあたえてくれるだろう名前。わたしの心は、奴が母さんの心にしたことと同じ轍《てつ》を踏まないよう運命づけられていたんだよ。母さんの目はかつて丹精込めた花の咲いた土にころがる蝉の殻のようにからっぽだったの、ジュニー、ワトルはそう話したものだった。

ルースが花を売ることをやめ、農園の花がしおれて枯れるままにするようになってから、町の人々は故意にソーンフィールドから顔をそむけた。町でウェイドを見かけても、暴力をふるっているという噂をぶつけてみようという者は誰もおらず、たいていはワトルのことを無視した。自分の母より鳥たちに育てられていると揶揄《やゆ》された少女。だが、ルーカス・ハートはちがった。ひとりで川ぞいを歩く途中で初めてワトルを見かけた少年だ。そのときは彼女を川の人魚のようなものだと思った。水のなかで身体が緑に輝き、長い黒髪には葉や花がもつれていたからだ。学校でも、店でも、教会でも見かけたことはなかったが、想像をかきたてられて仕方がなかった。川に行けばいつでも、彼女が泳いでいる姿を見たいと思った。つけるべき決着でもあるかのように彼女の力強い手足が水を切る姿にいつもしびれた。時が流れてふたりとも成長した。彼女は町でめったに姿を見られることはない孤独な若い女となり、彼は医学を修めるために町を離れた。都会の暮らしも教育も、彼の気をそらすことはなかった。ワトルへの思いが熱のように身体中の静脈を走っていた。彼は実家にもどり、地元の開業医となって夜な夜な川へおもむいた。ウェイド・ソーントンについての噂を耳にした。だが、誰も介入しないようだった。家族の問題はあるじとその妻のあいだのものであり、他人が口を出すことではないと。だが、ルーカスはいつだってこう言いたかった。ルース・ストーンはウェイド・ソーントンとおたがいの同意のうえで結婚した妻ではないし、話によればワトル・ストーンの父でもない。毎晩ルーカスは今夜こそ川の先まで行き、ソーンフィールドの玄関の階段をあがってノックし、自己紹介するぞと自分に約束した。しかし、毎晩ソーンフィールドの敷地の境までは行くのだが、きびすを返してしまった。だがそんなとき、女の悲鳴を、続いて一発きりの銃声を聞いた。そして静寂を。

　ルーカスが川から小道を走ってソーンフィールドの土埃舞う庭へ行くと、ワトル・ストーンが猟銃を抱えてウェイド・ソーントンともつれあっていた。ウェイドの身体はインクのように黒々とした血にまみれている。怪我はないか？　ルーカスは叫んだ。きみの血か、ワトル？　痛むか？　ワトルは身体を起こした。動きがぎこちなく、ぎょっとするほど青ざめて足元の血と同じように暗い目をしている。ワトル？　ルーカスは大声をあげた。ゆっくりと彼女は首を振った。わたしじゃない、囁く彼女の手で銃が震えていた。ふたりはたがいの目を探りあい、無言で誓いをたてた。

　ウェイド・ソーントン死亡の知らせで、夜のあいだにさまざまな憶測が町の隅々まで火事のように広まった。ある者はルースが魔術を使って彼に自殺をさせたのだと言った。またある者は彼を殺したのはルースの娘だと言った。ストーン姓の女たちと花の言葉は縁起が悪いと非難された。ルースが花畑を維持できなくなって以来、町の人々の収入と希望を奪った呪いとなっていたのだ。川の漁師たちがすぐにその噂にのってきて、当日の夜にルースが暗がりで誰かとしゃべっていたのを見たと言い張った。マーレー・コッド（オーストラリア最大の淡水魚。ヨーロッパ人の植民地化以降、その数は大きく減少している）の目撃情報があがると、さらなる騒動を引き起こした。〈川の王〉がこれほど北の水路付近で見つかることは本来あり得ない。彼女が不吉の前触れを引き寄せたのだ。ルース・ストーンと花農園がかつて干魃から町を救ったことは忘れ去られた。

　誹謗《ひぼう》中傷はとまらなかったが、ドクター・ルーカス・ハートが名乗り出て証言した。ウェイド・ソーントンがひどく酔って手元のおぼつかない状態で猟銃の手入れをしようとして誤射し、みずからを死に至らしめたのだと。警察は彼の死を事故として処理し、町はその目をほかの方角にむけた。ワトル・ストーンがワトルのブーケを手に、ルーカス・ハートと教会で結婚したのだ。ふたりはルースと一緒にソーンフィールドで暮らすことになった。

　そしてあなたが生まれたのよ、ジュニー。母は物語のその箇所でいつもそう言い、涙があふれる目でまっすぐにジューンを見つめたものだった。そして町の人たちはまた親切になっていった。あなたがソーンフィールドの呪いをといた。

　ジューンの眠るゆりかごの横で、ワトルはルースの本の埃を吹き飛ばした。ルーカスが診療所にいるあいだ、彼女は町の図書館を順序立てて歩いて本を集めておいた。声に出して読んでルースのスケッチの花の名前を見つけ、喉を鳴らしてご機嫌のジューンの隣で、都会から注文しなければならない種のリストを作った。十を超える季節をかけて、ワトルは母の花農園にふたたび生命を吹きこんだ。人々は町の市場で売られるようになったブーケを見ると、感心してうなずくようになった。〝もどってきた幸福〟、それぞれの花が人の心臓の大きさであるワラタのブーケが語った。〝献身〟、香りのいいカップ状の花が房になったローズ・ボロニアが語った。すぐにバケツはからっぽになった。ふたたびソーンフィールドの花に需要が生まれた。

　ワトルは母の愛した農園を生き返らせたが、ルースの心の狂気を静めることはできなかった。我が子に対するようにワトルは母を溺愛し、しあわせにしようとしたが、それでもルースは毎晩家を抜けだした。ワトルはベッドで横たわりながらも床板がきしむ音を聞いていたが、ある月明かりの夜にジューンが胸に顔をすりつけて眠ったとき、母のあとをつけて川へむかうことにした。ルースは花を次々に川に浮かべ、そのあいだずっとしゃべりつづけていた。

　ママ、ワトルは銀色の星明かりの下、砂地の土手に進みでた。母の目は澄んで明るかった。誰に話しかけているの、ママ？

　あなたのお父さんよ、ルースはあっさり答えた。〈川の王〉。

川面に泡がいくつもあがって花が引きこまれていったが、なにがそうしたのかワトルには見えなかった。彼女は背をむけて逃げだし、夫のもとへ、あたたかいベッドへもどった。

ジューンがちょうど三歳になった頃、ルースは眠っているあいだに息を引き取った。ワトルが母を見つけた朝、ルースの髪は川の水で湿っていて、リバー・レッド・ガムの葉とバニラ・リリーがびっしりからまっていた。

ルースはすべてを娘に遺していた。娘に頼んだことはひとつだけ。ソーンフィールドを、値しない男にはぜったいに譲らないこと。世代がかわってもその点はけっしてゆるがなかった。そしてクレム・ハートの執念深い怒りを招いた。

だから忘れないで、ジュニー、母の声が頭で響く。この約束はルースの贈り物よ。わたしたちの生きのびてきた方法。

空に曙《あけぼの》の光が射してジューンは深いため息をもらした。よろめきながらカウチから立ちあがっておぼつかない足取りで寝室へむかうと、ボトルの底に残った最後のウイスキーがピチャピチャとはねた。

✷

冬休みの初日、アリスは窓辺に立ち、森を突き抜けて川へ通じるチョークみたいな白い小道を見つめた。彼女とオッジは明日の朝、目が覚めたらすぐにそこで待ち合わせして、アリスの十回目の誕生日を祝うことにしている。オッジはいままで出会った誰よりもなかよしのアリスの親友だった。トビーは犬だし、キャンディはずっと年上だし、ハリーはやっぱり犬であり、本は人間とは言えないので、これで公平なはずだと理屈をつけた。
窓に背をむけて宿題を見つめた。床に広げてある。アリスがしゃがむと、ハリーがしっぽを振った。冬休みの宿題はこれだ。大好きな本の書評を書いて、大好きな理由を述べること。ミスター・チャンドラーが宿題の紙を配るとほかの生徒たちはうめき声をあげたが、アリスは興奮がおさまらなかった。どの本を選ぶかすぐに決まった。サリーが図書館で選んでくれたセルキーの本、出会うまえにジューンが病院でくれたあの本だ。

アリスは書棚にむかい、背表紙に指をすべらせてセルキーの本を見つけた。書棚から取りだすと別の本も飛びでて床に落ちた。拾いあげると、クロス装のハードカバーで、表紙には金箔の文字と色あせたイラストがついていた。自分と同じ名前の少女についての物語で、不思議の国に落ちる話だ。

表紙をひらいた。書き込みを読み、全身が冷たくなった。

「やあ、スイートピー。ホットココアをもってきたよ」キャンディが湯気のたつマグカップを手にして戸口に現れた。「アリス？　それはなに？」彼女はマグカップを置いた。「見せて」キャンディはアリスの手から本を取りあげた。書き込みを読むキャンディをアリスは見つめた。「あっ……」キャンディは口ごもった。

アリスは怒りがわきあがった。キャンディを部屋から押しだしてドアをたたきつけて閉めた。ハリーがかたわらに走ってきて吠えた。アリスはドアを開けてハリーも押しだした。

その日は一日、下へ降りなかった。キャンディがローストした肉の夕食を運んできたが、手をつけなかった。寝室のドア越しに説得しようとしたツイッグも引きさがり、裏のベランダで立てつづ

12

クータマンドラ・ワトル

けに煙草を吸った。

ジューンのトラックが私道をはねながら帰ってきたのは、黄昏時を過ぎてからだった。アリスはベッドに座ってその本を握りしめていた。階下で玄関のドアがひらいた。ジューンの鍵束がコンソール・テーブルのガラスの皿に置かれる音。疲れた足音が廊下に響き、キッチンへ。水栓がひらく。ブレスレットがチリンという。コンロにかけられたケトルが沸騰する音に続いて、ピーッと鳴り、湯気のたつお湯がティーバッグに注がれるため息。磁器のカップの縁にあたるティースプーンのチャイムのような音。一瞬の静けさののち、ジューンの疲れた足音が廊下から階段へ近づく。

「ジューン」

「あとでね、ツイッグ」

「ジューン、言わないと――」

「あとでね、ツイッグ」

階段に足音。上へ、上へ。アリスのドアをノック。

「ヘイ、アリス」ジューンはドアを開けた。ハリーが吠えながら一緒に飛びこんできた。アリスは顔をあげなかった。ベッドのフレームを強くキックした。

「今日はどんなだった？」ジューンが片手をポケットに入れ、片手で紅茶を飲みながらアリスの部屋を歩いた。床の宿題をまたぎ、書棚へむかう。アリスはジューンのブーツを見つめた。ジューンは振り返ってアリスとむかいあい、ぴたりと立ちどまる。

アリスは両手で本をかかげ、書き込みのページをひらいていた。母が自分の名前を書いたもの。何度も繰り返し、すべての〝a〟にハートをくっつけた字。

アグネス・ハート。ミセス・Ａ・ハート。Ｃ＆Ａ・ハート夫妻。ミセス・ハート。ミセス・アグネス・ハート。

その下に父の筆跡。

親愛なるアグネス

この本を町で見つけてきみのために買った。きみがソーンフィールドにもってきたのと同じじゃないのはわかっているが、おれから二冊目の本をもらってもいやじゃなければいいな。

きみにこの本を買うまでは読んだことがなかった。でも、読んでみたら、きみのことを思いださずにいられない本だった。きみのそばにいると落ちていく感じがするから。それもすばらしい意味で。出口を見つけたくない迷路に入ったような気分てところかな。きみみたいにおれを魔法にかけて混乱させるものにいままでに出会ったことがないよ、アグネス。きみはソーンフィールドで育つどんな花よりきれいだ。だから、ママもきみをあれだけ愛しているんだと思う。きみはママがもつことのなかった娘のようなものなんだろうな。

海についての物語をいくつも聞かせてくれたお礼も言いたかった。おれは一度も海を見たことがないけれど、きみに見つめられると、きみが説明してくれたことがたぶんわかるような気になる。荒々しくてきれいなもの。たぶんいつかふたりで行けるよ。たぶんいつか一緒に海で泳げるよ。

12
クータマンドラ・ワトル

愛をこめて　　クレム・ハート

ジューンはごしごしと額をこすった。ハリーが浅く呼吸し、心配してしっぽを左右に振っている。

「アリス」ジューンは話を切りだした。

アリスは自分が身体の外にいるようにながめていた。入院していた頃、身体を締めつける炎の蛇が、自分をなにかわからないものに変身させるのをながめていたようにだ。ベッドから立ちあがった。腕を頭上に振りあげた。そしてありったけの力で本をジューンに投げつけた。本はまともに顔にあたってからどさりと床に落ち、そのはずみで背表紙がひび割れた。

ジューンはほとんど身じろぎもしなかった。怒りのつけたアザが頬骨に咲きはじめた。アリスは祖母をにらんだ。どうしてジューンは反応しない？　どうして怒らないの？　どうして殴りかえさない？　アリスの視界はにじんできた。悲鳴をあげたくて自分の髪を引っ張った。母がソーンフィールドにいたのはいつのこと？　母はここにいたのだと、どうして誰も教えてくれなかったのか？　両親はここで出会ったのだとどうして誰も告げなかったの？　ほかにアリスがまだ知らないことは？　どうしてみんなこのことを隠した？　どうして両親はここを出ていったの？　頭が痛くなった。

ジューンが近づいてきたけれど、アリスは彼女をけとばした。ハリーが低くうなって歩きまわる。アリスは無視した。ハリーでもこのことからはアリスを守れない。

「ああ、アリス。ごめん。傷ついているのはわかる。わかってる。ごめん」

ジューンがなぐさめようとすればするほど、アリスの怒りは募った。けったり、手をかんだり、ひっかいたりした。ジューンの強靭《きょうじん》な身体や、ソーンフィールドでの暮らしや、海からこれほど離れた場所にいることに対して懸命に戦った。学校でのいじめや、いまだに自分やオッジをみんながからかうことに対して戦った。人が死なねばならない理由に対し、足をけりだして金切り声をあげた。ハリーの助けが必要なこと、キャンディの料理に悲しみの味がすること、ツイッグの笑い声に涙が聞こえることに対して戦った。

アリスの望みは、解き放たれて川へ走り、水に飛びこんでひたすら泳ぎ、あの入江までもどることだけだった。母のもとへ帰る。頬にかかるトビーのあたたかな息へ。自分の机へ。自分のつながっている場所へ。

疲れてきてアリスは泣きだした。どれだけソーンフィールドなんかに来たくなかったことか。ここは見たままのものなんてひとつもない。どれだけ父の小屋なんかに絶対に入らなければよかったと思っていることか。

13 コッパーカップス

あなたに身を委ねる

Pileanthus vernicosus

西オーストラリア州

海辺の荒野、砂丘、平原で見られるほっそりした低木の茂み。壮麗な花は赤からオレンジや黄まで色の幅がある。開花は春で、細い小枝は小さく頑丈な葉にびっしりとおおわれる。若いつぼみは光沢のある油でコーティングされている。

どんな形でアリスがソーンフィールドでの両親の過去を知るかについて、ジューンがなにより想像していなかったのは、両親自身が語るということだった。それなのに、ここにふたりの手書きの文字があった。アグネスは未来の名前を練習し、クレムの書いたものもそのまま残されていた。アリスがやってくるまえに、ジューンはアグネスとクレムがここにいたすべての証拠を箱に詰めて町へ運び、貸し倉庫に預けておいた。しかし鐘の部屋の書棚を隅々まで調べることについては、頭をよぎりもしなかった。

アリスが疲れ果ててしまうと、ジューンは抱えて階下の浴室へ運び、そこではツイッグが熱い風呂を用意して待っていた。ジューンはツイッグの視線を避けようとした。彼女がなにか言うとは思わない。それはツイッグのやりかたではないからだが、それでもジューンには声が聞こえた。過去は思ってもみなかった形で、あたらしい芽を出す。

急ぎ足でキッチンにさしかかるとキャンディがコンロでアリスのために牛乳を温めていたが、ジューンは黙ってそのまま寝室へむかった。ドアをしっかりと閉めた。ヘーゼルウッドの木箱はベッドに置いたそのままの場所にある。考えこみながらそれを見つめた。

アリスがパニック障害を起こした朝、ジューンが車で出かけてアリスの入学手続きをおこなったのは本当のことだ。しかし、残りの大半の時間は貸し倉庫で過ごし、過去の思い出や記念品になぐさめられていた。そして帰宅の際にこのヘーゼルウッドの木箱を運ぶことにした。アリスの誕生日に必要なものが入っているからと自分に言い聞かせたのだ。

箱の隣に腰を下ろして複雑な木の細工を見つめ、これを作るのにクレムがどれだけ時間を使ったか想像した。クレムがアグネスのために彫った机、いまのアリスの鐘の部屋にあるものの次に、このヘーゼルウッドの木箱はクレムの誇りにしていい仕上がりだった。彼は種や花の扱いがうまかったが、秀でていたのは倒れた木を削って夢にかえることだった。十八歳になる直前にこの箱を仕上げた。ヘーゼルウッドの木に魂を彫りつけて一人前の男になると少年が考える頃だ。

蓋の一辺にそってルースの姿がいくつも彫られている。種でいっぱいの両手、足元で育つ花。さらには、ふくらんだ腹を横から描いたもの、そして最後に、ずっと年老いて腰が曲がり、しわの刻まれた顔におだやかな表情を浮かべながら花を抱えて川辺に腰を下ろす様子。隣の川の浅いところには巨大なマーレー・コッドのかすかな影。むかいの一辺ではワトルが赤ん坊のジューンを抱いて頭に花の冠をかぶり、ふたりの背後に家と花畑が広がっている。蓋の中央にクレムは自分を彫っていて、彼のうしろには顔のない男が立っている。クレムの隣ではジューンが笑っていて顔がはっきり見える。反対側の隣には、ワトルの枝を抱えて少女が近づいてくるところだ。

クレムは自分をそう見ていた。ソーンフィールドの物語の中心。だからこそ、彼はあんなことをしたのだとジューンはあらためて思いだす。ソーンフィールドをクレムには譲らないとアグネスに話しているのを立ち聞きして、クレムはアグネスを連れて農園を去った。母親が、自分はだめな男だと自分の愛した少女に告げるのを聞いたということだ。

ジューンはフラスクに手を伸ばして思い切り飲んだ。もう一度。またもう一度。頭痛がとまった。

息子が彫ったアグネスの顔を見ると、気が進まないながらもアリスがどれほどそっくりなのか認めるしかない。同じ大きな目とまぶしい笑顔。同じ軽やかな足取り。同じ広い心。アリスに母のものをなにかあたえるのが、せめてジューンにしてやれることだ。留め金の真鍮のフックを引きあげて箱の蓋を開ける。押しとどめる暇もなく、思い出が五感に押し寄せてきた。冬の川辺の蜜の香り。秘密の苦さ。

ジューンは十八歳で母の隣に立ち、父の遺灰をワトルの木にまいた。その後、町の人々が自宅に集まってきて、父がとりあげた赤ん坊たちや父が救った命について昔話を始めると、ジューンは川へ逃げた。あのチョークのように白い小道は子供の頃以来、あまり走っていなかった。農園の物語で、川へ行くことが一家の女たちに悪運をもたらしたと知るようになったからだ。ジューンは物事を整然とおこないたいと願ってやまないたちで、そこまで人を激情に駆りたてて、不公平な事態をもたらす愛は怖かった。母と祖母の名前が彫られ、祝福と呪われた愛をどちらもはらんだリバー・レッド・ガムを見るのもいやだった。けれど父を悼んだその日、ジューンの身体は悲しみに焼かれるようで、川のことを考えると惹きつけられて森を走り抜けた。

顔には涙の縞ができて、黒いストッキングを穴だらけにして川にたどりつくと、若い男が緑茶色の水を裸で泳ぎ、空を見あげていた。

ジューンは急いで頬をふいて気持ちを静めた。ここは私有地なんだけど、出せるだけの高慢な声でそう告げた。

男のおだやかな表情にはなんの抵抗感もなかった。まるで彼女が来るのを待っていたようだった。黒髪に薄い目の色をしていた。あごをおおう無精ひげ。

入ってこいよ。彼はジューンの黒い服に目をとめて声をかけてきた。ここならなにも痛くないぞ。

ジューンは無視しようとした。だが、自分を見つめる彼を見つめていると、肌が熱をおびてきた。死と悲しみではないものを感じる安堵は父の蜂の巣箱の蜂蜜より甘かった。

ジューンはワンピースのボタンをはずしはじめた。最初はゆっくり、それから必死になって喪服をはぎ捨てて、青白い身体を水に浸した。底まで沈み、肺から水面へ勢いよく泡を吹きだす。砂と小石がつま先のあいだをこすった。川の水が耳も鼻も目も満たした。

男の言うとおりだ。ここならなにも痛くない。

肺の圧が苦しくなると水面へ躍りあがり、飢えたように呼吸をした。男は距離を置いたまま、緑の水をあいだに置いて彼女をながめている。ジューンは自分がなにをしているかよく理解しないまま、彼めがけてまっすぐ泳いでいた。

その午後しばらくして、土手の砂地のくぼみで小さな焚き火がパチパチと音をたて、ふたりは身体をぴたりとつけて横たわった。ジューンの身体は痛みとよろこびで刺されるようだった。高校生の頃、茂みでいろんな男の子とまさぐりあったことは何回もあるが、自分を男と完全に共有させる体験はこれが初めてだった。男の胸のまだらになった赤い傷跡を指でなぞった。背中にも同じ跡が

13
コッパーカップス

ある。ジューンは彼のどちらの側の傷にもキスをして、肌の甘い川の水を味わった。

どこに住んでいるの？　彼女は訊ねた。

男は彼女とからめた手足をほどいた。

あらゆる場所さ。そう答えてブーツを履いた。ジューンは彼を見つめ、悟ったことが石のように彼女のなかに沈んでいった。彼は去るつもりなのだ。

ジューンは自分の服を引き寄せた。また会える？

毎年冬に、男は答えた。ワトルが咲く頃に。

ジューンは川が流れるように恋に落ちた。安定して、途切れることなく、ありのままに。祖母のルースが〈川の王〉と不運な情事をおこなったのとも、母と父が力を合わせた安全な関係とも違うとジューンは自分に言い聞かせた。ジューンは自制できていると見なしていた。この男のために心を奪われ、木の幹に名前を彫って苦しみを見せることなどしない。自分の愛は終わりのない物語になどしない。彼はきっともどってくる。ワトルが咲けば。ワトルは毎年花を咲かせる。

父が死んで数カ月は時の経つのが遅く、無味乾燥で、難儀だった。ワトル・ハートはベッドから起きだそうとしなかった。家は朽ちた花のにおいがした。ジューンは農園へむかい、花畑の世話と周辺の町への配達に何日も費やした。夜になってワトルがほとんど手をつけない食事を作ってから、作業小屋にこもってアクセサリー用のレジンに押し花を入れる方法を見よう見まねでやってみた。視界がぼやけてくるまでそこにとどまった。ときには机につっぷして寝てしまい、首がひきつって花びらが頬に張りついて目覚めることもあった。できるかぎり、母のつらさにむきあわないようにした。愛の残骸を目撃するなど耐えられなかった。

翌年の五月に、ジューンは目を光らせていた。ワトルの花のつぼみがほころぶきざしが見えると、川へ走った。息をとめながら走った。彼を見たら息をする。彼を見たら息をする。

毎日川へもどった。冬の終わりが近づく頃、ワトルの花は落ちはじめた。ジューンの服は腰と鎖骨のあたりがゆるくなった。紫の半月が目の下に現れた。肌が熱っぽくなり、指には泥でしみができた頃、花畑は満開となった。八月の終わりのある午後、川の土手の空き地にさしかかると小さな焚き火が燃えていた。缶でわかす紅茶《ビリー・ティー》がかけてある。彼がジューンを見た。薄い色の目で見つめられてジューンの中心は貫かれた。

いままでどこにいたの？

彼は目をそむけた。いまはここにいる。右目の下にあたらしい青い傷がジグザグに走っている。ジューンは彼に駆け寄って抱きつき、フランネルのシャツをとおして自分の心臓で彼の鼓動を感じた。

三日のあいだ家へ帰らなかった。

ふたりは川辺でキャンプをして、缶詰の豆とハムのシチューやダンパー（アウトドアで焼かれる質素なパン）を食べ、焚き火の隣で愛しあい、日射しの下でからまった。彼はどこにいたのか話さなかった。彼女はどれだけ彼にとどまってほしいか話さなかった。

数カ月後、ずっと遠くの都会で起きた連続銀行強盗事件の記事が新聞にのった。犯人たちは戦争帰りの退役軍人と考えられていた。田舎の町の人々も注意すべしと警告されていた。この犯罪者たちは武装して危険であり、身を隠す場所を探している。

春、夏、秋をとおしてソーンフィールドは燃えたつような花盛りが続いた。ジューンが働き詰めた結果だ。心労を花にかえることに夢中になったあまり、母のワトルがどれだけ弱っているか気づいたときには、かつての強い女は名残りにすぎなくなっていた。

忘れないで、ジュニー、ワトルは最期の言葉を娘への忠告に使った。この約束はルースの贈り物よ。わたしたちの生きのびてきた方法。

ジューンがまったく注意を払わなかったあいだ、病気は母の心臓の残りを食いつくしていた。葬儀のために、ジューンはソーンフィールドに咲いていたワトルの花をすべて切った。

川辺で過ごす彼との三度目の冬はほとんど言葉をかわさなかった。彼はジューンが泣いている理由を訊ねなかった。ジューンも彼の手の甲にどうして傷がついたのか訊ねなかった。彼と同じで、答えを聞きたくなかった。

春が訪れる頃にジューンは妊娠したと知った。風の吹く秋の日にひとりで出産し、あざやかで、つねに上をめざす星を咲かせるクレマチスにちなんで息子に名をつけた。ワトルが次の花を咲かせる頃、ジューンはしっかりくるんだ赤ん坊を抱いて川辺のひらけた場所にたどりつく前から、彼がそこにいないと悟った。二度とやってくることはないと。

気力が抜け落ち、生まれてまもない赤ん坊と農園でふたりきりのジューンは毎晩、罪の意識とおそろしさで枕を濡らした。自分がなおざりにしたことが母の死を招いたのではないかと怯え、息子は父親と同じ冷淡な性格なのではないかと怯えた。毎晩がその繰り返しだったが、それもあたたかい日に予期しない友情が私道を歩いてくるまでの話だった。

ジューンはヘーゼルウッドの木箱を探り、見つけだした。ドライにしたツイッギー・デイジーの束。これを両の手のひらで包み、ひっくり返した。

タマラ・ノースが、後に呼び名の由来となるデイジーの鉢と、小さなバッグだけを手にソーンフィールドへやってきたのは、晴れた春の朝だった。ジューンは風呂にも入らず、すっぱい母乳のにおいがまとわりついたままで、泣き叫ぶクレムを抱き、枯れかけた花ばかりの農園を背に玄関のノックにこたえた。その場でタマラに仕事をあたえた。求めているのは農園の働き手なのか友人なのか自分でもよくわからなかった。どちらも必要としていた。タマラはバッグと鉢植えを置いてジューンの腕からクレムを抱きあげた。

むずかる赤ん坊は水に入れるの。水は赤ん坊を落ち着かせるから。

タマラはどこへ行くのか、なにをするつもりなのか、わかりきっているように自信ある足取りで浴室へむかった。ジューンは廊下にとどまり、流れる風呂の湯の音、タマラがあやす歌、クレムの静まっていく泣き声を聞いて驚いていた。

ソーンフィールドでタマラがクレムを寝かせて自分のあたらしい寝室におさまった最初の夜、ジューンはタマラの鉢植えからデイジーを少し切った。小さな束を逆さまにして窓辺にさげて乾燥させ、ソーンフィールド辞書にあたらしい項目をくわえ、さらに少しばかり枝を切って押し花とした。

ツイッギー・デイジー・ブッシュ。〝あなたの存在はわたしの痛みをやわらげる〟。

タマラはツイッグとなり、それ以来ジューンの痛みをやわらげてきた。ジューンが耳を貸そうとしないときでも。

ドライフラワーを箱にもどした。渦巻き模様を指でなぞる。クレムがソーンフィールドはけっして自分のものにならないと知るまえに、ジューンにくれた最後の品だ。赤ん坊の頃からあの子の皮膚の下でずっと沸騰しそうだった怒りが、取り返しのつかない形で彼の心を引き裂くまえのこと。

13

コッパーカップス

おれが会うこともなかったのはあんたのほうで、親父に育てられたならよかった、クレムはジューンにそう叫び、アグネスを連れて車で去った。しゃがれた声と病的に血の気の引いた顔も、助手席の窓に見えたアグネスのうつろな目も記憶のなかでいまでも目に浮かぶようだった。

息子は意図してヘーゼルウッドを選んだのだろうかと考えてジューンのはらわたはねじれたが、その意味が何年経ってもジューンにまとわりついたことは、クレムもおそらく知ることはなかっただろう――〝和解〟。嗚咽《おえつ》をもらすまえにジューンは急いで箱を探り、アリスの誕生日のプレゼントを作るために必要なものを見つけた。

蓋を閉めると、震える手をフラスクに伸ばす。数回ほどぐっとあおって部屋を離れて家を歩きぬけて外へ、作業小屋へむかった。

誰もがとうに眠りについていたが、ジューンは自分の机をまえに宝石用ライトの下で作業し、ついには目が燃えるように痛み、フラスクは干からびた。アリスへの手紙を書いてプレゼントの仕上げをして包むと、すぐにライトを消した。作業小屋をあとにして暗闇をよろけながら家へもどり、アリスの寝室へあがった。

✷

眠っていたアリスは身じろぎして、起きあがった。薄い月明かりが窓から射してジューンが机にいるのが見えたけれど、目を開けていられず、また枕に頭をつけて眠った。目が覚めると明るくなっていた。十回目の誕生日だ。夜に見たことを思いだして飛び起きた。机にプレゼントと手紙がある。

包み紙を破り、アクセサリー・ケースを開けて息を呑んだ。銀のチェーンにつながった大きな銀のロケット・ペンダント。ロケットの蓋は赤い花びらの押し花がレジンに閉じこめられたものだった。アリスは留め金に爪をすべらせた。蓋がぱっとひらく。薄い板ガラスの奥からアリスを見あげているのは、母のモノクロ写真だった。熱い涙が頬にこぼれた。ロケットを首にさげて手紙をひらいた。

親愛なるアリス

ときには、とにかくつらくて言えない話というのがある。アリスは人よりそれがよくわかっていることと思う。

いまのあんたと同じ年頃に母、つまりあんたのひいおばあさんから、この国のわたしたちの故郷で育った花を使い、花の言葉を教わるようになった。母もその母から教わったもので、ときには口では言えないことを言うのを手伝ってくれる言葉だ。

アリスから奪われたものはわたしには取りもどせなくて、心が張り裂ける。あんたが声をうしなったように、わたしも自分の母と父のことを語ろうとすれば、自分の一部をうしなっているように感じる。それじゃ言い訳にならないのはわかってる。答えが必要だとわかってる。ふたりで協力しながら、わたしはどうしたら話せるか考えようと思う。力を貸しておくれ。わたしがうしなわれた声の一部を見つけたら、アリスのすべての質問のうち、わたしに答えられるものはすべて答えよう。約束する。たぶん、ふたりで一緒に、自分たちの声を見つけられる。

わたしはあんたの祖母だ。あんたの両親をとても愛していた。そしてあんたのことも愛している。この先も愛しつづける。わたしたちはおたがい家族になった。これからもずっと。ツイッグやキャンディも。

これはわたしの手元にあるあんたの母親の一枚きりの写真だ。いまはあんたのもの。スターツ・デザート・ピーの押し花を使ってロケットにした。わたしたちの家族の女にとって、これは勇気を意味する。〝勇気を出して、心臓の感じるままに〟。

ソーンフィールドはアリスの母親の家であり、祖母の家であり、ひいおばさんの、そしてひいひいおばさんの家。そしていま、アリスの家にもなれる。このロケットのように、この場所はあんたにとっての物語をひらくだろう。自分次第だよ。

アリスを愛する祖母
ジューン

✷

アリスは手紙を閉じて折り目をなぞった。ポケットに入れ、ひらいたロケットを手のひらにのせて母の顔の写真を見つめる。たぶん、ジューンの言うとおりだ。とにかくつらくて言えない話というのがある。つらくて思いだせない話もある。そしてつらくて知りたくない話も。でも、ジューンは約束してくれた。アリスが声を見つけることができれば、ジューンも答えを見つけると。

青いブーツを履いて家を抜けだし、寒い紫色の朝のなかへ出ていった。

下の事務室では、会話がすでに終わっているのにツイッグは受話器を耳にあてたままだった。動悸が治まらない。あまりに簡単だった。州の養子縁組機関は電話帳にのっていた。ただ受話器を手にしてその番号に電話をかけ、自分の名はジューン・ハートであり、孫息子の養子縁組についての調査を登録したいと告げるだけでよかった。ソーンフィールド農園マネージャーのタマラ・ノース気付の郵送宛先住所を伝えると、必要書類は七日から十日の営業日のうちに届くと言われた。五分もかからなかった。そして通話は切れた。ツイッグはただそこに座り、耳元で鳴る電話の音を聞いていた。運命が動きだす音、我が子たちの調査については聞くことのできなかった音だった。書類上には、ニーナとジョニーの存在した記録がない。だが、ツイッグはふたりの誕生日を毎年祝ってあたらしい苗を植えた。いまではソーンフィールドに六十を超える花や木がある。

外では太陽が〈花〉たちを照らした。花のひらいたワトルの枝を忙しく切ってバケツに集めている。ひとりが古い賛美歌を歌った。ツイッグは声を合わせて歌おうかと思ったが、やめておいた。何年もまえに、教会へ行くのはやめている。

ジューンの寝室からはなんの音もしない。朝方まで起きていたのは知っている。花をとおしてジューンにできる精一杯のあがないをしようとしていた。けれど、罪悪感はかわった種だ。深く埋めれば埋めるほど、成長しようと激しく抵抗する。ジューンが弟のことをアリスに伝える気がないのならば、ツイッグはそなえをしておくつもりだった。そのためには情報が必要ということになる。

身を乗りだして受話器をもどすと、外で日射しを受けてきらめくものがあった。ツイッグは目をこらしてその光をたどった。アリスが〈花〉たちに気づかれないよう静かに森へ走り、あたらしいロケットが反射していた。川での待ち合わせにむかっていることは知っている。とめようとも思っていなかった。あの子には手につかめるかぎりのなぐさめと癒やしが必要だ。

✷

アリスは花畑を急いだ。枯れた冬の草が足元で音をたて、冷たい空気が肺を燃やした。農園のつきあたりでワトルの木立が黄色にきらめき、甘い香りを放っている。〈花〉たちがすでに外で仕事を始めていた。アリスは見られないように腰をかがめて花畑を駆け抜け、森につうじる小道に出た。胸にはねかえるロケットのビートに合わせて走った。

勇気を――出して――心臓の――感じるままに。勇気を――出して――心臓の――感じるままに。

川にたどりつくと足をとめて呼吸をととのえ、岩場や木の根に押し寄せる緑の水を見つめた。しばらく立ちつくして海のことを思いだした。まるで本当ではなかったように、夢に過ぎなかったように遠く感じられる。そんなふうに思うのがいやでたまらなかった。海辺での生活や愛したものすべてが、眠りのなかで戦う火事よりも現実味がない。お話を読んであげると聞こえなくてもアリスの脚に前足を置いたトビーが、炎の夢のゆらぎでしかない。それに庭にいた母の裸足とやさしい手も、煙の筋でしかない。母もこの川に来たんだろうか？　アリスが立っている場所に立って、岩場や木の根に押し寄せる緑の水を見つめただろうか？　リバー・レッド・ガムから削ぎとられたのは母の名前だったの？　母の肌、腕のあたたかさが感じられる気がしてきた。

ポケットからジューンの手紙を取りだしてひらいた。わたしがうしなわれた声の一部を見つけたら、アリスのすべての質問のうち、わたしに答えられるものはすべて答えよう。約束する。たぶん、ふたりで一緒に、自分たちの声を見つけられる。

　手紙をたたんでポケットにまた入れた。記憶が父へとうつろいで額に汗が浮かぶ。あたらしい机の重みで腕を震わせて、小屋から姿を現したときの希望に満ちた目を思いだした。その目もなんてあっという間に暗くなったことか。家のなかを八つ当たりしながら歩いて、母を壁に投げつけてからアリスにむかってどなった。

　目をかたくつぶり、身体の横で拳を握りしめ、深呼吸をしてから言葉にならない声で叫んだ。スカッとしたのでまた叫び、自分の声が川と共に流れて海へむかい、太平洋のはしに届いて、母、生まれなかった赤ちゃん、トビーに歌いかける。この声がはるばる家へ届くのだ。そこではアリスの炎の夢からみんな生まれかわってよみがえり、おたがいを傷つけることもない。

　喉が痛くなって叫ぶのをやめた。服を脱いでブーツをけりすてた。壊れないかと不安でデザート・ピーのロケットをはずしてブーツに入れた。暗い緑の水が勢いよく流れる。つま先を浸し、冷たさに震えた。しばらくぐずぐずしてからついに勇気をふるいおこした。三つ数えてから。川に飛びこむ。水が冷たくて思わず水面に浮きでて、咳と一緒に火の色のバラの花びらを吐いた。混乱して見おろした。別の花びらが震える肌にくっついている。もう一枚、さらにもう一枚。上流をながめた。オッジが川の土手にしゃがみ、ばらけさせた花びらを川に流していた。隣には厚手の毛布とバックパックが置いてある。アリスは笑顔になって彼にしぶきをかけた。

「やあ、アリス」

　アリスは手を振って岩場によじ登った。

「ほら」オッジは立ちあがって毛布を差しだし、顔をそむけた。「きみが今日は泳ぐ気がしたんだよ。凍っちゃうくらい寒いけど」震えながらアリスは毛布を受けとって身体に巻いた。「誕生日、おめでとう」彼の笑顔は明るくてアリスをあたためた。ふたりでアリスのブーツと服のある場所へむかった。彼は腰を下ろしてバックパックの中身を取りだした。「ブルガリアでは一年に二回お祝いするのを知ってる？　誕生日に一度、名前の日にもう一度。同じ名前の人たちはみんな同じ日に祝うんだ。アリスの名前の日があるかどうかは知らないけど。とにかく、伝統ではお祝いでみんな勝手に押しかけて、本人がその人たちに飲み物や食べ物をあげるんだ」

アリスは顔をしかめた。

「でも、それって変だとずっと思っていたから、ぼくがきみのためにごちそうをもってきた」

そう聞いてアリスはにっこりほほえんだ。オッジの隣に腰を下ろした。彼は背中に隠していた布でくるんだ包みを見せた。バラの模様がついて四隅を縛ったものだ。彼はほどくようアリスに合図した。布がはらりと落ちて炎の色のジャムと、さらに包まれたたいらな長方形のプレゼントがあらわれた。アリスはほほえんだ。オッジはバターつきパン、パンナイフ、小さくて使いこんだフラスク入りの箱をバックパックから取りだした。

「きみの誕生日は、ブルガリアではバラ摘みシーズンの終わりにあたるって知らないだろ。五月から六月にかけてなんだ。バラの谷はあらゆる色のバラにおおわれる。一本ずつバラを切って柳のバスケットに入れ、蒸留所に運ぶんだ。そこでバラはいろんなものにかわる。ジャム。精油。石鹸。香水」

アリスはジャムの瓶を手にしてあちらへこちらへとむきをかえた。冷たい日射しを受けてちらちら光っている。オッジがフラスクの蓋をねじってあけ、それをカップとして使った。

「お祝いのとき飲むのはこれだ」オッジはフラスクからなにやら透明なものを注いだ。「ラキヤっていうんだ」アリスにはフラスクを手渡し、乾杯のために蓋をかかげた。「こう言うんだよ。〝ナズドラーヴェー〟」

アリスはうなずいた。オッジを真似てフラスクをくちびるに運び、一口を飲みこんだ。ふたりとも咳きこんで吐きだした。アリスはつばも吐いて何度も毛布で舌をふいた。

「強いだろ。でも、大人はこれが大好きさ」オッジはうめいた。アリスはいやになって顔をしかめ、フラスクをオッジに押しつけた。彼は蓋をねじってはめ、笑い声をあげた。「プレゼントを開けてみてよ」

まず角を破いて、たちまち興奮しながら茶色の包装紙を本からはがした。背表紙がひび割れてページは黄ばみ、ソーンフィールド辞書みたいなにおいがした。アリスはタイトルの文字を指でたどった。

「きみが気に入ると思って。海からやってきて、声をなくした女の子の話が入ってる」

アリスはオッジを見た。

「その子がどうやって声をまた見つけるかっていう話なんだ」

思わずアリスは身を乗りだしてオッジの頰にキスをしてまた座り、そこで自分がなにをしたか気づいた。オッジはアリスのくちびるがふれた場所にさっと手をやった。なんとか取り繕いたくて、アリスはロケットを入れておいたブーツに腕を伸ばした。手のひらにのせ、チェーンをもってぶらさげてみせた。

「すごい」オッジはロケットにふれた。アリスが留め金をはずす。オッジはアリスの母の写真をじっくりながめた。

「オッジ、これが、わたしの、お母さん」アリスはゆっくりと言葉を形づくりながら言った。

オッジはロケットから手を離し、アリスにつねられたかのように飛びさがった。「えっ……？」驚いて表情が凍りついている。「アリス、きみ、しゃべった？　しゃべってるの？　ええっ？　話せるの？」

アリスはくすくす笑った。声を出して笑うのがどれだけ気持ちのいいことか忘れてしまっていた。

「しゃべってるぞ！」オッジは立ちあがり、アリスのまわりをぐるぐる駆けた。アリスはロケットの蓋を閉じて首にかけた。

オッジは足をとめると、身体をおりまげて両手を膝に置いた。「誕生日の朝ごはんの時間にしようか？」彼は肩で息をしながら訊いた。

「うん、お願い」アリスは照れながら答えた。

「彼女、〝うん、お願い〟って言った！」オッジは笑った。「みんな大騒ぎするぞ！」彼は口元を手でかこみ、歓声を送った。「アリス、今日はこれまでで最高の誕生日だよ。ぼくの誕生日じゃなくてもさ」

「プレゼント、本当に、ありがとう」アリスは言葉の形に慣れながらゆっくり伝えた。本を抱きしめた。

「どういたしまして」オッジはほほえみ、ジャムの瓶を開けた。「ママがきみの誕生日にって特別に作ったんだ」彼はバターナイフを瓶に入れてパンにジャムを厚く塗った。「ママの庭にある、ぼくの名前のバラから作ったジャムさ」

「どういうこと?」アリスは差しだされたパンを受けとった。

「うん、色がそうだからさ」彼は自分のパンにもジャムを塗りながら説明する。

「オグニアンって、色なの?」アリスは驚いて訊ねた。自分の名前も色だ。

「そうとも言えるかな」オッジはそう答えてジャムを塗ったパンにかぶりついた。「みとみうみみさ」

「なんて?」

オッジは笑ってパンを飲みこんだ。「ぼくの名前オグニアンは」彼は言う。「火という意味さ」

「わあ」アリスはそう反応した。川のせせらぎがスズドリの呼びかけと混ざった。冬の日射しが木立をとおして届いた。

「ほかにもなにか、言ってよ」オッジがしばらくして口をひらいた。

「ほかにもなにか」アリスはオッジを笑わせられるよろこびで頬を赤くした。

✷

アリスが帰宅すると、ジューンはキッチンでジュージューいうフライパンを見ていた。キャンディとツイッグはテーブルで読み物をしている。ハリーはツイッグの足元に座っていた。アリスを見てしっぽがバサリと揺れる。三人の女は顔をあげた。

「お誕生日おめでとう」ジューンがアリスのロケットを見つめる。

「お誕生日おめでとう、スイートピー」キャンディがレシピ本を閉じた。

13

コッパーカップス

「ハイ、アリス。お誕生日おめでとう」ツイッグが新聞をたたんだ。

ジューンの背中は丸まっている。キャンディの顔色は悪い。ツイッグの動きはのろくて軽やかさがない。三人ともほほえもうとしているが、ひとりもしあわせな目をしている人はいない。アリスの髪が濡れていることにも、砂だらけの足にも誰もふれない。

「誕生日のパンケーキを作っているんだよ。食べるかい？」ジューンの声は震えている。

アリスはジューンにできるだけやさしいほほえみをむけた。

「すぐ焼けるから」ジューンはフライパンにまた生地を流しこんだ。

アリスは椅子に腰かけた。

「誕生日のスパークリング・ジュースはどう？」ツイッグが声をかけて椅子を引いた。アリスがうなずくと、ツイッグは食器棚に近づいて細長いシャンパン・グラスを取りだし、ジューンとすれちがいざまに手をぎゅっと握った。ハリーはジューンの足元に移動して音をたてて丸くなった。アリスは女たちを見つめた。ジューンの肩がいつも少し震えているところ。ツイッグの悲しい目。キャンディの青い髪はどんなに明るくても喪失を隠すことはできていない。愛した人たちがいなくて寂しがり、悲しんでいるのはアリスだけではなかった。

ジューンがパンケーキにバターとシロップをかけてテーブルに置いた。ツイッグがアップル・ジュースを炭酸で割ったものをアリスの皿の隣に添えた。

アリスは言った。「ありがとう、ジューン。ありがとう、ツイッグ」

ジューンはパンケーキの生地でおおわれたゴムべらを落とした。ツイッグの口がぽかんと開いた。キャンディは金切り声をあげた。ハリーは床に落ちたパンケーキの生地をなめていいものやら、円を描いてまわっていいものやら決めかねて、どちらもやることにした。

　女たちはアリスに近づいてみんなで抱きあった。

「もう一回言っておくれよ、アリス！」

「アリス、キャンディ・ベイビーって言って！」

「だめよ、アリス、ツイッグと言える？」

　中心に立ったアリスは彼女たちの顔を見あげた。自分たちは花びらができるだけしっかりと集まっているあたらしいつぼみのようだ。アリスの誕生日だが、声をわけあたえることは全員にとっての贈り物のように感じる。

　女たちがまわりで踊りはじめると、アリスは思わずほほえんだ。自分の声を見つけた。今度はジューンが約束を守ってアリスに答えを見つけるはずだ。

どれだけ待っているか、
どれだけ恋しいことか
花の咲くそのときが

エミリー・ブロンテ

14

リバー・レッド・ガム

魔法にかける

Eucalyptus camaldulensis

すべての州と特別地域

オーストラリアを代表する木。なめらかな樹皮が長いリボン状にむけるユーカリ。大きく密集した樹冠をもつ。種子が生き延びるために、春の定期的な洪水を必要とする。晩春から盛夏に開花。不吉な俗称〝後家作り〟は、大枝（幹の直径の半分の太さにも達する）が警告なしに落下することが少なくないためである。

アリスは手の甲が白くなるほどハンドルを握りしめた。信号から目を離さず、青になるのを待っている。クラッチを踏みつづける緊張から左足が震えていた。

「いいぞ、アリス。メイン・ストリートのつきあたりまで進んだら、Ｕターンをしてくれ」巡査部長はうつむいたまま、膝に置いたクリップボードに走り書きした。朝早く、親が学校へ子供を送る前、そして商店がドアの鍵を開けて掲示を〈営業中〉に裏返す前だ。夜どおし降った春の雨で、朝日を浴びた道路は水銀のようだった。アリスは目を細めた。信号が青にかわった。

クラッチから左足を浮かせた。そこだと感じるまで待って、オッジは数十回も古い農場用トラックで助手席に座ってそう言ってきた。彼のことを考えると、アリスの気持ちは落ち着いた。クラッチがつながると、右足でアクセルを踏む。カンガルーのジャンプほど強くがくんとは揺れなかった。息を吐いてふたたびハンドルをきつく握り、苦笑いをするしかなかった。巡査部長を横目で見る。

14
リバー・レッド・ガム

表情は読めなかった。

交差点をとおって、制限速度に気をつけながらメイン・ストリートを走った。道はまっすぐまえに伸び、町をあとにするこの黒いリボンはカーブして森林地帯に入る。アリスは道路がぎざぎざの葉のユーカリのあいだに消えるその地点を見つめつづけた。道をこのまま進みたくてたまらない。どんな世界へつうじているのか、いくつもの可能性を考えるとめまいがした。

「ここでUターンしてくれ。署へもどろう」

アリスはうなずいた。スピードを落としてウィンカーをあげたが、道路中央の二重線に気づいた。ウィンカーを消して走りつづける。

「アリス？」

彼女は道路から目を離さなかった。「二重線です、巡査部長。進路変更は違反になります」アリスは平静をたもとうとした。「ファッティ・パティの店のまえで左折します。そちらからもどりましょう」

巡査部長はまじめくさった顔をつづけようとしたが、ちらりとほほえんだのをアリスは見逃さなかった。件のフィッシュ&チップスの店で左折して静かな通りを警察署へもどった。

ジューンとハリーが待つ駐車場に車を入れた。アリスは何度もクラクションを鳴らして駐車した。

「よくやったね！」ジューンが拍手した。ハリーがしゃがれ声で鳴いた。いまでは年老いた犬となっている。

「わたしが運転して帰るね！」アリスは歓声をあげて拳を空に突きだし、巡査部長に続いて署に足を踏み入れた。しばらくするとポケットに運転免許証を入れてもどってきた。巡査部長がもっとまじめな顔をするようにと何回注意しても、証明写真はにっこり笑った顔で満たされたものとなった。

✷

　アリスはソーンフィールドの私道に車を入れ、家のまえで慎重にUターンをした。ハンドブレーキを引いたが、エンジンはかけたままにした。

「どこかへ行くのかい？」ジューンはシートベルトをはずして片眉をあげてみせた。ハリーがふたりを交互に見やる。「みんな、あんたの帰りを待っているんだよ」

「わかってる、ちょっとオッジを迎えにいくだけ」アリスは満面の笑みを浮かべた。「試験に合格したんだから」

　ごくかすかな陰がジューンの顔をよぎった。「もちろんだね。パンケーキはみんなのぶん、たっぷりあるよ」ジューンはほほえんだが、目は冷たかった。

✷

　アリスは車で町を走りながら、ジューンに言いたいことのすべてが自分のなかで燃えあがるのがおさまるまで、ゆっくりと気持ちを静める呼吸を繰り返した。ハリーが隣でハアハアいっている。アリスは自分とソーンフィールドのあいだのキロ数を増やせば増やすほど、どんどん落ち着いていった。オッジに近づけば近づくほど、どんどんしあわせになっていく。九歳のとき以来そうだ。

14
リバー・レッド・ガム

町境の看板のすぐ手前で最後に左へ曲がって未舗装の道に入ると、ハリーが吠えはじめた。

「もうすぐだから」アリスは笑った。ハリーはアリスよりも深くオッジを愛しているのではないかと思うことがある。

オッジの家のまえに車を寄せた。彼はベランダで待っていてくれた。アリスは指先から火花が出そうなくらい気持ちがあふれてきて、農場用トラックのドアを開けた。

「手に入れた」アリスは歌うように言い、運転免許証を手にして車を飛び降りた。ハリーがあとに続く。

オッジの表情がぱっと明るくなった。アリスはその表情を食べてしまいたかった。オッジが自分を愛しているからこその目の輝きだ。

「合格するってわかってたよ」オッジはアリスの頬に手をあてて引き寄せ、長いキスをかわした。オッジの目元に落ちた髪をアリスがはらいのけたとき、手首のブレスレットがチリンと揺れた。意図してアクセサリー・ケースから今日のためにこれを身につけた。リバー・レッド・ガム。〝魔法にかける〟。

「わたしとドライブしたい？」照れたふりをしながらほほえんで訊ねた。

「当然」オッジは返事をしてまたキスをした。「でもまずは、きみに見せたいものがある」

アリスはなにかと訊ねる表情をしたが、オッジが片手で目隠しをしてもう片方の手を背中にあてた。

「驚くなよ？」彼のくちびるが耳元をかすめた。

「なにをするつもり？」オッジにベランダを誘導されながら彼にしっかりとしがみついた。

「いいぞ。目を開けて」オッジが目元から手を離した。アリスは息を呑んだ。

塗装のはがれかけたミントグリーンのフォルクスワーゲン・ビートルはボンネットが錆びて、ホイールキャップがひとつなくなっていた。バックミラーに炎のような花びらのレイがかけてある。

「オッジ」アリスは叫んだ。「これ、どうしたの？」ドアを開けてスポンジみたいな運転席に座り、大きくて薄いハンドルをなでた。

「材木置場で残業した」彼は肩をすくめた。「そして……バーでお得に手に入れたってとこかな」

アリスは吹きだした。この年明けから、オッジは地元のパブで夜に働くようになっていた。

「わたしのために、酔っぱらいから車をだましとったわけ？」アリスは立ちあがった。

「そんなこと、このぼくがするわけない」オッジはあいまいに笑いながらアリスを引き寄せた。

「でも、わたしが試験に合格しなかったらどうするつもりだったのよ？」

アリスの袖なしのシャツとスカートのあいだにのぞく素肌にオッジは指をはわせ、腰からスカートに指を入れて下着の縁をかすめた。アリスの太腿の内側をあたたかさがくすぐる。

「合格するってわかってた」オッジが答えた。

アリスは目を開けたまま彼にキスしながら、この瞬間のすべてを覚えていたいと願った。この完全な感覚を永遠に覚えていたい。まぶしくて澄んだ日射し、モズガラスの歌、背後で流れる緑の川。この少年、この人への熱と飢えがアリスの身体に広がった。世界で誰より愛している人。

✷

14

リバー・レッド・ガム

アリスはビートルを運転し、オッジとハリーは農場用トラックであとに続いて帰宅した。オッジが買ってくれた車を運転しているなんて信じられない。完璧だ。はげかけたミントグリーンの塗装、ドアを閉めるとしっかりバタンと音を出すところ。大きなハンドル、弾力性のある小さなシート、楽に踏みこめるペダル類。なによりも、大きすぎてカーラジオの音が聞こえないくらいのエンジンのとどろきと振動がいい。お金を貯めるためにオッジはどれだけ働かねばならなかったことか。すべてアリスのために。ふたりで川辺で過ごしたばかりの時間を追体験して身体がぞくぞくした。いくら一緒にいても足りない。

ソーンフィールドに到着するとアリスはハンドルの中央を押し、ビートルのクラクションの愉快なビーッという音に笑った。オッジが隣に車をとめた。〈花〉たちが家と作業小屋のあいだの小道を駆けてきて出迎えた。

「やったね、スイートピー！」あごに焼き菓子の生地の縞をつけたキャンディが叫び、シナモンの香りのハグをした。ほかの人たちも集まって、ビートルを見て感嘆の声をあげた。

ツイッグが背後からやってきた。「ねえ、よくやったわね。おめでとう、アリス」彼女はアリスの頬にキスをした。

「ありがとう」アリスは違和感を覚えながら言った。ツイッグの目を探る。「どうかした、ツイッグ？」

ツイッグはオッジを、次にアリスを見た。「ジューンが、その……あの人は……」

バックファイアを起こしたエンジンの音に会話はさえぎられた。ジューンは復元修理《レストア》したモーリス・マイナーのピックアップトラックを家の裏から運転してきた。あざやかでつやのある黄色に塗られ、白い縁のある磨かれたホイールキャップ。ジューンが車をとめるためにむきをかえると、ドアの文字が読めた。

アリス・ハート、花言葉師《フローリオグラファー》。ソーンフィールド農園、ワイルドフラワーの咲く場所。

心が沈んだ。十七歳になると、学校を卒業したらソーンフィールドで経営を担当する話をジューンがするようになった。わずらわしいのはその考え自体ではなく、アリスがなにをしたいのかジューンが一度も訊ねてこなかったことだ。アリスが将来の話をするときに、ジューンがいつもオッジのことを無視するのにも、気づかないではいられなかった。

「わたしたちみんなからのプレゼントだよ」ジューンは車を降りながら言った。「みんなで出しあったんだよ」

「あの、とても……とても……」アリスは言いよどんだ。「とてもすてき、ジューン。みんな、どうもありがとう」

ジューンがアリスと目を合わせた。「で、これはなに？」ビートルを指さして訊ねる。

「し、信じられないでしょ」アリスはしどろもどろになった。「オッジが貯金してわたしのために買ってくれて」

ジューンの笑顔は揺らがなかった。「オッジ」彼女は鼻を鳴らす。「あんたにはたいへんなプレゼントだったね、自分の車を買う余裕もないのに。わたしたちふたりとも同じ考えだったなんて幸運だね！　だから、アリスはモーリスに乗って、オッジ、あんたはそのワーゲンに乗ればいい。めでたし、めでたしだよ」ジューンは拍手した。「さあ、キャンディが午前中ずっととびきりのごちそうを作っていたから……」

14

リバー・レッド・ガム

「そうよ」ツイッグが大きすぎる声をあげて急いで進みでた。「そうよ、みんな。食べましょう」

一同は小道にむかい、ツイッグがアリスにそれとなく近づいてきた。「彼女に心を静める余地をあげて」そう注意する。「このサプライズ・プレゼントを半年のあいだ計画していて、ちょっと動揺しているの。それだけよ」

アリスはうなずくしかなかった。でも、どうしていつもジューンを最優先しないといけないわけ？　そう叫びたかった。

オッジが近づいてきても、彼の顔を見ることに耐えられなかった。彼はアリスの手をとって握った。ずっと握りしめるのでついにアリスは顔をあげた。恥をかかされたと感じているはずなのに、彼はウインクしてきた。しばし間を置いて、アリスも彼の手を握りしめた。

✷

張りつめたブランチを済ませ、アリスとオッジは家を抜けだして川へ走った。土手に腰を下ろした。アリスはワイルドフラワーの鎖を編んだ。オッジは川の白い石をシャツで磨き、水切りした。彼が熱心にちらりと寄越す視線を感じたが、アリスは話をすることができなかった。なにを言えばいいのか。ジューンの態度をどう謝ったらいいんだろう。彼とすばらしいプレゼントのために立ちあがらなかったことをどう謝ればいい。アリス自身のために立ちあがらなかったことをどう謝ればいい。やがて、オッジのほうが沈黙を破った。

「彼女はいつまでもきみをこんなふうに扱うよ。いつ咲くか咲かないか予想できる、彼女の畑の花みたいにさ」オッジはアリスを見ない。

　アリスはデイジーの茎を結んだ。

「そんなふうに感じることもある。わたしはジューンの温室の苗みたい。ジューンの天井で守られた場所からわたしは出られないって。将来は決まってる」

「どういうことだい?」

「自分の運命が決まっているみたいに感じる。そういうこと。わたしはここから動けない」

「それがきみの望みかい?」オッジがアリスの顔を見つめた。

　アリスは不満の声をあげた。「そうじゃないって、わかってるよね」

　長い間を開けて、オッジは咳払いをした。「じゃあ、もう一度きみを驚かせよう」

　オッジはポケットに手を入れて縁の曲がった絵葉書を取りだした。アリスに差しだす。受けとったアリスは、彼の話に出てきた風景だとわかった。バラの谷だ。

「来年きみが十八歳になる頃には、ふたりの飛行機代が貯まっているよ」彼がアリスの薬指を親指でさすると、アリスの腕の下側から心臓へとあたたかさが伝わった。「ふたりで飛行機に乗ってドイツへ飛び、列車でソフィアに行けばいい。星空の下でキャンプできるよ。ラキヤを飲んで身体をあたため、ぼくの祖母の庭の木からもいだ梨の煮込みを作ろう。ぼくはバラを育てて、きみはそれを市場で売ればいい。ぼくたちはいまとは違う人になれるし、違う人生を生きることができる。一緒にいよう、ふたりだけで」彼は両手でアリスの手を取った。「アリス」彼は答えを求めて顔を見つめてきた。

　雪におおわれた土地、石畳の街、王様たちの骨で育つバラ園への憧れで、アリスの肺はいっぱいにふくらんだ。どうしてオッジが笑っているのか気づかなかったが、自分はいつのまにかうなずいていた。

「はい」そう答えたアリスをオッジは引き寄せた。「はい」アリスは彼の耳元で笑った。オッジはアリスに腕をまわし、軽く揺さぶった。太陽があたたかい光でアリスの顔にまだらを作る。オッジが額、頬、くちびるにキスをした。ふたりで行く場所や、ふたりのあたらしい人生でやることを次々あげていった。ふたりで一緒に。

✷

キャンディはブランチの最後の皿をかたづけて、自分にブラックコーヒーを淹れた。畑に散らばり、あたらしく咲いた花の様子をたしかめる〈花〉たちを見つめた。いつものおしゃべりや笑い声はなりをひそめている。凍てつくような雰囲気がソーンフィールド全体をおおっていた。ブランチのあとで、オッジとアリスは気づかれていないと思って家を抜けだしていた。ジューンは荒々しい足取りで作業小屋へ入り、ドアをたたきつけて閉めた。ツイッグは苗小屋にこもってデザート・ピーの苗床の世話をした。そしてキャンディは手の甲が赤くなるまでスチールたわしで皿をこすった。

もう無視できない。アリスの子供時代はとうに過ぎ去った。ツイッグもキャンディもジューンも、アリスの目の奥にある、アグネスの希望とクレムの荒々しさを直視することがいかにむずかしいか語りあえなかった。アリスと家のなかや畑ですれ違うと、キャンディはとっさに煙がないか空を見たくなることがある。なにかに火がついたにおいがしたと断言できそうだった。

クレムがアグネスと去ってから、クレムからの便りはなかったけれど、キャンディは彼との約束を破っていない。ここにいて、人生がクレムに縫いつけられている。ただ、いまは彼の娘を介しているのであり、その娘も自分の意志をもつ女へとみるみる成長している。クレムの悪魔じみた部分を受け継いでいないらしい女。ソーンフィールドの物語にしばられていないらしい女――キャンディにはけっしてなれなかったものだ。

コーヒーを飲み干し、苦いかすを呑みこんで顔をしかめた。キャンディは三十四歳かもしれないが、まだ九歳だった。枝で作った隠れ家にいて、けっして帰ることのない影にしばられた少女だ。

✷

午後の日射しがやわらぎはじめる頃、アリスは川から走って帰った。指先がペンと日記をもとめてうずいている。この日のことをどう書こうか？　なにもかもがきらめいていた。低木や花々の上を舞うクレオパトラ・ヤマキチョウの黄色い羽根、踏むとつぶれてレモンの香りを出すユーカリの葉ですっきりした空気、日射しが黄金のようだったこと。オッジの声が耳元で響いた。ぼくたちはいまとは違う人になれるし、違う人生を生きることができる。

走りながら、ジューンの顔で頭がいっぱいになった。ソーンフィールドを去ったらジューンにどんな衝撃をあたえるだろう？　罪悪感で胸がちくちく痛む。

走る速度を落として呼吸をととのえ、ジューンの顔を押しやろうとした。ふたたび駆けだしたとき、鼓動と足取りは調和していた。

15

ブルー・レディ・オーキッド

愛に焼きつくされる

Thelymitra crinita

西オーストラリア州

春に花を咲かせる多年草の蘭。花は濃い青で繊細な星形をしている。開花には火を必要としないが、ほかの植物によって成長を妨げられることもあり、より背の高い低木を抑制するべく周期的な野焼きをおこなうことが好ましい。

アリスの十八回目の誕生日がせまったその年、ツイッグはソーンフィールドのほかの誰も気づいていないものを見ていた。夜ごと暗がりに腰を下ろし、裏口の網戸がすっと開いて長い髪をなびかせたアリスが静かにベランダを横切って階段を降り、月明かりの下で咲き誇る花畑に入る姿を見た。ツイッグはアリスの銀色のシルエットが森に消えたずっとあとも、煙草を吸いながら座っていた。ジューンがアリスに違ったもの、無垢な存在でいてほしいと願っているのはわかっていたが、見ようとする者にはあきらかに、真実は川へとつづく小道にあった。アリスはほかになにも見えなくなって、初めての恋の深みにどっぷりと、狂おしく、はまっている。

アリスが十八歳になった夜、キャンディが焼いたごちそうのローストと二段のバニラ・リリーのケーキをおかわりしてから、全員がジューンとっておきのモエ・エ・シャンドンでほろ酔いになってベッドへむかった。ツイッグは煙草を巻きながら裏のベランダに腰かけ、冬の星空の静けさに感謝していた。物事はかわりつつある。あたらしい季節のようにそれを空中でかぎとることができた。アリスは落ち着きがなくなった。ツイッグも同じだ。アリスから彼女の家族について質問されるたびに嘘をつくことがこたえていた。ジューンが正直に話さないこととはずっと戦ってきたが、ツイッグも共犯だ。ジューンとほぼ同じくらいの歳月、アリスに秘密を話さずにいるのだから。

ツイッグは調査の書類に記入して州の養子縁組機関に返送したがなにもわからず、ふたたび電話帳を調べて受話器を手にした。電話に出たその最初の私立探偵に、アグネスが遺書に記した女の名前とアリスが育った町の名前を伝えた。アリスが学校に通うようになって間もなくして、探偵の報告書が郵送で届いた。ツイッグは気持ちを落ち着かせるため、はるばる川まで歩いて読まねばならなかった。アリスの弟は健康で元気にしており、ジューンが子供たちを育てるには適さなかった場合の後見人としてアグネスの指定した人が、世話をしていた。アリスと弟は離れ離れで、おたがいの存在を知らずに生きている。ニーナとジョニーも同じなんだろうか？　ここで共有される信念とは逆に、ソーンフィールドでさえも女を過去からは救えないと、ツイッグはわかっていた。ジューンはここで立派な人生を送り、キャンディを育て、クレムについても精一杯のことをした。アグネスやほかの〈花〉たちの面倒も見て、農園を経営して立派に仕事をおこなっている。だが、ソーンフィールドにおいてでさえも、過去をかえるやりなおしのチャンスなどないというのが真実だ。ジューンがどんなにそうしたいと願っても。ツイッグとジューンとの関係は、ジューンがトラックにアリスだけを乗せて帰宅して以来、同じにはもどらなかった。遺言の執行人はわたしだからね、ツイッグ、彼女は長年にわたって酔っ払うと幾度となく、低くきつい声で囁いてきた。わたしはみんなにとっていちばん利益がある、むずかしい選択をしたんだよ。ツイッグは探偵の報告書とアグネスの遺言書の秘密のコピーを苗小屋に隠した。それをアリスに手渡すのにふさわしい時を九年のあいだ待っていた。いまだに書類はデザート・ピーの苗のなかに隠してある。

網戸がひらくとツイッグは暗がりで縮こまり、アリスがそっと花畑へむかう姿を見つめた。ほんのりとシャンパンのにおいがあとに残る。アリスは夕食で何杯もおかわりしていた。彼女の人生になにかが起ころうとしている。ツイッグは天気の移りかわりと同じようにそれが感じられた。無言で数を数えてたっぷり一分は待ち、アリスに足音を聞かれることはないと確信をもってから、川への小道を急いで追いかけた。

オッジが川の土手で待ち、リバー・レッド・ガムの大樹の隣で小さな焚き火が燃えていた。アリスの誕生日を祝う夕食に同席した彼はいつになく静かだった。ツイッグは細いアイアンバークの木立の裏に隠れた。アリスは何年も彼に会っていなかったかのように、彼の胸に飛びこみ、ふたりの肌は焚き火で赤銅色に塗られた。ふたりはやさしいキスをかわした。アリスを見てオッジの顔に浮かんだ表情を認めて、ツイッグの目はうるんだ。自分もかつてあのように人を愛した。誰かにあのように澄んだ目で見られたときの感情、自分は無敵でひびひとつ入らないと信じたことを思いだした。

ふたりはいったん身体を離し、アリスは彼に背中をあずけて座って肩に腕をまわされた。「計画をもう一度話して」

彼はアリスのつむじにキスをした。「明日の夜零時にここで待ち合わせだ。それぞれスーツケースをひとつもってくる。それだけだ。身軽に出かけよう」彼はアリスのこめかみ、頬、首筋にキスをした。「市内の空港行きの始発のバスに乗って、チケットを受けとる。着陸しないんじゃないかと思うくらい長いこと飛行機に乗るけれどちゃんと着陸する。ソフィアのぼくの祖父母の家へむかい、ラキヤを飲んで、ショプスカ・サラタ（キュウリ、トマト、タマネギ、チーズのサラダ）を食べて、時差ぼけが治るまで寝て、目が覚めたらロープウェイでヴィトシャ山に登って、石の川に立って世界を見渡そう。朝には山羊を山の牧場へ連れていく。首輪の鈴はクリスマスの日よりいい音を響かせるよ。週末には祖父の車を借り、国境を越えてギリシャへ行き、海で泳いでオリーブやグリルチーズを食べるんだ」

「オッジ」アリスは夢見るように囁いて彼を見あげた。「ポケットナイフもってる？」

ふたりはリバー・レッド・ガムに自分たちの名前を彫ってから、たがいに身を投げだして若さゆえの情熱的なキスをかわした。あれほど黙って、恐怖にしばりつけられてソーンフィールドにやってきた子は、ツイッグが見たことのないほど生き生きしていた。

ツイッグは音をさせずに立ちあがり、脚を振ってこりをほぐすとそっと小道へもどり、帰路についた。苗小屋でアリスの人生の真実を抱えた黄ばんだ書類入りのビニール袋を取りだしてから、家へもどってアリスの帰りを待つことにした。

カウチに腰を下ろした。コーヒーを淹れようかと考える。一瞬、目を閉じた。

そのままぐっすり眠ってしまい、アリスが帰ってきた床板のきしむ音を聞き逃したことは、ツイッグがその日以来抱きつづける後悔となった。

✷

15

ブルー・レディ・オーキッド

翌朝アリスが町への配達にむかったあとで、ジューンが鐘の部屋から降りてきた。ツイッグはキッチンで朝の一息のお茶を淹れているところで、ジューンにも一杯勧めようと振り返り、ぴたりと動きをとめた。ジューンは戸口に立って、手にはひらいたアリスの日記をぶらさげていた。

「ジューン？」ツイッグは日記を見つめた。ループやカールが躍るアリスの筆跡でページは埋まっている。

ジューンはゆっくりと裏手へ歩いた。しばらくはベランダに座って花畑を見つめていた。ツイッグは隣に紅茶のカップを置いた。キバタンが頭上で鳴いた。ジューンは口をひらかなかった。

その後、午前中ずっとツイッグは〈花〉たちと忙しく働き、ジューンのほうに彼女たちを寄せつけないようにした。ハリーでさえもジューンにはかなりの距離を置いていた。時折ツイッグは裏のベランダにいるジューンに視線を走らせた。心の平穏を得たかどうかはともかく、ジューンはまだ子供だったアリスがやってきて、すっかりかわった。いまのアリスは大人になり、自立を目前に控えて、恋をしている。ジューン自身もわかっているように、自分の気持ちをわかっている女より脅威となるものは、この世にほとんどない。

午後もなかばになってやっとジューンが動いた。ツイッグはジューンが作業小屋へやってくるかトラックに乗るだろうと考えてあたりをうろついた。けれど、ジューンは家に入って書斎へむかいドアを閉めた。ツイッグはあとをつけてドアに耳を押しつけた。ジューンの声は聞こえるが、なにを言っているのかは聞き取れなかった。長い間を置いてツイッグはノックした。一度、そして今度はもっと強く。ドアノブをまわしてみると開いた。書斎に入ったとき、ジューンが受話器を置いた。ジューンの表情を見てツイッグは踏みだした足をとめた。

「なにをしたの？」ツイッグは淡々と訊ねた。

机のむこうでジューンは背をむけて窓の外をながめ、そこにアリスのピックアップトラックがドドドドと音をたてて私道にもどってきた。ジューンとツイッグはアリスとオッジが車を降り、おしゃべりして笑いながら一緒に作業小屋へむかう姿をながめた。

「やるしかなかったことだよ」ジューンは返事をした。涙が一粒、頰を伝った。

ツイッグはジューンの泣き顔を何年も見ていなかった。部屋にウイスキーのにおいがしないこともますます警戒心を強めるだけだ。

ジューンはざっと涙をふいて立ちあがった。「やるしかなかったことだよ」また繰り返す。「もういいね、ツイッグ？」ジューンはなにかをツイッグの視界から隠そうとするように立った。

「それはなに？」ツイッグは一歩進みでて訊ねた。

うろたえて、ジューンは机にのった手紙の束を抽斗へかきいれようとしたが、逆に床に散らばった。彼女は息を押し殺して悪態をついた。ツイッグはしゃがんで手紙と写真を次々に集めた。すべてが同じ幼い少年の写真。ツイッグはジューンに顔をむけた。「どうしてこれをあの子に隠していられるの？」そう囁いた。

「あの子になにがいちばんいいのか、わかっているからに決まってるだろ」ジューンはかみつくように言う。「わたしはあの子の祖母だから」

ツイッグは立ちあがってジューンをにらんだ。きつく握った手紙が揺れている。なにも言わず手紙をジューンに投げつけて書斎をあとにすると、ドアをたたきつけた。外は風があった。ツイッグはベランダにもたれ、ゆっくりと気が静まるように呼吸を繰り返した。アリスとオッジが作業小屋のあたりでふざけあいながらぶらついている。

ふたりを見つめながら、ツイッグは腕組みをして風が服越しに入ってくる胸元をおおった。本能で感じられた。北西の風が吹いてきた。

アリスは寝室のドアをそっと開けて螺旋階段のてっぺんに立ち、耳をそばだてた。家のなかで聞こえるのは、振り子時計のリズミカルなチクタクという音とジューンの寝室からのくぐもったいびきだけだ。突然、アリスの身体が重くなった。ここにやってきた夜を思いだす。しゃべることができず、悲しみのあまりに顔をあげることも満足にできなかった。ジューンはあたたかいフェイスタオルで顔をふいてくれた。わたしはどこにも行かないよ。それは本当だった。いつでもそこにいた。学校からもどれば家に、畑の花のむこうに、夕食のテーブルのはしに、アリスのブーケ作りを指導する作業小屋に。ジューンの手を思い浮かべた。ごつごつして、ハンドルを握り、門のところで手を振り、ハリーの耳をくしゃくしゃとなで、アリスをきつく抱きしめる手。きつすぎるほど。

最後に一度自分の部屋をちらりと見て、スーツケースをもちあげてそっと階段を降りた。ソーンフィールドの思い出と同じように亡霊めいた幻影で自分が作られていて、そこからみずからを解放しようと必死になっている気分だった。

忍び足で廊下を進んだ。居間ではハリーが寝ながら身じろぎして首輪がチリンと鳴った。膝をついてハリーの頭にキスをした。うたた寝していても、アリスの秘密を守ってくれている。

震える手で網戸を開けた。芳香あふれる夜気を思い切り吸った。ベランダから地面へと降りてしまうと駆けだした。

低木がむきだしの足首をひっかいて、暗闇をよろめきながら森を走った。涙が流れてとまらなかったが、進みつづけた。夜は冷えて乾燥し、蟬の声が聞こえる。月明かりが世界にミルクのような光を投げかけていた。未来が目のまえで輝いている。息を吹きこまれるときを待っている、閉じこめられてくすぶっていた未来だ。

川にたどりついた。スーツケースを置く。額の汗をふいた。月光をたよりに、大樹の幹に彫られた一族の女たちの名前を見つめた。この同じ場所に座って、自分たちの夢を川に託した人たち。自分の、そしてオッジの名前をなぞって、指先に移った削れた木の香りをかぐ。子供の頃に初めて川にやってきたとき、この川をたどって自分の家にもどれると考えたことを思いだした。川はそのかわりにオッジを連れてきてくれた。いまでは彼がアリスの家だ。彼がアリスの物語だ。

大樹の根元にあるなめらかな灰色の岩に心地よく座ると、オッジの足音が聞こえるのを待った。シャツの胸元からロケットを取りだした。「わたしはここにいる」そう囁いて母の顔を見つめた。身体にスカーフを巻いてリバー・レッド・ガムにもたれた。

アリスは頭をそらして流れ星をながめた。

そして待った。

15

ブルー・レディ・オーキッド

モモイロインコのするどい声で目が覚めた。首が痛くて肌は湿っている。顔をしかめて震えながら身体を起こした。川は冷たい朝日を受けて泡立っていた。

彼の名が口をついて出た。アリスは立ちあがり、川の土手の灰色の岩と木の根の上を探った。岩にはさまれたメモもなければ、低い木の枝にもなにも結ばれていない。たぶん彼は花畑で待っている。ワライカワセミが早朝の合唱を始めて木立から笑い声があがった。スーツケースを放置したまま走り、長い草地と林を駆け抜け、胃に開いた不安の穴を追い越そうとした。

ソーンフィールドにもどると、〈花〉たちはエプロン姿で畑に散らばり、植物の世話をしていた。アリスは泣きはじめた。裏のベランダの階段からキッチンへむかう。ジューンがカウンターのまえに立ち、コーヒーを飲んでいた。

「おはよう。なんにする？　トースト？　お茶？」

「彼はここにいるの？」そう言うアリスの声はひび割れていた。

「誰？」ジューンはおだやかに訊ねた。

「誰かわかってるくせに」アリスはいらだった。

「オッジ？」ジューンはマグカップを置いて顔をしかめた。「アリス」彼女はカウンターをまわってきてアリスを抱きしめた。「どうしたの？」

「彼はどこ？」アリスは叫ぶ。

「家じゃないのかい。仕事に出る支度をしていると思うよ、あんたもそうしないとね」ジューンはアリスのしわだらけの服を見まわした。「何事だい？」

アリスはジューンの腕から身体をよじって離れ、壁のフックから鍵束をつかんでピックアップトラックへ走った。

パニックに全身をがんじがらめにされて町を車で走り抜けた。左へするどくハンドルを切ってオッジの家の私道に入り、やわらかい土の未舗装路で車の尻を振りながら家のまえで急停止した。

ポーチには二脚の椅子のあいだに小さなテーブルがあり、花瓶に新鮮なバラがいけてあった。いまにもボルヤナがドアを大きく開けて紅茶をポットで出してくれそうだった。

鍵がかかっているものと思いながら玄関へ走った。ドアはあっけなく開いた。室内にどこもおかしなところはなかった。騒ぎがあった気配もない。乱れているだとか、危険なことがあっただとか、彼が川での待ち合わせに来ることができなかった理由になりそうな証拠はなかった。ちゃんと人が住んでいて歓待してくれるようにも見えるが、どこかがいつもと違う。あまりにもかたづいている。あるいは、アリスはもっと深い真実と明白すぎる答えを認めたくないだけなのだ——彼はボルヤナを連れてブルガリアへ帰った。考えをかえて、アリス抜きで。うつろな風が家を吹き抜けた。

裏手のバラ園は見事なものだった。アリスは黄金と王様たちの骨で育ったバラの谷を、火の色の花びらの海を思った。茎からバラの花をむしり、引きちぎって、足元に花びらを散らした。

彼はアリスを連れずに去った。

✷

アリスがちぎれた花びらのなかに立っていると、ジューンが車でやってきた。膝から力が抜けた感じがしなかった。気がつくと、地面に倒れてジューンの腕に抱かれていた。ジューンの肌のにお

15

ブルー・レディ・オーキッド

いは、ならしたばかりの土、ウイスキー、ペパーミントだった。

「気絶したんだよ、アリス。大丈夫だからね。わたしがいる」ジューンがなぐさめる。

「彼に置いていかれた」アリスは泣きじゃくりはじめた。

ジューンは抱きしめる腕に力をさらにこめて、アリスを前後に揺さぶった。

ふたりはそんなふうにして長いこと座っていたが、ようやくアリスの嗚咽は声が詰まる程度におさまった。

「うちに帰ろう」ジューンはアリスの腕をやさしくなでた。アリスはうなずいた。

ふたりは手を貸しあって立ちあがり、服の土を払い、家の表へまわってそれぞれの車に乗った。

アリスはゆっくりと運転してソーンフィールドへむかった。ジューンはすぐうしろをついてきた。

✴

帰宅したアリスはまっすぐに部屋へあがった。ジューンはとめなかった。あの子は疲れ切っているに違いない。ジューンは、アリスがオッジを一晩中待っていたことを頭から締めだした。やってしまったことは仕方がない、孫娘の安全を守るためだ。こうするのがいちばんよかった。こうするのがいちばんよかった、繰り返して自分にさらにしっかりと言い聞かせた。網戸を開けて自然に閉まるままにした。もう終わったこと。アリスはここにいる。苦しんでいるが、あの子の若さならば乗り越えられる。あの子は安全だ。安全を守ってやれるぐらい近くにいる。

ジューンは冷蔵庫から冷えたソーダ水を取りだしてグラスに注いだ。チルド室から取りだしたレモンを楔形《くさびがた》にスライスし、ふたつをグラスに落とした。酒棚へ急いでウイスキーを取りだし、キャップをひねり開けて、グラスの縁までなみなみと注ぐ。小指で混ぜて飲み干した。

じきにソーンフィールドはアリスが経営することになる。それが次のステップだ。失恋した若い女は、山火事の季節の山小屋のようにもろい。少しの火花でもあの子を焼きつくせる。孤児のアグネスをクレムが焼きつくすのを、この目で見たように。アリスはそんなふたりを親にもっている。クレムそっくりの表情がアリスの顔を横切ると、ジューンは朝食のまえにフラスクの酒を飲むことになった。いつものアリスはおだやかで気まぐれで、まるでアグネスがふたたびソーンフィールドにやってきたような気分になった。

ジューンは耐えられなかった。同じあやまちを二度繰り返したりしない。ふたたび家族をうしなったりしない。確実にそうするために、必要なことをやったまで。いまのアリスに必要なことは気晴らしと自立だ。評価され、目的をもち、自由を得ているという感覚。ジューンはまさにその感覚をアリスにあたえようと計画していた。

＊

アリスは手首が痛くなるまでリバー・レッド・ガムの幹に爪を立てて削った。一週間、夜毎《よごと》に川へもどった。答えのないまま、あるいは答えをオッジ自身が運んでくることのないまま日々が過ぎれば過ぎるほど、川と、ルース・ストーンに始まる木の幹の名前にひそむ秘密の物語に呪われているという思いが強くなった。

15

ブルー・レディ・オーキッド

何年経ってもアリスはルースについて詳しいことを知らされず、九歳のときにキャンディが話してくれた知識しかなかった。ルース・ストーンがソーンフィールドに花の言葉をもたらし、運命の恋人がくれたオーストラリア固有の花の種と共に土からそれを育てたこと。ツイッグやキャンディにルースのことを質問するといつも、ジューンに訊けと言われるのだが、訊いてみてもジューンはあいまいなことしか言わなかった。ルース・ストーンのやりかたでソーンフィールドは生きのびた、そのように言うか、同じくらい謎めいたことをいうだけだ。あんたがいつの日かこの土地を自分のものにするのは、ルースのおかげ。そのたびにアリスは土や木や花や川を人間が自分のものだと考えるなんてばかげていると言い返したかった。けれど、言わずじまいになるのは、もっとささいなことを考えるからだ。父さんはどうなの？　一度ずばりと訊ねたこともある。父さんがジューンからソーンフィールドを受け継ぐはずじゃなかったの？　祖母は答えなかった。

アリスが声を見つけたらジューンも答えを見つけるだろうと、アリスの十歳の誕生日の手紙にジューンは書いていたが、一度もクレムのことを話そうとしてくれたことはなかった。アグネスのことも。ふたりがどのようにして愛しあうようになり、なぜここを出ていったかも。両親について、ジューンと父のあいだになにがあったのか、アリスがピースを組みあわせたことのすべては、半分だけの真実をとおして見たことでしかなかった。家族の物語が地面に埋められていて、そこからジューンはつらくて言えない話を伝えてくれる花を育てているのはわかっている。どこを掘ればいいか知ってさえいたら。何時間も〈花〉たちにしつこく質問しても、単純な真実をはぎあわせることができただけだった。ジューンでさえも運命と愛からは免れられないと。どちらもジューンの完全な人生の一部を食らって、吐きだし、残ったものが現在のジューンという女になった。ジューンが若い頃に父親は死んで、愛した人も、息子も、彼女のもとを去った。ジューンは男を愛するたびに心を砕かれてきたのだ。アリスはまず血と嘆きでジューンにしばりつけられて、いまは約束が果たされるのを待つ運命によってしばりつけられ、ただ川辺で心を痛めて取り残されている。

ポケットナイフで木の幹を削り、樹皮からオッジの名を消した。彼の名前の文字、ほほえみ、善良な心、やさしい性格を切り刻んだ。それが終わるとポケットナイフと見つかるかぎりの石を川に投げた。

土にくずおれ、身体を丸めて、むせび泣いた。愛のせいであんな愚か者にはなるのは二度とごめんだ。

*

ジューンは川からもどってくるアリスを窓から見つめた。重い足取りで悲しみをまとい、ジューンが病院から家に連れてきた九歳のときのようにやつれた顔だった。だが、少なくともあの子はここにいる。ジューンはあの子をうしなわなかった。

アリスが裏口から入ってきた。ジューンは紅茶を淹れる作業に没頭した。

「ジューン」アリスは話を切りだしたが、最後まで言えなかった。

ジューンはアリスを振り返った。腕を大きく広げた。アリスは頭のなかでなにかを検討しているように見つめていたが、ジューンの胸に飛びこんだ。

孫娘を抱きしめてジューンはソーンフィールド辞書でもっとも好きな項目を思いだした。スターツ・デザート・ピーとその意味だ。勇気を出して、心臓の感じるままに。ルース・ストーンが蜘蛛の巣のような筆跡で書きこんでいた。ジューンは母とその本からスターツ・デザート・ピーについてできるかぎりのことを学んだ。オーストラリアのとくにきびしい自然の景色のなかを野生で育つというのに、どれだけ繊細で繁殖させるのがむずかしいか。けれど、正しい環境のもとではつねにあざやかに花を咲かせることも学んでいた。

景色は運命

アリス・ホフマン

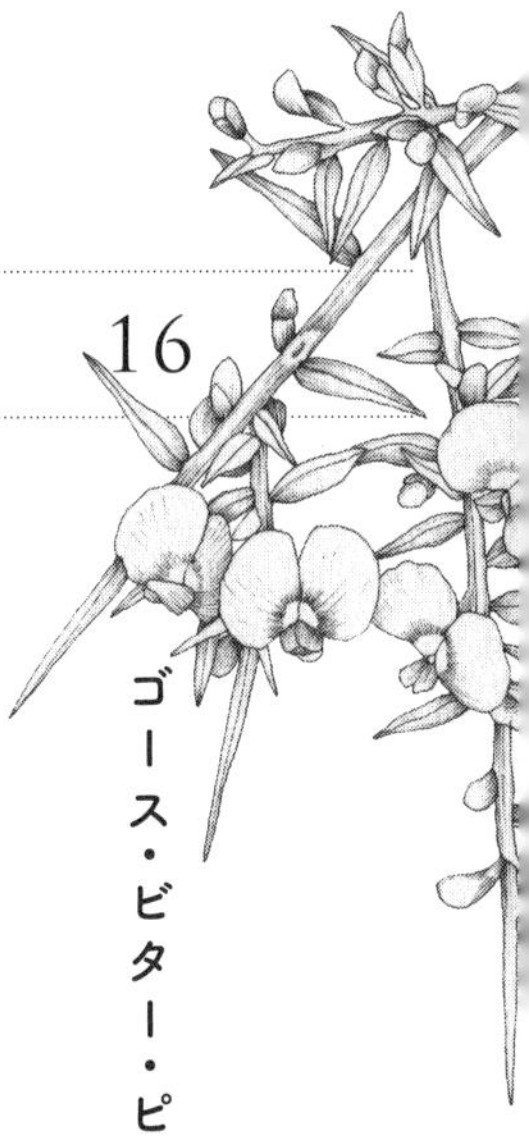

16

ゴース・ビター・ピー

気むずかしい美

Daviesia ulicifolia

すべての州

棘のある低木で、目を引く黄と赤のマメ科特有の蝶形の花をつける。開花は夏。種皮処理をすれば種からの繁殖が容易。種は何年も発芽能力を持続する。かなり棘が多いために園芸家には人気がないが、小型の鳥にとっては捕食者からの避難所となる。

アリスは裏のベランダに立ち、花畑の上で暗くなっていく午後の空をながめていた。スカーフのひだに顔をうずめる。二十六歳になったいまでも、九歳の頃と同じように嵐が怖かった。

二月はソーンフィールドの誰もが気もそぞろになる月だった。熱い夏の暴風が北西から吹いて混乱を引き起こし、畑の花をちぎってビニールハウスと野菜畑を破壊するおそれがあった。乾燥した暑さと荒れ狂う風が続く日々は耐えがたいほどだ。長らく土に葬られていた出来事の灰をかきまわし、忘れられた片隅で眠っていた古い傷や語られなかった物語、夢や未完成の本を刺激する。蒸し暑い夜には悪夢がはびこった。二月もなかばになる頃には、ソーンフィールドに平静をたもてる女はいなかった。

アリスにとってなによりこたえるのは、花畑を吹き抜ける風が自分の名を呼ぶことだった。不安定な天候はいつも、父の小屋に忍びこんだ運命の日にアリスを引きもどす。

ワークシャツの下からロケットを取りだした。母の目がざらざらしたモノクロ写真から見あげている。いまでも目の色が思いだせた。光によって変化すること。物語を語るときに輝くこと。庭にいてポケットを花でいっぱいにするとどれだけ遠い目になったかも。

ブーツを脱ぎ捨て、横風で揺れる花畑をながめた。結局、ソーンフィールドを離れることなどできなかったのだと自分に言い聞かせる。ここは母が安全となぐさめを見いだした場所、花でしゃべることを学んだ場所だ。両親が出会った場所であり、自分がオッジを愛したようにその時期のふたりは愛しあっていたのだと信じたかった。

はっと気づいてオッジのことを考えまいとした。もしもこうしていたらと考えてはいけない。彼が川に姿を見せなかったあの夜のあとで、もしも自分が彼を追いかけていたら？　もしもどうにかして自力でバラの谷へむかっていたら？　もしも彼を見つけて、ふたりで完全にあたらしい計画を立てていたら？　海外の大学で、たとえばオックスフォードのようなところ――いくつもの校舎が蜂蜜色の砂岩で作られていると読んだ――で学び、ジューンのキッチン・テーブルで通信教育を受けたのではなかったら？　もしも十八歳になったときにジューンにいやだと告げて、ソーンフィールドを継ぐことをことわっていたら？　もしも父の小屋に入ることなどなかったら？　もしも母が父のもとを去って、アリスをキャンディやツイッグやジューンと一緒にソーンフィールドで育てていたら？　弟か妹かと一緒に？

もしもこうしていたら、もしもこうしていたら、もしもこうしていたら？

腕時計に視線を走らせた。昨日ジューンと一部の〈花〉たちが都会の花市場へむかい、今日の午後もどることになっていたが、荷降ろしを手伝うためにこれ以上帰りを待っていたら、郵便局に行きそびれる。クリスマス以降、仕事はふたたび忙しくなりつつあり、発送しなければならない通販の品を入れた木箱がいくつもある。ジューンのアクセサリーは大人気だった。

　家を通り抜けて玄関で足をとめ、アクブラ・ハットをかぶった。表の階段の下では淡い黄色の土埃が漏斗状に渦巻いている。網戸をゆっくりと開けた。

「土埃の悪魔《ダスト・デビル》（辻風《つじかぜ》）」そう囁いた。

　辻風は一瞬揺れて、まるで背丈も横幅もある男のように見せてから、ふっとほどけてちりぢりになった。大きく息を吐きだし、いまは二月、過去が吹きこんで亡霊がいたるところにいる時期だと自分に念押しする。

　車に乗って車内の静けさにほっとした。助手席をちらりと見てハリーが一緒にいてくれたらと思わずにいられなかった。アリスもいまだにハリーの不在があまりに大きなことに慣れようとしているところで、ハリーの死でジューンは露骨にウイスキーになぐさめを求めるようになり、自制しようとも人目につかないようにしようともしなくなっていた。

　ハリーの死が最新の転機だった。ジューンは歳をとるにつれて、届いた手紙や、西風や、花をつけたクータマンドラ・ワトルといったささいなものをきっかけにますます騒ぎたてるようになった。クレムの名をつぶやいているのを耳にする機会も少なくなかったし、アクセサリーは喪失と哀悼を語る花だけで作りたがった。視線がどこか遠くへ、アリスには見えない場所へじっとむけられることが頻繁になってきた。ジューンはなにを思いだしているのか？　ついにアリスの父のことを思って嘆くようになったのか？　何度もジューンにそうしたことを訊ねようと思うのだが、沈黙のほうが簡単だった。沈黙、そして花。ジューンの作業台に花を置いておくことがある。藤色のフェアリー・フラワーをひとつかみ。〝あなたのやさしさを感じている〟。ジューンはいつも返事をアリスの枕に置いておく。ティンセル・リリーの束。〝あなたはみんなをよろこばせる〟。

　車を出さずに、スポッテッド・ガムの木立、家、蔦におおわれた作業小屋、小麦色の芝生、岩の隙間に生えるワイルドフラワーを見やった。ソーンフィールドはアリスの人生のすべてになった。花でしゃべることがもっとも頼りにしている言葉になった。

　長いため息をついてイグニションのキーをまわす。空が暗くなっていく。車を出し、バックミラーで遠くへ縮んでいくソーンフィールドを見た。

✴

　雷がゴロゴロととどろき、アリスは車をとめて通販の木箱を降ろしはじめた。郵便局に運びいれ、ソーンフィールドあての郵便物を受けとった。外に出ると午後の日射しは不気味な緑色にかわっていた。稲妻がきらめく。運転席へ急いだ。エンジンをかけ、落ち着きをなくす胃から気をそらそうと手紙の束をたしかめていく。銀行の明細、電話料金の請求書、不要なダイレクトメール。そして手書きの封筒。アリス個人にあてたものだ。裏返した。差出人住所はブルガリアだった。

　封筒を破りあけた。真っ黒なインクの走り書きを、三つか四つおきに単語を飛ばして大急ぎで目を走らせる。いちばん下に彼の名前が、彼の字で書いてあった。オッジ。

　ゆっくり読めと無理に言い聞かせ、最初から一語ずつ意味をとって読みはじめた。

16

ゴース・ビター・ピー

こんにちは《ズドラヴェイ》、アリス。

きみにこの手紙を何度書こうとしたか数えきれない。たぶん書きかけの手紙で箱がいっぱいになるくらいだよ。きみに話す勇気のなかったことでいっぱいの手紙だ。でも、あの決まり文句は本当だ――時間だけが苦痛をやわらげてくれる。いまではそれなりに歳月が過ぎたように思う。これはきみに書いて実際に送るつもりの手紙だ。

正直に打ち明けると、川で待ち合わせをするはずだったあの夜以来、きみのことをいつも考えていた。インターネットできみがソーンフィールドを経営し、きみの手腕で商売も繁盛しているのを見た。もう何年ものあいだ、更新されるきみのプロフィールの写真を見てきたよ。きみの目に、ぼくの記憶にあるあの少女が見える。

でも、それも遠い昔のことだ。ぼくたちはもう違う人間だ。違う人生を送っている。

ぼくはソフィアで妻のリリアと暮らしている。五年まえに娘が生まれた。名前はイヴァ。ぼくたちが子供だった頃のきみによく似ているよ。じっとしていられず、冒険好きで、夢見がちで、繊細で、本が大好きだ。とくにおとぎ話が。娘のお気に入りは、善良で純真な狼とあつかましくて腹黒い狐にまつわる有名なブルガリアの物語だ。この話の教訓は、ずるい人というのは、とめないとつねに、相手の弱さにつけこもうとするということさ。イヴァはこの話を読んでくれとぼくに繰り返し頼む。ぼくはできるだけ何回も読む。イヴァはいつも狼を思って泣く。どうして狼は狐が本当はとてもずるいとわからないのかと、娘はいつもぼくに訊ねる。ぼくはどう答えたらいいかわかったためしがない。

もう何年も経ったけれど、傷をふさぐためにぼくは手紙を書いている。きみにはしあわせでいてほしい。あれだけのことのあったきみがいい人生を送るよう、心から願う。
身体に気をつけて。ソーンフィールドで気をつけて。
フシーチコ・ナイ・フバーヴォ——きみの幸運を祈るよ、アリス。

オッジ

下くちびるを強くかんだ。手紙を落としてハンドルに身を乗りだし、稲妻が嵐雲のなかでさざ波をたてる様子を見つめた。モモイロインコの群れがユーカリの銀色がかった緑の梢で金切り声をあげた。前方の道路が町を出ろと招いている。この道からどこへ行けるのか、どれほど知りたくてたまらないことか。もしも、いますぐこの道をたどって走りつづけるとしたら? 自覚していなかった夢の苦しみが胸にずしりとたまり、いくつものため息の重みでつぶされていた。押し花のようなものだ。まだ咲いているときにぺしゃんこにされたかつての姿の形見。ドアを思い切りけってから涙をふき、ギアを入れた。責めるべきは自分自身だけというのが真実だ。オッジを追いかけなかったことで。チャンスがあるときに家を離れなかったことで。どうしてここにとどまったんだろう? これは自分で作った人生であり、秘密も花も育てる土地の世話に打ちこんできた。いつの日か自分のものになる土地、かけらだってほしくない土地に。

ふたたび手紙をつかんでじっくり読み返し、つらくてうめいた。

きみの目に、ぼくの記憶にあるあの少女が見える。でも、それも遠い昔のことだ。ぼくたちはもう違う人間だ。違う人生を送っている。

自分がなにをしているか把握しないまま、アクセルを床まで踏みこんだ。タイヤが小石を弾きあげる。思いつきで、メイン・ストリートを家とは逆方向に走った。するどく左に曲がって、藪《やぶ》でほとんど隠れている未舗装路を行く。うっそうと茂るユーカリの並木道を突きすすみ、オッジの昔の家にやってきた。八年ぶりにもどってきた。

　ひらけた場所に車をとめて息をとめた。車を飛び降り、吹きつける嵐のなかに立つ。オグニアンのバラが家を呑みこんでいた。家の両側から這いあがり、壁と屋根をおおっている。見渡すかぎり野生となったバラの茂みが満開で、家はバラの火に包まれていた。圧倒的な芳香。

　彼の名を叫んだ。誰もいないのに。風が頰を射した。歩きまわった。八年間、彼はアリスがどこにいるか、どんな生活を送っているか知っていた。八年間、それが手紙を送るまでに必要な時間だった。でも、彼はまだ答えをくれていない。どうしてあの夜、川辺での待ち合わせに来なかったのか？　なにがあった？　どうして連絡してくるまでこれほど待った？　アリスに告げる勇気がなかったものとはなんだろう？　ふたりで計画した人生をほかの女と生きることに、どうやって耐えている？　どうしてアリスにあてた手紙のこれだけの部分を、娘のお気に入りのおとぎ話に使っているんだろう？　アリスがどこにいるのか彼はずっとわかっていたのに、アリスは彼のことをなにも知らなかった。無事かどうかさえも。何年もインターネットで彼の名前を検索したが、なにも見つからなかった。アリスにとって、オッジは自分が夢に見たもののようだった。

　風がバラを茎からもいで、足元にまいた。花をひとつかみすくって砕いた。バラにおおわれた家に突進し、蔓を引きちぎって棘で自分を傷つけた。引きちぎり、つかみ、泣き、怒りと嘆きと屈辱でわけがわからなくなる。

　ふいに冷たい豪雨が降ってきて我に返った。なにも感じず突っ立っていたが、感覚を取りもどした。びしょ濡れで車へ走った。雨がフロントガラスを激しく打つ。座って呼吸をととのえた。ワイパーごしに家を見つめた。

一筋の稲妻が近くの低木に落ち、大きなビシッという音に続いてユーカリの枝が地面に落ちた。悲鳴をあげ、急いで車をUターンさせた。バラの花びらを肌につけたまま、走り去った。

✷

ソーンフィールドにもどると、全員が必死になって家、寮、作業小屋を守ろうと、あれこれ縛りつけ、結べないものはすべて室内へ移動させていた。雨脚は弱まったが、強風は斬りつけるようだ。アリスは風に抵抗しながら歩き、表の階段からベランダにあがった。

「どうなってるの？」腫れた目を隠しながらジューンに訊ねた。

「嵐だよ」ジューンが叫んだ。「街からずっと飛ばして帰ってきたんだ。天気予報ではサイクロンで洪水が起こると言ってる」

「洪水？」アリスはひどく不安になって花畑を見やった。

「そういうことなんだよ。あれこれ移動させないとだめだよ、アリス。いますぐ」

✷

雨は降りやまなかった。農園を守ろうと懸命に作業を進めたが、吹きつける風と泣きじゃくるように降る雨から花畑を守るためにできることはたいしてなかった。夜には停電となった。寮の窓はランタンとキャンドルの明かりで満たされ、家の食堂も同じだった。キャンディ、ツイッグ、ジューン、アリスはテーブルをかこみ、キャンディがキャンプ用のガスコンロで温めなおした残り物のキャッサバ・カレーを食べた。

「大丈夫、スイートピー？」キャンディが刻んだコリアンダーのボウルをアリスに差しだしながら訊ねた。「ずいぶん無口だけど」

　アリスはフォークを振ってボウルをことわった。「嵐のせい、それだけ」オッジの言葉が頭のなかでぐるぐるまわっていた。娘の好きなおとぎ話のなにかが気になって仕方がない。いらついてテーブルにフォークを投げ、思ったより大きな音をたててしまった。「ごめん」そう言ってこめかみに指を押しつける。風がドアの下から入って窓ガラスを揺らした。嵐は強くなるばかりだ。ソーンフィールドは危険なのか？　「やだ、息ができない気がする」アリスは椅子を引いた。立ちあがってあたりを歩きはじめる。

「アリス？」ジューンは心配して額にしわを寄せた。「どうしたんだい？」

「なんでもない」アリスはきつい口調で告げ、心配するなとジューンに手を振った。涙があふれるまえにかたく目を閉じる。オッジの家を呑みこむ火のバラのイメージを押しやろうとした。

「嵐のせいじゃないなら、なんでもなくはないわね、アリス。なにがあったの？」ツイッグが訊ねた。

　アリスはオッジの家の地面に落ちて大きな音をたてた枝を思いだし、つい、彼にむけて口走った。

「わたしに話すつもりがないことってなによ？　わたしの知らないことってなに？」

「えっ？」ジューンの顔が青ざめた。

「わからない。ぜんぜん、わからない……」アリスは首を振った。「ごめん」息を吐いて一瞬、目を閉じた。「今日突然、オッジから手紙を受けとって混乱して」そして顔をあげた。キャンディの視線はツイッグとジューンを行き来している。ツイッグは冷静にアリスを見つめたままだ。ジューンの表情は読めなかった。

「なんて書いてあったの？」ツイッグがフォークを置いた。

「たいしたことはなにも。ただわたしとの〝古い傷〟をふさぎたいとだけ。彼は結婚して父親になった。わたしに〝いい人生〟を送ってほしいって」アリスの声はひび割れた。「でも、どうしてわたしをここに置いていなくなったのか、なぜそうなったのかは説明していなかった。もうよくわからない……どうしてわたしはこうなったのか、わたしの人生がいまみたいになったのはどうしてなのか」深呼吸をしたが息は不安定だ。「自分が本当はどんな人間なのか、本当はどこにいるべき人間なのかわからなくて……そう思っていたら洪水っていうじゃない、怖くて。この場所がなければ自分が何者なのか、ますますわからなくなる。花をうしなったら、どうなるの？　どうしてわたしたちはもっと話をしないの？　なんについても。おたがいに秘密ばかりで、わたしはうんざり。わたしはいろんなことを知りたい。話の要点に近づきすぎるたびに花束を受けとるんじゃなく、本物の会話をしたい。わたしは知りたいの」アリスは祖母に顔をむけて頼んだ。「ジューンから聞きたい。すべてを。両親について。わたしが生まれた背景について。どうしても思ってしまうんだ……」言葉がうまく出てこなくていらだち、両手で空中に円を描いた。「待たされているって。ぜったい訪れないなにかを。ジューンは言ったよね。わたしが声を見つけたら、答えを見つけるって

16

ゴース・ビター・ピー

……」絶望して肩はがくりと落ちた。

ジューンの頬がくぼんで影になった。「アリス」彼女は立ちあがって一歩近づいた。アリスは期待してその目を探った。外では雨が咆哮《ほうこう》をあげている。

「わたしはどこにも行かないよ。あんたにはわたしがついている」ジューンは小声でそう言うだけだった。

アリスの失望は大きかった。「それがすべてに対するジューンの答えなんでしょ」皮肉な口調になった。「全部水に流せ、わたしがついているからって」自分の言葉のするどい角が祖母を斬りつけるのを見てアリスは顔をしかめ、平静を取りもどした。「ごめん。ごめんね、ジューン」

「いや」ジューンがつぶやく。「いや、怒って当然だ」彼女はナプキンをたたんで食堂をあとにした。一瞬ののちにツイッグが静かに椅子を引いてあとを追った。

アリスは頭を抱えた。ジューンはアリスの面倒を見ることだけを考えてきた。自分はどうして素直にそうさせてあげられなかったんだろう？　だが、別の質問が頭に浮かんだ。どうしてジューンはアリスの知りたいことを話せないのか？　それを言ったら、オッジも詳しく話せないというのはどうして？　八年も経って、自分の家族との生活も確立して、わざわざ手紙を書いたというのに、どうしてなにかを隠すのか？

キャンディがテーブルをかたづけはじめた。

「ごめん」アリスはふたたびそう声をかけた。

キャンディはうなずいた。「誰かが悪いんじゃないんだよ、スイートピー。誰でも悲しい物語をもっている。ここではとくにそうだもの。そこからあたしたちの花は育つ」キャンディはフォーク類をいじった。「ジューンはたくさんの複雑な物語をもっているから、どこから話しはじめたらいいのかわからないんじゃないかな」

アリスはうめいた。「とても簡単なことでも？　〝アリス、あなたの両親はこうやって出会った〟だとか、〝アリス、あなたの父親が出ていった理由はこれだ〟とか、〝アリス、あなたのおじいさんはこんな人〟だとか」

「言いたいことはわかる。でもたぶんジューンはひとつの物語を始めたら、関係している十の物語を話すことになると思ってるんだよ。根っこを一本引っ張ったら、その木全体が危なくなる。そう考えたらおそろしいに違いないよ。想像できる？　自分がジューンみたいに何事も管理するのが好きな人で、そういう危険に直面することになるとしたらどう？」キャンディは片手にフォークの束、もう片方で灯油ランプをつかみ戸口で立ちどまった。「誰かに教えて当然の話をずっとせおっているのは重荷で、きつくて仕方がないはずだよ。でも、おそろしいから話せずにすくみあがってしまうんだ。書きかえられないって、いやというほどわかっている物語を見つけるために、行きたくない自分のなかの深い場所に行かないといけないから」

「でも、そうしたらわたしにはなにが残る？　ただひとり残された家族が家族についての話をしようとしない。わたしが知っているのは伝え聞いた物語だけで、キャンディやツイッグから聞きだせたことだけ。オッジだって、この場所について話してくれたのに。それとわたしの両親のことを、ジューンから直接聞くのとは違う。ほかの人はジューンと同じ物語はもっていない」

「そうね、もってない。でも、いつもきみに言ってるように、きみはひとつは物語をもってるよね、スイートピー。自分がどこからやってきたのかわかってる。自分の親がわかっていることはどれだ

16

ゴース・ビター・ピー

けありがたいか、見過ごさないで――」

「見過ごしてない」アリスは声を冷静にたもとうと懸命になって口をはさんだ。「言いたいことはよくわかってるよ、キャンディ。でも、わたしがもっていない物語を話さずにごまかそうとして、わたしがもっている物語に感謝しろというアドバイスを押しつけられるのは、もううんざり。わたしがほしいのは、子供の頃にジューンが話すと約束した物語。いまだにわたしはもってない」

　部屋は強い雨音で満たされた。しばらくして、キャンディは咳払いをした。

「オッジのことは本当に残念だよ」

　アリスは返事をしなかった。

　キャンディは部屋をあとにして、明かりの大半をもちさった。

✷

　その夜、アリスは夢の火の海のなかでもみくちゃにされた。海岸に服を脱ぎ捨てた母に何度も叫ぼうとした。何度も火の海に呑まれた。焼け焦げた砂浜では狼と狐が砂丘を追いかけあってどちらのしっぽにも火がついていた。浅瀬で少年が紙の舟に乗って、舟のはしが焦げて燃えていた。冷や汗をかいて目が覚め、起きあがった。心配して疲れ切ってこめかみがうずいた。懐中電灯をつけて紅茶を淹れようと下へ降りた。

　廊下でぴたりと足をとめた。キッチンから声がしてウイスキーのにおいが強くただよっている。アリスはじりじりと近づいた。

「あなたはあの子をうしないかけているのよ、ジューン」ツイッグがするどく囁く。「それがあなたの望み？　あの子に本当のことを言わないとだめよ。話すの」

「うるしゃい、ツイッグ」ジューンはろれつがまわっていない。

アリスは壁ぞいに忍び足で進んだ。

「あんたは全部わかってると思ってるんだろうけど、なんにもわかっちゃいない。すべての物語を知ってる、なんでもわかってると考える連中と同じ」

「こんな状態のあなたとは話せない。もう寝て」

「あんたがあの子をどれだけ愛してるかわかってるよ、わからないと思ってんの？　あんたが育てられなかった子供のひとりみたいに思ってるのを知らないとでも？」

「口に気をつけて、ジューン」

「おお怖い、〝口に気をつけて、ジューン〟」ジューンはしゃっくりをした。

アリスは戸口に立った。

「わたしはあの子を救ったんだ」ジューンが気を取りなおして非難する。「あの子を救ったんだ。オッジはあの子の将来を盗んで心を傷つけて終わったに決まってる。わたしたちはまえにもまったく同じことを見たじゃないか、ツイッグ。見なかったとは言わせない。あの日わたしが入国管理局に電話したのは、あの子のためにやったいちばんの行動だったよ」

ジューンに裏切られたショックが、殴られたようにアリスを突き抜ける。回想ではなく、いまあの夜を窓からながめているように思いだす。目を怒りに燃やし両手を震わせて、キッチンに駆けこんだ。ツイッグはアリスに聞かれていたと悟って恐怖と後悔を目に浮かべた。ジューンは冷静な顔をたもとうとして酔っぱらいの笑みを浮かべる。アリスは叫ぶ。ツイッグがなだめようとする。ジューンは泣く。

ツイッグが心から悲しい目をして、震える声でアリスに真実を語った。

「彼は強制送還されたの。彼とボルヤナはブルガリアへ送り返された」

怒りに我を忘れかけてアリスはジューンを振り返った。「ジューンがふたりを強制送還させたわけ？」金切り声をあげた。祖母は口元をこわばらせ、視線が定まらない。

「なんの騒ぎ？」キャンディが慌ててキッチンにやってきて訊ねた。顔に枕のあとがついている。

アドレナリンがわきだしてアリスは行動に出た。キッチンを逃げだし、自分の部屋へ駆けあがった。バックパックをつかみ、目について気になったものをかたっぱしから詰めこむ。階段を駆けおり、廊下の女たちを押しのけ、鍵束と帽子をフックからつかみとった。玄関のドアを開け、風と雨の勢いにあとずさった。よろめきながらバランスを取りもどす。ツイッグとキャンディが行かないでくれと懇願する。次の場面は何度思いだしてもスローモーションでゆがんで再生された。振り返って彼女たちの顔を見ると、ふたりとも不安でいっぱいの表情になっている。そのうしろの暗がりでジューンは身体を左右に揺らしていた。

アリスは三人の女をにらんだ。一瞬ののち背をむけ、ドアをたたきつけて閉め嵐へと突入した。

＊

フロントガラスのワイパーは激流のような雨に追いつけなかった。道路が冠水して泥で車がスリップするとハンドルを握りしめ、緊張で腕はガタガタ震えた。アクセルを踏みつづけた。車が動かなくなったり、もっと悪くすれば、自分が勇気をうしない引き返すことになりはしないかと不安だった。

　まっすぐに町を突き抜けるつもりだった。町境の看板を通り過ぎて森林地帯に入って東へ。だが、ほんの数キロ進んだところでブレーキを踏みつけた。ヘッドライトが照らすのは、増水で姿をうしなった幹線道路だった。川があふれたのだ。アリスはうつむいた。花畑は破壊されるだろう。種は苗床から洗い流されるだろう。

　バックミラーの黒々とした闇を見つめた。もしも、東の海岸をめざさずに内陸へむかったとしたら？　水から離れて。エンジンをふかした。考える間があった。ハンドルを握りしめ、自分がやってきた方向へ車を飛ばした。ソーンフィールドへの曲がり道で、アクセルに置いた足がためらった。それを床まで踏みこみ、さらに強くハンドルを握り、暗闇を西へと走った。

✷

　どれだけツイッグとキャンディが泣いて頼んでも、ジューンは家のなかにもどることを拒否した。暗闇で、その場で身体を左右に揺らし、嵐に鞭打たれた。アリスはもどってくる。ヘッドライトが見えた瞬間もその場にいられるように、ジューンはまっすぐに前を見つめつづけた。あの子はもどってくる。そうしたら説明できる。

　身体のウイスキーが薄まってきた。射すような寒さを感じはじめた。次の突風に吹かれて、ジューンは膝をついた。玄関が開いてツイッグがコートを手に駆けだしてきた。

「立って、ジューン」ツイッグは風に負けないよう叫んだ。「立って、そのかわいそうな尻を家に入れてやりなさい」ジューンの肩にコートをかけて、手を貸して立たせた。

「いやだ。あの子はもどってくるから、そのときわたしはここにいるんだ」ジューンは震えた。

「アリスはもどってくる、そのときはすべてを説明する」

ツイッグは彼女をにらんだ。ジューンは容赦のない返事にそなえて身構えた。

ふたりはすぐ近くにいるのによそよそしく、しばらく立ちつくしていたが、ツイッグがジューンの肩に手をまわした。空がふたりに大粒の涙をこぼし、激しい雨にたちむかうことになった。

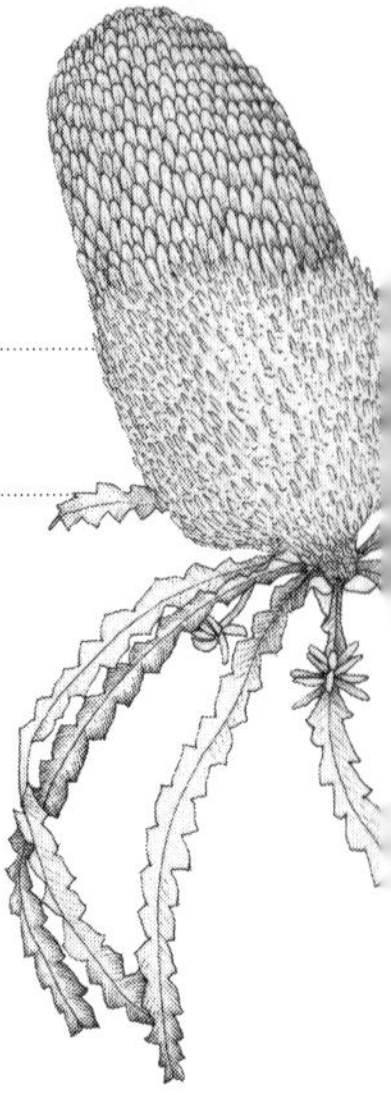

17

ショーウィ・バンクシア

わたしはあなたの虜

Banksia speciosa

西オーストラリア州と
南オーストラリア州

目立つ〝歯〟のある薄い葉をもつ小型の木。クリーム・イエローの花穂は年間をつうじて見られ、火災や野焼きによって開花するまで種をたくわえている。この花は蜜を集める鳥、とくにミツスイドリを惹きつける。

アリスは夜どおし嵐のなかで車を走らせた。明け方に州境からさほど遠くないドライブインで給油のためにようやくとまった。ガソリンを入れてしまうと、ユーカリの下に車をとめて窓に頭をもたせかけて眠った。目覚めると太陽が顔を焼き、口は乾燥していた。車を降りて店舗へむかい、十分後に煮詰まったブラックコーヒーの紙コップ、ピンクの厚いアイシングのかかった古いパン、地図を手にして外へ出た。なんとか一口飲んで数口食べてからゴミ箱に捨てた。助手席に地図を広げ、タイヤで砂利をかみながらふたたび幹線道路に出て、西へむかう標識をたどった。目のまえにあるもの以外の考えは押しやった。できるだけ水から遠ざかるべく、車を走らせることだけに集中するようにした。

内陸へ走るほどに、風景はさらに乾燥して見慣れないものになっていった。黄色い草の生えた広い平原に、岩盤の露頭やねじれたユーカリの峡谷が点在している。ときたま、農家のトタン屋根や、

17

ショーウィ・バンクシア

きしむ風車の隣にうずくまる銀色の貯水槽を見かけた。すべて果てしない青い空という逆さまのボウルの下にある。

携帯のバッテリーは初日に切れた。わざわざバッグの充電器を探ることはしなかった。くたびれるとどこでも構わず路肩に車を寄せ、ドアをロックして眠った。深く、夢のない眠りだった。一本しか道がなく、雨のあとのワイルドフラワーを連想させる黄色い埃から伸びたような町をいくつも走り抜け、ガソリン、サラダ・サンドイッチ、あるいは手づかみで食べる桃の缶詰のために車をとめた。ときにはミルクたっぷりの紅茶を買ってがぶ飲みしながら地図をじっくりながめた。そしてある町の名が目にとまった。うだる暑さのなかをあと数日は運転することになるが、思いとどまることはなかった。次にドライブインに寄ったとき、スプレー容器を買って水道の水で満たし、それからの長いドライブ中に顔にふきかけて涼むために使った。それでも厳しい日射しは無慈悲にアリスを痛めつけた。

路上での三日目の夜、日が沈んだあとでも汗がまだ背筋を伝っていた。鉱山の町のはずれにまたたくネオンサインが目についた。そのモーテルの駐車場に車を入れ、ミニキッチンとエアコンつきの部屋のために追加料金を支払った。近くのコンビニでパンケーキ・ミックスを見つけた。さらにバターとゴールデン・シロップの缶を買い求め、ブーツも脱がずに料理した。下着姿になって花柄のポリエステルのベッドカバーに寝そべり、パンケーキを細く切ってバターとシロップをたっぷりかけて食べているうちに、ガタガタと音の鳴る壁のエアコンがかびくさく冷えた空気を吐きだした。ケーブルテレビの二十四時間映画チャンネルを子守唄にして、ふたたび夢を見ない眠りに落ちた。

翌朝、モーテルの部屋の鍵をコンソール・テーブルに残して外に出た。太陽は昇ったばかりだが、すでに陽炎《かげろう》が生まれはじめている。最初は目の錯覚だと思ったが、あたりを見まわして足をとめた。昨夜、暗闇では大地の色がこれほどドラマチックにかわっていたことに気づいていなかった。人が赤き中心《レッド・センター》（オーストラリア中心部の赤い土の一帯の通称）の話をするのを聞いたことはあったが、このような赤だとは思ってもいなかった。オレンジに近かった。錆のような。火のような。圧倒されて目を閉じ、耳を澄ます。鳥の歌、背後でうなるエアコン、砂漠の風、小さなキャンという声。目を開けて左右を見た。車へむかいながら、キャンという声の主を探した。

　近くの低木の下で、背の真ん中に白いぶちのある黄褐色の子犬がうずくまっていた。アリスは周囲を観察した。駐車場にほかに車はなく、たいらな幹線道路ではどちらの方向からも走ってくる車がない。子犬がふたたびキャンと鳴いた。首輪がなく、脇腹にそって毛がだいぶなくなっている。アリスがじっくり見ているあいだに、ノミが表面に顔を出し、ふたたび白いぶちに身をひそめた。子犬は誰のものでもないか、誰かのものだとしても飼い主は世話をしていない。アリスはしっぽの下を確認した。女の子。片手で子犬をすくいあげ、ドアを開けて助手席にポンと乗せた。見つめあった。

「ピピンというのはどう？」アリスは訊ねた。子犬はハッハッと息をする。「堅苦しい？」アリスは車のギアを入れて幹線道路を走りだし、標識をたどって地図で選んだ町をめざした。

「さあ、出発するよ、ピップ。あと半日足らず運転したら着く」

✷

17

ショーウィ・バンクシア

アグネス・ブラフの町はその名の由来となったそびえたつ赤い岩肌の絶壁《ブラフ》のふもとにあった。メイン・ストリートぞいにスポッテッド・ガムの木が並び、アーモンドの糖衣菓子の色をしたヴィクトリア様式の前面の店が点在していた。キオスクが一軒、砂漠の絵を扱うギャラリーが数軒、図書館、カフェが二軒、食料品店、ガソリンスタンドがあった。車をとめて給油しようとしたとき、助手席でおしっこをしたピップが鳴き声をあげた。尿に血が混じっている。

「ああ、ピップ」子犬は弱々しく鳴いた。

アリスは店舗に駆けこみ、紙切れに走り書きされた道順を手にもどってきた。急いで車を出し、最寄りの獣医のもとまでガソリンがもつことを祈った。

✷

腕のなかでピップが痛ましい鳴き声をあげ、アリスはクリニックのドアをノックした。目元をおおってガラス越しになかをのぞく。壁掛け時計は一時三分を指していた。ドアの掲示には土曜日は一時までと書いてある。今日は土曜日だった？　さっぱりわからなかった。強くノックを続けると、ようやくアリスと同じ年頃の男が首に聴診器をかけて受付の机のむこうに現れた。彼は鍵に続いてドアを開けた。

「どうしました？」

「診てください」アリスは頼みこんだ。

男に続いて診察室にむかった。彼は手袋をつけてアリスからピップを受けとった。腰をかがめてピップの毛がなくなった部分を調べた。ライトで目を、さらに口のなかも照らした。立ちあがったとき、あたたかさが彼の顔から消えていた。

「あなたの犬は深刻な疥癬《かいせん》にかかっているが」

「あの、わたしの犬じゃないんです。いえ盗んだとかじゃなくて、今朝見つけたばかりなの。というか、わたしたちはおたがいに見つけあった。モーテルで」

彼は一瞬アリスを見透かすようにした。「手を洗ったほうがいいですよ」先ほどよりやさしい口調になり、片隅にあるシンクにあごをしゃくった。アリスはぬるい水で手を洗った。

「だからこんなにおいがしているんだ」彼は言う。

アリスはペーパータオルで手をふきながら、ぼんやりと彼を見た。

「このにおいがわからないんですか？」

アリスはポケットに両手を入れた。「わたし、あの、気づかなかった」

「だから身体をひっかくのをやめないんですよ」

そのとおりだ。アリスもそれは気づいていた。見つけてからずっと子犬はひっかくのをやめなかった。「それに血も出てる。さっき見たの。尿に混じって……」声は尻すぼみになった。

「ひどい尿路感染症にかかっている。だから血尿になる。それに熱も高い。栄養失調が原因だと考えてまちがいない」彼は手袋を脱いでゴミ箱に捨てた。「悲しいけど、このあたりの野犬にはよくあることだ」

獣医はピップを抱きあげてからっぽのケージに入れた。ピップはすぐさま吠えはじめた。

「ちょっと！」アリスは進みでた。

17

ショーウィ・バンクシア

「ただちに治療をしなければならないんだ」彼がいさめる。「わたしはこの子を助けているんですよ」

一瞬ためらったが、アリスは引きさがった。ピップはケージの片隅でうずくまり、脚のあいだにしっぽを入れている。

受付の机で獣医がアリスの連絡先について訊ねた。

「連絡先はないの、わたしは、その……」

「町にやってきたばかり？」

アリスはうなずいた。

「誇張ではなく？」

「そう」

「ＦＩＦＯの労働者？」

アリスは顔をしかめた。

「フライ・イン・フライ・アウト（鉱山町に居住せず、飛行機を使って数週間単位の労働と休暇を繰り返す勤務形態）？」

首を振った。

「滞在する場所は決まっている？」

アリスは答えなかった。彼はメモ帳になにか書きつけてその紙を破りとった。

「ブラフ・パブのマールを訪ねて。わたしに行くよう言われたと伝えて」彼はメモを差しだした。

「ありがとう」アリスはメモを受けとり、メモのロゴをぼんやり見た。モス・フレッチャー。アグネス・ブラフ獣医。モス。アリスはソーンフィールド辞書のあるページを思いだした。苔《モス》。〝予期せぬ愛〟。別れの言葉をなにかしらつぶやき、できるだけ急いで立ち去った。

外に出ると、乾燥した暑さが見えない壁のようにアリスにぶつかった。ここには慣れ親しんだものがなにもない。空は漂白した青で、からっぽで、どこまでも広がっている。川の気配も花の芳香もない。めまいがして脈が速くなった。

よろめきながら車へむかうが、どくどくと動く心臓の速い音に打ち負かされた。呼吸しようともがきながらドアに手を伸ばすが、取っ手をつかめない。指が痙攣して内側に曲がった。記憶がよみがえる。海と火が区別できないとどろきをあげている。

目を閉じようとした。パニックを起こしながら呼吸をしようとした。自分を守ろうとしたが、なにもかもが暗転した。

✷

モスはクリニックを閉めるまえに、動物たちの最後の確認をおこなった。アリスの子犬は投薬されて眠っている。日射しの照りつける午後の外に出ると、ディーゼル・エンジンの排ガス、隣のファストフードの店のテイクアウトのチキンのにおいが強くただよっていた。そのにおいがこれから待っているものを思いださせた。またひとり、家で過ごす夜。

駐車場を横切ってワンボックスカーへ歩きながら、あざやかな黄色のピックアップトラックに気づいた。アリス・ハート、フローリオグラファー。ソーンフィールド農園、ワイルドフラワーの咲く場所。誰も乗っていない。車のうしろにまわって、アリスがアスファルトに倒れて鼻血を流していることに気づいた。

モスは駆け寄り、何度も名前を呼びかけた。彼女は身じろぎもしない。顔はぎょっとするほど血の気がない。呼吸と脈をたしかめた。ポケットから携帯を取りだし、短縮ダイアルで医療センターにかけた。念のために彼女を動かさないようにした。医師が電話に出ると、機械的に質問に答えた。彼の脈は速かった。

頼む、また同じ思いをするのはいやだ。

✷

それは火の海ではなかった。アリスは川をただよっていた。星の川だ。星が肌を銀色めいた緑に塗っている。あおむけで、夜空から星が降ってくるのをながめていた。シルエットになったユーカリのてっぺんにひっかかった星もある。まつげを打つ星もある。いくつか呑みこんだ。甘くて冷たかった。腕いっぱいに集めて軽さに驚きながらそっと自分のまわりに置いた。星のサークル。このなかにいれば、なにも痛くない。

意識がもどってきて、星を吐きだしているのだと考えながら口走った。

「オッジ」

「ええ、アリス。少し頭がふらつくでしょう。慌てないで」

アリスは見あげた。ほほえみかける女が目を順番にライトで照らしていた。それで記憶が刺激された。白い病室でベッドに横たわっていた。腕には針が刺されている。顔をしかめて反対側を見た。ベッドの隣の椅子に身体をかたくして座る男がこちらを見つめている。彼が片手をあげた。アリスも指先をあげて手を振りかえした。獣医だ。あの獣医。モスなんとか。〝予期せぬ愛〟。

「あなたは生理食塩水の点滴を受けているのよ、アリス。とてもひどい脱水症状を起こしていた。砂漠の暑さに慣れていない旅人にはよくみられる症状。だからめまいが起きたのね」女は白衣を着て、ポケットの上にドクター・キーラ・ヘンドリックスと縫い取りがあった。「では問診します。血圧の低い家系ですか？」

わからなかった。アリスは首を振った。

「では不安障害、パニック障害については？」

「子供の頃に一度なっただけです」アリスは静かに答えた。

「では、発作の起きたきっかけはなんでしたか？」

風が吹いたこと？　花を見たこと？　夢でいつまでもくすぶる炎？

「わかりません」

「病院で処方された薬を飲んでいますか？」

アリスはまた首を振った。

「幸運なことにあなたの鼻は折れていなかったので、いずれ治るでしょう。いまはゆっくり休んで。水分もたっぷりとること。なにか心配な兆候があれば診察を受けにきてください。モスからあなたは今日、町にやってきたばかりだと聞いたけれど？」

アリスはうなずいた。

17

ショーウィ・バンクシア

「どこに泊まります？」

アリスはモスを見やった。彼は一瞬目を合わせてから口をひらいた。

「ブラフ・パブだ、ドク」

「ふむ」医師はアリスの肩をポンとたたいてから、モスを見て片眉をあげた。「ちょっといい？」

ふたりはアリスから遠い部屋の片隅でなにやら話した。アリスはふたりを横目で見た。ドクター・キーラは真剣そのもので、モスのほうは不意を打たれた表情だ。

「よかった」ドクター・キーラはほがらかにそう言って話し合いを終わらせ、枕元にもどってきた。

「さあ、アリス。点滴をはずしたら、帰って大丈夫。食事の量は控えめに。睡眠をたっぷりとって」

アリスは目を伏せたままうなずいた。

✷

モスはワンボックスカーの助手席のドアを開けて押さえ、アリスが疲れた身体を引きずって乗るとドアを閉めた。車内はきれいに片づいている。厚紙の木がバックミラーにぶらさげられ、作り物のユーカリのにおいがした。

ふたりは黙りこくって車で移動した。モスが何度か咳払いした。

「わたしは、その、クリニックを閉めてから駐車場できみを見つけたんだ」彼はアリスのほうを見ようとしない。「きみを動かすことはしないでドクター・キーラに連絡したら、彼女は救急車でやってきてきみを運んだ。わたしはこの車で同行した」

アリスはまっすぐ前を見つめたまま、気絶した自分を彼が見つけた場面を想像した。恥ずかしくてたまらず、目が熱くなる。ここで泣いてはだめ。

「着いたよ」モスはクリニックに車を入れた。ポケットに手を入れてアリスのピックアップトラックの鍵束を取りだした。「きみを見つけたとき、きみが手にもっていたので」彼はアリスが気絶したことに責任があるかのように、弁解がましい口調だった。

「ありがとう。いろいろと」アリスは静かに言って鍵束をつかみ、彼が鍵のするどい先端に指をひっかかれて顔をしかめたことに気づいた。「ごめんなさい」そうつぶやいて両手で顔をおおった。ため息をもらし、だめな自分を思って首を振る。「ありがとう」もう一度礼を言って車を降り、自分のピックアップトラックにむかった。だが、ドアに書かれた文字を見てぴたりと足をとめた。置き去りにしようとしたすべてが、あからさまにそこにあった。

アリス・ハート、フローリオグラファー。ソーンフィールド農園、ワイルドフラワーの咲く場所。

「ええと、アリス？」

振り返って、モスの視線からドアを隠そうとした。

「大丈夫そうかな？」

「ええ」アリスはうなずいた。「ありがとう。パブの部屋に泊まるから」

彼は目をそらしたが、また視線をむけてきた。「ドクター・キーラから、今後二十四時間はきみの様子をたしかめるように頼まれている」彼は咳払いをした。「きみはそれで構わない？」

アリスは無理にほほえんだ。「休息。水分。食事。自分でちゃんとやれるから」いまはただ、ベッドにもぐりこんで顔まで上掛けをかぶって二度と出たくない、それだけだった。「でも、気にし

17

ショーウィ・バンクシア

てくれてありがとう」

「そうだよね。わかった」また長い間があった。「まあ、パブのマールがわたしの電話番号は知っているから。なにか用事があればいつでも連絡を」彼はワンボックスカーのギアを入れた。アリスはうなずき、彼が走り去るとほっとした。

　自分の車に乗ってガソリンスタンドまで直行した。給油してから店内の棚を急いで目で探り、傷修理用のペンキを見つけると足をとめた。色はターコイズしかない。ペンキを一缶とハケを一本、手にした。レジへむかう途中であざやかな転写式ステッカーに目がとまった。一束つかんで支払いをしてガソリンスタンドをあとにした。

　パブ兼ホテルの駐車場で、必死になって車にペンキを塗った。国の真ん中の砂漠での初日、薄れる日射しのなかでアリスは自分だった人間、自分がやってきた場所をターコイズの忘却に塗りつぶした。

✷

　到着したときマールはいなかった。なまりの強い若い女がチェックインを担当して夕食のメニューをそれは熱心に説明し、アリスは聞いているふりをした。女は腕に世界地図のタトゥーを入れていた。小さな星々が地図に点在している。それまで知っていたことをすべて投げ捨て、ずっと遠くへ、自分の意志で選んだ場所に行って探検したらどんな気持ちになれることだろう？　旅するためだけに旅をして、そんな鮮烈で意味深い経験を、自分の肌へ永遠に星の印で残すというのはどんな感じだろう？　どの星もアリスをなじっていた。わたしはそこに行ったことがない。わたしはそこに行ったことがない。わたしはそこに行ったことがない。

「どうされました？」女はまぶしくほほえみながら、アリスの目のまえで夕食のメニューを振った。

「ごめんなさい」アリスは首を振った。「夕食は部屋まで運んでもらうことはできる？」

「チップをはずんでくだされば」

注文をすませてアリスはバックパックを抱えて階段をあがり、部屋の鍵を開け、ドアを閉めると鍵をかけた。

ベッドに座ってブーツの靴紐をほどき、身体を横向きにベッドへ投げだして、何日も胸につかえていたむせび泣きを吐きだした。

18

オレンジ・イモーテル

星に書かれた運命

Waitzia acuminata

西オーストラリア州

細長い葉と紙のようなオレンジ、黄色、白の花をつける多年草。冬の雨を経て春に開花する。この花の群生は壮観である。西部の低木地帯や砂漠の大半で群生が見られ、この花を鑑賞するためにはるばる旅する人々も少なくない。

アリスは朝日で目覚めた。汗で湿ったシーツをけって起きあがり、目元から塩の塊をこすりとった。部屋はオレンジの輝きに浸っていた。窓に近づいてカーテンを開ける。束縛をとかれた光が流れこみ、埃っぽい町を見おろす絶壁に反射した。町のむこうに起伏する赤い砂丘と細く鋭い草のスピニフェックスやデザート・オークの峡谷が見渡すかぎり広がっている。アリスはソルジャー・クラブ、潮風、緑のサトウキビ、銀色の川の水、あざやかに咲き誇る花畑を思いだした。砂漠の空気はとても乾燥して薄く、身体に汗をかいても粒となるまえに蒸発した。自分はいままで知っていたどんな人からも、物からも、場所からも遠くにいる。

「わたしはここにいる」囁いた。

パブでのコーヒーとフルーツ・スコーンの朝食をすませ、車へむかった。ドアのターコイズのペンキが乾いていることをたしかめ、グローブボックスに入れておいた転写ステッカーを取りだした。どちらのドアにも貼りつけて一歩下がり、腕組みをした。ペンキと少しばかりのオオカバマダラのステッカーでおおうと、匿名性がこれほど簡単に手に入るなんて思ってもみなかった。

＊

その後、食料品店へむかい、部屋の冷凍庫をレモネード味のアイスキャンディで満杯にした。ベッドに横たわって三つ連続で食べながら、窓ごしに真昼の太陽が木々を真っ白に染める様子を見つめた。午後になって涼しくなりはじめると、見慣れない赤い風景の散策に出かけた。

絶壁のふもとにそって歩き、ずんぐりしたエミュー・ブッシュ、スピニフェックスの茂み、ひょろりとしたデザート・オークの木立をながめた。岩のあいだに生えたワイルドフラワーを見つけると足をとめ、数本をポケットに入れた。フィンチの合唱が頭上を舞い、鮮烈な午後の空に歌いかけている。アリスは喉をごくりといわせた。砂漠の風景のこの世のものとは思えない雰囲気を全身で感じていた。

いくつもの昼と夜が過ぎた。鼻の裂傷は癒えた。たまに記憶が頭をもたげるとそのままにした。だが、ソーンフィールドを飛びだした夜に引きもどされていると気づけば、ジューンのあまりにひどい裏切りや、オッジとボルヤナがどんな目にあったのかを考えないために、ありとあらゆることをした。オッジたちは逮捕されたのか？　怖い思いをしただろうか？　通報したのはジューンだと

18

オレンジ・イモーテル

知っただろうか？　アリスは、答えられることのない質問を押さえつける方法ならば、知っていた。

生活を組み立てるため、太陽を中心に行動のパターンを作った。砂漠の日射しはいくらながめてもあきなかった。毎朝、パブ兼ホテルのトタン屋根を見おろす部屋の窓台に腰かけた。太陽が昇り、岩肌の露頭と一帯をさまざまな色合いに染めた。コクのある赤ワイン色、あざやかな黄土色、ちらちらと光るブロンズ、バタースコッチの色。無限に広がる空を見つめながら、この空間を吸いこみ、自分のなかに似たような広大さを作りだすように、もっと深く呼吸しようとした。

日の出に続いて散歩とした。この町は小石混じりの砂で埋まったいにしえの干上がった川床にできており、見あげるような太いゴースト・ガムの木が生えていた。クリーム色から白でほんのりピンクがかったこの幹のあいだを散策し、足をとめて薄い灰色の石や落ちたガムナッツを調べた。かつてここに水が流れていたとは信じがたく、川の存在は言い伝えにすぎないものか、アカオクロオウムの羽にのって遠い昔に空へ消えたもののようだった。

もっとも暑さが厳しくなる正午前後は部屋にとどまってエアコンを強にして、ケーブルテレビのチャンネルをかえつづけた。午後に涼しくなってくるとふたたび散策に出る。夜、夕食後には暗闇に安らぎを見つけて星空をながめた。

二週間が経過した。あれから獣医のもとには行っていない。メールも確認していない。携帯からＳＩＭカードを取りだして捨てた。

驚いたことに、砂漠にはおおいに癒やしをもたらしてくれるものがあり、まるで治療されているように感じるくらいだった。火の色の土、両手ですくいあげたときの感覚、粉のようなやわらかさ。鳥の美しい旋律。日々の始まりと終わりの太陽。あたたかい風、銀色がかった青緑のユーカリの葉、雲がふわりと浮かぶ果てしない空、そしてなによりも川床で木の根や石に混じって育つワイルドフラワーだ。摘んでは押し花にするようになっていながら、花への親しみがなによりのなぐさめだとは認めきれていなかった。

ある朝、ノート一冊がワイルドフラワーの押し花でいっぱいになった。パブで朝食をすませてから、あたらしいノートを買うために町中へむかった。

干上がった川床の近くの静かな道を歩いていると、町の図書館を見つけた。図書館の壁のあせた壁画を見てほほえんだ。あきらかに、小さな箱形の建物を、積みあげた本のように見せようと苦心した跡だった。館内は涼しく、焼けつく暑さからしばしの休息となった。

満ち足りた気分で書架のあいだをさまよった。子供のときに行った図書館を思いだした。パステルカラーの日射しにあふれ、物語を語るステンドグラスの窓があった。

「サリー」アリスはつぶやいた。

「なにかお探しですか？」司書が隣の書架から訊ねた。

「おとぎ話はどこにありますか？」

「つきあたりの壁ぞいです」

少女の頃に読んだことを思いだしながら物語の背表紙に指をすべらせた。自分の書き物机、図書館のバッグ、母のシダ。ある本をとくに頭において探し、それを見つけて思わず小さな叫び声が出た。

その後、登録をして貸出カードをポケットに入れてから、貸出制限いっぱいの冊数を借りてホテルの部屋へもちかえった。その午後はページをめくって過ごし、それていこうとする文章を指でたどり、途切れ途切れに手をとめて胸にひらいた本をのせ、壁で踊るユーカリの影のレースのような模様をながめた。その夜はチリ増量のパッタイのテイクアウト、冷えたビールの六本パックを買い、エアコンをきかせてベッドに寝そべり、少女の頃の宝物だった本を読んだ。アザラシの皮を脱いで、男への愛のために皮と海を置き去りにした女たちの物語でいっぱいの本。

✷

ある日の午後、ワイルドフラワーをひとつかみ摘んで川床からもどると、パブ兼ホテルのオーナーのマールがパブから声をかけてきた。

「アリス・ハート。あなたに電話よ」

アリスはマールに続いて奥の狭い事務室に入った。手のひらに汗をかいた。ジューンに見つかったのだろうか？

受話器がデスクに置いてあった。アリスはひとりになるのを待ってから短パンで汗をかいた手をふいて受話器を取った。

「もしもし？」もう片方の手で耳をふさぎ、仕事終わりの時間でにぎわうパブの喧騒《けんそう》をさえぎった。

「きみの犬がずいぶんよくなったことを知りたいだろうと思って」モスが電話のむこうで言った。

アリスは息を吐きだした。

「もしもし？」間を気にしたモスが訊ねた。

「どうも」アリスはほっとしてめまいがしていた。

「いたか」モスが忍び笑いをもらす。

「ごめんなさい」アリスは心のなかで自分をけとばした。「教えてくれてありがとう。すばらしい知らせ」

「そう言うと思ってたよ。いつ迎えに来るかな？　きみの犬は太って、しあわせで、マールのパーマよりふわふわの毛になった」

アリスは自分の笑い声に不意打ちされた。そして彼の声のあたたかさにも。

「明日」自然とそう答えていた。

「よかった」少し間が空いた。「きみの調子はどうだい？」

「元気」アリスは摘んできた花をいじった。「ごめんなさい、連絡もしないで……」

「気にしないでいい。きみは忙しかったからね。休息を取ったり。町の図書館の本を全部借りたり」

「えっ？」

「小さな町だ」モスが気楽な笑い声をあげた。「このあたりではすぐに話が広まる。どうやら、きみは読書が好きみたいだね」

戸口でマールが咳払いした。

「ごめんなさい、もう切らないと」

「じゃあ、明日。ピップを外にならしがてら、待ち合わせといこう」

「どこで？」

「メイン・ストリートのビーン・カフェで。十一時にどうかな？」

「わかった」

アリスは電話を切った。

「ごめんなさい」マールにつぶやき、事務室をあとにした。

「気にしないで」マールは興味をひかれたようにほほえみ、片眉をあげた。「ビールはいかが？　ハッピーアワーよ」

「じゃあ、一杯もらって部屋で――」

「だめだめ」マールは片手をあげてアリスの話をさえぎった。「わたしは誰かにひとりで飲ませたりしないの。パブに座って。辺鄙《へんぴ》な場所にあるわたしのパブにひとり隠れて、あなたがここでなにをしているのか、話してよ。わたしはいい話が大好きなの」

アグネス・ブラフに車でたどりつくまえの人生について少しでも誰かに語ると考えて、吐き気がした。モスの言葉が耳元で響く。このあたりではすぐに話が広まる。

✷

モスは電話を切り、アリス・ハートについていくつもの質問に答えてくれるかのように電話を見つめた。もう何日も気になって仕方がない質問。彼女が子犬を迎えにくるのを待ちつづけたが、姿を現さなかった。マールと頻繁に世間話をして、情報は絶えず入ってきた。彼女はまだ町にいる。元気にしている。また気絶したという話はない。なんでそんなに気にするの？　マールに訊かれた。すべての迷子を助けられないって、あんたは誰よりもわかってるでしょうに。モスは話題をかえた。

町にやってきて五年になるが、手を差し伸べたい、なにかをあたえたいと感じたのはアリスが初めてなのだとはマールに言えなかった。クララとパトリックをうしなってから、そのような気持ちをふたたび感じることがあるとは予想していなかった。それなのにだ。ここに彼女が登場した。アリス・ハート。花をつうじて会話する方法を知っている女。

モスは冷蔵庫からビールを取りだして机にもどった。マウスをつつくと、パソコンのスクリーンがよみがえった。先ほど見つけていた彼女の写真を目にして脈が速くなる。検索結果のトップに出たものだ。アリス・ハート、フローリオグラファー。ソーンフィールド農園。彼女のプロフィールが〝アバウト・アス〟のページにあった。写真の彼女は、節くれだったユーカリにかこまれた花畑に埋もれるようにして立っていた。彼女の身体が小さく見えるほど大きなネイティヴフラワーの花束を抱えている。カメラを斜めに見て、かろうじて笑みらしきものを浮かべていた。目は澄んでいる。髪を高く結いあげて、特大の赤いハートのような花を差している。

> アリス・ハートは生涯のほとんどをソーンフィールドで暮らし、農園のネイティヴフラワーの言葉で育ちました。彼女は優れたフローリオグラファーで、あなたが心から話すための完璧なアレンジメント・フワラーを作るお手伝いをします。ご相談はご予約のみで対応いたします。

モスは〝フローリオグラファー〟も検索していた——全盛期のヴィクトリア朝に大流行した花言葉に堪能な人物。彼女に惹かれて仕方がない気持ちを検索で抑えられたらと願っていたが、彼女の謎めいた物語は火に油を注いだだけだった。

18

オレンジ・イモーテル

モスは椅子にもたれ、ソーンフィールドの連絡先の情報を読んだ。ビールに口をつける。受話器を手にして、下ろした。しばらくためらい、ふたたび受話器を手にした。ウェブサイトにある番号にかけ、ビールのボトルを握りしめながら呼び出し音を聞いた。

電話を切ろうとしたそのとき、女が電話に出た。その声は涙でくぐもっていた。

*

アリスはカウンター席に座った。夕日が万華鏡のように移りかわる色でパブを満たす。マールがあたらしいコースターを置いてよく冷えた一パイントのビールをのせた。「乾杯」マールはバーボンのショットグラスをかかげた。「さて、アリス・ハート。こんなところでひとりきりでなにをしているのか、話してもらえる？　どこから来たの？　どこへ行くつもり？」

アリスはグラスを両手で包んだ。

「ねえ、黙っちゃうのは、なしよ。ここにいる連中はみんなわけあり。ほかの誰かになるために砂漠へ逃げてきた臆病者は自分だけだと思ってる？　ごめんね、ダーリン。でも、あなたはそこまで特別じゃない」マールは塗った爪でカウンターを小突いた。外のビアガーデンから大きな叫び声があがった。「ちょい！　喧嘩はやめて！」マールが叫び、アリスは飛びあがった。「どこにも行かないでよ、お嬢ちゃん。ばか騒ぎをいさめてくるから」

アリスはほっとして息を吐いた。パブが満席になって周囲の話し声が着実に大きくなっていく。摘んだ花とビールをつかみ、スツールから降りて人混みを縫って、涼しくなった青い夕暮れの外に出た。ビールを飲んで拳をひらいた。花はつぶれていた。それをながめていると、背後に誰かいると気づいた。

「ごめんなさいね、驚かすつもりはなかったの」その女は説明しながら煙草の葉が入った袋を見せた。彼女の声はやさしかった。アリスはうなずき、ビールをつかんだ。女は煙草を巻いてマッチをすり、小さな炎に顔を近づけた。制服を着ているが、薄暗くてバッジが見分けられない。煙を吐きだし、アリスの顔に煙がいかないよう手で払った。

「ここは百キロ四方でただひとつのパブだから。とても混雑するの」

「ええ、そうでしょうね」アリスは言った。「わたしはここに泊まっているの」

「ああ、そうなの。この町には長い？」

「今日で一カ月になる」

「ノーザン・テリトリーで長く暮らしているの？」彼女は眉をあげてそう訊いた。

「ちょうど一カ月」アリスはほほえんでいる自分に気づいた。

「なるほど。だったら、あと二カ月ぐらいね」

「なにまで？」

「ほかの星に降り立ったように感じなくなるまで。都会か海岸ぞいから砂漠へやってきた、典型的な新顔ってところかな。あなたはヘッドライトに驚く鹿みたいに世間知らずに見える」

アリスは彼女を見つめた。「見た目で決めつけていいの？」思わずそう問い返していた。

女は一瞬黙ってから、くすくす笑った。「しまった、あなたの言うとおりね。ごめんなさい。失礼だった」

18
オレンジ・イモーテル

アリスはうなずき、ビールの泡を見つめた。

「わたしは道の先に住んでいる。この赤い大地で育った」女はほほえんだ。「奥地育ちの人づきあいは洗練されてるでしょ」

アリスは顔をあげて、やはりほほえまずにいられなかった。

「ところで、わたしはセーラ」

「アリスよ」

ふたりは握手をかわした。

「どんな仕事をしているの、セーラ？」アリスは制服を指さした。

「公園の管理」彼女は肩越しのあいまいな方向に親指をつきたてた。

「公園？」

「キリルピチャラ。国立公園だけど？　行ったことがないみたいね」

アリスはうなずいた。

「とても特別な場所」セーラは煙草をもみ消した。「あなたはどう、どんな仕事をしているの？」

「わたしは、その……」アリスは言いよどんだ。「ごめんなさい」額をさすった。「コミュニケーションを」

「コミュニケーション？」セーラが繰り返す。

アリスはうなずいた。「オープン大学でビジネス・コミュニケーションの学位を取った。それから」そこで口をつぐんでから、話を続けようとする。「花農園を経営していたの。でも、いまはもう違う」口ごもっていることにセーラが気づいたとしても、顔には出さなかった。

「まいった。この場所のやってくれることには、いつまでもびっくりしてばかりね」セーラは首を振って笑う。アリスはわけがわからず、パブを見まわした。「違う、違う」セーラが言う。「パブのことじゃないの。砂漠。風に吹かれてここにやってくる人たち。普通は考えられないタイミングとか、そういったものすべて」

まだ意図がわからず、アリスは形だけほほえんだ。

「国立公園のビジター係の保護官《レンジャー》の職がひとつ空いたところなの。だからわたしは町に降りてきて、その仕事のできそうな誰かを見つけるために心当たりの数人と話をするつもりだった」彼女はアリスににっこり笑いかけた。「むずかしい求人なのよ。重労働もできて、対人関係も申し分のない人が必要だから」

アリスはどういうことかわかりはじめて、ゆっくりとうなずいた。

「良い給料。家つき。わたしの名刺をあげるから、興味があればメールしてもらって、もっと詳しいことを教えるというのでどう？」

手のひらがじっとり湿った。希望を感じたのはひさしぶりだ。「ありがたい話」アリスはそう言い、神妙な気持ちになって目に見えないものを払いのけるように両腕をこすった。

セーラはシャツのポケットから名刺を取りだし、アリスに手渡した。セーラのシャツのバッジがいまならもっとよく見える。キリルピチャラ国立公園の文字に添えられたオーストラリア先住民族の旗。上半分が黒で下半分が赤、中央に黄色い丸があしらわれたデザインだ。そして黄色い丸の中心にスターツ・デザート・ピーの房。

「ありがとう」アリスは名刺を受けとった。

18

オレンジ・イモーテル

セーラは時計に視線を走らせて帰るそぶりを見せた。「もう失礼するけれど、あなたに会えてよかった、アリス。メール、楽しみにしてるから」

人混みへ消えるセーラにアリスは名刺をかかげて挨拶した。光にかざしてみる。セーラのバッジと同じ図案が印刷されている。ソーンフィールド辞書は必要なかった。スターツ・デザート・ピーの意味は十回目の誕生日の朝にロケットをひらいてジューンの手紙を読んだときに暗記した。

〝勇気を出して、心臓の感じるままに〟。

✷

翌朝、アリスは図書館で九時の開館を待っていた。すでにはしが折れるまでながめていたセーラの名刺を手にパソコンへ急ぐ。国立公園のウェブサイトを検索エンジンの窓に打ちこみ、表示されるのを待った。時計を見る。二時間後にはモスと会う予定だ。

サイトがゆっくりと表示され、スクリーンに国立公園のトップページが広がっていった。いちばん上に風景の写真。アリスは表示のスピードを速められるかのように身を乗りだした。

薄い藤色の空。煙のようにたなびく雲が少し。紫の地平線の上がアンズ色にぼやけている。そしてきらめく赤い大地に緑の葉群の俯瞰《ふかん》写真。

一瞬の間を置いて、自分はクレーターを空中から見ているのだと気づいた。写真全体が表示されてちっぽけな未舗装路と車の白い点を見るまで、大きさを把握できていなかった。視線がクレーターの中心に引き寄せられる。赤いワイルドフラワーが満開だ。指で机をいらいらとつつきながら、花の説明写真が表示されるのを待った。指を動かすのをやめた。クレーターの中心は心を吹き飛ばすような真っ赤なスターツ・デザート・ピーの満開のサークルだった。

ロケット・ペンダントを握りしめ、スクロールダウンした。

キリルピチャラ、別名アーンショー・クレーターは一九五〇年代に非先住民族によって〝発見〟されたただひとつのクレーターでした。ここはアナング族にとって、数千年にわたって生きつづける文化の風景です。地質的には、このクレーターは鉄の隕石が大昔に落下した天体衝突の地点です。アナング族の文化でも、このクレーターはやはり空からやってきたものが衝突してできたものとされていますが、それは鉄の隕石ではありませんでした。嘆く母親の心臓が地球に落下した場所なのです。大昔に、ングニチュは星々で暮らしていました。ある夜、目を離したすきに、赤ん坊が空のゆりかごから地球へ落ちてしまいました。なにがあったか気づいてングニチュは嘆き悲しみました。それで天体の身体から自分の心臓を抜きとって地球に投げたのです。落下した子供と同じ土地そのものになるためでした。

読むのをやめた。椅子にもたれ、クレーターの作った物語のイメージをかみしめる。気持ちの整理がつくと、また読みはじめた。

キリルピチャラの中央には、マルクル、すなわちスターツ・デザート・ピーが野生でサークル状に生え、毎年九カ月のあいだ花を咲かせるようになりました。旅行者たちは花になったン

18

オレンジ・イモーテル

グニチュの心臓を見ようと世界中から集まってきます。ここはアナング族の女にとって、とてもスピリチュアルで文化的にも大切な聖地です。彼女たちはここを訪れる人々を歓迎し、この土地の物語を学ぶように呼びかけています。クレーターに入ったら、いかなる花も摘まないようにお願いしています。

アリスは写真までさらに画面をスクロールした。すばやく別のタブをひらいた。あたらしいメールアドレスを作り、着信メールのからっぽな光景をうれしく思った。急いでメールを書いてセーラのアドレスを入れ、考えなおす暇がないように送ってしまった。パソコンは陽気なピーンという音で反応した。送信完了だ。

座ったままぐったりと身体の力を抜き、天空が作ったクレーターをながめた。キャプションに目がとまった。

ピチャンチャチャーラ語（アナング族の言語）で、キリルピチャラは星につながるもの、という意味。

19

パール・ソルトブッシュ

わたしの隠された価値

Maireana sedifolia

南オーストラリア州と
ノーザン・テリトリー

一般に砂漠や塩分の多い環境で見られるこの低木は魅力的な生態系を作りだし、ヤモリ、フェアリー・レンなどの小鳥、キノコ、地衣のコロニーといった見つけにくい貴重な動植物が集まってくる。干魃に耐性があり、銀色がかった灰色の常緑性の群葉は濃く地表をおおい難燃材となる。

メイン・ストリートを急ぐアリスの頭は、衝突する星と中心が暗赤色になった血の色の花でいっぱいだった。手の甲に書いたカフェの名前、マールに訊いた道順を確認した。メイン・ストリートを南へむかって左へ曲がる。鉢植えと不揃いのテーブルを探す。十五分の遅刻だ。

ビーン・カフェは小さな路地にあり、いろとりどりの椅子と荒い味わいでペンキを塗った頑丈なテーブルが並んでいた。テーブルとテーブルのあいだにはすべてちょっとしたジャングルのように鉢植えがかためて置いてある。砂漠の青々した安息の地だ。

モスは鉢植えのブラッサイアが頭上に葉を広げたテーブルに座り、小型ケージの金属の格子をなでていた。

「おはよう」アリスはモスを見つめて声をかけた。彼はさっと背筋を伸ばし、たちどころに安堵の表情を浮かべた。ピップは格子に飛びかかり、アリスを見てしっぽを振った。丸々として毛はふん

19

パール・ソルトブッシュ

わりして目が澄んでいる。アリスの喉が詰まった。

「来ないかと思っていたよ」

ドレッドヘアの若い女がパチョリの香りをさせて注文を聞きにやってきた。「コーヒーですか？」

「フラットホワイトでお願いします」モスが答えると、ウェイトレスはうなずいてアリスに顔をむけた。

「同じものを。ありがとう」アリスの注文を聞いたウェイトレスはメニューを下げて店内へ消えた。

「それで」モスが口をひらいた。アリスはピップをなでるのに忙しかった。「元気にしてたかい？」

アリスはくちびるをかたく結び、ダッシュボードの首振り人形のようにうなずいた。「元気よ」

ピップが指先を甘がみする。

「あれから気絶はしていない？」

身体を起こして彼と目を合わせた。心から心配しているようだ。アリスは首を振った。ウェイトレスがフラットホワイトのコーヒーを運んできた。

モスはほほえみ、話題をかえた。「さて、ピップは元気そのものだよ。よく効く抗生物質をあたえたんだ」

アリスはうなずいた。「ありがとう」

「抱っこするかい？」

「ええ、ぜひ」アリスはぱっと笑みを浮かべた。

彼がケージのドアを開けた。子犬が腕に飛びこんで、あごの下をなめるとアリスは歓声をあげて耳をくしゃくしゃとなでた。

「きみがあのとき拾わなかったら、生きのびたとは考えられない」モスが言う。「動物に必要なものが人間とかわらないこともある。やさしさと愛のある世話が、薬と同じくらい強力なことだってあるんだ」

押しとどめる暇もなく、いくつものイメージが頭に浮かんだ。キャンディのいたずらっぽいほほえみ。ツイッグの落ち着いて測ったような足取り。ジューンの震える手。

「この暑くて乾燥した空気には慣れない」アリスは目元をぬぐいながらつぶやいた。一瞬目を閉じて、自分を俯瞰して見ているのだと想像する。広大な砂漠に圧倒される、見分けられないくらいの点だ。

「アリス?」モスが身を乗りだして腕にふれた。

びくりとしてアリスはピップを抱きしめた。自分は弱くない。助けはいらない。「わたしは救ってもらう必要はないの」静かにそう言った。

モスの顔を奇妙な表情が横切った。視線はアリスを素通りして、木陰に市場が立っているメイン・ストリートへむかった。

「きみに救いが必要だとは考えていなかった」モスはのろのろと言う。「ただ、ここにひとりでやってくるのがどんなものか、わかっているから」彼はテーブルの上で手を組んだ。「聞いたことがあるかどうか知らないが、このあたりには格言があってね。レッド・センターに臆病者がたどりつく理由はふたつにひとつ。法から逃げているか、自分自身から逃げているかどちらかだ。それはたしかに本当のことだったんだよ――」

「逃げてない」アリスは口をはさみ、憤慨して頬が熱くなっていた。「なにからも」懸命にあごの

19

パール・ソルトブッシュ

震えをとめようとした。泣き顔を見せたくない。「あなたはわたしを知らないの、モス。わたしは守ってもらう必要はない。必要ないの——」ジューンの名前を言いそうになって間ができた。「必要ないの、助けは」

モスは両手をあげて降参の身振りをした。「怒らせるつもりはなかった」彼の目から力がなくなった。

どうして彼は言い返さない？　どうして議論しないの？　アリスは戦う気満々だった。「わたしは助けてなんて頼まなかった」そっけない声が出た。腕のなかでピップがキャンと叫んだ。どれだけきつく抱きしめていたか気づいた。

「なぜわたしを責めているのかも、なぜきみがそこまで怒っているのかも理解できない。きみはわたしのクリニックに現れて、駐車場で意識をうしなった。きみを助けようとしなかったら、まともな人間じゃないだろう？」

やり場のない感情がアリスの身体からひとつきりのため息となって出ていった。すっかり戦意は失せて、フォーマイカのテーブルの模様を人差し指でなぞり、大理石のように青にまじる白を追った。それぞれ波のように細くうねっている。記憶。父、ウィンドサーフィンで水平線にむかってジグザグに進むところ。

もうなにも言わず、モスはテーブルに十ドル札を置いて椅子を引いた。アリスは彼がテーブルを離れても顔をあげなかったが、彼が路地のつきあたりにたどり着こうかというときになって、彼の名を呼ばずにはいられなくなった。彼は振り返った。

「あなたにとってはどうだった？」アリスは訊ねた。「法、それともあなた自身？」

モスはちらりとうつむいて両手を深くポケットに入れた。顔をあげると、そこに浮かんだ悲しみにアリスは胸を打たれた。彼は口元だけで笑って答えずに歩き去った。

アリスはその場に残り、彼がいなくなった空間を見つめた。ピップに指を甘がみされて初めて、モスが治療費を請求しなかったことに気づいた。

✷

その日の午後、モスは筋肉が音をあげるまで全速力で駆けた。スピードをゆるめてから軽い走りで絶壁の背骨を登る山道を攻めた。

アリスに話をしてツイッグとの約束を守るつもりだった。けれどアリスがカフェにやってきて、最初はあれほど警戒し、次にもろさを見せると、とにかく話せなかった。病院の待合室にいる自分のもとにやってきて、膝の力を抜けさせる言葉をしゃべったあの医師のようなことはできなかった。アリスにとってそのような人物になることはできなかった。ただひとりの肉親が死んだと彼女に告げた人物として永遠に記憶に残りたくなかった。

ツイッグの言葉がよみがえる。ジューン自身の心臓があの人を殺したの。洪水のあとの大きな心臓発作で。ジューンという人物のことは知らなかったが、その言葉は胸を刺した。ジューンとアリスの関係には問題があったけれど、おたがいにただひとりの身内だった。ツイッグの声はしゃがれた。アリスは大丈夫？　モスはためらわず、無事だと知らせた。そして、わかった、この状況を考えるともちろんアリスに電話をかけるように、もちろんあなたが家にもどってほしがっていること

19

パール・ソルトブッシュ

を伝えると言ったのだ。

モスは頂上で足をとめ、肩で息をしながら町をながめた。ソーンフィールドに電話をしてなにを始めてしまったのか？　なぜ他人の人生にかかわってしまったんだ？

前かがみになり、口で呼吸しようとした。何年もまえに病院のカウンセラーから勧められた方法だ。あれは初めての家族旅行だった。パトリックはチャイルドシートに座り、バケツとスコップを握りしめていた。クララはあたらしいあざやかなサマードレスを着ていた。モスはほんの数秒ほど道路から目を離した。さらに数秒。ゆるい砂利道にタイヤをとられ、四駆の車は横転した。モスは数針縫って頸椎《けいつい》カラーをつけた。あなたは命があってとても幸運でした、医師にそう言われた。クララとパトリックはどうなったんだ？　モスは叫び、ついに鎮静剤を投与された。

正しかろうがまちがっていようが、モスにはアリスの人生に重要な知らせを告げる者になるつもりはなく、なることもできなかった。

✴

電話は二日後にかかってきた。

「あなたに電話よ」マールがアリスの部屋の戸口に寄りかかって言った。

「誰から？」アリスはあとずさった。

「ねえ、わたしはここのたいていの仕事をするけれど、個人秘書は含まれてないの」

「そのとおりね。ごめんなさい」アリスはピップを部屋から出さないようにして、マールに続いて一階へ降りた。「ここでピップを飼わせてくれてありがとう、マール」アリスは事務室へ入りながら言った。

「気にしなくていいよ。モスに貸しにしておくから」マールはデスクにあごをしゃくった。マールが姿を消すと、アリスはデスクに近づき受話器を手にした。

「もしもし？」アリスは緊張しながら言った。

「アリス、セーラ・コヴィントンよ。レンジャーの仕事の職務経歴書を受けとったわ。ありがとう」

アリスは息を吐きだし、ソーンフィールドからの電話ではなかったことに安堵した。

「アリス？」

「あ、ごめんなさい。聞いてる」

「よかった。ねえ、あなたの経歴はすばらしかった。花農園の経営はたいしたものよ。空きが出たポストは臨時職なので、上が面接をする必要はないの。だからアリス、わたしはあなたにこの仕事をお願いしたい」

アリスはにっこり笑った。

「もしもし？」

「ごめんなさい、セーラ。うなずいていたの。ぜひ。ありがとう！」笑いがとまらなかった。

「よかった。いつから始められる？」

「今日は何曜日？」

「金曜日」

「月曜日でどう？」

「いいの？　荷造りや準備にもっと時間が必要じゃない？」

「大丈夫」

「では、月曜日で。公園本部で会いましょう。あなたがやってきたらわたしに無線で連絡するよう、エントリー・ステーションに伝えておくから」

「エントリー・ステーション？」

「ついたらわかる」

「わかった。エントリー・ステーション。公園本部。キリルピチャラ。月曜日に会いましょう」

「楽しみにしてるから、アリス」

通話は切れた。アリスも受話器をおろした。

しばらく、鼓動の速さを抑えようとはしなかった。

✷

月曜日は晴れて暑い夜明けを迎えた。アリスとピップは絶壁の干上がった川床を最後に一度散歩した。この機会に、アリスは蝙蝠羽葉珊瑚花《バッツウィング・コーラルツリー》の木の葉をポケットに入れた。一枚だけを残してノートに貼りつけてから記憶を頼りに書きつけた。〝傷心を癒やす〟。数少ない身のまわりの品をバックパックに詰め、忘れ物はないかじっくりたしかめてから、家となっていたパブの部屋をあとにした。

「また会えるかな？」マールがアリスのキャッシュカードの決済を待ちながら訊ねた。マシンからレシートを破りとって差しだし、カードはカウンター越しにすべらせた。アリスは会釈して受けとり、ポケットに入れた。オッジと世界を見るために貯めたお金を、砂漠でひとりあたらしい生活を作るために使うとは想像していなかった。

「先のことはわからない」アリスはそう言って宿をあとにして駐車場へむかい、振り返らなかった。

　荷物をピックアップトラックにのせて口笛を吹き、車に飛び乗るピップに続いた。ポケットから最後のバッツウイング・コーラルツリーの葉を取りだしてバックミラーのはしに貼りつける。〝傷心を癒やす〟。車を出すと、ピップが座る姿勢になって吠え、それでアリスはあることを思いついて迷った。次の信号で獣医クリニックのある通りへ曲がった。だが、彼のワンボックスカーが視界に入ると、勇気をなくしてアクセルを踏みこんだ。

✷

　朝日に照らされて熱のたちのぼる幹線道路はちらちらと揺れた。背後でアグネス・ブラフは遠く見えなくなった。道がまじわると西へ、砂漠のさらに奥へと走った。窓を開け、肘をあずけて頭はシートにつけた。この暑さが記憶を漂白してくれるのだと想像した。レッド・センターの太陽がちらばる牛の死骸を焼きつくして、不毛の土地に白い骨と土埃しか残さないように。

✷

19

パール・ソルトブッシュ

なにもない砂漠で三時間、車を走らせてドライブインにたどりついた。給油してピップにたっぷり水を飲ませた。さまざまなキャンピングカー、四駆の車、観光バスがガタガタと通り過ぎていく。モスとの会話を思い返した。臆病者は法から逃げるか、自分自身から逃げるかどちらかのために砂漠にやってくる。ふたたびピップを車に乗せた。犯罪などおかしていないが異議はない。

あたりを見まわして、自分を見た人はどう思うのか考えた。確固たる目的をもって車に犬を乗せた若い女？　自分がなにをしているのか、さっぱりわかっていないことがばれませんように。振り切ろうという思いが大きければ、どんなものからも逃げられるはずだとどれだけ強く信じたがっているのか、誰にもあてられませんように。

家族連れ、バックパッカー、ツアー客のあいだをぶらつきながら、アリスは自分がむかおうとしている場所に対して期待がふくらむのを感じた。かつて嘆き悲しむ心臓が大地を打って花の育った場所に自分の生活を築くことができれば、自分があとに残してきたものもすべて、きっとなにか意味あるものにかえられる。

✷

岩の多い赤い風景は徐々に足跡のない砂丘の土地にかわっていった。あと百キロ足らずでキリルピチャラに着く。気を紛らわせるために、砂丘の自然のままの模様を観察した。もっとも近くにそびえ立つ砂丘は、手をくわえられていない真っ赤な砂のピラミッドで風紋が残っている。顔の汗をTシャツでぬぐった。日が高く、容赦なく照りつける。ピップは車の床に飛び降りて陰で丸まった。

アリスはアクセルを踏みこむ。

「もうすぐだからね、ピップ」

ついに、幹線道路のわずかな上り坂を越えると、紫の影が地平線のずっとむこうに現れた。アリスは何度かまばたきをして、まぼろしではないことをたしかめた。近づくにつれて身を乗りだし、シートから太腿が浮くようになった。砂丘の起伏のむこうに、建物群のてっぺんが見えた。白い帆がいくつか。ツアーバス。幹線道路からそれる道の両側には同じ看板があった。アーンショー・クレーター・リゾートへようこそ。キリルピチャラ国立公園料金所《エントリー・ステーション》が視界に入った。車をゲートのある煉瓦とトタン板の建物の窓に寄せると、セーラが着ていたような公園の制服姿の女が出迎えてくれた。

「どうも」アリスは格子のはまった窓のインターホンに身を乗りだした。「アリス・ハートといいます」

女はクリップボードに人差し指を走らせてから顔をあげてほほえんだ。

「そのまま進んで、アリス。セーラがあなたを本部で待っているから」インターホン越しにひび割れた声を聞かせ、彼女はゲートをあげるボタンを押した。

アリスはゲートを通り、目のまえのクレーターの光景に魅了された。夢のように緻密で、道を曲がるたびに幅と奥行きがかわる。奇妙で謎めいた美しさは青空を背景に質感のある黄土色と赤い絵の具のように立ちあがっていた。スピニフェックス、マルガ、デザート・オークの木立が点在する砂丘は果てしないように見え、すべてを忘れさせた。アリスは砂漠で数週間を過ごし、自分がちっぽけで、世間知らずで、場違いに感じるのを楽しめるようになっていた。たとえつかの間であっても、自分を完全に作りかえ、誰にも気づかれないような感覚をもてる。どんな人間にでもなれそうな気がした。

二十分後、周囲の木々や低木にとけあい、圧巻のクレーターのふもとにある木骨造の建物の外で車をとめた。エンジンを切る。カタカタと音をたてて冷えていく音に耳を澄ます。ふたたびTシャツで顔をふいた。建物の横手の蛇口に目をとめ、ピップの首輪をリードにつなげて車の外に出た。リードをゆるく蛇口に結び、蛇口を調整して水が少しずつ滴り落ちるようにした。ピップがしっぽを振りながらピチャピチャとなめる。アリスの背後で網戸が開いた。振り返ると、セーラが笑顔で外にやってきた。

「アリス・ハート。ようこそ」

「ありがとう」アリスは息を吐いた。突然、国立公園に犬を連れてきてよかったのか心配になった。

「セーラ、言ってなかったけれど、わたしは犬を飼っていて……」

「ほかにも犬を飼っているレンジャーたちがいるわよ。宿舎の庭はフェンスつき」セーラがうなずく。「入って。契約書にサインしてもらって、制服のサイズ合わせもある。それからあなたの家に案内するから」

セーラに続くアリスの足取りは軽かった。ときにはすべてを置き去りにしてやりなおすのがとても簡単なこともあるのだ。

✴

助手席に緑のレンジャーの制服を積みあげ、セーラに続いて本部の駐車場をあとにして、クレーターの環状道路を走った。途方もない大きさの外壁は予想したようなものではなく、山脈のようだった。岩場が輪の形にえぐれてただまっすぐ盛り上がったのではなく、ぎざぎざの頂きが連なっていたのだ。そのなにかがアリスを震えさせた。規模、歳月、隕石が大地に落下したときの想像を絶する衝撃。どれだけまえのことだったのか。ピップがアリスの隣であくびをした。

「よくわかるよ、ピップ」アリスはつぶやいた。自分の頭も疲れ切っていた。暑すぎる日だった。この世のものとは思えない地質学をじっくり考える状態にない。

セーラは環状道路を曲がり、マルガの木立のあいだをカーブするもっと細くて標識のない道へ進んだ。アリスも木立を抜けて走り、いくつかの建物と埃っぽいグラウンドに目をとめた。三方向にわかれる環状交差点にやってくると最初の道へ曲がり、フェンスでかこまれた作業エリアをゆっくりと通り過ぎる。アルミ製の大きな納屋のような作業場、給油ポンプ、公園のロゴがついたマシン類や車両がいっぱいに並ぶ鍵つきのケージになったガレージがあった。なかにいるふたりのレンジャーに目がとまった。ひとりは型くずれした帽子とサングラスを身につけ、小型トラックの屋根越しにもうひとりとしゃべっていた。アリスから目は見えなかったが、通りすぎるアリスの車に顔がむけられた。

砂丘をひとつ越えて角を曲がり、スタッフの家がかたまるエリアのはしに出た。ケージのガレージと錠前つきのフェンスがあり、ずんぐりして白く塗られた煉瓦の家のまえで車をとめた。アリスはこれだけのセキュリティとフェンスはなんのためなのか、なにを、あるいは誰を閉めださねばならないのかと思った。セーラが自分の小型トラックを降り、アリスにはからっぽのガレージに車を入れるよう合図した。

「荷物はこれだけ？」セーラはアリスのバックパックとノートの箱を運びながら訊ねた。ピップが探検しようと車を飛び降りる。

「あたらしいシーツ類とキッチン用品は荷台にあるの。アグネス・ブラフを出るまえに買い物したものが」

セーラはワークベルトにとめた鍵束から鍵を一本はずし、玄関の扉を開けた。ピップがふたりよりも先に駆けこんだ。

家は消毒したばかりのにおいがして光に満ちていた。アリスは所持品をダイニングテーブルに置き、裏手のガラスの引き戸からのながめに心を奪われた。裏庭は咲き乱れたアカシア、スピニフェックス、デザート・ヒースマートルの茂みでいっぱいだった。

「調理台にケトルとお茶があって、冷蔵庫にはロングライフ牛乳が入っているから」セーラが説明した。「いちばん大事なことはエアコンのスイッチと電源ボックスのありかね」セーラは玄関の扉の横のスイッチを指さして、オンにした。低いうめきが家中に響き、天井の吹出口から風がふいてきた。「気化冷却式よ。つまり水冷。だから、二十五度ぐらいまでしか下がらないけれど、それでじゅうぶんだから」

アリスはうなずいた。

「電源ボックスは外の貯水槽の裏にある。だからなにかがショートしたら、そこでリセットして。それからあなたの電源カードもそこに刺さっているから。最初は五ドルぶん使えるようになっている。パークスヴィルの店でチャージしてね」

「公園村《パークスヴィル》？」

「いまわたしたちがいる場所よ」セーラはくすくす笑った。「スタッフの住宅とコミュニティ。砂丘のこちら側は」この家の裏手のフェンス奥にそびえる赤い砂丘を指す。「スタッフの住宅。砂丘の反対側は小さな雑貨店、グラウンド、ホール、来客用の住宅。二十キロ先がリゾートで、観光客はみんなそこに泊まるの。そこまで行けば、スーパーマーケット、郵便局、銀行、ガソリンスタンド、パブやレストランが数軒ある」

　アリスはふたたびうなずいた。

　セーラは思いやりに満ちた表情になった。「少しずつ覚えればいい。すぐに慣れるわよ。今日の午後、レンジャーにあなたを案内させるよう手配しておいたから」

「ありがとう」

「わたしは失礼するので、それまでゆっくりして。明日の早朝に会いましょう」

「ありがとう」アリスは繰り返した。「いろいろと」

　セーラの小型トラックが見えなくなると、アリスはドアに背中を押しつけて目を閉じた。家は静寂に満ちてこめかみがうずいた。わたしはここにいる。息を吸った。吐いた。わたしはここにいる。

　ピップが足首をなめた。アリスは目を開けて子犬をそっと見た。首をかしげている。アリスはうなずいた。あたらしい家にむきあった。

　壁に背の高い木製の書棚がつけてある。隣には大きな灰色の机と椅子。腰を下ろして机に両手を広げ、花のノートについて考えた。裏庭を見て野生の固有種の木に癒やされた。ここで書こうと決めた。子供の頃に机で物語を書いた記憶が指先に集まってきた。ひんやりしてなめらかな木材、クレヨンや削った鉛筆や紙のにおい。母の庭のベルベットのような緑のシダ。首を振って目のまえの机とその先の光景に注意をむけなおした。赤い土、緑の低木、庭と周囲の砂丘を仕切るワイヤーフェンス、すべてをおおう宝石のような青空。

机の隣のアーチになった通路が主寝室に通じている。あたらしい机から離れて、あたらしいベッドにシーツを敷いた。

それから寝室の窓辺に立った。遠くでクレーターの赤い壁が火の夢のように熱波のなかで揺れていた。

20

ハニー・グレヴィレア

予知

Grevillea eriostachya

オーストラリア内陸部

ピチャンチャチャーラ語ではカリニーカリニパと呼ばれる。細長い銀色がかった緑の葉をした風変わりな低木で、あざやかな緑、黄、オレンジの花をつける。通常、赤い砂山や砂丘で育つ。とろみのある蜂蜜のような花蜜をもち、花から直接吸うことができる。これはアナング族の子供たちが大好きなごちそうだ。

午後五時に表でクラクションが鳴った。キッチンの窓からのぞくと、国立公園公用車の小型トラックに座る女の横顔が見えた。ピップのためにあたらしい水を置いて耳のうしろを一度なでてから、家の鍵束をつかんで玄関から急いで外に出た。ビーチサンダルのけりあげた少しばかりの赤い土埃が夕方の日射しに舞う。

「アリス！」女はサングラスを頭に押しあげ、古い友人のようにアリスを出迎えた。「あたしはルル」彼女の目はユーカリの葉の色だった。淡い緑とヘーゼルの茶を混ぜたもの。細い革紐に結んだ銀色の星形のペンダントを首から下げている。

「どうも」アリスは照れて声をかけながら車に乗った。

「夕日を見にいこうよ、お嬢さん《チーカ》」ルルは会話の途中のように言った。彼女がアクセルを踏みこむと、小型トラックは砂利まじりの未舗装路をはねて家から遠ざかった。モモイロインコが頭上をさっと飛んでいく。

「で、どこの出身なの、アリス？」

クレーターが前方にぬっと現れ、縁が日射しできらめいていた。

「あの、東海岸。それから内陸。農園にいたの。あちこちってところよ」言葉に詰まった。「そっちは？」

「南。海岸ぞいよ、街じゃなくて」ルルはほほえみながらちらりと視線をむけた。「じゃあ、ふたりとも海からきた女の子ってわけだ」

アリスは黙ってうなずいた。砂丘、赤い砂の峡谷、茶色がかった緑の低木が窓の外でとけて過ぎさっていく。赤い埃に厚くおおわれたドアミラー。灼熱の色になぜだか落ち着きを見いだすようになっていた。すべてを圧倒するこの存在感。手のひらを表にむけた。指の小さなしわにまで土埃が埋まっていた。膝の上で指をぎゅっと握りしめる。

ルルが環状道路へ曲がった。「誰がどこに住んでいるか教えたらってセーラから言われたけれど、そっちはまだ誰のことも知らないんだから、意味ないよね。だから、夕日の鑑賞エリアへ直行する」彼女はわずかなはぐれ雲のスミレ色に染まる下側をのぞいた。「すごいんだから」

クレーターの赤い壁が遠くにそびえ立っていた。頭上ではヘリコプターの翼が空を切る音。カメラのフラッシュが目についた。

「観光客を乗せてる」ルルが言う。「夕日のサーカスよ、チーカ」

アリスは旋回する何機ものヘリコプターをながめた。「夕日のサーカス」興味をかきたてられてそう繰り返した。

＊

駐車場は長距離バス、レンタカー、キャンピングカー、四駆でいっぱいだった。観光客のおしゃべり、カメラのシャッター音、長距離バスのエンジン音、車のドアやキャンピングカーのハッチがあちらこちらで開け閉めされる音が騒々しくあたりを包んでいく。ルルは国立公園の別の小型トラックの隣に駐車し、ハザードランプをつけた。

「初めてのキリルピチャラの夕日へようこそ」ルルは口笛を吹いて車を降りた。

アリスもドアを開けて彼女に続こうとして、はっと足をとめた。ルルはあの型くずれした帽子とサングラスのレンジャーに話しかけていた。

自分のコットンのワンピースが急にうすっぺらに思えた。腕組みをして胸元を隠し、ルルが着ている男女兼用のレンジャーの制服の匿名性とワークブーツの頑丈さがほしいと願った。あたたかいのに震えた。彼から視線をそむけようとしたが、ルルに追いこまれた。

「アリス、こちらはディラン・リヴァース。ディラン、アリス・ハートだよ。新入りの仲間」

アリスはなんとか彼を見あげた。彼のミラーサングラスに自分が小さく映っている。

「グッダイ」彼は会釈して帽子をかたむけた。「不思議の国へようこそ」

身体中がぞくぞくした。落ち着けと自分に命じた。「ありがとう」

「ウサギの穴に落ちたのは初めて？」ディランは人混みを指さす。

「ええ。明日から仕事」

「じゃあ、新人の火の洗礼を始めようか」ルルが言う。

アリスは眉をあげてみせた。

ルルが笑う。「心配しないで、チーカ。しごきとかじゃないから。ここがどんな場所か体感するだけの話」

ディランが何か言おうとしたけれど、その視線は観光客へそれた。

「フェンスのこちら側にもどってもらうようお願いします」彼が呼びもどしたのは、クレーターを背に写真を撮ろうと低いフェンスを飛び越えて、植物やワイルドフラワーを踏みつけたグループだった。彼は注意してからもどってくると、コロンのにおいがするほどアリスの近くに立った。

「たまに不思議になるよな。観光客は写真がないと、ここにいたことも思いだせないのか？」彼は首を振っている。

「毎日、こんなふうなの？」アリスは訊ねた。

ディランがうなずく。「朝日と夕日。二年まえにガイドブックがここを〝死ぬまえに一度見るべき場所〟のリストに入れるようになってからだ。以来、ここを訪れる人の数は倍になった」彼はいきなりルルを振り返った。「でさ、エイデンから昨日のことを聞いたか？」

ルルは警戒するように背筋を伸ばし、首を振った。「まだ彼に会ってないんだ。彼は昨日の夕日、あたしは今日の朝日のシフトだったから」彼女はアリスに視線を走らせた。「エイデンはあたしの恋人」アリスはうなずいたが、ルルの声にかすかな緊張を感じとった。

「そうか、実はな」ディランが話を続ける。「昨日の午後のパトロールの最後にルビーがクレーターに行き、ミンガの連中が立入禁止エリアに入ってるのを見つけた。クッツ・カーナのなかにいたんだぜ。当然、ルビーはデザート・ピーのなかから出るよう頼んだら、またいつもの反論をぶつけられた。おれたちだってこの花に近づく権利があるだの、わたしはオーストラリア人だからこの場所はあなたのものであるようにわたしのものでもあるだの、あたしたちがここに入るのをあんたがとめることはできないだの。いつものくだらない言い訳だ。ルビーは無線でエイデンに応援を頼むしかなかった」ディランは首を振る。「今朝おれが仕事に出てきたら、ルビーはセーラのオフィスで細かく報告していたぞ。セーラが、自分にはどうしようもない、事例報告書を提出して公園スタッフのミーティングがどうのと言ってるのが聞こえた」

「ひどい話」ルルが声を押し殺して言う。「今日はルビーに会った？」

ディランは肩をすくめた。「彼女はホームランドに行ってるんじゃないか」

「きっとそうだよね」ルルがうなずく。

アリスは会話についていこうとした。ミンガ？　ホームランド？　ディランとルルはそこにアリスがいたことをやっと思いだしたかのように視線を送ってきた。

「ごめんな」ディランが言う。「いまの話はきみにはぜんぜんわからなかっただろう」

「でもすぐにわかるようになる」ルルがきっぱりと言った。

「そうね」アリスはほほえんだ。「あなたたちの話に出てきた場所はどんなところ？」

「クツツ・カーナ。クレーター内部のデザート・ピーのサークルだよ。〝心臓の庭〟という意味」

「心臓の庭」アリスはつぶやいた。

ルルがうなずく。「問題は遊歩道。クレーターの外周から岩壁を登って観光客のための展望台へ行けるようになってる。この場所はアボリジナルの土地として認められた返還以降に建てられたものなんだ。遊歩道は展望台からクレーターの内部へ伸び、デザート・ピーの周囲をぐるりとまわる格好になってる。この部分は数千年前から存在した道でね。伝統的に女が儀式のために歩く道なんだよ。アナング族はこの道を観光客には立入禁止にしてくれと、もう何年も国立公園に頼んできた。しばらくはその件が検討されたんだけど、観光ブームが起きて話し合いはとまっちゃって」

「どうして？」

「観光客はお金になるよね？　観光客はデザート・ピーに近づきたくて公園に入場料を払う。だから、クレーターとクツツ・カーナへの遊歩道は立入禁止にならない。観光客がデザート・ピーを摘んでおみやげとしてもちかえる事態も起きる。ルビーのようなここに先祖をもつ女にとって、それはとても不吉なんだ。すべての花はングニチュの心臓だから」

「〝オーングジョ〟？」アリスは聞き返した。

「ングニチュ」ルルが訂正してうなずく。「母、だよ」

母の心臓。アリスの胃が揺れた。

「観光客がデザート・ピーの脅威になっていることは大問題でね。あの人たちが花を摘むのをやめなければ、根がひどく傷む可能性がある。デザート・ピーの根が衰弱すれば、まさにこの場所の心臓である花、その物語、物語を守ってきた人々が破壊されてしまう」

アリスはあふれてくる涙を隠そうとした。どうしてこんなに動揺しているのか理解できない。

「明日の研修で、自分の目で見ることができるからな」ディランが言った。

アリスはうなずき、ひっきりなしに到着する観光客の集団をながめた。長距離バスからちらばっていく者もいれば、集まってプラスチックのコップでシャンパンを飲んでサーモンのカナッペを食べている者もいる。家族連れはピクニック・バスケットを開け、キャンピング・チェアを広げると、クレーターの岩壁が夕日で色をかえるのをいちばんまえで見ようと場所を確保。カップルは四駆の車のルーフに座って空をながめている。空気がどうもピリピリして落ち着けない。静かに、アリスはそう叫びたい衝動を覚えた。気を使って。

周囲ではデザート・オークの細い針葉が薄いオレンジの日射しを浴びて左右に揺れていた。黄色い蝶がアカシアやマルガの下ではためく。日が沈むにつれてクレーターの岩壁がゆっくりと色をかえていった。つやのない黄土色から燃え立つ赤へ、チョコレートめいた紫へ。太陽は暗い地平線の下へすべり、最後の光を空へ投げかけて残り火のように輝いた。壮大な光景のなにかが、ずっと昔、少女だった自分が海を見渡したとき、どんなふうに感じたかを思いださせた。

空を見つめていると、パニック障害の兆候である冷や汗が肌に吹きでた。視界がぼやけて両手に変な力が入って指が曲がってきた。腕組みして手を押さえた。目をかたく閉じた。お願い。息が短く浅くなった。呼吸をして。アリスは自分に言い聞かせた。だが、心臓はゆっくり動こうとしない。

「大丈夫か？」ディランの声が遠くから聞こえる。彼が近づいてサングラスをはずした。

次の瞬間はアリスがのちに頭のなかで引き伸ばし、砂金を抽出するように選り分ける記憶となった。彼の背後のちらちらと光る空、肌にふれる乾燥した空気、ソーンフィールドの蜜蜂のようなハエのブーンという音。マルガの木のざわめき、足元の大地のハミング。まるでいままで経験したすべての感覚は練習で、このための準備だったかのような、初めて彼と目を合わせたこの瞬間。子供の頃に〈花〉たちが話してくれたように、魔法にかけられたようでもなく、トラックに轢かれたようでもなく、電気ショックを受けたようでもなく、ほかのどんな説明とも違っていた。

アリスにとって、恋に落ちるのは身体のなかに火がつく感覚にほかならなかった。自分が焼きつくされる感覚、ずっと彼を知っていたのであり、昔から彼を探していたような感覚。

その彼がここにいた。

膝の力が抜け、彼と視線を合わせて見つめながら、アリスは地面に沈んでいった。

✷

光の海がまぶたにひたひたと寄せる。

アリス、わたしはここにいる。声が聞こえる？

見あげるとルルの顔に焦点が合った。

「サリー？」アリスは訊ねた。

「誰？」彼の声。ディラン。ディランが隣にしゃがんでいた。

「アリス・ブルー」アリスは彼の目をのぞきこんで言った。

「彼女は大丈夫。ただ、うわごとを言ってるだけ。大丈夫だって」ルルがアリスの肩を抱えて身体を起こしてくれた。「ゆっくりと慌てずにね、チーカ」彼女は水筒の蓋を開けてアリスに差しだした。駐車場はからっぽだ。空はほぼ真っ暗。自分たちはルルの小型トラックからこぼれるライトの光のなかに座っていた。

「印象に残る登場をしただけだとでも言いたいのか？」ディランがルルに訊ねた。

きまりが悪くて頬が燃えるようだ。「ごめんなさい」アリスは言った。

ディランはちらりと笑みを浮かべた。「きみがいると目を離せないぞ、アリス・ハート」

「最後になにか食べたのはいつ？」ルルが眉間にしわを寄せて訊ねた。

　アリスは朝にドライブインで食べたサンドイッチのことを思いだした。首を振った。

「わかった。じゃあ、あたしのところで夕食だよ。行こう」ルルが手を貸してアリスを立たせた。

　クレーターのシルエットが星空を背に浮かびあがった。アリスはあたりを見まわした。人混みがなくなるとここはまったく違って感じられる。ディランと目が合った。

「ふたりで大丈夫か？」ディランはアリスの顔から視線をはずさない。

「大丈夫だって」ルルがきっぱりと言い、小型トラックの運転席へまわった。ディランが助手席のドアを閉め、アリスの肘をかすめた。彼の指がふれた場所が燃えた。

「ありがと」ルルはぞんざいに声をかけてエンジンをかけた。

「彼女の面倒を見ろよ」ディランは声をかけ、手を一度振って歩き去った。彼女の面倒を見ろよ。よろこびの波にアリスは打たれた。首を伸ばして薄明かりの彼を見送った。

　パークスヴィルにもどりながら、アリスは星で塗りこめられた空をながめた。「ありがとう、ルル」静かに声をかける。

　ルルが手を伸ばして腕を握った。「やってきたばかりだと、誰にとってもここはちょっと強烈なんだよね。さっきも言ったように火の洗礼だよ、チーカ」

✳

　ルルは暗闇で裏手のフェンスのまえに立ち、アリスにあげた懐中電灯がふたりの家のあいだの未舗装路を揺れて動くのを見送っていた。アリスが懐中電灯を振ると、ルルも自分のもののスイッチを入れて、アリスの光が消えるまで振った。庭から家へもどった。水のはねる音が浴室から聞こえた。エイデンがシャワーを浴びている。使った皿とからになってつぶれたライムのスライスが底に落ちたコロナのボトルをかたづけ、彼がシャワーを終えるのを待ってからシンクを水で満たした。

夕食はかけらも残らなかった。ルルは祖母《アブエラ》のレシピで魚のタコスを作った。アブエラが見合い結婚から逃げてメキシコのプエルト・バジャルタから世界を旅してきたレシピだ。スパイスの隠し味はピュアココア。かならず。たとえひとつまみでも。そしてこれが効く。アリスは飢えた犬のように食べ、山盛りの皿三枚ぶんをたいらげてビールを飲み、ついには満足した眠そうな笑みを浮かべた。ルルが料理をするときいつも見たいと願っているもの。料理はアブエラが教えてくれたことのほんのひとつだ。

ルルが見えないものを見る力をもっていると教えてくれたのもアブエラだった。あたしと同じにね、知り尽くした口調でそう言われた。予知や透視は一族の女たちに伝わるもので、何世代にもわたって途切れることのない糸だった。危険がやってくるまえに見える。隠されている心の傷が見える。花ひらくまえに愛が見える。自分を信じるんだよ、ルピータ。アブエラはそう言って目をじっとのぞきこんできたものだった。だからあたしたちはおまえに〝小さな狼〟と名づけたんだよ。おまえの直感はいつもおまえを導いてくれるだろう。星まわりのようにね。

ルルが十二歳のときにアブエラは死んだ。その後、悲しみに打ちひしがれた母は一家の伝統の生活を追放した。シャドーボックス（故人の思い出の品や写真をなかに配置し、ガラスの蓋をつけた飾り箱）やロザリオのある自宅をとことんかたづけた。チリ入りのチョコレートもなし、砂糖菓子の頭蓋骨もなし。

ろうそくの火もスパイスもなし。民話もなし。オオカバマダラもなし。予知もなし。だが、ルルのビジョンはとまらなかった。母は都会の医師にルルを診せた。想像過多ですね、医師はほほえみながら言い、ルルにはジェリービーンズを、母には検眼士への紹介状をわたした。ルルはメガネをかけることになった。見えなくなった？　母が絶望に満ちた目で訊ねた。ルルはあたらしいメガネを鼻の上で押しあげてうなずいた。それからというもの、ビジョンのことは二度と誰にも話さなかった。そのかわりに、夜になれば空のアブエラに囁きかけて窓辺で過ごした。

ルルが成長するにつれて、ビジョンは強まった。誰かの笑い声、雨のにおい、日光の射す方向、目についた花といったきっかけがあると、ルルの心のカーテンがひらいて、そこには他人の人生のかけらがあるのだった。心配しないんだよ。アブエラにはそう言われた。これはおまえに授けられた才能なんだからね、ルピータ。

それから何年経ってもルルのビジョンは相変わらず現れたが、意味をなすことはめったになかった――見知らぬ女が海岸ぞいを走り、知らない少年が海に紙の舟を浮かべ、花の家が火に呑まれた――けれど、ルルは自分の記憶と同じように生き生きと経験した。

アリスがやってくる三週間前、裏のパティオで苗を鉢に移していると心のカーテンが開いて、オオカバマダラの群れが勢いよく身体を突き抜けていき、はばたきの感触があまりに強くてバランスをうしなうほどだった。今日の午後、アリスの家の表に車をとめ、アリスのピックアップトラックの横手にオオカバマダラのステッカーが貼ってあるのを間近で見て、アブエラの声を聞いた。ゲレーロ・デル・フエゴ。火の戦士。ルルはビジョンと誰か知っている人を結びつけることができた試しはなかった。アリス・ハートに出会うまでは。

20

ハニー・グレヴィレア

「ルー？」エイデンが濡れた髪をタオルでふきながら廊下を歩いてきた。

「なにか言った？」ルルは振り返った。

「アリスは無事に家に帰れたかって訊いたんだが？」

ルルはうなずいた。アブエラのことはなにかにつけて話してきかせたが、彼にも、ほかの誰にも予知のことは言っていない。何度か話そうとしたが正しいと思える言葉が見つからず、結局嘘でとおした。とうとうエイデンはルルの一族にめまいが遺伝していると考えるようになり、ちゃんと休めているか、血糖値をたもつためにちゃんと食べているかと訊ねることが少なくない。

　彼はタオルをダイニング・チェアの背もたれにかけて食器棚へ近づいた。

「アリスはすごくいい子みたいだな。ただ、ディランがあいつらしい強烈な印象をあたえたようだが」彼はワイングラス一個と昨夜ふたりで開けた赤ワインのボトルを取りだした。

「そうね」ルルは同意した。アリスがディランをどんなふうに見ているか目の当たりにしたことを思いだし、大きな不安が身体に広がった。

「あいつに恋人がいることをアリスは知ってるのか？」エイデンはワインをグラスに注いだ。

　ルルはシンクに走り、洗剤をたくさん入れすぎた。

「きみから言ってやったほうがいいんじゃないか？」

「あたしの口出しすることじゃないよ、ミ・アモール」ルルは水をとめた。彼には背をむけたままだ。

「まさにきみの口出しすべきことだな、マイ・ラヴ」彼は切り返した。ルルは洗剤を入れた湯に両手を沈め、皿を一枚洗った。過去の過ちも簡単に洗い流せるものならどんなにいいか。

「でも、彼女はちょっと悲しそうな感じだね」彼はルルをやさしくつついて皿洗いを交代し、ワイングラスを指さした。ルルは手をふいてワインを飲んだ。

会話はとぎれた。ルルはワイングラスを手に裏口へぶらりと近づいた。かんぬきに手を置く。

「きみのおばあさんによろしくと伝えてくれ」エイデンが呼びかけた。ルルは感謝して彼にほほえみかけた。

外に出ると夜はあたたかくて銀色だった。空は満天の星と欠けていく月の光に満ちている。遠くで犬が吠えた。ルルは庭の裏の砂丘に腰を下ろしてワインを飲んだ。赤い土は冷たく細かい。一握りつかんで指のあいだからこぼし、デザート・オークのシルエット越しにアリスの家の明かりのともる窓を見た。心で炎がはばたいた。火の色の蝶。

しばらくして、ゆっくりと反対方向へ身体をむけ、ディランの家を正面にとらえた。影になった家は暗く無言だ。暗がりでなにかが動いた。ルルは震える手でワインを飲んで見つめた。彼のコロンの記憶が五感にあふれる。

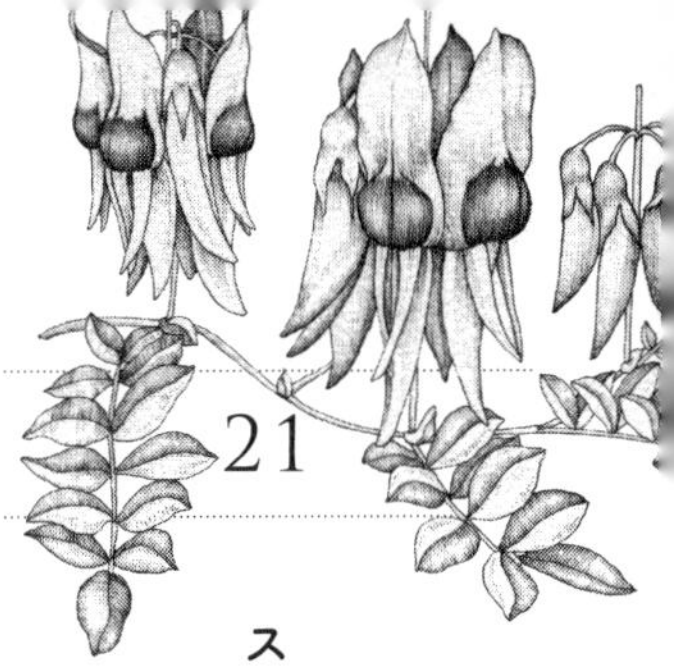

21

スターツ・デザート・ピー

勇気を出して、
心臓の感じるままに

Swainsona formosa

オーストラリア内陸部

ピチャンチャチャーラ語でマルクルと呼ばれる。特徴のある花が有名。血のように赤く、形は葉に似て、中心は黒くふくらみカンガルーの目を思わせる。野生のものは燃え立つ赤の海でぱっと目を引く。鳥媒花であり乾燥地帯で繁殖するが、根を傷められることにとても弱く、繁殖が困難となる。

夜明けまえの仄暗《ほのぐら》いなかでアリスとピップは低木の木立を抜けて裏手の門に出た。ピップはしっぽを振り、鼻を地面にこすりつけてにおいをたどった。ふたりは砂丘を登って反対側のファイア・トレイルに降りた。ゆうべ、エイデンからパークスヴィルをかこむ道はそう呼ばれると聞いていた。遮断路なんだ、彼はそう説明した。火事が起きても炎が飛び移るのを防ぐためさ。アリスはうなずいて興味をいだいたふりをしようとしたが、頭のなかが冷たくなった。ビールをがぶ飲みして煙と火の記憶を洗い流した。

昨日はルルが料理をするあいだにエイデンとしゃべりながら、アリスはふたりの仲のよさと家庭的な雰囲気に心を奪われた。ルルのハスキーな笑い声、ジュージューと音をたてるタコス、アロエベラとグリーン・チリが植えられた色あざやかに塗られた鉢、ずらりと並んだ本棚、額におさめられたフリーダ・カーロの自画像の複製。アリスはうらやましくて仕方なかったが、なぜそう思うのかはよくわからなかった。ほぼなにもなく、消毒のにおいがただよう自分の家にもどると酔いがさめた。色とりどりの壁、つややかな鉢植え、自分のからっぽの本棚を満たす本がほしいと強く願って眠りについたのだった。

アリスとピップは群生するデザート・オークのあいだを抜けて環状道路にたどりついた。道路をわたって木立に入り、クレーターの岩壁にジグザグに走っていて、てっぺんで見えなくなる遊歩道を進んだ。

「おいで、ピップ」

空が明るくなってきた。ブーツが砂利を踏む大きな音が響く。

展望台に到着する頃には、Ｔシャツの首元に汗じみの輪ができていた。ピップが隣にどさりと座り、ハアハアと息をする。ブユがアリスの顔のまわりでブーンといった。払いのけながら周囲を見まわす。展望台の左右どちらも黄土色の岩壁がでこぼこになって、激しい衝撃で大地からえぐられた岩の波が円形に広がっていた。クレーターの中央では、花盛りのデザート・ピーが自然のまま美しく円状に咲いている。母の心臓、赤く波打つ海。クレーターの地面は驚くことにライムグリーンの草におおわれていた。クツツ・カーナは想像をはるかに越える驚異だった。砂漠のオアシスについて読んだり聞いたり思い描いたりしたすべての物語が詰まっている。

〝勇気を出して、心臓の感じるままに〟。

母への、祖母への、あとに残してきた女たちへの思慕が、警告も慈悲もなしに勢いよくアリスを切り裂いた。つらくてあえぎながら、くちびるを強くかんだら血の味がした。

21
スターツ・デザート・ピー

家にもどりシャワーを浴びて、あたらしい仕事の初日の支度をした。緑のレンジャーの制服をおかしいところがないように着て、シャツの袖の丸いバッジを鏡でたしかめた。オーストラリア先住民の旗の中心にあしらわれたデザート・ピーを指先でたどる。ソーンフィールドのエプロンとはいかに違っていることか。今まで、自分の努力で手に入れた制服を身につける誇りを感じたことはなかった。

あたらしくて固いブーツの靴紐を結び、バックパックと帽子を手にした。「蛇と遊んじゃだめよ、わかった?」アリスはピップの鼻にキスしてケージ式のガレージに入れてから、ピックアップトラックに乗った。パークスヴィルを車で通りながらすばらしい一日に驚嘆する。空はラピスラズリ、朝日はレモンの色だ。

本部で車をとめると、心臓がどきどきいいはじめた。一定の間隔で呼吸をして、鼓動を静めようとした。

「ウィル・ムラパ・ムツカ・ピンタ-ピンタ」やわらかな声が窓から聞こえた。

「なんですか?」アリスは手庇《てびさし》を作った。車の隣にアリスと同じシャツを着た女が立っていた。髪はつばの広いアクブラ・ハットの下で、黒、赤、黄色のヘッドスカーフに包まれている。首からぶらさがったつやのある血の色の種。パンツは白地に緑、黄色、青の水彩のセキセイインコの柄でおおわれており、思いがけない楽しい光景にほほえまずにいられなかった。

「わたしはルビー」女が手を差しだし、アリスは車を降りて握手をかわした。「わたしはこう言ったのよ、あなたの蝶の車が好き、と」

「あら」アリスは緊張しながら笑い声をあげ、ドアの蝶のステッカーを見やり、そこに隠されているすべてのことを考えた。「ありがとう」

「わたしはここの上級レンジャー。今朝はあなたの研修を担当するわね。今日の午後にはほかのレンジャーたちと現場に出てもらうから」ルビーは国立公園の小型トラックへむかった。「運転をお願い」彼女はアリスに鍵束を放る。

「あ、はい」アリスは急いで追いついた。小型トラックに乗り、身体を伸ばして助手席のドアのロックを解除した。

ルビーが車に乗った。「環状道路へむかって」

「了解」

ルビーの物腰はどうしてもツイッグを連想させた。アリスはなにかしゃべろうとしたが、言葉が干からびて舌の上で赤い埃になる。

「わたしは上級法務職なの」しばらくしてルビーが語った。「あなたのような新入りのレンジャーたちの研修をする。公園内において人前で語っていい物語を教えるわ。それからわたしは詩人であり芸術家でもある。中央砂漠女性協議会の会長で先住民居住区《ホームランド》をまわって、こことダーウィンを行き来する生活をしているの。わたしの家族は――」

「それはぜんぜん違う生活でしょうね」アリスはなにかしら会話に参加できるチャンスに飛びついて口をはさんだ。「ここと都会を行き来するのは」いったん口をつぐんで呼吸しようとした。「じゃあ、あなたは詩人なんですね？　わたしは本が大好き。読書が大好きで。それに物語を書くのもず

21

スターツ・デザート・ピー

っと大好きだった。でも十代の頃を最後にあまり書いていないけれど」おそろしいことに、緊張のあまりにいつになくおしゃべりになってしまった。黙ることができない。

ルビーは礼儀正しくうなずいたが、もうしゃべらなかった。顔をそむけた。アリスは下くちびるをかんだ。話をさえぎってはいけなかった。謝るべき？　話題をかえてみるべき？　ルビーはキリルピチャラについて質問されるのを待っているのだろうか？　なにを訊いたらいい？　訊いてはいけないことがあるの？

アリスはギアを手荒に切り替えたり、スピードを出しすぎたりしないことに集中しようとした。観光客用の第一駐車場近くで、無線がひび割れた音を出した。

「国立公園19－19、こちらは7－7。どうぞ」

ディランの声はアリスの全身の血管から骨まで突き抜けた。ハンドルを握りしめる。ごく自然にルビーは身を乗りだして無線を切った。

「ここにとめて」ルビーは駐車場を指さした。アリスは自信喪失にさいなまれた。そんなにあからさまだっただろうか？　初日にいい仕事をするよりディランのほうに関心をもっているとルビーに思われた？　実際そうなんだろうか？　お願いやめて、自分に頼みこんだ。

ルビーはドアを開けて車を降りた。アリスもそれに続いた。遊歩道の入り口で足をとめて、いくつもの案内の看板を読んだ。ルビーが隣にやってきた。

アリスは訊ねた。「じゃあ、クレーターの中心の〈心臓の庭〉は神聖な場所で、いっさい花を摘んではいけないことや、あの場所は立入禁止であることを観光客は知っているんですね？」

ルビーがうなずく。「ガイドブック、パンフレット、観光案内のたぐいにはすべて書いてあるのよ。この場所を訪ねてここにまつわる物語を学ぶ観光客を歓迎するけれど、どうかわたしたちの花を摘まないでと」

アリスは昨夜聞いた会話を思いだした。「それでもあの人たちは花を摘む？」

「その《ウ》とお《ワ》り。それでも花を摘む」ルビーはそう言って後ろ手に手を組んで先を行った。

ふたりは黙って歩いた。赤い土の遊歩道はクレーターの外周の岩壁につうじ、背の低いスピニフェックス、エミュー・ブッシュ、ヒゲクリノイガの野原をとおり、群生するのっぽのワトルの木やほっそりしたデザート・オークのあいだを抜けていった。しばらくすると、ひらいたドアのように赤く丸い巨岩のはまった小さな洞窟の入り口にたどりついた。ルビーは巨岩をぐるりとまわって洞窟に入った。暑くて息を切らしながらアリスも続いた。

「カピはもってる？」ルビーは薄暗がりで片眉をあげてアリスを見た。

よくわからない表情を浮かべるアリスの目が周囲に慣れてきた。

「カピ。水よ」

あっと思った。水を入れたバックパックと帽子を本部に置いた自分の車に忘れてきたと気づいたのだ。アリスは息を殺して自分をののしり、首を振った。

「今後はどこへ行くにも、もちあるくことね」ルビーはかぶりを振って目をそらし、洞窟の天井を見あげた。アリスは自分の愚かさ加減にうんざりした。水をもたずに砂漠に来るなんてなんという間抜けなのか？

しばらくするとそんな思いもおさまって、ルビーが小声でなにか話していると気づいた。自分たちを取りかこむすべてが、天井までも、黄土色、白、赤の壁画だった。ルビーは女たちが何千年、何万年もまえに描いたシンボルについて説明し、デザート・ピー、母、子供、星々の物語を語っていた。

「この土地はわたしの一族の女たちが語りつづけてきた場所。証人となるために。悼むために。愛したものを尊ぶために。ここは嘆きの場所。だから、わたしたちはここで暮らさない」

アリスは壁画に近づいた。

「キリルピチャラにつうじる遊歩道は、クツツ・カーナをめぐる儀式の小道に続いている。マルクル――デザート・ピーが星の母の心臓から育つ場所」ルビーの声は低いままだった。「だからわたしたちはいっさい花を摘まないように頼んでいる。どの花も星の母のかけらだから」

そしてふたりとも黙った。ルビーはこれで話は終わりだと一度うなずき、背をむけて洞窟をあとにした。だが、アリスは壁画に魅了されてその場にとどまり、アグネス・ブラフでセーラに出会えた幸運に感謝して震えた。

ルビーに追いついてから、この場所と物語を守るために絶えず戦うのは、ルビーにとってどんなものだろうかと考えをめぐらせた。誰もはっきりわからないほど昔から、一族の文化の中心だったもの。戦いつづける力をどこで見つけるのだろう？　そして、ルビーの一族のこの場所にまつわる物語を無視して、好き勝手にデザート・ピーを摘み、星の母の心臓を引きちぎっていることを認めないとはなんという人たちがいるんだろう？　注意をうながす掲示は誇張抜きに、いたるところにあるのに。誰も知らなかったとは言えないはずだ。

ルビーが前を歩き、アリスはうしろをついていく。自分自身も自分の立場もあやふやで、すべての質問をしないままだった。

✷

遊歩道が環状道路とまじわる地点はクッツ・プリと呼ばれ、日陰になったベンチと飲料水の設備が置かれ、クレーターの岩壁がドラマチックに大地から突きでている様子を間近に見ることができた。滝のように連なる赤い岩や巨岩が銀色とミント色の苔におおわれている。つかの間、うっとりと見入った。だが、飲料水のことを思いだして膝をついて満腹になるまで飲んだ。

「ここは渇きの場所」ルビーがうなずく。「ングニチュの心臓に火がついて燃え、大地に落下した。岩はどれも炎に包まれた彼女の心臓のかけらなの。苔は燃えさしからまだ煙があがっている場所で、クレーターの岩壁をところどころ染めている」

アリスはルビーを見ることができなかった。目に浮かんだ涙に気づかれて、どこまでも見込みのない人間だと決めつけられることが怖かった。

「あなたもパークスヴィルに住んでいるんですか？」アリスは最初に思いついた質問にしがみついた。どうしてもっとクレーターの物語について訊かないのか。ここへは仕事のために学ぼうとやってきたというのに。自分を呪わずにいられない。

「ウワ」ルビーはうなずいた。「でも、研修のときだけ。わたしはあなたたちに文化について教えるためにやってくる。さっきも言ったように、家族はここで暮らしていないの。ここは嘆きの場所。暮らすための場所じゃない」ルビーは手の埃を払った。「先に進んでいいかしら？」

「もちろん」アリスはそう答えたが、ここが生活のための場所ではないというのならば、ここに住んでいる人もいるのはなぜか訊きたくてたまらなかった。

21

スターツ・デザート・ピー

ふたりはクレーターをめぐる道の残りを黙って歩いた。大人数の団体客がすれちがって第一駐車場へもどっていく。アリスは疑いの目で見つめた。誰かデザート・ピーを摘んだ者はいないだろうか？　ツバメが鳴きながら頭上を旋回した。ユーカリの天蓋から木漏れ日が落ちる。やがて遊歩道は木陰を出てクレーターの岩壁を登る格好になった。今朝ピップと一緒に発見したあの道だ。まぶしくて額に手をあてた。まだ午前中のなかばにもなっていないが、直射日光の下で気温は四十度近くに違いないと感じた。

展望台でルビーは腰を下ろして呼吸をととのえた。アリスも同じようにしてデザート・ピーの心臓を見つめた。

「若き女《クーンカ》よ、これからこの場所のすべての物語を話すから」ルビーが切りだした。

「はい、あれですね」アリスはすかさず口をはさんだ。「読みました。インターネットで。ここに落ちた母親の心臓について。赤ん坊がこの近くの別のクレーターに落ちたあとで」どうしても口をつぐめなかった。

今回のルビーはアリスを見ようともしなかった。口元に力を入れたかと思うと立ちあがって展望台を去り、遊歩道をクレーターの中央へとくだっていく。

なにもできず、アリスはルビーをながめて自分の愚かさにあきれた。黙りなさいってば！　そう自分に叫んだ。誰よりもルビーにはいい印象をあたえたいのに。だが、緊張の裏返しのおしゃべりがすべてをだいなしにしていた。

頭を抱えた。いままで仕事の面接もオリエンテーションも受けたことがなく、このような研修の経験もない。ジューンの守りきるという視線の外に出たことがなかった。これが自分ひとりでなにかを成し遂げる初めての本物のチャンスだった。それを見事なまでにだめにしている。

〝勇気を出して、心臓の感じるままに〟。

身体を起こした。制服のしわを伸ばす。きっぱりとうなずき、ルビーを追ってクッツ・カーナへ降りた。

＊

クレーターのなかは息苦しいほど暑かった。大地から熱波があがってくる。緑の鳥の群れが頭上を飛んでいった。

「チュルプったら」ルビーは笑って鳥に手を振った。「聖地で騒いでしょうがないわね」

デザート・ピーに近づくと、ルビーはそちらを指さしてから話そうとした。今度のアリスは黙っていた。

「観光客《ミンガ》は物語のためにやってくるけれど、ここに来るときは耳がふさがっている。物語を求めているのに聞けない。かけらを手にするときだけ聞こえるかのよう」ルビーの声は悲しげだが力強かった。「だから多くの人々がやってきて、立入禁止エリアに入ってデザート・ピーの根を脅かす。このマルクルは、この花は、強い。ここで育ち、何千年と咲きつづけている。でも、根は、人がここに降りてきて根を病気にさせたら全体が枯れてしまう。これは真実。わたしたちはやめてくれと頼むけれど、人々はそれでも入ってくる。このサークルに。花を摘むために。ングニチュの心臓のかけらをもちかえるために。彼らは根を病気にし、根が病気になれば、わたしたちみんなが病気に

21

スターツ・デザート・ピー

なる」

アリスは足をとめ、話すタイミングを見極めてから口をひらいた。「根が腐る。スターツ・デザート・ピーは根腐れに弱い。根が荒らされれば、干魃以上に枯れる危険が大きくなる」

ルビーは驚きと賞賛のまじった表情を浮かべた。「おや?」そう言ってふざけるようにアリスを肘でつついた。「あなたはわたしたちの心臓の花について、ちょっとばかりニンティ・プルカね、クーンカ?」彼女はほほえんだ。「あなたはちょっとばかり賢いのね?」

アリスは息を吐き、耳のあたりまでせりあがっていた肩の力を抜いた。

「あなたは大丈夫よ、クーンカ」ルビーは忍び笑いをもらし、つま先で石ころをけった。「もう少し口を閉じて、もう少し耳を開ければいいだけ。頭のなかのこの騒がしいチュルプみたいな考えを静かにさせて」ルビーは自分のパンツの柄のセキセイインコを指さす。「そうすれば、この場所の物語が理解できる」

アリスはうなずいたが、目を合わせられなかった。

ルビーがアリスの袖を引っ張る。「いいこと、腕にわたしたちの旗をつけたら」彼女はシャツのバッジを指さした。「この場所の物語を真に語る責任を負う。世界中からやってくるミンガすべてにね」熱い一陣の風が吹いてデザート・ピーのサークルを揺らした。「ここは嘆きの場所。愛、悲しみ、休息、平和のための聖なる土地。ここに宿る物語は数千年の女たちの儀式が伝えてきた。わたしの先祖たち。赤ん坊を育ててこの土地の面倒を見て、土地も女たちの面倒を見た。マルクル、この花が女たちの物語を生かしつづけている。わたしたちは力を合わせて花を守るために働かなければならない。それはいまではあなたの仕事でもある」ルビーはアリスに腕を振った。「パルヤ、クーンカ・ピンタ‐ピンタ？」

　アリスはルビーを見つめた。

「オーケイ、バタフライ・ガール？」ルビーがほほえみながら通訳した。

　大きくなったらなんになりたいの、ちびちゃん？　アリスの母が庭のシダの合間に置いた化学肥料の容器に手を入れている。ガーデニング用の帽子で顔がはっきり見えない。アリスはそれほど考えずに答えられた。蝶々か作家、にっこりしてそう言った。母の庭か本のページの近くにずっといられるものだ。

「パルヤ、クーンカ・ピンタ‐ピンタ？」ルビーがふたたび訊ねた。

「パルヤ」アリスは答えた。

　ルビーは満足そうにうなずいて背をむけ、後ろ手に手を組んで花をめぐる道を歩きはじめてクレーターの外へむかった。アリスはデザート・ピーを最後にもう一度ながめてから背をむけて歩き去った。

＊

　ビジター・センターのカフェでサンドイッチとジュースの昼食にしてから、ルビーが人のいない場所にアリスを呼んだ。妙な表情を浮かべている。「今日の午後、現場に出るまえに見せたいものがあってね」

　アリスはルビーに続いて階段を進み、ビジター・センターの屋根裏のような物置スペースにあが

21

スターツ・デザート・ピー

った。狭苦しくて蒸し暑く、大きなプラスチックの箱をおさめた棚がずらりと並んでいる。ルビーはある棚にむかい、箱をひとつ下ろした。蓋を開けてなかをのぞくようアリスに合図する。手紙がぎっしり詰まっていた。プリントアウトしたものもあれば、手書きのものもある。どの手紙にも押しつぶされて乾燥したデザート・ピーが入っていた。

「ごめんなさいの花」ルビーが言う。「みやげに摘んで、自宅にもちかえって、人生の不運はわたしたちの文化を無視した呪いだと思った人たちよ」彼女は同じような箱がぎっしりおさまった背後の棚を示した。

アリスは蓋の開いた箱に身を乗りだした。

「どうぞ」ルビーが言う。

手紙を探っていき、観光客が摘んで送り返してきた干からびた花の量にめまいを覚えた。封筒には世界中の消印があり、赦《ゆる》しを請い、〝呪い〟から解放してくれと請う手紙が入っていた。ある手書きのものに目がとまった。開けてみると、乾燥して縮んだデザート・ピーが手のひらに落ちた。声に出して手紙を読んだ。

「〝キリルピチャラを離れてすぐに夫の気分がすぐれなくなりました。イタリアに帰国して癌だとわかりました。数日後に息子がバスの事故にあいました。続いてわたしたちの家が洪水の被害にあいました。あなたたちの美しい土地を尊重しなかったことに対して心から謝罪します。これ以上の悲劇からわたしたちを解放してください。クレーターの花を摘み、自分たちのものではないものを奪ったことを心から申し訳なく思っています〟」アリスは信じられず、愕然《がくぜん》とした。「全部同じ？赦しと〝呪い〟からの解放を頼んでいるもの？」

ルビーがうなずいた。「〝呪い〟、ミンガがここにやってくるかぎり、世界中を旅する寓話《ぐうわ》ね」

「でも、それは……本当のことじゃないんですよね？」アリスはゆっくりと訊ねた。

「もちろん！」ルビーが鼻を鳴らす。「本当じゃない。罪をおかした人の心をあやつるごまかしの罪悪感にすぎない」

ソーンフィールドをあとにした夜、ジューンがろれつのまわらない言葉で口走った告白を思いだしていた。「悪いことをしたら、それを隠すことはできない」アリスは言った。「自分の心のいちばん奥に埋めようとしても」ルビーにじっと見つめられていると気づき、封筒を箱にもどして揉み手をした。「返事は書くんですか？　〝呪い〟は人がでっちあげたもので、ここの文化とは関係ないものだと教えるの？」

「まさか！」ルビーはそっけなく言う。「あとからミンガを追いまわしてわざわざ骨を折って、目のまえにあったときに目と耳をひらいて学ぶべきだったことを教えている暇はない」

アリスはうなずいてルビーの言葉をかみしめた。「こんなにたくさんあるなんて信じられない」もう一度、ぎっしり並ぶ封筒をさわっていく。

「だから、マルクルが絶滅しないかわたしたちはとても心配しているの。もっと悪いことに、本部の屋根裏にもまだたくさんの物語をのせた手紙が収納されている。ミーティングでどうしたらいいか検討し始めているところよ。すべての物語を集めることに関心のある大学の関係者が数人いてね。でも、その人たちも急がないとならない。収納スペースがなくなってきたから」

子供の頃の母との会話がよみがえった。火はあるものを別のものにかえるような呪文になれるの。

「たぶん燃やせばいいのでは」アリスは口走った。

ルビーは理解を示してアリスの顔を見つめた。「たぶんね」

✷

その夜アリスが帰宅する頃には、目を開けているのもやっとだった。よろめくように玄関をとおってエアコンのスイッチを入れ、冷水のシャワーの下に立ち、流れる水が赤く変色していくのをながめた。

昼食のあとはルルと仕事をした。ルビーからごめんなさいの花を見せてもらった？　ふたりで現場に出て今朝の話をすると、彼女にそう訊かれた。アリスはうなずいた。でかしたね、あんたは正しいことをしたに違いないよ、チーカ。ルビーは人を認めないかぎり、あの花を見せないんだから。シャワーの下に立ってルルの言葉を頭のなかで再生した。うれしくて頬が熱くなる。自分は正しいことをしたのだ。

その後、カフェからもちかえったベジタブル・バーガーをピップとわけあい、日が沈むまえにベッドへ倒れこんだ。あたたかい空気が焼けた大地と初日の心地よい終わりの豊かな香りを運んだ。

夢はジューンの姿に満ちていた。祖母が口をひらいてアリスに話しかけようとするたびに、茶色くしなびたドライフラワーがほとばしった。

✷

ルビーは自宅のパティオに立って沈む夕日をながめ、鉢植えに水をまいてしぶきで虹ができる様を見つめた。湿った赤い土のミネラル豊富なにおいで、母と叔母たちの記憶がはっきりと、歌のようによみがえった。空はピンクの粘土、黄土色とグレーの石のパレットだった。ルビーの三匹の犬は裏手のフェンスぞいを追いかけあって、楽しげに耳をうしろに倒している。一日のうちでもっとも芳醇《ほうじゅん》な時間は、犬たちをもっとも愚かにした。

ホースをかたづけてしまうと、斧を手に庭へ出てワナリ（マルガ）の枝を切った。ワナリは料理の火に最適だ。どの木よりも高温で料理できる。穴に枝を積みあげ、ささくれが刺さって血の出た指を吸った。乾燥したデザート・オークの松葉、小枝やもっと細い枝をかき集め、枝のあいだの隙間に詰める。数本のマッチをすったのち、火が音をたてて燃えあがった。

ペンと手帳をもって丸太に座り、肩の力を抜いた。落ち着くとすぐに目を閉じた。うしなわれた家族の重みがまわりに降りてきた。子供の頃に母から引き離されて以来、人生に絶えずつきまとっているのは、つねに家族がいまそばにいないということだ。目に見えないものが見える感覚。ルビーに見ることができるのは、そこに一緒にいない者たちだけだった。

火にかけたスキレットで夕食を調理するうちに空は暗くなっていき、ペンのキャップをはずして手帳をひらいた。

炎を見つめた。待った。

星が空をまわり、犬たちがうたた寝し、あたたかな砂漠の風が吹いた。ルビーは待った。

あたらしい詩は彼女の詩のほとんどがそうであるように、星からやってきてルビーを探していた。砂丘をころがり、故郷をはためきながら横切って、土、煙、愛、悲嘆を運んできた。

21

スターツ・デザート・ピー

わたしたちを結びつけ　袂《たもと》を分かつ種は
いつも風に運ばれる
風は源から吹くのだろうか
母からあるいは父から
わたしが去れば源は吹き飛ばされるのだろうか
それとも遥《はる》か遠く残りつづけるのか
風がそよとも吹かなくなれば
故郷から引き離されて死を待つだろう

ペンを置いて両手をこすりあわせた。先祖に詩をあたえられるといつも震える。一瞬の間を置いて、彼女はふたたびペンを取り、ページのいちばん上に〝種〟と書いた。

塩こしょうを振ってアカカンガルー《マル》のステーキを裏返し、フライドポテトにはガーリック・バターをたっぷりとかけた。ふたたび腰を下ろし、炎のダンスをながめる。煙が空へたなびいた。

夕食ができあがると、アリスにごめんなさいの花の棚を見せたときのことが思いだされた。ルビーは手帳に詩を書いた数よりも、キリルピチャラにやってきては去っていく人間に会った回数が多かった。道に迷っただけの目的のない者と、真摯になにかを探し求めている者とは、犬たちからノミを取るのと同じくらい簡単に見分けることができる。セーラがアリスを案内している場面に初めて目をとめたときは、頼りなくて青白い顔をしたアリスのことを深く考えることはなかった。だが、午前中を一緒に過ごしてからは、考えをあらためた。アリス・ハートにあるものを見いだした。試練を生きのびた者が別の試練を生きのびた者に認める気骨のようなものだ。ルビーはアリスがなにを探しているのかわからなかったが、彼女のなかでそれはあざやかに燃えて、瞳に火を宿しているほどだった。

22

スピニフェックス

危険なよろこび

Triodia

オーストラリア中央部

ピチャンチャチャーラ語ではチャンピと呼ばれる。頑丈で先のとがった草は、オーストラリア内陸部の赤い砂の地方の大半でよく見られる。砂漠のようにどこよりも痩せて乾ききった土壌でも繁殖できる。草むらを形成し、ときには根が深く伸びて三メートルに達する。ある種のものはアナング族によって接着剤として使用される。

アリスはキリルピチャラでの生活に打ちこんだ。ルビーとの研修を続けてこの土地の物語を学び、ルルとは大の仲良しになり、十日働いて四日休むという同じシフトで仕事をした。アリスはルビーにもルルにもしっかり耳をかたむけてさまざまなことを教わった。来る日も来る日も、クレーターを訪れる観光客をしっかりした口調で案内し、物語を伝えて〈心臓の庭〉を守ってくれるよう導いた。観光客の目に理解の色が浮かぶと心が舞いあがった。何週間も過ぎる頃には自分がガイドする者に、デザート・ピーを摘む人などいないと確信できた。

　仕事が終わって日中の暑さがおさまってくると、アリスとルルはファイア・トレイルを散策したり、おたがいのパティオを行き来してゆっくり過ごして濃いコーヒーを飲み、ルル手作りのチリ・チョコレートを食べたりした。宝石の原石のような空の下で、ルルはアリスにおばあさんの話をしてくれた。すべての指にターコイズの指輪をはめ、髪がとても豊かでまとめようとしたら櫛を半分に折ってしまった人だ。あんたはどうなの、アリス？　家族の話をしてよ。アリスは怯えてしまって真実を話すことができなかった。物語が勝手に舌からころがった。母と父について、七人の兄弟。子供の頃、兄弟たちと一緒にやった遊び、一緒にやった冒険、海辺のしあわせな家庭。いくつもの話が楽々とわいてきて、嘘のように感じられなかった。アリスにとって本当のようなものだった。本のページに描かれたそんな世界で子供時代を過ごしたからだ。

　夜も更けてひとりになると、花のノートの作業をした。それがなぐさめと癒やしになっていた。押し花とスケッチした花――それはアリスの物語だった。子供時代の思い出。孤独と混乱。母のいない生活。憤り、嘆き、不安、罪悪感。果たされることのなかった夢。後悔。愛に焼きつくされたいという強い思い。

　数カ月が過ぎる頃には、自分がもはやそこまで無能だとは感じなくなった。国立公園スタッフの全員の顔と名前が一致して、重要な情報は頭に入っていた。何曜日にロードトレイン（大量輸送のためにトレーラーをいくつも連結したトラック）が食料の配達にやってくるのか、車の給油ランプが点灯するまでにパークスヴィルとツーリスト・リゾートを何往復できるか。キリルピチャラは安全だと感じられる場所になった。ここには過去がない。サトウキビ畑にかこまれた生活のことも、花にかこまれた生活のことも誰も知らない。砂漠ではありのままの自分でいられた。仕事で筋肉はこりかたまり、手の甲には日焼けの水ぶくれができて身体の疲労感がとてつもなく、もはや火の夢を見ることはなかった。アリスは砂漠の虜になった。その色、広大な空間、ほかでは見られない驚くべき美。日の出のパトロールが入っていない朝はピップと歩いて展望台へ登った。デザート・ピーを見るとかならず涙があふれてくる。自分の中心をたもち、自分が欠けないでいるためにこの花を頼った。

22

スピニフェックス

ピップにハリーの介助コマンドをいくつか教えたが、使う理由がなかった。もう意識をうしなうことはなかった。鼓動が速くなるのはディラン・リヴァースの近くに寄ったときだけだった。

ある日の午後、十日間のシフトの終わりに、アリスとルルは作業エリアで小型トラックの洗車をした。大音量で音楽を流して四日間の休みの計画をあれこれ立てていると、ディランがセキュリティゲートから車でやってきた。アリスは頭のサングラスを目元にすっと下ろした。

「クーンカたち」ディランは隣にやってくると窓を開けて声をかけた。「元気にしてるか？」

アリスはうなずいた。かすかにほほえむ。しゃべることができなかった。ルルはアリスを、続いてディランをちらりと見た。「あたしたちは十日目だから問題なし」彼にそっけなく言う。

「うらやましいな。おれはまだ半分だ」彼はアリスから視線をはずさなかった。露骨な態度にアリスは気まずくなった。心臓まで見透かされ、それがなにでできているか知られるように思える。塩、ネイティヴフラワー、物語、そして希望のもてない彼への思い。ルルから、ディランにはよその町を拠点にしたツアーガイドの恋人ジュリーがいると聞いて、アリスはひどい嫉妬を覚えた。

「休みにはなにをするつもりなんだ？」ディランが訊ねる。

彼の肌のにおいがする。新鮮で甘いコロンの香りで、広がっていく緑の葉を連想させる。できれば駆けだして彼の小型トラックに乗り、そのままひた走ってたくさんの日の出と日の入りを経験して西海岸にたどりつき、赤い土から白い砂へところがってたわむれ、ターコイズの海のそばであたらしい生活を始めたい。やりなおしならばアリスは得意だ。

「その予定だよね、アリス？」ルルのするどい質問が空想をさえぎった。ルルがなんの話をしていたのかさっぱりわからず、アリスはうなずいてあやふやに笑った。

「そうか。じゃあな。いい休暇を」ディランは車で去りながら片手をあげてゆっくり振った。銀の指輪がいくつもはまり、手首にはレザーの紐のブレスレットが何重にも巻かれている。

「やめておいて」ルルが低く真剣な声で言った。「面倒なことになる。苦しむだけだよ。やめておいて」

アリスは顔をそむけた。視界の隅で、作業エリアを車であとにするディランの横顔をながめた。テールランプが薄らぐ日光を射抜く。

「彼は友達としては最高だよ、チーカ」ルルが警告する。「でも、それ以上の存在としては疑問。おとぎ話の暗い森をさまよう少女のように、安全じゃなくなる」

日射しがやわらいでいることがありがたくて、顔が隠れているよう願った。ルルは石鹸水のバケツにスポンジを浸してフロントガラスをこすりはじめた。

アリスは静かに訊ねた。「ルルは彼と寝ていたんだ？」

ルルはアリスを一瞥《いちべつ》した。視線をそらす。「あんたを傷つけたくないだけ」

アリスはめまいがした。ふたりが一緒にいるところを、彼が自分ではない誰かと一緒にいるのを想像するのは耐えられない。

ルルはフロントガラスをふいてふたたびスポンジをバケツに浸し、ため息をついた。「あんたがなにを置き去りにしてきたのかは知らないけれど、自分を取りもどすためにここへやってきたのは知ってるよ。だからそうして、チーカ。自分の家もあたしの家みたいにしたいって語るのは構わないから、修道女みたいに正しい生活を続けるの。家を飾って。美しく。週末は冒険にあてて散策に出て。このあたりにはクレーターのほかにも見どころがたくさんある。ここから遠くない場所に峡谷があって、夕日のときなんか自分の目で見なければ信じられない光景だよ。だから、成長して。お願い。ここであんたの人生を成長させて」ルルはアリスの心臓のあたりを指さした。「それだけの価値がない人にあんたのすべてをあげないで」

アリスは身じろぎした。自分がなにを置き去りにしてきたか誰にも話していなかったが、ルルは推測していた。

荷物をまとめてから、ふたりは仄暗い水彩の空の下を一台の車で一緒に帰った。「夕食に寄っていくよね？」ルルが明るすぎる口調で言った。「チーズのエンチラーダを作るつもり。グアカモーレ山盛りで」

アリスは鼻を鳴らした。「ううん。寄りたくない。ぜんぜん」

ルルの家の私道に車を入れたときも、先ほどの会話がアリスをちくちくと悩ませていた。その夜はずっとルルのジョークに合わせてうなずき、声をあげて笑っていたが、考えるのをやめられなかった。ルルとディランはベッドを共にする仲だったのか？　なぜ率直に答えようとしないんだろう？

その後、寝るまえの支度をしながら放っておけと自分に言い聞かせた。ルルが思いださせてくれたように、砂漠にやってくるまえは自分の人生について積極的とは言えなかった。語らずにいるのがいちばんいい物語があることを、アリスは誰よりもわかっていた。

✷

ルルに言われたことを心にとめようと、できるだけの努力をした。配達のある日にツーリスト・リゾートへおもむき、鉢植え、ハンモック、フェアリーライトの箱、ソーラー式ガーデンランプで台車を満杯にした。国立公園の作業エリアから木箱をいくつかと使い残しのペンキを調達した。木箱を緑に塗って裏返し、鉢植えのスタンドとして使った。ガーデンランプは裏庭の赤い土にしっかり打ちこんで、ハンモックを張り、裏のパティオの梁にフェアリーライトの電飾をはわせた。ニワシドリのように宝物を集め、すべて自分の幸福のためだと言い聞かせた。すべて自分自身という感覚を育むためだった。

　何時間もかけてインターネットでショッピングした。あたらしいシーツと蝶の模様のベッドカバー、蝶の模様のシャワー・カーテン、オオカバマダラの模様のテーブルクロスを買った。アロマセラピーのサイトを見つけて、アロマポットをひとつとティーライト・キャンドル一年ぶん、ブレンドしたエッセンシャル・オイルを一個買った。ある夜、アグネス・ブラフからもってきたノートしか入っていない自分の本棚を見つめてから、オンライン書店を見つけて給与の許すかぎり注文した。箱がいくつも届くと封を開け、苗であるかのようにやさしく本を一冊ずつ棚におさめた。セルキーについての物語はとくに。

　ディランとは正反対のシフトだから彼に会う理由はまったくなかった。道や作業エリアですれちがうと、アリスは急いでうつむいた。絶えず身体を動かしていたくて、夕日のパトロールがない午後はかならずクレーターの外周へピップを散歩に連れだすようになった。クッツ・プリへ歩いて苔におおわれた赤い巨岩を照らす夕焼けをながめた。しっかりと決意すれば、荒々しく燃える恋を身体からきっと追いだせる。たぶん彼への気持ちは本当に一時の熱のようなものだったのだ。たぶん

22
スピニフェックス

断ち切ることができる。

✷

次の休みの日に、アリスは自宅を落ち着きなく歩きまわっていた。ルルとエイデンは多忙。ルビーは家にいない。アリスは午前と午後の散歩も掃除もして、車で町に出かけてピップのためにあたらしい噛むおもちゃも買った。六時に空がだいぶ暗くなってフェアリーライトのスイッチを入れられるくらいになると、一日中ディランのことを考えまいとしていたがとうとう降参した。

くすぶった紫の夕闇が空を彩っている。フェアリーライトは初めて点灯させた夜以来、アリスの心臓の小さな秘密のかがり火だった。輝くところをベッドに横たわってながめては、暗闇につるしたはかなく小さな光が砂丘を横切って彼のもとに届かないか、口では言えないことをすべて彼に話してくれないかという希望で身が細るようだった。

玄関から大きなノックの音がしてアリスは飛びあがった。ピップがあたりのにおいをかぎながら、吠えている。

「いま行きます」アリスは呼びかけて玄関へ急いだ。希望がつうじた？　大きくドアを開けた。

「模様替え、お疲れさま！」ルルとエイデンが声を合わせて歌うように言った。

「えっ！」アリスは驚いた。「こんなことをたくらんでたんだ！」にっこり笑って、胸を押しつぶされそうな失望を隠した。

ルルはとけたチーズが流れでてグアカモーレを山盛りにしたタコス入りの耐熱皿を片腕で抱えて

いた。もう片方の腕には、アリスが頻繁に話題に出していたカラフルなメキシコ製の花瓶に切り立てのデザート・ローズをいっぱいに挿してもっている。アリスはソーンフィールド辞書の手書きの項目を思いだした。〝平和〟。ルルの隣のエイデンは、アリスがいつもふたりの家で憧れの視線を送ってしまうフリーダ・カーロの複製画とコロナの六本パックを抱えていた。

「あんたにだよ、チーカ」ルルはにやりと笑い、エイデンと共に贈り物を差しだした。「自分の家を家らしくしようとがんばっていたのを知ってるから、一緒にお祝いしたかったんだ」

「なんて言ったらいいのか」アリスは喉にこみあげてくるもので声がかすれた。「どうぞ入って、すてきなニワシドリさんたち」アリスは鼻をすすりあげ、横にどいてふたりをとおした。ドアを閉めるとピップがキャンと吠えた。「どうしたの？」アリスは訊ねた。ピップはまた玄関にむかって吠える。一瞬アリスの期待がふくれあがった。だが、ドアを大きく開けると照明のなかに現れたのはルビーだった。

「外の照明を修理したほうがいい」ルビーはガーリックのにおいがするあたたかな焼き立てのパンの塊を抱えて、家に足を踏み入れた。「わたしが焼いたの」うなずいてパンをアリスにわたし、ルルやエイデンと一緒にテーブルについた。アリスはパンとルルのタコスをキッチンへ運び、なんとか笑いつづけようとした。なんとか泣かずにいようとした。この家に現れたすばらしい親切な友人たちが、ディランではないからという理由で。飲み物を注いで皿を探して考えないようにしながらも、心の底からの感謝と、さらに深い心の底からの愚かさに圧倒されていた。

✷

22

スピニフェックス

即席の模様替え祝いのあとで、アリスの決意はくずれはじめた。彼の小型トラックを見たり、国立公園の無線で彼の声を聞いたりするくらいでは、彼に近づかないと決めた誓いにそむいているとは認めようとしなかった。彼への思いはいままで経験したどんなものとも違った飢えだった。ルビーとの午後の約束を破るようになり、ひとりになる時間が必要だとルルに嘘をつくようになった。なにかがあんたに起こるよ、チーカ。感じるんだ、ルルにそう言われた。アリスは真剣に取りあわなかった。

　長いこと、午後の散歩は彼とはなんの関係もないと自分に言い聞かせてきた。クレーター外周の埃っぽい赤い土の道を歩くたびに、自分がひとつのこと――ぎざぎざの葉のユーカリがある角を曲がって彼の顔が見える瞬間――に突き動かされているのではないと心のなかで否定した。クッツ・プリの日没で偶然彼と出くわすよう、自分が故意に散歩の時間を合わせていることを無視した。彼は午後の団体客に全身の注意をむけてキリルピチャラの物語を伝えていた。けれど、アリスとすれ違うときはかならず顔をあげた。彼の視線が全身をただようのを感じてぞくぞくした。

　こうしてふたりのジェスチャー・ゲームは毎日続いた。アリスは彼の仕事がどのくらいで終わって環状道路を最後に一周まわってパトロールするか見当をつけ、そのタイミングに歩調を合わせてとおりかかる。もっとゆっくりしたほうがいいと思えば、左右から環状道路に枝を伸ばして指先をからめあったお気に入りのマルガの木のアーチの下をぶらぶらと歩いた。あるいは、ノートの押し花とするために砂漠のワイルドフラワーをひとにぎり摘むか。だが、歩調を速める必要があると思えば、駆けだした。夕日のためにも鳥のさえずりのためにも足をとめず、涼しくなりはじめて大地から立ちのぼる焼けた香りにも気づかなかった。マルガの木のアーチを愛でることも、ワイルドフラワーに思いをはせるために立ちどまることもない。頭にあるのはひとつだけ。彼のことだけだった。

　クツツ・プリでは、わざとからっぽにしてある水筒に水を入れるために足をとめる。いつも給水器の隣に座り、沈む夕日を正面から受ける格好で腰を下ろす。環状道路から脚がすっかり見えることはわかっていた。車をとめて彼女をながめるかどうかは彼の判断だ。アリスは赤い空を見つめて待った。

　彼がここに来る。

　何度その音を聞いても、彼の車のタイヤが土をかむ響きがもたらす興奮は薄れることがなかった。エンジンがとまって静寂が広がる。そして車のドアが開く。

　彼がやってきた。

　誰かこの光景を見ている人がいれば、友人同士がばったり出会ったとしか見えない。毎日繰り返されることなのだが。

「グッダイ」彼がほほえみながら言う。

「グッダイ」アリスはかならず彼に偶然会ってちょうどいいぐらいの驚きを表して返事をし、無理をせずとも極上のあたたかい笑みが浮かんできた。

　日が沈めば、ふたりは腰を下ろして話をする。時間をかけて、おたがいのかけらを注意深く少しずつ相手に見せていく。キリルピチャラにやってくる以前はアリスが何者だったのか、彼の人生にほかにどんな女がいたのか、ふたりは話したこともなかった。そんなことではなく、ふたりは自分の最高の半分だけの真実を見せあった。

22

スピニフェックス

「西海岸に行ったことはあるか？」彼はある日、アリスのほうを見ないで訊ねた。

彼はわたしの考えや空想が聞こえたの？　アリスは彼を見ることができなかった。「まだない」何気なく答えて周囲のブユを追い払い、彼と同じ方向、夕日を背に照らされたスピニフェックスの茂みを見つめた。「でも、とても行きたい。赤い土が白い砂と青い海に出会う場所を見たい」

彼が笑った。「だったら、おれたちはなんだってこんなところにとどまっているんだろうな？」

アリスはほほえみかけた。黄色の蝶がオレンジの夕焼けに酔ってスピニフェックスの上をひらりと舞う。苔は陰になって黒くかわり、クレーターの岩壁は移りかわる夕日の残照を浴びた。

彼がいると忘れたくてつらい記憶がやわらいだけれど、会うたびに、置いてきた人生が蔓のように巻きひげの一本にいたるまで、葉の一枚にいたるまで心臓へ這いよってくる。ある日、ふたりで話をしているといつも心のなかで彼に花束を作っていると悟った。どうしたら伝えられるか知っているただひとつの方法で、心の最奥にある切ない思いを無言でしゃべっているのだ。ネイティヴフラワーの口にされない言葉を通じて。

23

デザート・ヒースマートル

炎、わたしは燃える

Thryptomene maisonneuvii

ノーザン・テリトリー

ピチャンチャチャーラ語ではプカラと呼ばれる。伝統的に、アナングの女たちは木の椀でたたいて花蜜を含んだ露を集める。ギリシャ語が由来の学名 Thryptomene は内気な、あるいは奥手な、という意味である。この低木は控えめに見えるが、冬から春にかけて秘密を暴露するように赤い中心をのぞかせた、小さな白いマントめいた花を咲かせる。

アリスの二十七歳の誕生日は四日間の休み中にあたった。誰にも、ルルにさえも教えなかった。

ベッドに横たわって冬の空を見つめながら移りかわる色をあげていくうちに——やわらかなネイビー、ライラック、ピーチ、シャンパンのピンク——日が昇って赤い大地を照らした。フェアリーライトを昼も夜もつけたままにするようになっていた。本部のスタッフ用のキッチンで立ち聞きした噂について考えた。ディランが恋人のジュリーに会うために休みを取ったと。アリスには衝撃だった。その前日にクッツ・プリでディランと会ったのに、そのことをなにも言っていなかったからなおさらだった。

ベッドに起きあがった。白い息が小さくたなびく。ピップが急いでベッドを降りて裏口のドアをひっかいた。

「ピップのためなら仕方ない」アリスはうめき声をあげて身体を引きずるようにしてピップを外に

23

デザート・ヒースマートル

出した。ヒーターのスイッチを入れ、あたたかさが伝わってくるまで震えて待った。

家にもどってきたピップがアリスをなめた。アリスはうなずいた。

「誕生日を祝って一杯というのはいいアイデアね」

牛乳を鍋で温め、半分をボウルに注いでピップのためにキッチンの床に置き、残りはマグカップに入れてエスプレッソのショットと合わせた。本棚から一冊取りだして急ぎ足でベッドへもどる。ピップも牛乳のたれたあごをなめながらついてきた。

枕を背もたれにして座った。コーヒーを飲んで本をひらいたが、外の世界があまりに美しくて集中できなかった。夜のあいだにデザート・ヒースマートルの花に降りた霜がとけ、日射しを受けてきらめいている。チャイナ・ブルーの空に点々と浮かぶ丸い雲。遠くでクレーターの岩壁が朝日を浴びて輝く。この場所について学んだ物語を思って心は乱れた。星で休ませようと赤ん坊を寝かせ、大地に落ちたその子をうしなった母。その物語と目のまえの風景はまったく同じだった。クレーターの北の縁で星々が弧を描いて移動する空の路でさえ、サークルの形を映しだしている。

少し上掛けにもぐって、黄色い蝶が花咲く低木の上を舞う姿を見つめた。あの蝶たちはディランの庭にもいたのだろうか？　彼はいまこのとき、なにをしているだろう。自分は誕生日にひとり自宅にいるこの瞬間に。アリスの目はうるんだ。違う人生を歩んでいたらどうなっていたかと、想像をめぐらすのを自分に許すことはめったになかった。今日は想像しないではいられない。ジューンがじゃましなければ、今頃オッジとヨーロッパにいただろうか？　リリアではなく自分が彼の妻となって、イヴァは彼とのあいだの娘だっただろうか？　ジューンがどんなふうに裏切ったか知ることがなければ、花農園を離れてはいなかっただろうか？　そして意識のもっとも深い場所にあるなにより痛みをともなう質問――父の小屋に入ることがなければ母はいまでも生きていただろうか？次に考えたことが心を激しく揺さぶった。アリスは母が死んだときよりひとつ歳をとった。

誰かが玄関を強くノックした。アリスは上掛けから顔を出した。目のまわりの肌は乾いた涙でひきつっている。ピップがしょっぱい頬をなめた。またノックの音。

「チーカ？　あたしだよ」

アリスは起きあがり、上掛けを身体に巻きつけた。ベッドを降りて上掛けに足をとられながら玄関へむかい、少しだけドアを開けた。

「なんてこと《ディオス・ミーオ》」ルルが息を殺して言う。「アリス、どうしちゃったのよ？」ドアを押し開けて急いで家に入ったルルは、特大の手作りの蝶の羽一組と小さなバッグを抱えていた。「これはいまはどうでもいいことだね」ルルはすべてをテーブルに置いた。アリスはカウチに誘われるままになり、そこで横になって身体を丸くした。ルルはヒーターを消して裏口のドアを開け、あたたかな冬の日射しと新鮮な空気を家に取り入れた。蜂蜜入りの紅茶を二杯淹れ、アリスの隣に落ち着いた。ピップは蝶を追って外へ飛びだした。

「どうした、チーカ？」ルルがやさしく訊ねる。「もうずっと、いつものあんたらしくないよ」

ディランの顔で頭はいっぱいだ。アリスはルルを見ることができなかった。「母が恋しいだけよ、ルル」そう囁いた。「母が恋しい」繰り返す声はひび割れた。自分のなかにもう涙は残っていないと思っていたのに、また涙がとめどなくあふれて鼻を伝い、ティーカップにしたたった。

「お母さんに電話したら？　お父さんには？　兄弟のひとりには？　ここでの暮らしはつらいこともあるよ、家族から遠く離れてるからね。とくにあんたのところみたいな大家族だと」ルルがアリスの腕をさする。アリスはどういう意味かわからなかったが、みずからの嘘に気づいた。おとぎ話の家族が、舌の上で灰になっていく。顔をくしゃくしゃにした。

「ねえ」ルルがとても心配そうな目をしている。

アリスは首を振って涙をふいた。シャツの胸元に手を入れてロケット・ペンダントを引っ張りだす。ルルに差しだした。ルルはアリスから受けとり、デザート・ピーの象眼細工を親指でなでた。

「これがわたしの家族」アリスはロケットを開けてルルに見せた。母が若くて希望に満ちた顔をしてふたりを見あげている。アリスは野生のデザート・ヒースマートルの花が咲く庭に視線をむけた。〝炎、わたしは燃える〟。「本当のことを言うとね、わたしに大家族はいない。家族なんかひとりも残っていないの」どこか遠くでカラスが鳴いた。アリスは怒られると思って身構えたが、一瞬ののちにルルはあたたかくほほえんだ。

「じゃあ、これがお母さん？」

アリスはうなずいた。「アグネスという名前だった」鼻をふいた。

ルルは写真とアリスを交互に見やる。「そっくりだね」

「ありがとう」そう言うアリスのあごは震えた。

「答えたくなかったら返事をしなくていいけど、お母さんはなんで……？」ルルの声は尻すぼみになった。

アリスは目を閉じ、ウィンドサーフィンで父の脚にしがみついたときの筋肉と腱の感覚を思いだした。裸で海からあがった母の妊娠した身体のアザ。アリスが知ることのなかった弟か妹。父の小屋に火のついたまま残したランタン。

「はっきりとは知らない。わからない」

ルルはアリスの手を取り、ロケットを手のひらに置いた。「このロケットはきれいだね」

「祖母が作ったものよ」アリスはロケットを握りしめた。「うちの家族では、デザート・ピーは勇気という意味。〝勇気を出して、心臓の感じるままに〟」

　ふたりは黙ったまま並んで座って紅茶を飲んだ。しばらくしてルルが腰に手をあてて立ちあがった。

「今日はひとりでいちゃだめだよ」そう宣言した。「エイデンが火をおこしてスキレットをあたためてるんだ。午後にバーベキューをするからあんたも来るの」

　アリスは反論しようとした。

「だめ、これは交渉の余地なしだよ、チーカ。それにグアカモーレはたくさん作ってあるし」ルルはアリスが目のないものや、その利用の仕方をわかっていた。

　アリスは鼻をすすってキッチンのテーブルを振り返った。蝶の羽が広げられていまにも飛び立ちそうだ。ルルに片眉をあげてみせた。

「ああ、いとこのために衣装を作ってるところなんだ。劇に出るんだけど、ちょうどあんたと背格好が同じなんだよね。サイズをたしかめたくて」ルルは言う。

「えっ？　わたしにこれをつけろってこと？　いますぐ？」アリスは自分の身体を見おろした。

「そうだよ。でも、まずシャワーを浴びてね？　髪を洗ったらどうかな？」

「どういうこと？」

「チーカ、あんたの涙と鼻水だらけの衣装をいとこに送ることはできないよ。それに、あたしの祖母《アブエラ》はいつも言ってた。身体を清潔にすることは悲しみの特効薬だって。それとアブエラのグアカモーレね。さっきも言ったけれど、そのレシピの作りたてがうちであんたを待ってるんだから」

熱いシャワーの下に立ったアリスは、ルルがシンクで皿をガチャガチャいわせてかたづけながらハミングするのに耳をかたむけた。思わずほほえまずにいられなかった。

✷

シャワーでさっぱりして巨大なオオカバマダラの格好をしたアリスは、ルルに続いてふたりの家のあいだの未舗装路を進んだ。羽の濃いオレンジ色は赤い土と同じく火のような色味だった。

「どうして言われるままにこんな格好で家の外に出たんだろう？」アリスは思わずルルにそう伝えた。

「そうすれば、エイデンがあたしのいとこのために写真を撮ることができるから。あんたの家にカメラをもってくのを忘れてたんだよね。それに、あんたがどんな格好をしてるかなんて誰が気にするんだよ、チーカ？　忘れてるかもしれないけれど、あたしたちはなんにもない奥地の真ん中にいるんだよ」

アリスは鼻を鳴らしたが笑い声をあげた。この衣装を着たら気分がましになったとしぶしぶ認めるしかない。髪にピンでとめたワイヤーの触角から、黒と白の水玉のドレス、ストラップで背中にとりつけた丁寧に手塗りされたオオカバマダラの羽まで、ルルは細かいところまでいっさい手抜きしておらず、アリスはまちがいなく変身していた。

ふたりはルルの前庭から家に足を踏み入れた。

「エイデンは外にいるはずだよ。あたしはちょっとカメラを取ってくるから、待ってて」ルルは廊下を急いだ。

アリスは調理台のグアカモーレに目をとめて駆け寄り、ラップをはがして指を突っこもうとした。

「なにをたくらんでるかお見通しだからね！」ルルが寝室から声をはりあげた。

アリスは笑いながら指先のグアカモーレをなめた。

「さあ、もってきたよ」ルルがカメラを手にもどってきた。アリスを横目でながめる。アリスはなにもしていないと主張して両手をあげた。

ふたりは外へむかった。「エイデン？」ルルが声を出す。

家の片隅に紙テープが一切れ丸まっていた。もう一切れ。さらにもう一切れ。

「ルー？」アリスはとまどって呼びかけた。

ルルが隣にやってきて腰に手をまわし、アリスを裏庭に連れていくと、ほとんどの同僚の顔がそこにあった。

「誕生日、おめでとう！」ルビー、エイデン、セーラ、それにほかのレンジャーたちがプラスチックのカップを手に立ちあがった。

アリスは両手で顔をおおった。ルルとエイデンは庭を誕生日パーティの会場にかえていた。蝶をかたどった紙の旗がぐるりとパティオに下げられ、あざやかな模様の布製のひよけが木と木のあいだにつられている。ファイアピットでは炎が赤く燃えていた。特大の長方形のラグにたくさんのクッションとビーズクションがいくつか置かれ、紙テープがでたらめに低木に結ばれている。架台テーブルにディップ、サラダ、コーンチップスが並べられ、五十リットル入るに違いない円筒状のエスキーのウォータージャグが鎮座して手書きでデンジャラスパンチと張り紙がしてある。そしてアリスがなによりもうれしかったことに、全員が蝶の羽を身につけていた。

「あたしたちがあんたの誕生日を知らないとでも思ったの」ルルがにやりとした。

アリスは感謝して胸に手を押しつけながら口を半開きにしてルルを見つめた。

「さあ」ルルが笑いながらせかした。「デンジャラスパンチの時間だよ」

誰かが音楽を流した。エイデンがファイアピットにかけられたスキレットでじゅうじゅうと音をたてるケバブをころがす。アリスは驚いたのとすぐに酒の酔いがまわったのとで、頭がぼうっとなって全員を熱烈にハグして歓声をあげた。みんなのパンチのカップにおかわりを注ぎ、火の番をして、つまみを勧めてまわった。ここにいないあるひとりのことを考えずにすむよう、できるだけのことをした。

✷

空が暗くなってパンチが隅々までめぐった頃、アリスは火のそばでブランケットにくるまってルルと座った。炎は真っ黒な空に手を伸ばして星のような火花を飛ばしていた。

「どうお礼を言ったらいいのか」アリスは言った。

ルルがアリスの手を握りしめる。「お礼なんかいいの」

炎が色の海を焦がす。黄色、ピンク、オレンジ、コバルト、プラム、ブロンズ。

「ひとつ話をしてもいい？」ルルが訊ねた。

「いいよ」アリスはほほえんだ。

「あんたには特別なものがあるってわかってたよ、チーカ。最初の日、あんたの車を見たときから」

アリスは愛情をこめてルルをこづいた。「いいこと言ってくれるじゃない」

「冗談じゃなく」ルルはパンチを飲んだ。「うちの一族ではオオカバマダラは火の娘なの。いくさで命を落とした戦士の魂を運ぶために太陽からやってきて、地上にもどり花の蜜を吸う」

低い音をたてて弾ける火をアリスは見つめた。ブランケットをきつく身体に巻きつけ、車のオオカバマダラのステッカーの下に隠されたすべてのことや、自分が誰の娘で誰の孫なのかを考えた。

「車の火の戦士を初めて見たとき、あんたは人生のすべてをここでかえるんだとわかった」ルルが言う。

火の戦士。どう反応したらいいかわからなかった。

「デンジャラスパンチ！　デンジャラスパンチのおかわりを作ったぞ！」エイデンが庭のみんなに呼びかけた。彼の羽はゆがんでたれていた。触角の一本が折れて眉をピタピタと打っている。ルルがあきれながら笑う。話題がとぎれたことにほっとしてアリスも一緒になって笑った。

「さあ」アリスはルルの手をウォータージャグのほうに引っ張った。「デンジャラスパンチのおかわりを飲もう」

冬の星空の下で飲んで歌った。月明かりの下でくるりとまわると、アリスは自分のオオカバマダラの羽がちらりと見えた。ルルの話が頭から離れなかった。火の娘。

＊

彼がやってきたのは深夜、音楽がしっとりしたものにかわって火があざやかに燃え、持参した一人用簡易テントで眠りこける者や、よろめきながら帰宅した者を別にすると、みんながブランケットにくるまってビーズクッションに心地よくおさまっていたときだった。アリスが炎を見つめていたら、彼が四駆から飛び降りてウォータージャグに近づいた。エイデンが彼の背中をポンとたたいてパンチのカップを差しだす。ディランはそれを一気に飲み干した。

「きつい旅だったか？」エイデンが眉をあげておかわりを注いだ。

ディランはふたたび酒を飲み干す。

「ジュリーは元気か？」

ディランは首を振った。「もうおれとは関係ない」

エイデンは三杯目のパンチを彼にあたえた。「おや、そうなのか。すまん」

「なるべくしてなったのさ」ディランは肩をすくめた。

そして振り返って庭を目で探った。炎越しに彼の目がアリスの目と合った。

＊

空が白みはじめた頃、まだ起きていたのはアリスとディランだけだった。

「砂漠で徹夜するのはこれが初めてか？」

アリスはうなずき、酔ってほほえみながらプラスチックのコップの縁をかんだ。彼に見つめられると催眠術にかかったようになる。

「そうか」彼は空を見あげた。「誰かに聞いたかもしれないが、日の出を見ないと徹夜したことにならないんだ」

ふたりは簡易テントが点在するルルとエイデンの家の庭を離れ、ブランケットにくるまって砂丘にあがった。

「日が昇るぞ」低い声を出す彼の視線はアリスから離れない。ぞくぞくした。空があまりに澄んで移りかわる色で活気づくから、思わず両腕を大きく広げて浸るようにした。

「海みたい」アリスはつぶやいた。「とても広くて」思い出が頭のなかで旋回した。

「海だったんだ」ディランが言った。「大昔、ここはいにしえの内陸の海底だった」彼は四方を指さす。「この砂漠は海の古い夢だ」

色とりどりの蝶が胃のなかで舞う。「海の古い夢」アリスはその言葉を繰り返した。

ふたりの肌は燃えるような朝焼けに塗られた。彼が隣に立つ。ふれあってはいないのに、すぐそばにいる彼の肌の熱が感じられるようだった。

「きみはとてもきれいだ」彼が耳元で囁いた。アリスは震えた。

世界が光に照らされると彼はさらに近づいてアリスを抱きしめた。ふたりは日の出のなかでそのまま抱きあって立ちつくしていたが、その日最初の観光バスがやってきて呪文をといた。

✷

23

デザート・ヒースマートル

ルルは裏口で待ち、ふらふら揺れながら飲みかけのパンチのコップを胸元に押し当てていた。庭は紙テープ、蝶の旗、ボトルの王冠で散らかっている。身体はかたむくが、視線はアリスの家の裏にある砂丘に釘づけだ。ディランがマルガの木立のなかに隠れている場所。彼が何カ月にもわたってそこに立ち、アリスを窓ごしにのぞいているのを見たその場所だ。

アリスがやってきた午後に始まったことだった。初めて彼女が黄色いピックアップトラックでパークスヴィルを通ったあの日。ルルが給油しているとディランが車を隣にとめた。彼はわざとらしく友達めいた会話をして、ふたりの過去を消す彼なりの方法なのだろうとルルは推測していたが、彼は道路を見つめて話の途中で口をつぐんだ。ルルは振り返って、彼の見ていたものを見た。アリスが長い黒髪を窓からなびかせ、隣に犬を乗せていた。彼女はまっすぐにルルたちのほうを見た。いや、まっすぐに彼を見た。ルルはしゃべりつづけたが、ディランは聞いていなかった。アリスにすっかり心を奪われていた。かつてルルに対してそうだったように。

その夜遅く、アリスがルルやエイデンと夕食をすませて歩いて帰宅してから、ルルはワイングラスを手に砂丘に座っていた。すると暗闇でなにかが動いた。ルルは自分の肌に残るディランのにおいを思いだし、暗闇に目をこらし、彼がアリスの家の裏手のフェンスぞいに忍び寄る光景に息を呑んだ。理性で自分をとめる暇もなく、ルルはもっとよく見える庭の隅に移動してディランが星空の下、マルガの木立にしゃがんで隠れ、アリスをのぞく姿を見たのだった。あたらしい家のなかでアリスは客であるかのようにぎこちなく部屋を見てまわっていた。しばらくはカウチに座って壁を見つめて犬をなでていた。とても悲しそうな表情だった。ディランはアリスが寝室へむかって明かりを消すまで待っていた。そして立ちあがり、静かに自分の家へ帰っていった。ルルはベッドへむかい、どうしてそんなに震えているのかとエイデンから眠そうに訊かれた。

　次の日の黄昏時、ルルがキッチンでチリとカカオ豆をすりつぶしていたら窓ごしに横切る人影が目にとまった。さらに暗くなるまで待ってから、庭の物陰にそっと出た。ふたたびディランが赤い土にしゃがみ、アリスの家の明かりのともるひらいた窓に引き寄せられていた。アリスはキッチンで料理しながら踊り、濡れた髪が背中に貼りついていた。ブルースが乾いた紫の風にただよった。アリスはコンロのまわりで身体を揺らし、皿をふたつ置いて夕食を盛った。自分のために、そして犬のために。ディランはアリスが寝室へむかうまでとどまってから、自宅へふたたびもどっていった。

　毎晩、ルルはアリスの窓から漏れる光に誘われて砂丘を横切るディランをながめずにはいられなかったが、同時にそんなことをする自分がいやでたまらなかった。影が長く伸びて彼が木立に忍び寄る姿を探す時間を心待ちにするようになった。暗闇に守られて彼は外に座り、アリスのほうは紅茶を飲み、本を読み、犬とカウチに座って映画を観た。あるいは鉢植えの世話や本の整理をして、あるとき家の飾りつけを始めた。彼はたいてい距離を置いていたが、アリスの誕生日の前夜は違った。アリスが散歩からもどったとき、ディランは暗がりから移動して音をたてずにアリスの裏のフェンスの門をくぐった。デザート・ヒースマートルの低木のあいだを抜けて大胆に近づき、フェアリーライトの光のそばまで行った。見つめていた。ルルの位置からは見えないなにかを待っているようだった。

　あとを追いたいという気持ちに抗《あらが》うことなどしなかった。ルルは庭を離れてアリスの家の裏手の砂丘をぐるりとまわって近づいた。デザート・オークの太い幹に隠れ、木立のディランが見つめる先を確認した。アリスが机をまえにしてポケットの花を取りだしていた。それを鳥の卵を扱うようにやさしくノートにはさんでいく。なにか書きはじめて、そして手をとめた。ぼんやりと暗闇を見ている。そのとき、ディランが息を吞む音が聞こえた。まるでアリスが大きな緑の目でまっすぐに彼を見たかのようだった。まるでアリスの顔が希望で輝いたのは彼がいたからであるかのようだった。ルルは急いで家にむけて力強く走った。だからすっぱくて熱いものがこみあげてくるんだと自分に言い聞かせた。

　サプライズ・パーティの終わりにルルが眠ったふりをしていたら、ディランとアリスは連れだって抜けだした。ディランは最初のアプローチとして一緒に日の出を見ようとアリスを誘うだろうか？　ルルに対してそうしたように？

　ルルは裏口に立ってじっと待っていると、思ったとおり、ふたりは足を取られながら砂丘をあがった。彼はアリスを家へ送り、彼女が室内に入ってからもずっとぐずぐずととどまっていた。太陽が空高くを焦がしてから彼は背をむけ、うっとりと酔った笑みを顔に浮かべた。彼が自宅の玄関の奥へ姿を消してから長いこと、ルルはそちらを見つめないではいられなかった。

✷

　サプライズ・パーティ翌日の夕方、アリスはカウチで丸くなって庭の先にある裏のフェンスの門を見つめていた。宙返りする鳥のシルエットは巣へもどる逆さまの星座のようだ。ドアのすぐ外にある黒く枯れた木を夕方の日射しが照らし、芋虫が冬の行進をしてシルクの糸が細く浮かびあがった。国立公園の年間動植物ガイドで読んだことがある。芋虫たちは通り道にシルクのような糸を残して仲間に続くのだが、糸は光を浴びないかぎり目に見えないのだ。

家は静かで、電気ヒーターの音が時折カチカチと鳴り、ピップのいびき、コンロで沸騰する鍋の音がするだけだった。新鮮なレモングラス、コリアンダー、ココナッツのかすかな香りがして胃がひっくり返った。門を見つめた。待った。日射しがゴールドからシナモンにかわった。ディランの声が耳元で響く。家でシャワーを浴びたら行く。裏口から。

アリスは昼間、町からもどる途中で環状道路の脇に彼の小型トラックを、近くの無線中継局のあたりで本人の姿を見つけた。彼はアリスに気づいて手を振った。アリスは車を寄せて飛び降りた。彼を見て身体が熱くなった。

「ピンタ－ピンタ」彼は満面の笑みを見せ、帽子の縁をたたいて挨拶した。

「グッダイ」アリスはにっこりした。

「二日酔いになっていないのか？」

アリスは首を振った。「ぜんぜんよ、不思議なことに。ただ眠れなかっただけみたい」

「おれもだ」

空気は冬のワトルの甘い香りで濃厚だった。

「二十七歳初めての日はどうだ？」

「配達の日だったから、食料を買ってきた」アリスは声をあげて笑った。

「そうか」彼はよくわかると言いたげにうなずき、一緒に笑った。「すばらしい日だったな」

「そうだった。でも、まだ終わっていない」アリスはいったん口をつぐんだ。「今夜の予定は？」

23

デザート・ヒースマートル

彼女はそう口走って彼を見あげた。

彼の視線がアリスの目を探る。「ないと言っていい」

「フレッシュハーブを使ってタイ風グリーン・カレーのスープを作るつもりなの。できあいのスパイスを使わないで」アリスは誘いをかけた。

「うまそうだ」

「だから」アリスは冷静な声をたもとうとした。「一緒にどう？」

「ぜひ」ディランがほほえむ。

「六時でいい？」

彼はうなずいた。「家でシャワーを浴びたら行く。裏口から」

「わかった」アリスはうわずった声で答えた。

そしてついに、彼の懐中電灯の光がスピニフェックスから漏れ、アリスのもとに続く道を照らした。アリスは立ちあがって寝室へ走った。窓辺の暗がりに立って、見つめながら待つ。

彼が裏門にやってきてそっとかんぬきをはずして庭に入ると閉めた。星のかすかな光が彼の肩に落ちる。懐中電灯を消してデザート・ヒースマートルをかきわけるようにしてフェアリーライトが照らすパティオにやってきた。

「ピンタ－ピンタ？」彼がドアから呼びかける。

「どうも」アリスは気さくな笑みをむけて部屋を横切り、裏口を開けた。彼はマットで靴の泥をぬぐい、室内に足を踏み入れた。アリスは彼のコロンが目に見えず渦巻くのを吸いこみ、しばし目を閉じた。彼はアクブラ・ハットを脱いで家中に賞賛の視線を送った。鉢植え、絵画、書籍、ラグ、料理、机。アリスは自分のためのものだと偽っていたが、すべてはこの瞬間を期待してのものだった。

「お腹はすいてる？」

「ああ、ぺこぺこだ」彼は返事をしてソファにどさりと腰かけた。

「迎え酒はどう？」アリスは訊ねる。

「もちろん」彼はそう言った。アリスは冷蔵庫を開けて奥にあるビール二本に手を伸ばした。王冠を開けたら泡が吹きでてなんだかほっとして、一度に一ダースでも開けられそうな気がした。

「乾杯」アリスは一本を彼に手渡しながら言った。

「乾杯」彼はうなずいた。ふたりでボトルをチリンと合わせると、アリスの全身で神経がねずみ花火のようにくるくるまわった。

＊

　スープとビールのおかわりののち、ふたりはまえをむいてカウチに座った。ふたりとも顔が赤かったのは、暑さ、ビール、チリ、そして別のなにかのせいだ。ふたりは物語を、自分たちが育った場所について語りあった。どうやれば自分のある部分をさらしながらほかの部分はさらさずにすむのか、ふたりとも知っていた。何週間も続けていたことだ。だが、物語は日光に照らされた塩田のように干上がった。

「あのフェアリーライトめ」しばらくして彼がつぶやいた。

23

デザート・ヒースマートル

ヒーターがカチカチと言い、うめいた。

「あれがどうしたの？」アリスは低い声で訊ねる。

「おれの家のどの窓からもあれだけが見えた。何カ月も気になって仕方がなかった」

興奮がアリスの身体を突き抜けた。「そうだったの？」

彼がアリスを見た。目はそらさない。

彼のくちびるがアリスのくちびるに重なった。突然、やさしく。性急に。アリスも激しくキスを返し、目を閉じようとはしなかった。これは空想ではない。彼はここにいる。

ふたりは皮のように服を床へ脱ぎ捨てた。彼がまた腰を下ろしてアリスの姿を見ようとすると、アリスは手で身体を隠した。だが、彼は手をとり、そのまま彼の胸に押しあてさせた。肌と骨の下に感じた。心臓が語る声。

彼はここにいる。彼はここにいる。

アリスは彼を引き寄せた。するどく吸いこむ息――彼はアリスに押し入った。手足をからめてどちらのものか見分けがつかない。理性をなくす興奮。怖いぐらいだ。アリスの意識に感覚の断片が次々と浮かぶ。足元の濡れた砂、呼吸がしやすくなった肺、汗ばんだ肌、銀の海の近くでカモメとあげる叫び声。緑のサトウキビ畑で髪をたなびかせる風の勢い。ひそやかに流れる川。大地から引きちぎられるひとつかみの赤い花。

24

ブロード リーブド・パラキーリア

あなたの愛でわたしは生き、そして死ぬ

Calandrinia balonensis

ノーザン・テリトリー

ピチャンチャチャーラ語でパルキリパと呼ばれる。乾燥地帯の砂の土壌に育つ多肉植物で、みずみずしい葉とあざやかな紫の花をつけ、花はおもに冬から春にかけて見られる。干魃の際に葉を水源とすることができる。この植物は加熱すれば食用可能となる。

その夜からふたりは時間があればいつも共に過ごした。アリスはほかの友人たち、とくにルルを無視していることはわかっていたが、ディラン以外の人とは一緒にいたくなかった。

本格的な冬を迎え、ふたりは焚き火を燃やして星空の下、彼の簡易テントで眠って、ピップはいつも近くで丸くなっていた。

「シフトをかえてくれ」ある夜、腕枕で横たわって空を見あげるアリスに彼は言った。「ひとりが休みでもうひとりが仕事の週末、きみがいなくて寂しすぎる。もっと会いたい」

なんとうれしい言葉か。彼にもっと求められている。アリスは笑顔をむけて彼の肌の大地と緑のにおいをかいだ。彼は腕枕をはずして起きあがった。レザーのブレスレットをほどいてアリスにむきなおり、やさしく両手を握った。アリスはうなずき、ブレスレットを手首に結んでもらいながらほほえんだ。

「ンガユク・ピンタ‐ピンタ」彼が熱っぽい声で言う。

彼の上に引き寄せられながら、ルルの声が一瞬頭に浮かんだ。おとぎ話の暗い森をさまよう少女のように、安全じゃなくなる。

「ンガユク・ピンタ‐ピンタ」彼はふたたび囁き、アリスの手首に両手をまわした。おれの蝶。

アリスは全身で彼を包んだ。

✷

シフト変更が承認されるのを待つあいだ、アリスの砂漠の生活はディランを中心にまわった。ふたりとも夕日のときが休みであれば、ピップを連れてファイア・トレイルを歩いた。アリスは押し花ノートのためのワイルドフラワーでポケットを満たし、ディランはとける赤い日射しを浴びたアリスの写真を撮影した。アリスが夜のパトロールで仕事終わりが遅いときはまっすぐに彼の家まで車でむかい、彼が夕食や熱い泡風呂を用意して待っていることもたびたびあった。そんな夜にはピップを従えて彼は風呂の隣で壁にもたれて座り、物語を読んでくれた。ふたりとも丸一日休みであれば、おたがいの熱くなったむきだしの肌に気を取られるまで日射しを浴びて庭づくりをした。アリスが子供の頃に母の畑を手伝ったことにふれたら、ある日仕事からもどると、彼は赤い土を切り開いて黒い地面の苗床を作ってくれていたのだ。夜にはカウチで寄り添い、ヒーターを赤々とつけて、まずまず受信できる地方局にチャンネルを合わせてＢＢＣのドラマやアンティークを鑑定する番組を観た。ごくたまに冬の空が曇ってまったく日が照らないときはベッドにとどまったままでいた。そうした日々はパンケーキがつきものだった。アリスはパンケーキを焼いてタワーのように積みあげ、ベッドに運んでふたりで食べつくした。

✷

ある寒い午後にシロップたっぷりのごちそうを食べ終え、ふたりは横たわって、カーテンの隙間から入る灰色の明かりに浮かぶ埃を見ていた。ディランが深いため息をつき、もつれあった身体を離した。落ち着かず、じっとしていられず、一日中アリスをまともに見ようとしていなかった。眠たげでけだるいセックスのあいだでさえもだ。アリスはなにがいけないのかわからなかった。そしてなぜ自分が彼に理由を訊くのをこれほどためらっているのかも、わからなかった。

彼の裸の腹から胸へ指先で円を描き、首と顔まで続けた。彼は反応しない。「どうしたの？」アリスは囁いた。自分の愛で修復できる。それがなにであっても。彼は答えない。アリスは待った。ふたたび質問した。

「別に」彼はそっけなく言い、肩を振ってアリスの手から離れた。「悪い」彼は首を振る。「悪い、ピンタ‐ピンタ」起きあがり、膝に肘をついてうつむいた。

アリスは隣に座った。ひどく不快になる穴が開いたようなおなじみの不安を腹に感じた。これ以上彼を刺激しないよう、注意して言葉を選ぶ。

「話していいんだから」声を明るくたもってそう声をかけてみた。「どんなことでも」おずおずと片手を伸ばし、一瞬ためらってから、彼の背中の中心に手のひらを押し当てた。彼は寄りかかってきた。

「すまない」うめいた彼はアリスの肩に顔を埋めた。「すまない。一緒の時間をぶちこわすつもりはないんだ」

アリスは彼の頭をなでた。「わかってる」そうなだめた。「わかってるから」

「よくなるはずだ」彼はひとりごとのように言った。「おれはよくなるはずだ」彼は首、顔、口にキスしてきて、なにかに駆り立てられるようにアリスを抱きしめた。

アリスは目をかたく閉じて彼にキスを返した。どういう意味だろう、よくなる、というのは？　どんなものから違うものになるはずなのだろう？　そしてどうやって？　胸がだんだん締めつけられるような気がする。

「愛してる」彼は囁いてアリスの脚のあいだに伏せた。

アリスは彼の言葉を吸いこみながら、頭からいくつもの質問を追い払った。

✴

冬が終わりに近づいてきた。次第に朝があたたかくなっていき、フィンチが空を飛んで巣を離れるようになり、アリスのディランとの生活は花ひらいた。彼への愛が強まるにつれて、ルルとの友情にわだかまりのあることがますます耐えがたくなってきた。シフト変更願いが受理された直後のこと、ルルが休憩室の掲示板をたしかめているところに出くわした。あたらしいシフト表を見てルルの顔に浮かんだ表情から、なにかとてもおかしいとわかった。

「ヘイ、ルル」アリスは気さくに声をかけて調理台から洗ってあるマグカップを二個取りだした。「パトロールのまえに、お茶しておしゃべりしようよ」

ルルは無表情を崩すことなく、アリスをかすめて歩き去った。

「彼女はきっとのけものにされた気分なのさ」ディランは夜にそう語った。「きみはおれほど彼女を長く知らない。おれはよく知ってる。こういうことについては、嫉妬深くていやな感じになる女さ」

アリスは料理中の春野菜のリゾットをかき混ぜた。意味はとおる。ほかにルルが自分にあれほど冷たくする理由があるだろうか？　だが、ルルとディランの過去が気になって仕方がない。白ワインを飲んで彼にするどい視線をむけた。

「なんだ？」

アリスは彼を見ないでまたワインを飲んだ。

「言ってみろよ」ディランがほほえむ。「きみの顔は本みたいに読めるんだぞ、ピンタ‐ピンタ」

それで勇気が出てアリスはほほえみ返した。「あなたとルルはいままでに……」それから先は言えなかった。

「おれとルルが？」ディランは冷たく笑って首を振る。「最初、彼女はおれに気があったと思うが、なんの進展もなかったぞ」彼はアリスのうしろに立ってきつく抱きしめた。「そんなに心配するな。全部きみの想像さ。彼女もそのうち乗り越える。わかったか？」

「わかった」アリスは彼の胸にもたれた。

24

ブロードリーブド・パラキーリア

✷

同じシフトで働くようになると、アリスとディランはまったく離れられなくなった。一緒に車で仕事に出かけて帰宅し、昼食も同じ時間だった。アリスは弁当を詰めたがふたりは結局食べずに終わった。本部裏の人目につかない場所にとめた彼の小型トラックにこっそり乗り、そこでは無線は聞こえてきても、相手に溺れることができた。仕事が終われば一緒にビールを飲んで空の色がかわるさまをながめ、ファイアピットで夕食を作り、ピップもまじえて星を見あげてのんびり過ごした。アリスは自分の家には帰らず、彼の家の庭から暗闇にぽつんと立つ自分の家の方向を見ることを避けていた。

初めてふたりで過ごす四日間の休日を迎え、ディランはコーヒーを淹れて朝早くにアリスを起こして頬にキスした。

「一緒に来いよ」彼はアリスの裸体を上掛けでくるみ、玄関に連れていった。アリスは目元をこすりながらコーヒーを口へ運び、そこで彼が網戸を仰々しいポーズで開けた。水晶のような朝だった。彼のくたびれた四駆には荷物が積まれ、ふたり用の簡易テントがルーフラックにくくりつけられていた。

「ここを抜けだしたいか？」彼が眉をあげる。

「西海岸へ逃げるの？」

「四日じゃあ、そこまで行ってもどれるとは思えないな」彼は冗談を言った。「けど、もっと近くに同じくらいいい場所を知ってるぞ」

「小旅行ね」アリスは歌うように言って彼ににじりよった。

ディランはアリスの身体をくるむ上掛けを見つめた。はしっこを腕の下から引っ張ってはらりとアリスの足元に落とす。「出発を少し延ばそうか」

アリスはふざけて悲鳴をあげ、ディランが家のなかまで彼女を追いかけた。

＊

数時間後、アリス、ピップ、ディランは赤い砂、ゴールドのスピニフェックス、老齢のデザート・オークがとけあう風景を抜ける幹線道路で車を走らせていた。ドアミラーでアリスはピップが舌を風にだらりとたらす姿を見つめた。時折、起伏する風景がたいらになり、春の盛りを迎えたワイルドフラワーが見えることもあった。黄色、オレンジ、紫、青の草原に目を奪われる。ディランがアリスの太腿を握ってほほえんだ。彼はラジオをつけて曲に合わせて歌い、盛大に音程をはずした。アリスはしあわせすぎて目を閉じた。

午後なかばにはディランはスピードを落として幹線道路から、地を這うようなエミュー・ブッシュやルビー・ドックの茂みを縫うように進む、標識のないでこぼこの道に曲がった。どうしてこんな道があることを彼は知っているのかと一瞬アリスは考えた。ディランはタイヤが地面をしっかりかむまで待ってからアクセルを踏みこみ、背後に赤い砂をまきちらした。でこぼこの道をガタガタ揺れながら進み、目のまえにひらけた砂漠の眺望が広がった。世界から切り離されてアリスは心が躍ったし、怖いとも思った。どこへむかうのだろうと考えながら問いかけるように彼に視線をむけ

24

ブロードリーブド・パラキーリア

たが、彼はほほえむだけだった。

しばらくして、尾根をのぼる細くて見分けがつかないくらいの道へ曲がった。ディランは四駆モードに切り替えてこの道を這うようにのぼり、伸びすぎた木の枝を押しやって進んだ。周囲では赤い岩の露頭のところどころにワイルドフラワーが花を咲かせている。真っ白な幹の巨大なユーカリがミントグリーンの枝を揺らしている。空は深いサファイアの青。折につけて鷹の黒いシルエットが頭上を舞う。

「ピンタ－ピンタ」ディランがほほえみ、前方の尾根の頂きを指さした。そこを越えて反対側へ下ると、赤い岩の峡谷に出た。アカシアとマレー・ガムに縁取られ、白い砂の土手のある広くて緑茶の色をした川が流れていた。

「ここはどんな場所？」アリスは神妙な気持ちで訊ねた。

「夕日を見ればわかるさ」ディランが訳知り顔で言う。彼はデザート・オークの木立の隣にある空き地に車をとめた。ここまで彼は地図を見ないでやってきたとアリスは気づいた。

「こんな場所、どうやって知ったの？」

「国立公園で働くまえ、おれはツアーガイドだったんだ。おれが案内した老人のひとりがここへ連れてきてくれた。ここは彼の祖父母の故郷で、家族が集まって楽しいときを共有したしあわせな場所だったそうだ。おれがガイドを辞めたとき、彼はいつでもここに来ていいと言ってくれた」彼はハンドブレーキを引いた。「おれの家族を連れてこいと言って」彼の目は意味ありげだ。

アリスは言葉に詰まり、胸がいっぱいになった。

彼が寄り添う。「おれはそんな幸運に恵まれるのかな？」そう囁いた。

　アリスはディープキスで彼に返事をした。一瞬ののち、彼はうめいた。

「きみに骨抜きだよ、ピンタ－ピンタ」彼は首を振った。「さあ。せめてキャンプは張らせてくれ」

彼は車を降りてうしろのドアを開けてピップを下ろし、ピップはまっすぐに川へ走った。

　アリスはシートにもたれ、犬が泳ぎ、ディランがキャンプ用のコンロとエスキーを荷解きしながら口笛を吹く姿をながめた。ささやかな自分の家族をながめた。夕日のなかに降り立って彼らと合流し、これほど自分が完全だと感じたときを思いだせないでいた。

✷

　日没までにふたりは簡易テントを張り、たきつけを集め、カーラジオで静かな音楽を流しながら赤ワインを飲み、キャンプファイアで串焼きにするためにハルーミ・チーズ、キノコ、ズッキーニ、パプリカを切った。薪からあがる煙とユーカリのにおいが混じって頭がぼうっとなりそうだ。アカオクロオウムが空に響きわたる鳴き声をあげ、イワワラビーが近くをジャンプする。アリスは自然と笑顔になった。峡谷の岩壁の色がかわりはじめると、ディランがアリスの手を取って土手にあがり、ユーカリの幹にもたれて座ってから真似するよう手振りした。アリスは彼の脚のあいだに座って胸にもたれた。

　彼はアリスの耳元に鼻を擦り寄せた。「これを見せたかった」

　太陽が沈み、最後の日射しが峡谷をタフィーの色の何本もの太い光で満たした。

「すごい」アリスはつぶやいた。

24

ブロードリーブド・パラキーリア

「まだこれからだ」

彼の腕に抱かれてながめていると、空のすべての色が峡谷の岩壁を流れ落ちてガラスのような川面にたまり、ふたたび空へとはね返る光の渦を川が反射させているように見えた。アリスは首を振った。峡谷と川は完璧な椀状の鏡のようにたがいに反射しあい、真っ赤に燃える夕日の色に浸っている。この光景でおとぎ話の本を思いだした。魔法がかかって奇跡のように満たされるからっぽだった聖杯。底に楽園がある願掛けの井戸。

ディランがアリスにまわした腕に力をこめた。「自分の目で見ないと信じられないだろう？」

ある記憶が不意打ちのようにアリスを揺さぶった。ルルの声。ここから遠くない場所に峡谷があって、夕日のときなんか自分の目で見なければ信じられない光景だよ。

アリスは起きあがって身体をこわばらせた。ディランを振り返る。彼はほほえみかけていた。

「ここに何人の女を連れてきたの？」アリスは口走った。

ディランの目から表情が消えた。「なんだって？」

胃がねじれる。アリスは魔法をといてしまった。

ディランが降参のポーズで両手をあげる。「なんだってそんな質問をする？」

「そうじゃなくて」アリスは気軽な口調を作った。「いえ、女というか、その、ここにルルを連れてきたことはある？」頭のなかは意味のとおらないことや雑音で鈍った。彼をいらだたせたくなかったが、訊かずにいられない。彼が連れてきた以外に、ルルがこの場所の夕日について知ることができるか？

ディランは荒っぽくアリスを突き飛ばして立ちあがった。「クソ信じらんね」彼はつぶやいてキャンプへもどる。

アリスの身体は押された手の強さでずきずきした。

「ディラン」そう呼びかけ、やわらかい砂を這ってあとを追った。

「なんだ？」どなって振り返った彼の目は怒りで光っていた。「ルルとはなにもなかったと言ったよな。ふたりで初めて出かけた週末をぶちこわすようなことをどうして訊く？　おれよりあの女とあいつの嫉妬心のほうを信じるのか？　そういうことか？　それから、ここに何人の女を連れてきたかってのはどういう意味だ？　おれをどんな人間だと思ってる？」

「どうしよう」アリスは顔をくしゃくしゃにしてうめいた。ディランの言うとおりだ。ルルはほかの峡谷のことを話していたのかもしれないし、ディランとは別にここへ来たのかもしれない。不安になった。どうして放っておけなかったんだろう？

彼はキャンプファイアをつつき、火花を散らした。

「本当にごめんなさい」アリスは謝って彼に手を伸ばした。彼は無視する。「忘れてくれない？　お願いよ？　あんなことを言ってばかだった。どうしてあんなことを訊いたのかわからない。本当にごめんなさい。お願い」また話しかけて彼にむけて腕を広げた。「お詫びをさせて。わたしが料理する。もっとワインを飲もう。さっきのことは忘れて。それでいい？」

彼は冷たい視線をむけて立ちあがり、背をむけた。

「ディラン？」アリスの声は裏返った。

彼は日が沈んだあとの紫の暗がりへ歩き去った。

震えながらアリスは夕食の支度をした。すべての野菜とハルーミ・チーズをグリルしてピップに

24

ブロードリーブド・パラキーリア

餌をあたえ、グラスにワインを足しておいた。ディランがもどったのはさらに一時間ほどして暗くなった頃だった。夕食は冷めてチーズは固くてゴムのようになっていた。彼は腰を下ろしてフォークで料理をつついた。

「きみは夕食までぶちこわした」彼は手をつけていない自分の皿の中身を火にくべてワイングラスに手を伸ばした。アリスがなんとか腹に入れた料理は冷たい石のようだった。皿を隣に置いてピップに夕食をたいらげてもらった。

「本当にごめんなさい」アリスは囁いた。彼と膝を合わせた。「ごめんなさい」

彼は反応せず火を見つめている。

何時間にも思えるほど謝りつづけてようやく、彼は片手をあげてアリスの脚の内側にすべらせた。その夜の大半と翌日ずっとかかったが、キリルピチャラへ帰りの旅を始める頃には、できるだけなだめて従順にふるまったアリスの努力でディランの心を取りもどすことができたようだった。

自宅の私道に車を入れ、彼は身を乗りだしてアリスにキスしてから車を飛び降り、門を開けた。彼が背をむけるとアリスは顔をゆがめた。峡谷で愛しあったとき、すり傷やアザができていたのだ。彼はいつもより乱暴だったが、いまではいつものふたりにもどったように思えてほっとした。

ふたりで車から荷物を降ろしていると、ディランが手をとめてやさしくキスしてきた。「最高に美しい週末をありがとう」彼が探るような目で見る。

アリスは感謝して彼にキスを返した。今後はもっと注意しなければ。なにか言うまえによく考えて。

＊

春は中央の砂漠地帯を絵の具の箱のように色とりどりに塗った。ハニー・グレヴィレアが琥珀色と黄色の房の花を咲かせ、重く甘い香りがあたりを満たした。アゴヒゲトカゲがスピニフェックスの茂みのあいだでのんびりと日光浴をしている。ディランの庭のアリスの菜園では芽が出てきた。午後はあたたかくなっていき、アイスクリームや日光浴にふさわしい気候になった。アリスは彼の家の庭の赤い土にビーチタオルを敷いて横たわり、ヘッドフォンから流れる音楽に合わせてハミングしながら本を読んだが、それも彼がビキニ姿に目をとめるまでだった。彼はアリスをいままで以上に貪欲に求めた。キャンプをした週末のあやまちはすっかり忘れられていた。昼が長くなるにつれて星がさらにまばゆく輝くようになった。

「バーベキューをして人を呼ぼうよ」ある夜アリスは夕食に豆腐のスイートチリ炒めを作ってグリーン・サラダをあえながら言った。「家もこれだけ手入れをしているし、満開のハニー・グレヴィレアとファイアピットのある庭はすてきよ」

ディランは返事をしなかった。彼はダイニングテーブルに座っている。キッチン照明の照り返しで表情が読めない。

「ベイビー?」アリスはコンロからフライパンを下ろしながら訊ねた。

「いいね」彼が答えた。「楽しそうだ」

「よかった」アリスは軽やかに答えて皿をテーブルへ運んだ。「明日仕事のとき、みんなに打診するね」彼にキスして食事をしようと腰を下ろした。彼は無言で笑顔をむけた。

24

ブロードリーブド・パラキーリア

　翌朝、アリスはわくわくしながら本部へむかった。自分とディランはあまりにもべったりだったから、数少ない仕事仲間たちともう少しまじわるのはいいことだろう。

　スタッフ用の事務室に足を踏み入れたときは、なにもかもが簡単すぎるくらいだった。アリスがあまり知らないサガーとニコというふたりのレンジャーがいて、今度の週末になにもすることがないと嘆いていたのだ。

「ふたりともバーベキューに来ない？」アリスは気さくに声をかけた。

「おお、ありがとう」サガーが言う。

「ほんと、いいね」ニコがうなずく。

「決まり」アリスはにっこりした。「ファイアピットをディランの家に用意するから。彼がスキレットで炭焼きのごちそうをふるまうね。それから――」

「ええと」サガーが口をはさんでニコをちらりと見やった。「あのさ、アリス？　いま思いだしたんだけど、今週末はアグネス・ブラフに行くんだった。その、おれは――」

「そうそう」ニコが話の続きを引き取る。「しまったな、忘れるところだったよ。四駆の点検をしないとならなくて」

　アリスはふたりへ交互に視線を送った。パントマイムでも見ているようだ。

「間一髪だった」サガーはあきらかにほっとしている。「思いださせてくれてありがとう、アリス！」

「また今度」ニコが申し訳なさそうに言う。

「でも招待してくれてありがとう」サガーがそう声をかけ、ふたりは急いで事務室をあとにした。

ふたりが去ってからアリスは紅茶を淹れた。歯をくいしばる。泣くものか。いま起こったことを考えすぎないようにした。

✴

その日はずっとうまくいかなかった。現場でミスをしてばかりで、極めつけはハンマーで親指をたたいてしまって激痛に顔をしかめた。

「本部にもどって手当をしてもらうんだ、アリス」サガーがアリスを早退させた。

応急処置の係員から解放されるとすぐに、甘いビスケットと一杯の紅茶を求めて休憩室へむかった。心は沈んだ。ルルとエイデンが湯沸かし器のまえに立ち、マグカップを手におしゃべりしていたのだ。アリスがやってきてすぐにふたりは話をやめた。アリスはティーバッグが収納されている戸棚にむかい、ふたりに背をむけた。完全な沈黙が重くのしかかる。

エイデンが最初に口をひらいた。「元気かい、アリス?」

返事をする間もなく、ルルがあからさまにマグカップの中身をシンクに空けて部屋をあとにした。エイデンは困り果てた表情でアリスを見やってから、ルルのあとを追った。

「わたしは大丈夫」アリスは囁くように自分に言い聞かせて、ふたりの後ろ姿を見つめた。

✴

それからの数日も同じように混乱してしまうものだった。アリスがディランの家で集まろうとほかの同僚に提案するたびに、説得力のない言い訳を聞かされるだけだった。ディランがバーベキューについて訊ねることもなく、アリスがふたたび話題に出すこともなかった。その週が終わるまでに、ディランはここの全員と知り合いだが、キリルピチャラに彼の本当の友人はひとりもいないのだと気づくことになった。彼にはアリスがいる。アリスだけだ。その理由が理解できなかった。

　仕事が終わって彼の私道に車を入れて門を開けながら、ディランが読んでくれた一冊の本を思いだした。日本のおとぎ話を集めたものだ。ある話で、女職人が金継ぎをおこない、漆と金粉を混ぜたもので割れた陶器を修理していた。割れた陶器の破片の山に女は身をかがめてうまく合わさるように並べ、細い筆を手にして筆先を金粉に浸しているイラストがあった。破損と修理が恥ずかしいことでもごまかしでもなく、物語の一部になるという考えかたに魅了された。

　アリスは車を進めてディランの小型トラックのうしろにとめた。あらたな決意と共にドアを閉めた。なにかの理由で彼が自身を望むほどよくない人間だと考えているにしても、なにかの理由でみんなが彼と過ごしたくないと思っているにしても、彼が自分のどこかが壊れていると考えているにしても、アリスはみずからを金のようにとかしてそれを修理してみせる。

✷

　数日後、アーンショー・クレーター・リゾートがすべての旅行会社と国立公園のスタッフに、年に一度のパーティ、ブッシュ・ボールへの招待状を送ってきた。

アリスが一緒に行こうと誘ったら、ディランはつっぱねた。「あんなの、ただの盛大な飲み会さ」彼は冷笑する。

「そうだろうけど、一緒に行けば楽しいでしょ？」アリスは浮かれて自分の招待状を彼の家の冷蔵庫にマグネットでとめた。誕生日以来、ふたりはパーティのたぐいに行っていなかった。ネットで見つけたゴールドのシルクのドレスがほしくてたまらない。おしゃれする口実ができたと思って足取りも軽くなる。それにふたりそろって出かけ、親睦のためにみんなに会う口実にもなる。

「本気で行きたいのか？」ディランが背後から声をかけて考え事をさえぎった。

アリスは振り返り、彼のウエストに腕をまわして腰と腰を押しつけた。「本気で行きたい。何杯か飲んでちょっぴり踊ればきっと楽しいはず。ちょっと酔っ払って」からかうように言い、つま先立ちになって彼の首にキスした。「それで日の出を見て、完璧な徹夜にしよう。デートということにできるじゃない」決めた。あたらしいドレスを着て彼を驚かせよう。髪も特別にセットして。口紅と、彼の好きなあの香水もつけて。彼を見あげた。

「おれとデートしたいのか、ピンタ－ピンタ？」彼の目は欲望で曇っている。

「いつだって」そう答え、彼に抱きあげられてわざと悲鳴をあげ、ベッドへ運ばれた。きっと楽しくなる。自分にそう言い聞かせた。ふたりで過ごす最高の夜になるはずだ。

＊

ブッシュ・ボールの日、アリスはシャワーを浴びるために早めに帰宅した。あたらしいゴールド

24

ブロードリーブド・パラキーリア

のドレスのジッパーをあげ、リップグロスとマスカラをつけて、かかとにゴールドの蝶の飾りがついたあたらしいカウボーイブーツを履いた。ディランが帰ってきて、アリスの頬は興奮で熱くなった。彼のために冷えたビールを準備して、わざと下着を穿《は》いていなかった。そうすれば彼が夢中になるとわかっていた。

　ディランはアリスを見て足取りが鈍くなった。立ちつくし、動かない。

「デートの夜の準備はできた？」アリスはにっこりして訊ねた。軽く腰を振ってドレスを揺らす。

ディランはポケットの中身すべてをゆっくりとコンソール・テーブルに置いて、黙ってキッチンへむかった。

　なにも言わない彼の冷ややかさに胸が苦しくなった。彼が薬棚を探ってパッケージから錠剤をふたつ押しだす音がする。

「ベイビー？」アリスは心底がっかりした気持ちを隠そうと訊ねた。「大丈夫？」

　彼は答えない。アリスはキッチンへむかった。

「ベイビー？」ふたたび声をかける。

　彼は背をむけたまま、冷たく訊ねた。「なにを着てる？」

「えっ？」胃がずしりと重くなった。

「なぜそんな格好をしてる？」

　アリスはあたらしいドレスを見おろした。ゴールドは突然、魔法のようではなく、けばけばしいものになった。

　振り返った彼の目は暗かった。「なぜ今夜のためにあたらしいドレスを買ったんだ？」声が震えている。「なぜそこまでクソみたいに着飾りたいんだ？　同僚の男たちがおまえを想像してマスかけるようにか？」

ディランがアリスの全身をながめながらまわりを歩き、アリスの身体はかたまった。呼吸するのもつらい。

「答えろ」彼が静かに言う。

涙が浮かんだ。アリスには答えがなかった。声が出なかった。

✴

ルビーは自宅の裏庭で火のそばに座り、ペンとひらいた手帳を準備して待っていた。ブッシュ・ボールには関心がない。一日中、詩が降りてくる予感があって、それを逃したくなかった。砂丘の先、ディランの家の私道でなにかが動いて気が散った。アリスの犬が慌ててユーカリの木の裏に隠れている。家の窓のぼんやりした明かりの奥で、ディランのシルエットが歩きまわっていた。

ルビーは彼を見つめた。深々と息を吸い、震えるペン先を手帳に押しつけた。


季節はかわりゆく。

苦いものが空に放たれる。

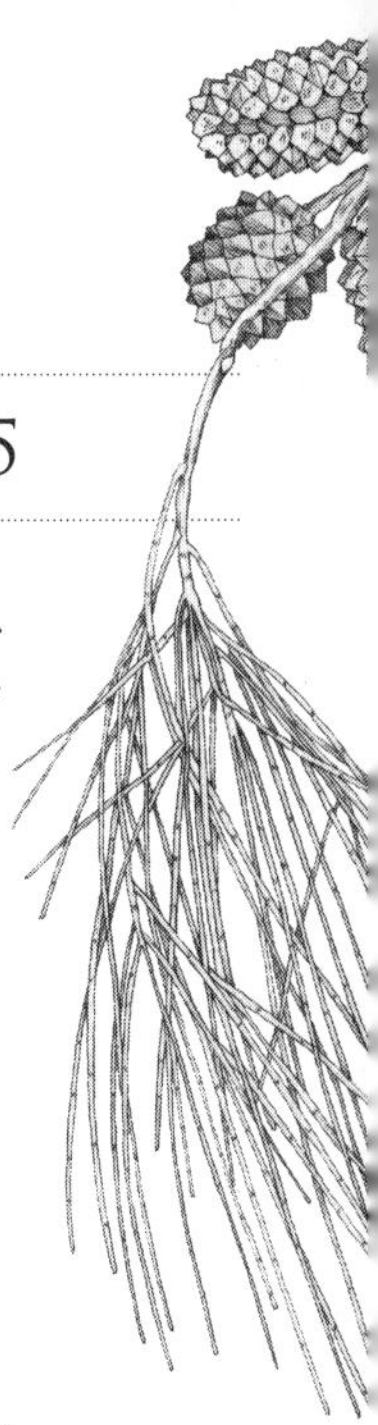

25

デザート・オーク

復活

Allocasuarina decaisneana

オーストラリア中央部

ピチャンチャチャーラ語ではクルカラーと呼ばれる。深い溝のついたコルクのような樹皮をもち、火災を抑制する効果がある。成長は遅いが主根の伸びは速く、深さ十メートルにある地表下の水に到達できる。成熟した木は大きく茂る天蓋を形成する。中央砂漠地帯で見られる多くのものは樹齢千年を超えると考えられる。

春もなかばになり、ミントブッシュの花が終わって雨季が訪れる頃、アリスは何年もまえに潮の流れを読む方法を学んだのと同じように、ディランの機嫌を読む方法を学んでいた。アリスが気にかけて、用心し、彼の気分にすぐに対応するかぎり、ふたりはしあわせいっぱいだった。

雨が一週間やまず、キリルピチャラ周辺の未舗装路や遊歩道は赤い泥にかわった。〈ぬかるみに注意〉という警告が本部の掲示板に現れた。アリスはじっくり目をとおしたが、クッツ・プリの先をパトロールするときはどうしようもなかった。車でまっすぐ泥沼に突っこんでしまった。タイヤが泥に埋まってからまわりした。少し泥を掘ってみたり、アイドリングしてみたりしたが、どうしても動かない。結局、無線で助けを呼んだ。

サガーがまず反応して、小型トラックを牽引して引っ張りだしてくれた。本部にもどるとレンジャーたちが仕事を終えて飲み物とつまみを楽しんでいた。

「一杯やろう」サガーは赤い泥にまみれた彼の小型トラックを降りてそう言った。「ここまで苦労しているんだから当然さ」

「ピンタ‐ピンタ」ルビーが駐車場のむこうから声をかけて手を振った。デザート・オークの下でみんなが腰を下ろし、蓋の開いたエスキーと手づかみで食べられる料理を広げたテーブルがある。

「人見知りしないの」

アリスはサガーに作り笑いをして、ルビーに手を振り返した。ディランはそこにいなかった。たぶん、むかっているところだろう。もしむかっているのならば、アリスもここにいないとだめだ。ひとりで家に帰れば彼が腹を立てる。でも、彼が来ないつもりなら……アリスは雑念を振り払い、仲間たちにくわわった。一時間で切りあげよう。

ルビーがビールを差しだした。「会えてうれしいわ、ピンタ‐ピンタ」

アリスもルビーに会えてうれしかった。ルビーのセキセイインコのパンツを見おろして、にやりと笑わずにいられなかった。

「本当だよ、ぼくたちきみにはほとんど会ってなかったからな。ブッシュ・ボールには来れなかったのかい？」ニコが訊ねる。

サガーが彼の脇腹を肘で突いた。テーブルに沈黙が広がる。アリスの頬は燃えるようだった。

「そ――んなことより」サガーがビールを高くかかげた。

乾杯が始まってみんながボトルをチリンと合わせた。アリスは一気に飲みほした。ビールで身体の力が抜けて、額のしわがゆるんだ。胸に明るい気持ちが広がる。仲間たちの複雑ではないあたたかさは癒やしだった。

25

デザート・オーク

三本目のビールを終えてふと時間をたしかめた。二時間過ぎていると気づいて息を呑んだ。慌ててみんなに挨拶をしてまっすぐにディランの家へ車でむかった。門に手をかけると鍵がかかっていた。一度も鍵のかかっていたことはなかった。彼に呼びかけたが、声は風に呑みこまれた。

ピップはどこだろう？　ディランと一緒だろうか？

アリスはパークスヴィルのなかを飛ばして自分の家の私道に手荒く車を入れた。ここで夜を過ごしたのはずいぶん前のことで、もはや我が家のようには感じられなかった。門の奥で、ピップがアリスを見て興奮して円を描いて駆けた。ディランがここに置いていったに違いない。アリスは玄関の鍵を開けて家に足を踏み入れた。

いやなにおいがした。アリスは家中を歩きまわって、コンロの下のネズミ取りにかかったネズミを見つけた。吐きそうになりながらこれを始末した。すべての窓とドアを開け放ち、アロマポットを一度洗ってから、サンダルウッドとローズ・ゼラニウムのオイルをたらして火をつけた。本棚は赤い埃に薄くおおわれていた。きれいにふいて、無視されていた本の背表紙に指をすべらせる。パントリーを探ってからベイクドビーンズの缶詰を温め、ほとんどをピップにあたえた。自分は食べられなかった。夜どおしディランに電話をしたが、彼は受話器を取らなかった。裏のパティオのフェアリーライトの下で震えながら、砂丘の先で星を背景にした彼の家のシルエットを見つめた。

胃の穴の不安が広がった。彼はアリスを罰しているのだ。彼のもとに帰らなかったことで。ビールの会に居残っていいかどうか、まず彼にたしかめなかったことで。彼にとって正しいおこないをしなかったことで。アリスにはわかっていた。

家に入って戸締まりをした。手早く熱いシャワーを浴び、かたまった首筋をほぐそうとしてから、ベッドに入った。ピップが隣に落ち着き、小さないびきをかいた。

アリスも眠りかけたところで、窓の外から音がしてはっと目覚めた。踏まれた小枝の折れる音。

ベッドから飛び起きて窓に近づき、ほんの少しカーテンをめくった。耳でどくどくと血のめぐる音がする。ピップが吠えた。アリスの目が星明かりに慣れると、裏庭が影で埋まっていた。けれど、ひとつとして彼だと見分けることはできなかった。

＊

翌朝はコーヒーを一口飲むのがやっとだった。震えながら運転して仕事にむかった。本部に車をとめると彼が出迎え、ほほえみ、アリスの顔を両手ではさんだ。アリスは怯えながら彼の目を探ったが、やさしさに満ちていた。彼はキスをして頰をなでた。

「偏頭痛がひどくて痛み止めを飲んだら、目が覚めなかったんだ。きみの留守番電話にメッセージを残すか、メモを置いておくべきだったな。ごめんよ、スイートハート。でも、本部ではみんなと楽しくやれたか？」

アリスはゆっくりとうなずいた。自分の愚かさに慌てる。なにを考えていたんだろう？

すべて頭のなかで想像したことだった。

この男を怪物にしようとしていた。

＊

25

デザート・オーク

日が長くなっていき、黄昏時を迎えるたびに前日よりゴールドの色味が豊かになっていった。アリスが本部に残って酒を飲んだ夜のことは二度と話題にされなかった。ふたりがほかの誰かとまじわろうという考えもまた口にされなかった。ふたりだけであれば平和そのものだった。そしてそれでよかった。人づきあいが得意ではない人間というのもいる。毎朝彼の腕のなかで目覚め、そこにいることこそがアリスの願いだった。うまくいくときといかないときがあるが、恋人同士の関係というのは簡単ではないものだと自分に納得させた。たまに衝突はあるのが普通で、そうなれば乗り越えるためにふたりで知恵を絞ればいい。

ある特別に晴れた日、アリスがまず帰宅した。仕事が終わったら一緒に長い散歩に出て、ビールを少し持参して砂丘に腰を下ろして日が沈むのをながめようと、朝のうちにディランと決めていた。ワークブーツを脱いでスニーカーの紐を結んでいたら電話が鳴った。

「遅くなりそうだ、ピンタ-ピンタ」ディランがため息をついた。「ディーゼルの削岩機が故障した。できるだけ急いで帰るが、今日の散歩は無理そうだ」

「心配しないで、ダーリン」思わず声に出る失望を隠せたことを祈った。一日中、事務室にいたから新鮮な空気を吸うのを心待ちにしていた。「ここでピップとゆっくりして、夕食に美味しいものを作るから」

だが、電話を切ってまもなく、ピップが網戸をひっかきはじめた。期待する毛むくじゃらの顔。外はすばらしい午後を迎えている。砂丘は夕日で赤いバラの花のように染まるだろう。アリスは頬の内側をかんだ。ディランとつきあうようになって以来、自分だけでピップを散歩に連れだしたことがない。夕日を浴びる血の赤のデザート・ピーの光景が心の目でちらりと見えた。ここで彼を待つと言った。でも、これだけ見事な午後だ。彼だって家のなかでアリスにじっと座っていてほしくはないだろう。

「おいで、ピップ」アリスはやさしく声をかけた。「女同士で出かけよう」ピップは自分のしっぽを追いかけてぐるぐるまわっていたが、アリスがリードをつけるとふたりで家をあとにして、砂丘を越え、クレーターにむかった。

　アリスは次々に宝物と出会った。パステルピンクと黄色のエヴァーラスティング・デイジー、灰色と白の羽根が落ちたけもの道、ユーカリのふくらんだつぼみで重くたれた枝。あたたかい大地のにおいを胸いっぱいに吸い、ソルジャー・クラブの青とピピ貝の内側に見られるすべての紫の色合いが混じった空に見とれた。この砂漠は海の古い夢だ。アリスはディランと初めてながめた日の出を思いだしてほほえんだ。ピップとクレーターの岩壁をのぼり、初めてここにやってきた頃にあれだけ歩いた道をたどって胸は郷愁でいっぱいになった。当時はこの景色がまったくの初めてで、そこで自分がなにをしているのかまったく自信がなかった。けれどいまでは大事にしている仕事があり、誰よりも深く愛してくれる人がいる。

　クレーターの岩壁のてっぺんにたどりついて、胸が痛くなるほど美しく赤く咲き誇るクッツ・カーナ——心臓の庭——をながめ、満ち足りて頭をのけぞらせて目を閉じた。ついに家へやってきたのだ。すべてが自分のものである人生へ。

✷

デザート・オーク

アリスはピップとぶらぶら歩きながら、夕食をどうするか考えて道路の坂を越えた。そこでぴたりと足をとめた。ディランの仕事用の小型トラックが私道にとまっている。身体の芯まで神経がささくれだった。震える手で門を開けた。呼吸をととのえようとした。どのぐらい留守にしていたかわからなかった。彼にメモを残していなかった。大丈夫よ。大丈夫。玄関に近づいた。怪物にしてはだめ。

家のなかは暗く静かだった。

「ディラン？」呼びかけた。「ただいま」ピップからリードをはずし、スニーカーを脱いだ。「ディラン？」

あとになって、なにがどのように起こったか思いだそうとすると、なにもかもが同時に感じられた。ピップの苦悶の悲鳴。振り返って、ディランが犬の横腹をけるのを見た自分の叫び。詰め寄ってくる彼の目のまわりの怒りの白い輪。

「どこに行ってやがった？」彼はアリスにつかみかかった。「誰と一緒だった？　誰だ？　教えろ」

アリスの視界に黒い点々が浮かんだ。強く首をつかまれて喉が焼ける。骨がメリメリと音をたてる。

「教えろ」

床から足が浮くほど彼に強く突き飛ばされた。ミシッと大きな音がして、アリスがぶつかった衝撃で寝室のドアの蝶番がはずれた。アリスは床にくずれおちた。

そのまま横たわり、息をしようとぜいぜいあえいだ。意識は身体から浮かび、まるで自分は傍観者であって、本当はこの場面にいないかのようだった。幅木のまえのいくつもの丸まった埃を見つめた。目が離せなかった。すぐ足元にあって、目のまえにあったというのに、一度も目についたことがなかった。どうしていままで見えなかったんだろう?

近くでクーンと鳴く声がしてアリスはベッドの下を見た。ピップのしっぽが暗がりから突きでている。

「おいで」アリスの声はしゃがれていた。喉がひりつく。目のくらむような痛みが背中を走った。何度かやさしく呼びかけてようやくピップはベッドの下から出てきた。アリスは自分の犬を抱きあげ、急いで壁際にもどった。ピップを前後に揺さぶってやり、耳や脇腹をなで、なにか反応はないかとそっと肋骨を押さえた。震えているがピップはとくにひどく痛む箇所はなさそうだった。なでていると、ピップはアリスのあごをなめた。

目を閉じて呼吸だけに集中しようとした。アザになりかけているやわらかい部分の肌が痛い。時間が流れた。家は静かだった。冷蔵庫のうなり。昼間の熱が冷めていき、屋根がカタカタと鳴る音。

居間からなにか聞こえる。もっとよく聞こえるように息を殺した。

彼だ。泣いている。

アリスはほっとしてため息をもらした。涙は終わったことを意味する。

震えながら立ちあがった。ピップは急いでベッドの下へもどった。

ディランがソファに座り、頭を抱えていた。足音を聞きつけて顔をあげた。真っ青で涙の跡がある。

「ピンタ－ピンタ」声はところどころかすれていた。「おれは――おれは――本当にすまない」彼はうつむいた。「ピップは大丈夫か？　お、おれはなんであんなことをしたのか自分でもわからない」彼は息をととのえようとした。「帰宅したらきみがいなくて、とにかく不安だった」

「わたしは犬と散歩に出かけただけだった」トビーの思い出がはっきりとよみがえった。トビーの身体が洗濯機にぶつけられる音。

「きみはおれを知らないんだ」彼は叫んだ。「きみにはわかってない。ここにはおれよりましな男たちが十数人もいる。あいつらがきみをどんな目で見てるかきみはわかってない。けど、おれはわかってる。わかってるんだ、ピンタ‐ピンタ。おれがいないのにきみが散歩に出て、やつらのひとりが小道できみを見かけて、仕事が終わってそいつと話をするようになったらどうするんだ？　おれたちがそうだったように」彼は鼻をすすった。「そうなったらどうするんだよ？」

　アリスは混乱してめまいがした。どれだけディランのことを愛しているかわかっていないのだろうか？

「きみがやつらのひとりと話をするようになって、きみに恋したらどうするんだ？」ディランはなおも話を続ける。

「そんなのどうでもいいことなのよ、ディラン」アリスは彼に言い聞かせた。「わからない？　わたしの心には、ほかの誰かを好きになる隙間はない」

　彼は自分の顔に爪を立てて叫んだ。「おれはきみにいい印象をあたえたいとしか思ってなかった。それなのに、きみを愛するばかりにこんなことになった。おれはきみをうしないたくないだけなんだ。きみと離れているとどうにかなりそうだ。いつもきみと一緒にいたくて、そばにいないとおかしくなる。命をかけてきみを愛している、アリス」彼の声はしゃがれた。「おれのこの命をかけてきみを愛してる」

　アリスは泣きだした。

「きみを殴ったりしないから、それはわかってるな？」彼の鼻筋を涙が伝う。「きみを殴ったりしない、ピンタ‐ピンタ」

　それは真実だとアリスは考えた。彼はアリスを殴りはしなかった。不安で抑制がきかなくなっただけだ。

「わたしはあなただけを愛している」アリスは震える声で強調した。

　彼はアリスを引き寄せた。「きみには、おれがいまみたいなことをしないよう、あんなふうにならないよう助けてほしいだけだ。おれのためにそうしてくれるか？　おれたちのために？」

　アリスはディランの顔を探るように見て、すがるような気持ちをその目に認めた。うなずいた。

「二度としない。二度と」彼は身を乗りだした。震えながらキスした。「二度と、二度とだ」

　彼のくちびるがふれてアリスのくちびるは燃えた。

　その夜遅く、何時間も涙あふれる謝罪と話し合いを経て、ピップの体調をふたたびたしかめ、床の木くずを掃除してから、アリスはディランに誘われるままに浴室へむかった。彼はバスタブに湯をためた。やさしくアリスの服を脱がせた。アリスは湯に浸かり、彼がゆっくりとやさしく身体を洗ってくれた。愛と謝罪を、祈りのようにアリスの身体にむかってつぶやいた。しばらくして彼も服を脱ぎ捨てて一緒に湯に入った。アリスは彼の腕のなかで緊張をほどき、生まれかわった気分になって、ディランが癒やそうとしている危害こそ、彼が引き起こしたものだったことを忘れられそうだった。

✷

翌朝、ディランは一杯の熱いコーヒーと走り書きのメモをアリスのベッドサイド・テーブルに残していた。早くから仕事で起こしたくない、昨夜のことで気分はよくないがいままで以上に愛していると。

アリスは起きあがって顔をしかめた。どこもかしこも痛い。足を引きずりながら家を歩いてトイレにむかい、浴室の鏡に映る自分の姿を見て足をとめた。首がディランの指と手の大きさのくっきりとしたアザにおおわれていた。顔をそむけてトイレをすませてからシャワーを浴びた。二度と鏡は見なかった。

仕事に行く支度が終わると、ピップを外に出そうと声をかけた。ピップは来ない。アリスは名を呼びつづけ、姿を探し、次第にパニックを起こしそうになっていったが、茂みに隠れているピップを見つけた。様子をたしかめた。見たところではどこも悪くない。餌と水を確認してから遅刻しないよう本部へ急いだ。

「スカーフをするには暑くないかい？」サガーがアリスと休憩室ですれちがいざまにからかった。アリスは愛想笑いをして首に巻いたスカーフをととのえなおした。

自分のデスクに座って急いでグーグルで検索し、メール画面をひらくとためらうことなく、メールを打ちはじめた。

こんにちは、モス。

もっと早く連絡しなくてごめんなさい。アグネス・ブラフを離れてからキリルピチャラで暮らし、パーク・レンジャーとして働いているの。ここは素晴らしいところよ。わたしは元気。あなたもそうだと信じてる。

あなたに助けてもらえないかと思っていることがあって。昨日ピップが暴れ馬にけられてしまったの。わたしはしっかり調べたけれど、どこも痛みが残っているところはないように見える。それでも心配で。反応が鈍くて、ショックを受けているのかもしれない様子。たとえば抗炎症薬だとか、あたえたほうがいいものがある？　なにかアドバイスをもらえたらありがたいです。

アリスはメールを読み返してから、怖気《おじけ》づくまえに〝送信〟をクリックした。

✷

数週間後のある日、アリスとディランは別々の車で出勤した。出勤途中にフェンスをいくつか確認するよう、ディランはセーラから頼まれていたのだ。

「じゃあ、昼食で会おう」それぞれの小型トラックに乗るまえに彼は言った。

「デートね」アリスは挨拶がわりのキスをした。

彼が先に車で行くのを見送った。ふたりはふたたび欠けたところのない完全な環《わ》のように満ち足りた暮らしにもどっていた。アリスはディランに頼まれたとおり、彼を助けられるよう自分の行動には特別に気を使っていて、ふたりは平和だった。しあわせだった。

モスはメールを送ったその日に返信をくれ、処方に適した抗炎症薬についてふれ、診察のためにピップをアグネス・ブラフに連れてくるよう主張していた。アリスはすぐさま彼のメールを削除して、その薬がネットで買えないか検索したが見つからなかった。翌日速達で届いた郵便には、抗生物質と抗炎症薬がぎっしり詰まっていた。ピップにこっそり薬をあたえ、いつもの楽しそうな犬にもどってくれて心からほっとした。

アリスはすべてをまとめつづけた。彼女の金粉の継ぎ目はもちこたえていた。

本部に到着すると、同僚たちが駐車場に集まっていた。空気がぴりぴりしている。

「どうしたの？」アリスは小型トラックを降りてエイデンに訊ねた。

「火の季節だ」彼はセーラがちょうど彼女のオフィスから紙束を抱えて現れたところへあごをしゃくった。

「どうも《ワイ》。みんな、いい《パルヤ》？」セーラが呼びかける。

「パルヤ」みんな集まった。

「じゃあ、説明します。今日の天候は野焼きにはぴったりだから、南周辺部の囲い地をやっつけましょう。班分けします。班長は野焼きのじゅうぶんな経験がないとだめね——だから、ニコ、エイデン、サガーが班長になって、できるだけ偏らないようみんなを班分けして。野焼き用のフル装備でお願い。どの班も放水車を一台と、余っている車両があればそれも使って。安全第一よ、みんな。着火用トーチの扱いに注意して、やたらと火をつけたがらないように。風の動きに警戒すること。なにより重要なのは、班長の指示に従うこと。地図はここにあるから、一部ずつ受けとって。フル充電した無線を現場の全員にもたせるように」セーラは地図を配ってからオフィスへもどろうと背をむけた。

班分けのあいだ、アリスはつま先立ちになってディランを探した。火の季節だ。襲いかかる子供の頃の記憶と戦った。世界中の人が火を使うのよ、母が冬のある日、庭でそう言った。あるものを別のものにかえるような呪文ね。アリスの手のひらが汗ばんだ。同僚たちを目で追って彼の顔を探した。いない。いない。ディランはここにいなかった。

「あの、セーラ？」アリスは彼女の背に呼びかけた。

セーラが振り返る。「アリス？」

「呼びとめてごめんなさい。あの、ディランも今日は火の仕事をするのかなと思って」我ながらいかにも子供っぽい言い草で、アリスは思わず身をすくめた。

「いいえ、参加しない」セーラはゆっくりと言葉を続ける。「公園内にスタッフが必要だし、ディランはすでに野焼きには何度も出ているから」彼女はアリスの表情をうかがった。「今日の野焼きの作業に集中できない人は行かせられない。あなたを選んだのは、仕事熱心でスキルを伸ばすことに深い関心がある姿勢を見せているから。でも、うわのそらなのだったら……」

「いえ」アリスは口をはさんだ。「いえ、そうじゃない。集中はしてる。ぜひ参加したい」

「大丈夫ね？」

「大丈夫」

セーラはうなずいた。「エイデン」彼女は更衣室のそばに立つエイデンに声をかけた。「アリスは今日、あなたの班に入れる」

「パルヤ」エイデンが返事をする。

「エイデンの指示に従って」セーラは背をむけた。「そして初めての野焼きを楽しんで」振り返ってそうつけたした。

アリスは更衣室へ急いだ。大丈夫だ。大丈夫なはずだ。スキルを学んで仕事の幅を広げるためにセーラが自分を選んでくれた。これなら完全に筋道が立って納得できる流れだ。アリスは故意にディランを排除したのではない。そして予想していなかった仕事をセーラからあたえられたことも彼はきっとわかってくれるし、昼食で彼に会えなくても平気なはずだ。

南の囲い地にむかう車中で、一日の終わりにビールの王冠を開け、野焼きの仕事に選ばれてうれしかったことをディランに語る場面を想像しようとした。砂漠の風景に咲き誇るパラキーリアが窓の外で紫の縞を作るのをながめていると、父の思い出がおそろしいほどなじみのある古い不安をアリスの身体に目覚めさせた。

＊

クレーターの南東の縁に車をとめた。

「一列になって足並みをそろえていくぞ」エイデンが声をかけ、レンジャーたちは着火用トーチの準備をした。「初めてでも五十回目の野焼きでも、大切なことを念押ししておく。自分のまえに火をつけないこと。火のなかに入らないこと。自分のうしろに火をつけて、その火から離れること。パルヤ?」

アリスはうなずいた。防火手袋のなかで手にじっとり汗をかいた。着火用トーチをしっかり握りしめたが、重みで腕が震えた。トーチのなかで燃料がチャプチャプと音をたて、吐き気がした。

「無線の準備は？」エイデンが訊ねる。班員たちは無線をたしかめた。「よし、火をつけよう」

ひとつまたひとつと着火用トーチの芯に火がともった。アリスも点火して顔をしかめた。生き物のようにシューッといっている。手が震えた。

「トーチの通気口をかならず開けておくように」エイデンが班員に呼びかけ、アリスにむきなおった。「炎をきみのうしろの地面に落とすんだ。こんなふうに」彼は自分の着火用トーチを下へむけてスピニフェックスの茂みに火をつけ、まえに歩いた。火をつけて歩き、火をつけて歩く。「火から遠ざかるように歩く」

一同の周囲で、火のついた大地がシュッと音をたててはぜた。アリスはブーツにくるまれた自分の足に集中するようにして、赤い土と低木のなかをゆっくりとしたペースで歩き、着火用トーチを下へむけて背後に炎を落とした。

一、二、落とす。一、二、落とす。

わたしはここにいる、落とす。わたしはここにいる、落とす。

記憶が目のまえに広がる。父の小屋からトビーと駆けだしたときの足元でぼやける地面。頬にあたる熱い風。空を粉々に砕く稲妻。美しい母が、たたかれてアザだらけの姿で海からあがってくる。

「アリス」

自分が歩みをとめていたと気づいていなかった。

「続けてくれ」エイデンはほかの班員たちに指示した。彼は五十メートルほど離れた囲い地の向こう側からふたたびアリスの名を呼んだ。

「一歩踏みだせばいいから。わたしにむかって。さあ」彼の表情は冷静で声は落ち着いていた。

足元を見おろした。足が動こうとしない。

「アリス、きみならできる。わたしのほうに歩け。いますぐ」エイデンの声は先ほどより切迫していた。

震えていた。燃料の缶と着火用トーチも手のなかで重くガタガタ揺れている。足はまったく動こうとしない。火の壁からあがる熱が防火服越しに伝わりはじめていた。

「アリス」エイデンが彼女にむかって駆けだした。

動くことができない。

エイデンが隣にやってきて、肩に手をまわした。「このまま一緒に走るぞ。いいね？」

アリスはうなずいた。エイデンは自分の体重を利用してアリスをまえに押しだした。アリスはぎこちなくエイデンの隣で走り、エイデンの足と並んで動く自分の足を見つめた。

火の線上から安全な距離まで離れると、エイデンは荷物を降ろして開け、水筒とジェリービーンズを少し取りだした。

「ほら」彼はどちらもアリスに手渡し、食べて飲む様子を注意深く見つめている。

「ありがとう」アリスはつぶやき、じゅうぶんに飲むと水筒を返した。

「おさまったかい？」エイデンが訊ねた。

アリスはうなずいた。

「ルルもたまにパニック障害を起こす。わたしにはめまいだと説明しようとするけどね」

アリスは目をそらした。ルルも不安でつらい思いをしているとは知らなかった。

「いまの気分はどうだい？　本部に無線を入れて誰かに迎えに来てもらおうか？」

「いいえ。いえ、わたしは大丈夫」着火用トーチをつかむ手に力を入れた。「大丈夫よ」声に強さが現れたことを願ってそう繰り返した。

　エイデンが様子をうかがった。「いいだろう」うなずいて荷物をふたたびせおった。「でも、隣で作業をしよう。わたしの真似をして」

　エイデンと囲い地を歩き、系統立てて火の線に一緒に点火していると、肩の緊張がほぐれて手も安定した。エイデンに助けられ見守られて、仕事をこなすことができた。

✷

　一時間後、迎えの四輪バギーのチームがやってきて、炎と適切な距離がとれるまで前方へ走った。砂丘のてっぺんでとまり、デザート・オークの木陰で昼食となった。アリスは目を閉じて自分の水筒からごくごくと水を飲んだ。不安で冷や汗をかいて腋《わき》のしたは湿っていた。

　班の人たちはサンドイッチを食べておしゃべりしていたが、アリスは離れたところに座り、遠く背後で燃えるオレンジ色の炎に背をむけたままだった。エイデンと目が合うと、感謝の笑みを抑えはしなかった。

✷

デザート・オーク

その日の終わりに本部へもどり、アリスは急いで帰り支度をしてディランの家にむかうつもりだった。いまにも帰ろうとしたところで、エイデンに声をかけられた。

「ちょっといいかい、わたしは夕日のパトロールを手伝うよう呼び出しを受けたんだが、そうすると安全確認をする人手が足りない。長くはかからないはずだ。頼めるかい？」

アリスはこみあげる不安を呑みこんだ。「もちろん」そう答えて緊張を隠した。

「ねえ、ピンタ-ピンタ」ルビーが駐車場のむこうから呼びかけた。「わたしも手伝うから、仕事が終わったら家に送ってもらえる？」

「よかった」エイデンが言う。「人が多いほうがいい。助かるよ、アリス」エイデンは背をむけたが、足をとめて引き返してくると腕を大きく広げた。「今日はがんばったな。よくやったよ」彼は短いがあたたかいハグをしてくれた。

「ありがとう。そう言ってくれて本当にうれしい。それに今日あれだけ助けてくれたことも」

エイデンが去ってルビーと歩きで作業エリアへむかう途中、エンジン音が耳についた。胃が重くなる。小型トラックに乗ったディランの横顔が見え、彼は本部から猛スピードで去っていった。

＊

ルビーとの作業が終わる頃には、アリスの腸は不安でねじれて固い結び目ができていた。

「ンユンチュ・パルヤ、ピンタ-ピンタ？」ルビーがアリスのピックアップトラックに乗りながら訊ねた。「バタフライ、あなた、大丈夫？」

アリスは答えなかった。自分の声を信用できない。

「今日のあの火で怖くなったのね」ルビーが言う。アリスはやはりなにも言わず、うなずくだけだった。「その《ウ》とお《ワ》り、火はたしかに怖い存在でもある。でも、ほかにもたくさんのものになれる。たとえば薬。火は大地を健康にたもち、そうすることでわたしたち人間も健康にたもつ。火があるところに家がある。それほど怖くはないでしょう？」

「薬？」アリスはうわのそらで訊ねた。

「今日あなたが野焼きをした囲い地」ルビーが説明する。「あそこは割れて発芽するには火が必要な莢でおおわれていたの。今日のあなたの火がなければ、あの土地は病気になる。土地が病気になれば、わたしたちの物語も病気になって、わたしたち人間も病気になる」

「わたしにとって火が薬だったことは一度もなかった」アリスは静かに語った。「薬かもしれないとかつては考えました。でも、火はたくさんのものを終わらせることしかしないと、知っただけでした」

視界の隅でルビーがアリスを見つめていた。そこでふたりの携帯無線がじゃまをして、ガガガと音をたてルビーの名を呼びかけた。ルビーが自分の無線をベルトからはずし、応答し、ふたたびベルトにもどした。

ふたりはそれから無言のまま車を走らせた。

✷

25

デザート・オーク

ルビーを送ってからアリスは作業エリアに引き返した。ディランの仕事用の小型トラックが建物の表にとめてある。エイデンとハグしているところを彼は見たのだろうか？　問題になるだろうか？　そんなことあるはずがない。予定どおりに一緒に昼食をとれなかったし、一日中、顔を合わせることもなかったけれど、野焼きの仕事に出ていたことは彼も理解しているはずだ。それに朝、セーラが話していたように、ディランは野焼きには何度も参加している。アリスがスキルを学ぶ機会を妬むなどあり得ない。

彼がエイデンのことも、アリスの過ごした一日のことも嫉妬などしないという期待が大きくなったり小さくなったりしながら、建物に足を踏み入れた。ディランは命をかけて愛していると言ってくれた。そんな彼を頼りにせず信じないなど、ふたりの関係を深く傷つける行為ではないか？　これからどんな場面が繰り広げられるか想像した。ディランはアリスを抱きしめてどれだけ誇らしく思っているか語る。すぐに家へ連れ帰り、ビールを開けて、たくさんの質問をしてどんな一日だったか知りたがるのだ。

アリスが事務室に入っても、ディランはメールを読んでいて顔をあげなかった。ディスプレイが彼の顔を病的な光で照らしている。

「ヘイ」アリスは声をかけてどうにかほほえんだ。

彼の口元に力が入った。返事をしない。アリスは反応を待った。

「もう聞いた？　今日、初めて野焼きをやったの」自分のほほえみがこわばって顔が痛い。彼はまだアリスを見ない。頬の筋肉がピクピクしている。

「聞いた」彼はパソコンを見つめて言った。「でも、意外でもなんでもない。国立公園の人気者が野焼きの仕事に選ばれるのは」

　不安が胃をふたつに切り裂くようだ。ディランがようやく顔をむけたとき、その目は暗くぼんでくちびるに血の気はなかった。

「けどさ、これがおまえのやりかただろ？　そのデカい目と蝶の魅力と笑顔で。みんな、おまえから目を離せないんだろ？　そしておまえはくだらねえ歌のようにやつらをもてあそぶ」

　アリスの足は根が生えたようになった。

「で、野焼きはどうだったんだ？」彼のくちびるは薄く伸びて残酷な笑みを形づくった。「さあ。全部おれに話したいんだろ？　だったら全部話せよ。四輪バギーは誰と一緒に乗ったんだ？　え？」彼は荒々しく椅子を引いた。アリスは縮みあがった。「四輪バギーでおまえは誰のうしろに乗って脚をからめたんだ、アリス？」彼はデスクを片手でたたいた。「おまえの研修シートを確認したら、四輪バギーの免許をもってなかったからな。だから、誰に身体をすりよせたかって訊いてんだ。おれに嘘をつくなよ」彼の口角につばがたまっている。アリスは口をきくことができなかった。

「誰と一緒だったか話せ」ディランが叫ぶ。

　アリスの頬を涙が伝った。彼の動きが速くて、身構える暇がなかった。片腕をつかまれて、背中にねじりあげられた。

「話せ」彼が囁く。

　壁へ投げつけられ、衝撃のすさまじさで身体が回転した。息ができない。なにも聞こえない。逃げようとした。

25

デザート・オーク

「ああ、そうしろ、逃げろよ。この尻軽女め。おまえがエイデンをハグしてたのを見たぞ。おまえがどんな女かおれにはわかってる。行けよ。逃げろ」彼の声が背後からどなりつける。「いい厄介払いだ」

のちに振り返ったとき、身体が意識から独立して動いたことを思いだした。身体を彼からひねって離れていった。ピックアップトラックめざして走った。エンジンをかけると同時にアクセルを床まで踏みこんだ。またしても、意識は自分のどこか上でただよい、身体から切り離され、運転する自分を見つめていた。ディランの家の門で車をとめ、ピップを抱えて車にもどり、ヘッドライトに自分の安全な家へ導いてもらった。

✷

自宅の手前の曲がり角を折れると、私道に埃をかぶったレンタカーがあった。アリスは車をとめ、震えながらレンタカーの横を歩いて窓からなかをのぞいた。

家の裏手から低い話し声が聞こえて、煙草の煙の豊かな香りがした。ピップがガレージを突き抜けて駆ける。

アリスの脚は鉛のようだった。ゆっくり歩いてパティオに出た。

そこに、一日の最後の日射しを浴びて立っていたのは、ツイッグとキャンディ・ベイビーだった。

26

ランタン・ブッシュ

希望が視界を
くもらせる

Abutilon leucopetalum

ノーザン・テリトリー

ピチャンチャチャーラ語ではジリーン－ジリーンパ。乾燥し、多くは岩の多い内陸部で見られる。ハート型の葉をもつ。黄色のハイビスカスに似た花はおもに冬から春にかけて咲くが、ときには繰り返し花をつけ、年間をとおしてあざやかな色が輝くこともある。アナング族の子供たちが小さなおもちゃの槍を作るのに使う。

キャンディは顔をくしゃくしゃにした。アリスのもとに駆け寄って大騒ぎしながら顔や頭をなでた。

ツイッグはためらった。足元に煙草を捨ててブーツのかかとで消した。キャンディがアリスを離すと、ツイッグは前に進みでてアリスを抱きしめた。

✷

アリスはお茶を淹れながら震えた。煙がまだ肌や髪にしみついている。ディランの怒りが忘れられず、気持ちが静まらない。彼が顔に浮かべた嫌悪感。故意に害をあたえようとした力。

紅茶のカップを三つ、キャンディとツイッグが座っているテーブルへ運んだ。よく知るふたりだが、砂漠の生活に現れるととても場違いに感じられる。震えながらカップを置いた。

「大丈夫？」キャンディが手を伸ばして、アリスの手に重ねた。

アリスは腰を下ろし、一瞬目を閉じてうなずいた。

「どうやってわたしを見つけたの？」そうつぶやいた。

ふたりは顔を見合わせている。

ツイッグが紅茶に口をつけた。「モス・フレッチャー」

「獣医の？」アリスは叫んだ。頭がぐらぐらする。「アグネス・ブラフの？」

ツイッグがうなずく。「あの人はあなたを医者に連れていったとき、車のロゴを見ていた。ソーンフィールドを検索して、近親者を探してわたしたちに電話をかけてきたのよ。あなたが彼にメールしたあとで、あなたの居場所を教えてくれた」

アリスはどちらの顔も見ることができなかった。「彼が口を出すことじゃないのに」ディランの声が思いだされた。おまえはくだらねえ歌のようにやつらをもてあそぶ。

「そうかもしれない」キャンディがやさしく言いながら涙を拭う。「でも、電話をもらってあたしたち、すごくほっとした。きみはいきなりいなくなったんだよ、スイートピー。あたしは毎日テキストメールを送って、電話をかけて、パソコンのアドレスにもメールして……」彼女の声はひび割れた。「きみはいきなりいなくなった」

外ではフェアリーライトが傷ついた空を背にきらめいていた。彼は電話してくるだろうか？　アリスの頭は痛んだ。アドレナリンの噴出がおさまってきて、身体が泥のように重い。

「わたしが〝いきなりいなくなった〟わけは知ってるよね。あたりまえのことをしたまでだけど？」

「こんなふうに考えるのはとてもむずかしいだろうけど、ジューンはきみを守ろうとしたんだよ」

「ちょっとやめて。そんなふうにはとても……」アリスはいきなり立ちあがって椅子を引いた。「いまは無理」そう言って両手をあげた。戦う力がまったく残っていない。ふたりにはここにいてほしくなかった。心は散らかっている。考えられるのはディランのことだけだ。亡霊や古い記憶に譲る余裕がない。そのうえ、心の奥底では自分が理不尽だとわかっていた。ふたりに自分の不安、痛み、怒りをぶつけていい理由はない。みんなにとっていちばんいいのは、しばし休憩を入れることぐらいだ。

「少し時間をちょうだい」アリスは背をむけ、シャワーを浴びようと浴室へむかった。ドアを閉めようとしたそのとき、キャンディが話しかけた。

「ジューンは死んだよ、アリス」

その言葉は三連発の爆弾のようにアリスを直撃した。キャンディのくちびるが動くのは見えたが、断片しか聞こえなかった。

「……大きな心臓発作……」

アリスは首を振り、集中して話を聞こうとした。脚の感覚がない。

「……あたしたちは洪水で町から孤立した。昼も夜もジューンは裏のベランダに座ってあふれる水をながめてた。あたしたちが見つけたとき、目を大きく開けたまま、だめになった花を見つめてたよ」キャンディはうつろな顔をしていた。

アリスは初めてまともに見るようにして、ふたりをながめた。キャンディの目は血走っている。

青い髪はつやがなくてぼさぼさだ。ツイッグの髪はこめかみが白くなっていた。実用一点張りの服を着ていても、あきらかに痩せこけているとわかる。

ジューンが死んだ。

アリスはふたたび浴室にころがりこんでドアを閉め、壁にもたれたところで脚の力が抜けた。ずるずると床に沈む。なにか癒やしがほしくてたまらず、シャワーの湯を出した。服を着たまま這っていき、湯の下に座った。顔をあげて湯を受けた。胸に膝を引き寄せ、腕で抱えて、心のままに泣き叫んだ。

✷

シャワーを浴びたあともずっと浴室にとどまった。タオルにくるまり、湯をはっていないバスタブに横たわって目を閉じた。動きたくないし、話したくない。

ツイッグとキャンディが居間で話すくぐもった声が壁越しに伝わった。裏の引き戸が開いた。ティーカップがキッチンのシンクで洗われる。リノリウムの床をダイニング・チェアがひっかく音。浴室のドアに近づく足音。

「アリス」ツイッグの声だ。「わたしたちはリゾートに部屋をとるのがいいと思う。あなたをしばらくひとりにするために。いきなりこんなことを知らせたのはまちがいだった」しばしの間。「本当にごめんね」さらに間。去っていく足音。玄関のドアが開く音がすると、良心がとがめてアリスはバスタブを出た。ドアを開けた。ピップが駆けこんできて脚にまとわりついた。

「待って」アリスは呼びかけた。

ツイッグとキャンディはすでに外にいた。声を聞きつけて家にもどってきた。

「ここに泊まっていいから。部屋はたくさんある。わたしはこれから四日間の休日なの」アリスはあごをあげた。「ここに泊まるべきよ。わたしたちは話すべき」耳元で聞こえる鼓動が安定した。

ふたりは顔を見合わせた。まず口をひらいたのはキャンディだった。「あたしがありあわせのもので遅い夕食を作るというのはどう？　からっぽの胃袋ではみんな使い物にならないもんね」

キャンディはキッチンで腕をふるい、ツイッグは裏庭に腰を下ろして煙草を巻き、アリスは寝室で着替えた。動くたびにとてつもなく骨が折れた。ショーツに脚を入れる。ジューンは苦しんだだろうか？　片脚。もう片方の脚。心臓発作が起きたとき自分は死ぬと悟っただろうか？　頭からシャツをかぶる。泣いただろうか、それとも誰かを呼んで声をあげただろうか？　怯えただろうか？　頭が重すぎて首で支えきれないように感じる。つかの間ベッドにもぐりこみ、枕の癒やしを求めた。自分のなかへと丸まった。

そこに彼がいた。

シャツに彼のコロンのにおいがしみついている。あのまぎれもない草の香りとなにかほかのもの——彼の身体、夢、息、土っぽい塩のにおい。

シャツを鼻に引っ張りあげて深々とにおいをかいだ。彼はいらだっていたのだ、野焼きに選ばれなかったから。彼はアリスがほかの男の注目を引くことをとても気にする。自分がもっと気をつけなければならなかった。彼のところへ行って謝らなくては。彼はただ我をうしなっただけだ。誰だってたまにはそうなる。

涙をとめようとした。起きあがってランプを消した。砂丘の先の彼の家を見やる。暗くて明かりはともっておらず、星をちりばめた空の下のずんぐりした影だった。

✷

　翌朝目覚めると、キッチンでコーヒーを淹れる香りとキャンディとツイッグの話し声がした。アリスは自分がいつの時間軸でどの場所にいるのかわからなくなった。九歳かもしれない。十六歳。二十七歳。

「一杯どう？」充血した目と重い足取りで居間に顔を出すとキャンディが声をかけてきた。

「うん、お願い」

「ぐっすり眠れたの？」ツイッグが訊ねた。

「夢ひとつ見ないで」アリスはあくびをした。「ツイッグは？」

「よく眠れたわ」ツイッグがうなずく。

「あたしたちキャンプしている学生みたいな気分だよ。この歳で」キャンディがほほえみ、アリスに湯気の立つコーヒーカップを差しだした。感謝してうなずいた。

　一同に沈黙が広がった。外ではピップが元気に自分のしっぽを追いかけてぐるぐるまわっている。

「散歩に連れていかなくちゃ」アリスはコーヒーを飲んだ。「たまに散歩をする遊歩道があるの。ここの裏のフェンスからクレーターの岩壁につうじる道。その先にきっとふたりの気に入る風景がある」

＊

前をピップがすばしこく歩き、アリス、ツイッグ、キャンディは低木林を抜けて歩いた。時折ひとりが足をとめてデザート・ローズや、頭上を舞うオナガイヌワシを指さした。ほとんどしゃべらずに歩いてクレーターの岩壁を登る遊歩道をたどった。展望台にたどりつくとツイッグの息があがっていた。木陰に腰を下ろして呼吸をととのえた。

「一日中、紙巻き煙草なんか吸ってるせいだよ」キャンディがからかう。ツイッグは軽くいなした。

アリスはふたりに水をまわして、ツイッグの隣でハアハアいっているピップのために少しボウルに注いだ。朝の空気が一行の肌を冷やす。三人でそろってクレーターの光景をながめた。デザート・ピーが真っ赤に揺れている。

「なんて壮大なの」キャンディがため息をついた。「デザート・ピーが一カ所にこれだけ咲いているのを見るのはたぶん初めて」

「それで世界中から観光客が集まる」

「いまから夏のあいだずっと咲いて秋になるまで花は続くわね」ツイッグはクレーターにあごを突きだした。「南にある、わたしの一族の故郷ではあれを血の花と呼んでいる」静かな声だ。「わたしたちの物語では、血の流れた場所で育つ花よ」

「ツイッグがその話をするのは初めてだね」キャンディが言う。「だからソーンフィールドではあれだけ丹精こめてこの花を育てていたの？」

ツイッグはうなずく。「それも理由のひとつ。この花はうしなわれたわたしの家族をいつも思いださせる。そして見つけたわたしの家族も」

「勇気を出して、心臓の感じるままに」キャンディがつぶやく。

アリスは小枝を拾ってデザート・ピーを指した。「この土地の物語では、ここは母親の心臓が落下した場所。自分の身体から心臓を引き抜いて星から投げた。空から落ちて死んだ赤ん坊の近くへ行くために」アリスは小枝をふたつに折って樹皮をむいた。「このデザート・ピーは一年のうち九カ月間咲くの、完璧な円状に広がって。どの花も大地に固定された彼女の生きたかけらだと言われている」アリスは小枝をどんどん折っていき、足元に小さなかけらが積まれた。「友人のルビーの話では、花が病気になれば彼女も家族も病気になるって」

「まっとうな話に思えるね」ツイッグが言う。

三人はかたまって静かに座った。

「あの人は埋葬されたの、火葬されたの？」アリスはどちらの顔も見ることができなかった。

「火葬だよ」キャンディが答えた。「遺書に遺灰を川にまくよう指示を残していたんだ。海に出る道を見つけられるようにって」

アリスは首を振り、自分があの川に飛びこんで、遠く家まで泳いでいけないかと夢見たことを思いだした。

「そろそろもどろうか、アリス。きみにあげるものがあるんだ」キャンディが言う。ツイッグがうなずく。

「わかった」アリスは口笛でピップを呼び、家につうじる遊歩道まで案内した。

✷

帰宅する頃には太陽が高く昇って照りつけていた。アリスはグラスに冷たい水を注いで配った。キャンディがレンタカーから布でくるまれた小さな包みをもってきた。アリスは直感でそれがなにかわかった。

「ああ、まさか」

「ジューンは遺言でこれをきみに譲ったんだよ」キャンディが包みをアリスにもたせた。

布をめくるとソーンフィールド辞書があらわになった。記憶がどっとよみがえる。初めて作業小屋に連れていってくれたキャンディ。花の切りかたを教えてくれたツイッグ。押し花にする手本を見せるジューン。本から顔をあげて手を振るほんの子供の頃のオッジ。

「二十年近くかかったけれど、ジューンはとうとう約束を守った」ツイッグの声はしゃがれていた。「あなたが知りたかったことはすべてそこにある。わたしたちは気づいていなかったけれど、ジューンは人生最後の一年でソーンフィールドの物語を書きとめていたのよ。あなたのお母さんとお父さんのことも」

アリスは本をもつ手に力をこめた。

「それを読んだら」キャンディが言う。「ルース・ストーンの遺書になにが書いてあったかわかるよ。ソーンフィールドは、ふさわしくない男にけっして相続させないこと」彼女は注意深く言葉を選んでいるようだった。「アリス、きみのお父さんが若かった頃、ジューンは一度心臓発作を起こした。大きなものではないけれど、遺書を残そうとは思うくらいのね。でも、ジューンはそれを秘密にしていた」キャンディは言葉を詰まらせた。「クレムを遺言からはずすと決めたからだよ。ジューンはクレムがきみのお母さんをどれだけ支配してしまうか、ふたりがまだ子供の頃に見抜いた。それに、ほかのあたしたちに攻撃的になることも。自分がいつも注目の中心にいないと嫉妬した。抑えがきかなくなると意地が悪くなってね。キレると暴力を振るうこともあった。ジューンがアグネスに打ち明けたの。ソーンフィールドはいつの日か、アグネス、あたし、ツイッグのものになり、クレムには譲らないことにしたって。それをクレムが立ち聞きして……彼は農園を出ていくとき、二度とジューンともあたしたちの誰とも口をきかないと誓った。あたしたちみんなには口をきくだけの価値がないと言って」キャンディの声はかすれた。「だからあたしたちはきみのことを知らなかったんだよ。きみが九歳になるまで。あたしたちはきみの両親と二度と会うことも話すこともなかった」

「じゃあ……」アリスは話をつなぎあわせていて一瞬黙ってしまった。「両親が出ていったのは、ジューンがわたしの父を怒らせたから？」

「そんな単純な話じゃなかった。ジューンはそうするだけの立派な理由があると感じてた。クレムの性格を警戒して、自分ときみの一族の女たちが懸命に働いて築いたもののすべてを、とても遺せなかったんだよ。クレムはとても怒りっぽかった」

「怒りっぽいじゃすまなかったけれどね」アリスは切り返した。「言われなくても知ってるよ、キャンディ」こめかみがうずいてきた。「どうして両親が出ていったわけを話してくれなかったの？」

「できなかったんだよ、アリス。とにかくできなかった。ジューンを裏切ることはできなかった。あたしにあれだけよくしてくれたのに。ジューンからしないといけない話だったもの」

「だから自分の意見はもみ消していい？　ジューンと同じでキャンディもひどいことするね？」

「さあ、そのくらいにして」ツイッグが口をはさんだ。「もうたくさん。休憩にして」

アリスは立ちあがり、部屋を歩きまわった。キャンディの頬を涙が伝う。

「大切だと思うのは」ツイッグがゆっくりと言う。「過去にとらわれないことよ」

「過去にとらわれるって？」アリスは叫んだ。「わたしは過去がどんなものかも知らないのに、どうやったら過去にとらわれるの？」

「アリス、お願い」ツイッグが説得する。「落ち着いて。話さないといけないことがあるの」

「どんな話よ？」アリスはぞんざいな口をきいた。

「座って」ツイッグがしっかりした口調で言う。その表情は読めない。キャンディも同じだ。なにか予感がしてアリスの身体から怒りはすっかり押し流された。キャンディとツイッグを交互に見やる。

「なによ？　なんなの？　いますぐ話して」

「アリス、座って」

反論しようとしたが、ツイッグが片手をあげて押し留めた。アリスは椅子を引いて腰を下ろした。

「あなたにとって簡単には受けとめられないことだから、できるだけ落ち着いてもらいたいの」ツイッグが手のひらをぎゅっと押しあわせている。

「いいから話して」アリスは口元をこわばらせた。

「わかった」ツイッグが話を始める。

キャンディが深呼吸をした。

「アリス」ツイッグが言う。

「早く話してよ！」

「あなたの弟は火事を生きのびたのよ、アリス」そう言い終えたツイッグは椅子にもたれた。

アリスは平手打ちされたようにひるんだ。「えっ？」

「あなたの弟。生きているの。あなたがソーンフィールドに来てまもなく、養子に出された」

身体の感覚をなくしてふたりを見つめた。

「生まれたときは未熟児でとても具合が悪かった。医師たちは彼が生き延びるかどうか確信をもてなかった。ジューンは病気の新生児の世話をすることが不安だったし、彼が生き延びられなくて、あなたをさらに悲しい目にあわせるのがいやだったのよ」

アリスは首を振った。「だからジューンはあっさり弟を置いてきぼりにしたの？」

「ああ、スイートピー」キャンディが手を差し伸べた。「本当にごめん。大ショックですぐには納得できるはずもないよね。時間がかかることだよ。あたしたちとソーンフィールドにもどらない？お願い。あたしたちがきみの世話をするから。あたしたちが――」

アリスはトイレに走った。身体が痙攣し、吐き気がしてあえいだ。

怯え、不安、愛に満ちたツイッグとキャンディの顔が、アリスの名を呼びながらのぞきこんでいた。

✴

キャンディが裏の引き戸を開け、パスタを二皿パティオに運んだ。ひとつをツイッグに渡して、フェアリーライトの下で隣に座る。ふたりはしばらく無言で食事をした。空は青から琥珀色へ、そしてピンクへとあせていく。うしろから夕日に照らされたクレーターの岩壁は浜に打ちあげられた船体のようだった。

「いつあの子を起こせばいいと思う？」キャンディは訊ねた。

「起こさないでおきましょう、キャンディ」

「もう丸一日以上、寝てるんだよ」

「そして見たところ、それだけの休息が必要みたいだから」ツイッグはため息をつく。

「だけど、電話のことはどうする？　五、六回は鳴ったよ」

「キャンディ――」

「でも、あのアザはどこでついたんだろうね？」キャンディが口をはさんで囁く。

ツイッグは首を振った。皿を置いて胸のポケットに手を伸ばして煙草の袋を取りだす。「きっと仕事でついたアザでしょう。わたしたちも農園であちこちぶつけるじゃない」

「あの子をうしなったみたいな気分」キャンディが低い声で言った。

「そんなふうに感じているのは、彼女があれからどんな人生を送ってきたのか知らないから、それだけよ。彼女はそこを話す機会がまだないでしょ？　わたしたちがたくさんの知らせをもってきたばかりに」

キャンディは返事をしなかった。ふたりは地平線に沈む夕日をながめた。

「ジューンがあの子を待ちつづけて死んだことは、話さなかったんだね」しばらくしてキャンディは言った。

「あなただって」ツイッグは切り返した。

「わかってる」キャンディは額をさすった。「あの子にそういう罪悪感だけは抱かせたくないもの」

一番星が空できらめく。

「あの子のノートを見た？」キャンディが訊ねた。

ツイッグはまた首を振って煙草に火をつけた。

「本棚にあった。花とその意味で埋まってる。スケッチを描いているページもあれば、押し花が貼ってあるページもあってね。秩序立ってはいないし、辞書とかそういうものではないんだ。でたらめに見えるけど、ページをめくっているとそれだけじゃない気がする。物語みたいなんだ」

ツイッグは深々と煙草を吸って煙を上へ吐きだし、キャンディを横目で見た。

「なに？」キャンディが言う。「ちょっと見てみただけじゃない。本棚にあったんだよ」彼女はパスタにフォークを突き刺した。「心配なんだもの」

ツイッグがまた煙草を吸う。「わたしだって」

キャンディはフォークと皿を置いた。「あたしたちと帰るよう説得しなくちゃ。なんてったって、いまではソーンフィールドの三分の一はあの子のものなんだから」

ツイッグは煙草の灰を落とした。「すべてあとまわしでいい。わたしたちはずっとソーンフィールドにいるんだから」

「でも、あの子はトラブルに足を突っこんでると思わない？　あたしたちは家族だよ。あの子にはあたしたちが必要」キャンディの声は震えている。

「わたしたちだけが彼女の家族じゃないわ」ツイッグが指摘する。

キャンディがはっとして口を開けた。「あたしたちはあの子を愛してる。あの子を育てた」

「彼女の心の準備がととのえば、わたしたちは彼女のために駆けつける。でもいまは、必要なだけ時間をあたえてやらないと。やるべきことをやれるように」

「やるべきことって？」

「生きること」ツイッグはさらりと言った。「わかってるでしょう。いまは、あなたの頭と心がちぐはぐなの。彼女は必死に自分自身の物語を生きようとしてる。失敗して落ちこんでも、その物語を信頼できる、それでも自分はやっていけるんだとわかるようになる」

「でも」キャンディの下くちびるが震えた。「もしもあの子がそうなれなかったら？」

「だからって、わたしたちで彼女を窒息させるの？　ジューンが彼女を守ろうとして、そうしたように？　このことわざを知ってるでしょう。地獄への道は善意で舗装されて……」言葉は尻すぼみになり、ツイッグは舌についた煙草の葉をつまんだ。

キャンディは黙りこんだ。どこか近くで複数の犬が吠えている。

「わたしたちは二度と彼女をうしなったりしない」ツイッグが言う。「彼女を信じてあげて」

うなずくキャンディの顔には苦痛がくっきり刻まれていた。「わかった」

「よかった」ツイッグはまた深々と煙草を吸い、静寂のなかでジュッという音がした。

26

ランタン・ブッシュ

アリスはカウチに座ってコーヒーを飲んだ。目覚めて数時間になるが、外の空のように頭はからっぽな感じがする。キャンディから二日のあいだ寝ていたと言われた。大きな知らせばかりだったからね。きみにはそれだけの休息が必要だったってことだよ。

ピップが足元を走り、キャンディとツイッグは身のまわりの品をレンタカーに運んでいた。暗くなるまえにアグネス・ブラフへもどりたがっているのだ。帰りの飛行機が翌朝早くに出発だ。

「これで全部だと思う」ツイッグが家にもどってきて、手の埃を払った。「もう二十回も訊ねたのはわかっているけれど、アリス、もしわたしたちがいたほうがよければ……」

アリスは首を振った。「わたしは大丈夫。ひとりになって頭のなかですべてを整理できるほうがありがたい」

「電話するって約束してよ」キャンディが泣きそうな顔になっている。「訊きたいことがあったり、おしゃべりしたかったり、きみを知っていて愛してる人が必要になったりしたら」

アリスは立ちあがってキャンディのもとにむかった。

「お別れは大嫌い」キャンディは声をあげて泣いてアリスに抱きついた。「訪ねてくると約束して。農園をやりなおすつもりだから。種まきの季節がもうすぐだよ。ソーンフィールドはいつでもきみの家」

アリスはキャンディの肩でうなずき、バニラの香りを吸いこんだ。

キャンディは一歩下がった。「アリス・ブルー」アリスの耳のうしろの髪をひとふさ軽く引っ張ってから、彼女は車に乗った。

アリスとツイッグだけになった。ツイッグと目を合わせることができない。

「大丈夫ね？」ツイッグが咳払いした。

アリスはどうにか顔をあげた。「大丈夫になる」

一瞬、目と目を合わせた。ツイッグは尻ポケットから厚い封筒を取りだした。

「心の準備ができたら、あなたに必要なものはすべてここにある。何年もまえにわたしておけばよかった」

アリスは封筒を受けとった。ツイッグが彼女を引き寄せてきつく抱きしめた。

「ありがとう」アリスの言葉にツイッグはうなずいた。

アリスはレンタカーが見えなくなるまで手を振った。

家にもどると、ツイッグとキャンディに聞かされたことすべてが待っていた。ジューンの死。弟の誕生。アリスは歩きまわりながら、そうした知らせが自分のなかに落ち着く場所を探そうとしたが、いざとなると、自分のなかのすべての余白はディランのためのものだった。何日も経っている。彼はどこにいる？　もしかすると眠っているあいだに電話があって、ツイッグとキャンディがそれを伝え忘れたことも考えられる。ツイッグにわたされた封筒を置いて、電話のもとへ急いだ。思ったとおり、留守番電話にメッセージが残っていた。すべて彼からだ。最初のものは謝罪めいていたが、二回目のメッセージから声は次第に冷たくなっていった。最後のメッセージで気分が悪くなった。

「おれは器が大きなところを見せておまえに電話して謝ってるのに、ガン無視かよ？　ご立派なことで」

罪悪感と詳しく説明したいという衝動に突き動かされて、アリスは鍵束をつかんで裏口へ出た。

フェンスぞいに彼の家のほうへ歩く。野焼きに行ったことを謝ろう。彼の気持ちをもっと思いやらなかったこと、もっと早く謝りにいかなかったことを謝ろう。家族がいきなり訪ねてきたことを説明するのだ。話をしよう。死と誕生があった。彼もわかってくれる。

だが、ディランの家の門は閉まって鍵がかかっていた。仕事用の小型トラックも私物の四駆も私道にない。

「彼は家にいないよ」背後からルルが冷静に声をかけてきた。

アリスは振り返った。ふたりは何カ月も口をきいていなかった。

「彼はいなくなった」ルルはポケットにしっかり両手を入れている。「本部でセーラに会って、かたづけなければならない急ぎの用件があると言ってね。すぐに行かなければって」

アリスはルルの表情を探り、どういうことが理解しようとした。「い、いつ？」

「昨日はガソリンスタンドで給油している彼を見かけたけど。彼はあんたに言わないで出かけたの？」

アリスは苦しみのわななきを抑えきれなかった。急ぎの用件とはなんだ？　作業エリアの建物で起きたことをセーラに話したのか？　彼は怪我をしたの？　病気？　大丈夫だろうか？　膝の力が抜ける直前に、ルルが抱きとめてくれた。

「わたしはなにをしちゃったの？」アリスは泣きじゃくってルルの身体にしがみつき、アザが見えていることに気づかなかった。

「これはなに《ケ・チンガドス》」ルルが息を殺して言い、アリスの腕を見つめた。「どうしたんだよ、アリス？　彼に暴力を振るわれていたの？　ディランに暴力を振るわれていたの？」

アリスはルルの胸にすがりついた。

「わかった」ルルの声はやさしかったがきっぱりしていた。「あたしの家へ。さあ、行こう」

27 バッツウイング・コーラルツリー

傷心を癒やす

Erythrina vespertilio

オーストラリア中央部、北東部

ピチャンチャチャーラ語でイニンティと呼ばれるこの木は、投槍器や椀作りに広く使われている。樹皮、実、枝は伝統的な薬に使われている。蝙蝠《こうもり》の羽の形の葉と、春と夏に咲く珊瑚色の花をもつ。人目をひくつやのある豆形の種は、深い黄色から血のような赤色までさまざまであり、インテリアやアクセサリーに使われる。

アリスは身体の感覚をなくしてルルの家まで歩き、テーブルについて、自分の手を見おろした。涙がとまらない。ルルはキッチンへむかい、炭酸水のようなものに氷を入れてレモンとライムを浮かべた小さなグラスをふたつ運んできた。

「これを飲めば落ち着くから」彼女はうなずいて自分も一口飲んだ。アリスも同じようにして、強いジントニックに咳きこんだ。「あたしのアブエラの特効薬。熱と心臓の不具合に効く」

角氷がシュワッといって弾けた。

「それで……暴力はどのぐらい続いてた？」

アリスは先ほどよりたくさん飲み、喉をしめつける悲しみのためにしどろもどろになった。

「わたしはどんな悪いことをしたの？」あまりに激しく泣いたので吐き気がした。

「ああ、チーカ」ルルがキッチンへ走った。「あんたはなにも悪いことをしてない」彼女は水のグラスをもってもどってきて、アリスのまえに置いた。腰を下ろしてテーブルのむこうから手を伸ばす。

「どうしてまたこんなにやさしくしてくれるの？」アリスはルルの手を握りしめて訊ねた。「ルルに嫌われてると思ってた」

「本当にごめん」ルルの声から深く後悔していることが伝わった。「あんたたちふたりが出会ったとたん、ふたりが好きあってるとわかった。あたしは彼に気をつけるようあんたに警告しようとしたけれど、全部を話さなかった。ふたりがつきあってるとはっきりしてからは、怖くて、恥ずかしくて、あたしになにがあったか、本当のことを話せなかった」ルルは口をつぐんで顔をそらした。目の焦点が合っていない。「誰にも話したことがなかった。エイデンも全部は知らない。ディランはあたしの頭をどこまでもぐちゃぐちゃにした。あたしは理由を見つけようとして、そんなことがあるはずないって自分を納得させた。自分だけが悪いと思った。彼とうまくやっていけないのは自分になにか原因があるんだって。彼があそこまで怒って、あそこまで暴力を振るうのはあたしが原因だと。あたしの過ちだって。彼はあんたとなら違うんだろうって思った。あんたにもこんなことをできると少しでも考えていたら……」ルルはアリスの腕を見やり、続きの言葉はとだえた。

　手を取りあいながら、アリスの視線はディランが彼の手首からはずして巻いたレザーのブレスレットにとまった。アリスはひっかいたり、かんだりして、それをはずそうとした。

「チーカ」ルルが叫ぶ。「やめて」彼女は棚の上の瓶からハサミを手に取った。冷たい金属の刃をアリスのそれぞれの手首のレザーの紐の下にすべらせて切り、解放した。アリスは肌をさすった。

「出ていくまえに、ディランがセーラになにを話したのか知ってる？」

ルルは首を振った。「でも、明日、仕事に出ればわかると思う」彼女は意味ありげにアリスのロケットを指さした。「勇気を出して、でしょう？　あたしもあんたと一緒にいるから」

✷

翌朝、アリスはルルと公園本部にむかった。ディランの家にさしかかって横目でながめる。門には鍵がかかって私道に車はない。意識は玄関の奥へと飛んだ。自分の歯ブラシがあの家のなかに、浴室のベンチの彼の歯ブラシの隣に並んでいる。サマードレスが彼の衣装戸棚にかかっている。ふたりの乱れたベッドが窓際で日射しを浴びている。朝の彼の眠そうな顔。愛をかわすときに、アリスの顔を包む彼の手。アリスの畑。彼のファイアピット。寝室の壊れたドア。埃の塊。車で走り去りながらもアリスの心はとどまり、彼を慕う気持ち、欲望、不安がからみあっていた。

本部に到着して、アリスは首を振った。

「わたしにはできない」そう囁いた。

一瞬、どちらも口をきかなかった。

「いいえ、あんたならできる」ルルが囁き返した。

✷

アリスとルルが本部に入ると、セーラがアリスのデスクで待っていた。「アリス」セーラの顔にはなんの感情も浮かんでいない。「わたしのオフィスにちょっといい？」

アリスはうなずいた。セーラのあとを歩きながら、ルルを一瞥した。

「ここにいるから」ルルがくちびるの動きで伝える。

セーラはデスクのまえの椅子に座るよう合図した。

腰を下ろして、ここにやってきた日、まさに同じ椅子に座ったことを思いだした。希望と興奮で胸はいっぱいだった。

「はっきり言うわ。スタッフのひとりから事例報告書が提出されたの」セーラはファイルに手を伸ばしてひらいた。「ディラン・リヴァースが先週の木曜日、野焼きのあとに作業エリアの事務室で発生した出来事を報告した。あなたが彼に対して身体的暴力をふるったという申し立てよ」セーラは書類を読みあげた。「彼はこれ以上の追及を望んでいないことをはっきりさせているけれど、たしかに報告書をわたしに送ってきて、統括本部の人事部にもコピーをわたしている」セーラは書類を置いて椅子にもたれ、目頭をつまんだ。「ごめんなさい、アリス。わたしにはどうしようもない。厳正な懲戒処分をおこなうしかなくて、それはつまり、即時に停職にするという意味よ」

自分の身体を支えようと必死だったがふらついた。

「あなたのシフトは誰かほかのレンジャーに頼む」セーラが言う。「今日のうちに統括本部からあなたの停職期間について申し渡しがあるはずよ。来週スタッフがひとり送られてくるから、そのときにあなたの目から見た経緯の説明をする機会があるでしょう」

なにも言えなかった。

「報告書の処理がなされているあいだは、ディランといっさい接触をしないこと。それはとてもまたやすいはずね、もう気づいているでしょうけれど、彼は休暇を取ったから」

目を閉じた。

「なにか質問はある？」

首を振った。

「ねえ」セーラがいままでよりやさしい口調で言う。

目を開けた。

「ほかになにか、わたしが知っておくべきことがあるの、アリス？　内密に、わたしに話したいことはなにかない？」

しばしセーラと目を合わせてから、椅子を引き、立ちあがって無言でオフィスをあとにした。

表でルルは小型トラックに座ってエンジンをかけて待っていた。

「家にいちゃだめだよ、チーカ」アリスの家に到着するとルルが言った。「私服を着て、あたしがガイドするレンジャー・ウォークに参加して。歩いているとせめて気が晴れるかもしれない。ここにいたら煮詰まるだけ」

アリスは自分の家をながめたが、本当の意味では見えていなかった。彼がアリスを告発する報告書を出した。ずる賢く、故意に、アリスの声を奪った。おとぎ話の暗い森をさまよう少女のように、安全じゃなくなる。

頬の涙をふいて助手席のドアを開けた。「五分ちょうだい」

✷

アリスはクレーターに続く遊歩道をルルが案内するグループのうしろについてぶらついた。ここに来たのはまちがいだった。もはや自分がおこなうことはないだろう観光客への説明を、いまさら聞きたくなかった。なぜ、もはや自分がおこなうことはないのか、考えたくない。頭のなかでディランの声を聞きたくない。セーラとの会話を追体験するのもいやだ。恥。不信。このまま消えて砂漠ととけあい、目に見えない存在になりたい。

「グループについてきて」女が呼びかけてきた。

アリスはびくりとした。「なんですか？」

「遅れないで」女は取り澄まして言う。トレッキング・ポールの先を繰り返し赤い大地に刺していた。

「大丈夫です。わたしを待つ必要はありません」

女は白髪まじりの頭とピンクの顔にハエよけのネットを下ろした。「アウトバックのガイドブックを読んだ人なら誰でも、この場所は」女はトレッキング・ポールを振った。「見た目より危険だとわかっているんです」

「それはどうも」アリスは困惑した。「心にとめておきます」

歩きながら、その女はトレッキング・ポールで木の枝を払った。バチン、ヒュッ、ビシッ、バチン、ヒュッ、ビシッ。そのたびにアリスは顔をしかめた。ひとりになりたいと願えば願うほど腹が立ってくる。呼吸して、自分に言い聞かせた。

けれど、あれこれ考えてしまう。週末のどこかの時点で、ツイッグとキャンディが人生の縫い目をほどいて、もとにはもどせない真実を語っているあいだに、ディランはどこかで腰を下ろし、ノートパソコンのまえか、紙とペンを準備してなのか、わざとアリスを沈黙させるたくらみを始めた。報告書を書きながらコーヒーを飲んだだろうか？　ビールを開けただろうか？　アリスの心臓をまっすぐ狙う矢を放つ言葉を書きつらねるのはどんな気分だっただろう？　彼はアリスの人生、身体、心を好きなようにつまみ食いして、満腹になった。

　胃が痛くなってきた。

　彼は震えただろうか？　後悔しただろうか、ほんの一瞬でも？　狙いをつけながら残念に思っただろうか？　書き終えてためらっただろうか、それとも固く決意していただろうか？　それからの数日はどこにいたんだろう？　どこへ行ったんだろう？　ひきこもることのできる暗くじめじめした場所があったんだろうか。ランタンの光の糸をつむいで黄金にかえ、作りかえられてふたたび姿を現すことのできる場所があったのか？

　目のまえで、トレッキング・ポールの女にふと目の焦点が合った。彼女は遊歩道の近くにしゃがんでいる。バックパックを開けて小さな瓶を取りだし、身を乗りだして赤い土をすくい入れている。

　アリスはするどく息をした。「だめ！」そう叫んで駆けだし、女の手から瓶を払いのけた。瓶はゴツンと土に落ちる。数人の観光客が驚いて振り返った。女は地面に座り、驚愕の表情を浮かべていた。アリスは拳を握りしめて女をにらんだ。

「なにか問題でも？」ルルがグループの人たちのあいだを縫ってやってきた。

「問題がありますとも！」女は立ちあがった。

「アリス？」ルルが訊ねた。

「この人は土をもちかえろうとしていた。見たの」アリスは震える声で言い、瓶を指さした。

ルルはアリスの腕を握った。「わかった」そう言い、アリスの目を見つめた。ちらりと女を見てから、またアリスに視線をもどす。「任せてね？」

アリスはうなずいた。

「マダム、わたしと一緒に歩きましょう。あなたがたったいましたことが、国立公園で罰金を課せられる違反である理由を説明しますから」ルルは女をグループの先頭に案内し、心配に顔をしかめながら、アリスを振り返った。

✷

アリスはその後、無言でグループの最後尾を歩いた。驚くことではないが、誰も話しかけてくる者はいない。ルルは始終振り返ってアリスが手を振り返すのを確認した。引き返そうかと何度か考えた。ピップのいる家へ帰ってベッドにもぐりこみたいが、立ち去ればますます騒ぎになるだけだろう。

展望台にたどりつくとグループから離れて座った。ただよってくるルルの声を聞きながら、燃えるように赤く咲き誇る花のサークルの中心を見つめつづけた。いつしかツイッグ、キャンディ、ジューンのことを考えていた。そして母のこと。いつも心にあるのは母のことだ。いつも。

涙が乾くのを待ってから立ちあがり、グループに続いてクツツ・カーナへ降りた。

✷

クレーターの小道に日射しが満ちあふれていた。デザート・ピーの海が熱波でちらちらと揺れている。一羽のオナガイヌワシが上空を旋回していた。フィンチが低木林でさえずった。目を閉じて耳を澄ます。ルルの声色。風のリズム。花と葉のざわめき。それらに合わせた脈動があった。心臓がごくかすかに生命を刻む音。

ジッパーの音がしてアリスのはかないのどかさを打ち破った。トレッキング・ポールの女がグループから離れ、バックパックから瓶を取りだしてデザート・ピーの隣でしゃがんでいた。アリスが観察していると、彼女はゆっくりと慎重に蓋をひねりあけ、空いたほうの手を花に伸ばした。

アリスは全力でぶつかり、悲鳴をあげる女を地面に押し倒してその手からデザート・ピーの花を奪いとった。

✷

一時間後、アリスはセーラのオフィスのまえに腰を下ろし、膝に肘を置いて頬を預けていた。日光を浴びすぎて濃く日焼けした肌のにおいがする。母の肌の香りを思いだした。やわらかくて、清潔で、ひんやりして。母の声の優美さ、シダと花の庭にいるときの目に宿った光。ジューンの香りはウイスキーとペパーミントだった。あの川のにおい、十代の頃にオッジが準備した焚き火。

さまざまな場面のディランのイメージが父の記憶と溶けあった。怒りの表情。ディランの息のすっぱいにおい、父の激怒の無機質なにおい、アリスの身体が痛んでふたつおりになり、ひどく冷たい水、たたこうと振りあげられる手。本部の無線がガーッと鳴って考え事は中断され、赤ん坊の泣き声を連想した。弟を育てたのは誰だろう？　いい人生を送っているだろうか？　しあわせだろうか？　姉の存在を知っているだろうか？

「アリス」

　顔をあげると、セーラがオフィスの戸口を開けて立っていた。今度は彼女の顔にくっきりと感情が浮かんでいた。

✷

　ルビーは裏庭の火のまえに座っていて、表に車がとまる音を聞いた。私道をのぞいた。アリスの蝶のピックアップトラックが荷物を満載していた。ルビーは作りかけのネックレスにふたたび視線をもどした。ワイヤー・ハンガーの先端を炎にかざし、イニンティの種の中央に突き刺していった。冷めると茶色の麻糸にとおし、足元の種の山から次の種に手を伸ばす。アリスが車を降りて犬がすぐうしろに続いた。足取りは緊張して目に落胆が浮かんでいた。一度に愛、生活、家をうしなった女そのものに見える。

　アリスは火のまえに腰を下ろして炎を見つめた。ピップは駆けていき、ルビーの犬たちと遊んでいる。風が強まり、三本の背高のっぽのデザート・オークがため息をもらした。ルビーはワイヤーを炎にかざし、じゅうぶんに熱くなるまで待ち、先端を次のイニンティの種に突き刺した。アリスは黙ったままだ。何度か挑戦してからようやく、彼女の声はしゃべれる程度に強くなった。

「ルビー、お別れに来ました」

　ルビーは麻糸を種にとおし、次の種を拾いあげた。風が髪を揺らす。北西の風だ。その風は人を病気にするんだよ、ルビーの叔母たちは繰り返しそう語った。悪いやつなんだ、西からの風は。人の魂を病気にする。そんなときは正しい薬を手に入れないとだめさ。

「先日あなたが言ったことをずっと考えていたのよ、ピンタ－ピンタ。あなたにとっての火の意味について」ルビーは次の種に熱で穴を開けて糸をとおした。「あなたの火の場所はどこか訊きたかった」

「火の場所？」

「そう。あなたの火の場所。あなたが愛する人たちと集まる場所よ。あなたがすっかりあたたかくなれる場所。あなたがつながっている場所」

　アリスは長いこと答えなかった。ルビーは焚き火にマルガの枝を一本足した。

「わかりません。でもわたしには……わたしにはきょうだいがいる」アリスの喉が詰まった。「弟が」

　ルビーはイニンティの種を数珠つなぎにした麻糸をもちあげて両端を結んだ。ネックレスは赤く光ってきらめき、火のにおいがする。ルビーはネックレスをかかげてみせた。アリスは見つめるだけだ。ルビーがネックレスを揺さぶって受けとれと合図する。ルビーがアリスの手のひらに種を積んでいくと、イニンティの種同士がやさしくぶつかってカサカサと音をたてた。

「バッツウイング・コーラルツリーの種」アリスはつぶやく。「傷心を癒やす」その目は赤かった。

「わたしの一族の女たちはこれをインマのときに身につける。この踊りの儀式のあいだに力をあたえてくれるの」アリスは親指で種の表面をこすり、鼻に近づけて煙ったにおいを吸った。

「もうひとつ」ルビーは立ちあがって家に入り、すぐさま小さな正方形の綿の袋を手にもどってきた。「ストライプド・ミントブッシュ」彼女はそれもアリスにわたした。「枕に入れて。寝ているあいだに精神を健やかにしてくれる」

「ありがとう」アリスは袋を鼻にもっていった。「わたしの一族では、ストライプド・ミントブッシュは癒やしのためのものじゃありません。許された愛という意味」

ルビーはちらりとアリスの表情をうかがった。「許された。癒やされた」肩をすくめる。「いいつながりではなくて？」彼女は火をつついた。火は反応してはぜた。炎が午後の空へ高くのぼる。ふたりは黙って座っていた。

「言いたいことがあるのよ、ピンタ－ピンタ」ルビーがしばらくして口をひらいた。「自分を信頼して。自分の物語を信頼して。あなたにできるのは、真実を語ることだけ」彼女は煙にかこまれて両手をこすりあわせた。

アリスはイニンティの種をいじった。

「パルヤ？」ルビーが訊ねた。

「パルヤ」アリスは目を合わせて答えた。

ルビーはほほえんだ。アリスの目に映る火が澄み渡って輝いた。

✷

キリルピチャラが埃っぽい地平線の遠い夢に縮むまで運転してしまってから、アリスは車を路肩

27

バッツウイング・コーラルツリー

に寄せた。車を降り、ピップを隣に従えて、冷えてきた赤い大地を歩いてスピニフェックスの茂みのあいだを縫い、手をあげてのっぽの黄色い草の先を払っていった。

心を静めるには少し時間が必要なだけだと自分に言い聞かせたが、これだけのことがあったというのに、去ることが正しいかどうかまだわかっていないというのが隠れた真実だった。彼への愛がなにを考えても色をつけてしまう。頬の涙をふいて、それほどまえではない午後のことを思いだした。ディランと夕日の散歩に出かけたときのことだ。

いつの日か本当にふたりで西海岸に行くとして、彼はあのゆっくりと心をとろかす笑みを浮かべて言った。荷造りして、それぞれ車に乗って、ただ運転したとして。はるばる西までさ。むこうに着いたらどうする？

ふたりは大きなデザート・オークの下で一緒に座り、指をからませあっていた。

アリスはほほえんで目を閉じて想像した。小さな家を買って、新鮮なシーフードで太り、自分たちで果物や野菜を育てて、そして……、そこでためらった。

どうした？

赤ん坊を何人も作るの。アリスは思い切って言った。やんちゃで、ぽっちゃりした脚、裸足の赤ん坊たち。赤い大地、白い砂、そして海で育てる。彼を見ることができなかった。

彼はアリスのあごに人差し指をあてて顔をあげさせた。その目は光に満ちていた。ぽっちゃりした脚か。にやりとしてアリスを胸に引き寄せた。

わたしは一生あなたを愛していく。アリスは囁いた。

おれたちは一生愛しあうんだ、彼が答えた。空気を求めてあえぐように、アリスにキスした。

＊

見渡すかぎり砂丘にいるのはピップだけだった。アリスは泣き叫んだ。とどまるべきだろうか？　仕事をうしなわないように戦い、ディランとやりなおせるよう、がんばってみる？　もちろん、ふたりの仲はまだ終わってなんかいない。金粉を混ぜた漆と割れた陶器のかけらを目のまえに並べる日本の職人のように、アリスも作りなおせる。きっと彼を救える。愛がふたりを救うはずだ。どうしてこの愛を手放すことができるだろう？　彼が望むとおり、彼が必要とするとおりにしてもっとがんばれば、彼をもっといい人間にできる。始めからずっと、もっといい人間になることだけが彼の願いだった。それに、これからどこへ行けばいいのか？　帰る家がない。とどまってはいけない理由がある？

　ゆっくりと歩いた。砂丘を越えて下った。

砂漠が意識にいたずらした。時は目に見える意味をもたなくなった。百年まえの朝からここはかわっていないだろう。日々、太陽がこの風景を上塗りしていき、星々が輝いて季節はめぐるが、時の流れた印は存在しない。侵食と創造がとてもゆっくりと進むから、砂漠ではひとりの人間の人生に起こる変化は、自身の肉体の変化だけだ。砂漠はアリスを呑みこんで、ちっぽけなものにした。赤い砂をさまよい、ひときわ高くなった砂丘で足をとめる。クレーターへもどる道を目でたどり、クレーターのシルエットを見つめる。間に合うように帰れるだろうか？　すべてをなかったことにして、やりなおせるだろうか？

　ピップが脚に鼻をこすりつけた。しゃがんで耳のうしろをかいてやり、いままで見えていなかっ

27

バッツウイング・コーラルツリー

た自分のふくらはぎのアザに気づいた。どうやってついたものかわからない。作業エリアの事務室でディランといたときのものに違いないが、ふくらはぎを痛めた記憶はまったくなかった。

　胃が重くなる。頭のなかでアリスは九歳にもどっていた。母が裸で、アザだらけの姿で海からあがるところを見ている。

　ふたたび日本のおとぎ話のことを考え、今度は容赦のない観点からながめた。アリスは筆を手にした職人ではなく、金粉でもない。割れた陶器のかけらのほうであり、何度も修理されては壊されている。母と同じだ。繰り返し彼女を壊す男以外との生活を思い描くことのできなかった母。安全を求めてソーンフィールドにやってくる〈花〉たちと同じだ。いままでずっと、アリスは自分をそんなふうに見ることを受け入れようとしなかった。

　許された。癒やされた。ルビーは肩をすくめていた。いいつながりではなくて？

　ピップがアリスのまわりでじれて、顔をなめた。アリスは涙をふき、ジューンならどれだけピップを愛したことだろうかと考えた。ハリーを心から愛したように。ハリーと花畑を歩くジューンの思い出が、ほかの思い出も次々にたぐりよせる。ジューンがアリスを学校に連れていった日、ハリーがおならをしてジューンが大笑いしたこと。十回目の誕生日の前日の夜にハリーの隣で眠っていて目が覚めたら、ジューンが暗闇で机に身をかがめてサプライズのプレゼントを置いていたこと。運転免許の試験からもどってきて、警察署の駐車場にジューンとハリーが待っているのを見た朝。ソーンフィールドでの最後の夜を思いだしてアリスのほほえみは薄れた。農園を飛びだしたとき、ハリーはすでにこの世を去り、ジューンは左右に身体が揺れるほど酔っぱらってまともにしゃべれず、救いようのないみじめな状態だった。あれがアリスのジューンについての最後の記憶だった。

もう二度と会うことはない。

安全だと感じられる場所も人もなにもないという純然たる現実に打ちひしがれ、アリスは土にくずおれた。心配したピップが吠えはじめる。

「大丈夫だから」アリスはピップの脇腹をなでた。「大丈夫」何度か深呼吸をして、まともに考えられるよう心を静めようとした。自分がどこへ行くのか、せめて今夜のことだけでも、考えださねば。

立ちあがって土を払っていると、ツイッグとキャンディが去った朝の記憶が勢いよくよみがえった。ツイッグの言葉。

心の準備ができたら、あなたに必要なものはすべてここにある。

アリスはピックアップトラックを見おろして、どういうことか悟った。ピップと砂丘を駆けおり、グローブボックスを開けた。ツイッグがくれた封筒をつかんで引きちぎって開封する。折りたたまれた紙の束を引っ張りだした。

どのページにも目をとおし、急いで言葉をたどった。

そして何度も読み返した。信じられずに首を振り、やっとそこに書いてあることが本当なのだと実感でき、現実味を帯びてきた。文章を指でなぞった。たしかにそこに、紙の上にそう書いてある。

「どういうこと」アリスは囁いた。同意するようにピップがキャンと鳴く。

グローブボックスに封筒をもどした。キーをまわしてギアを入れ、アクセルを踏みこみ、太陽を背にして走った。

ときに、前へ進む道を見つけるために引き返すこともあり得るのだ。

27
バッツウイング・コーラルツリー

✷

ルルは砂丘に腰を下ろして、エイデンが日没のパトロールからもどるのを待っていた。ワインを飲み、あたたかく赤い土につま先を入れて、膝を抱えていた。

星がまたたいているけれど、ルルが見つめているのは夜空ではなかった。アリスが残していった輝くフェアリーライトを見ていた。

セーラがアリスに即時解雇を申し渡して、ルルは荷造りのためにアリスを家へ送った。本部でのふたりの会話は漏れ聞こえた。セーラはアリスに幸運だと言った。二日連続で事例報告書が提出されたのに、懸命の交渉の結果、アリスが法的に告発されることはなかったからだ。ルルと一緒にアリスの人生をでたらめに箱詰めするあいだ、アリスはほとんど口をきかなかった。アリスはフリーダ・カーロの複製画を返そうとしたが、見ていない隙に車に積まれてしまった。

どこへ行くか教えてくれる？

アリスはうなずいて道路を見つめた。ルルが見たこともないほど遠い目をしていた。

どうしてあなたはここにとどまったの？　アリスは訊ねた。どうしてここを離れなかったの？　彼にあんなことをされたのに。

ルルはしばらく間を置いて答えた。あたしの過ちだったと自分に言い聞かせたから。納得できる考えかたはそれだけだった。ルルは自分の答えを聞きたくないかのように、肩を耳まで引き上げた。そんなとき、エイデンに出会った。いまではあたしたちの人生がここにある。それに、星まわりのせいかな。ルルは悲しい笑い声をあげた。自分自身に対して目をつぶったままでいたら、予知などなんの役に立つだろうか？

　アリスが車で去るのを見送ってから、ルルは家に入って決意が揺らぐまえに受話器を手にした。セーラは翌朝いちばんのスケジュールで話をしようと言ってくれた。震えながらルルは白ワインのボトルとグラスを手にまっすぐ砂丘にむかい、神経が静まるだけの量のワインをグラスに注いで、エイデンの帰りを待っているのだった。

　やがて彼の小型トラックがガタガタと私道に入ってきた。グラスがからっぽになって、ルルはワインをラッパ飲みした。

　彼が裏口にやってきてブーツを脱ぎ、ルルに近づいた。彼の愛情深いほほえみを見て落ち着いた。アブエラの声が耳元で響く。だからあたしたちはおまえに〝小さな狼〟と名づけたんだよ。おまえの直感はいつもおまえを導いてくれるだろう。星まわりのようにね。

「やあ、かわい子ちゃん」エイデンが隣に腰を下ろした。

　ルルは彼にキスして、からっぽのグラスに彼のためにワインを注いだ。

「なんて日だ」彼はため息をついてワインに口をつけた。「ここを去ったとき、アリスは大丈夫そうだったかい？」

　ルルはアリスの家の外できらめくフェアリーライトを見つめた。首を振った。

「きみは大丈夫かい？」

　ルルは彼からグラスを奪ってもう少しワインを飲んだ。「大丈夫になるはず」そう言って星を見あげた。

　エイデンがルルの手を取って、手のひらに円を描いて親指でこすった。あたたかい。ルルは愛と

27

バッツウイング・コーラルツリー

感謝で満たされた。これだけ長く隠していたディランについての毒のような物語を、彼に語る勇気を自分が見つけることさえできれば、支えるために彼がどんなことでもしてくれるとわかっている。砂漠の生活からの脱却に彼が賛成することも疑っていない。ルルはすでにタスマニアでの仕事探しを始めていた。エイデンはあそこでぜひとも暮らしたいと話してばかりいるのだ。

ルルは強い声を出せるまで待った。

「明日の朝、セーラとミーティングをするの。話さないといけないことがあるんだ。でも、まずはエイデンに話さないと」

彼はルルを見つめて続きを待っている。

遠くでアリスのフェアリーライトがチカチカと輝いていた。それぞれはちっぽけな揺れる火のようだが、夜空にむかって燃えあがっていた。

✷

アリスがアグネス・ブラフに到着する頃には、空に星がちりばめられていた。獣医のクリニックに車を入れて、エンジンはかけたままで降りた。ドアのまえに立った。ガラスの彼の名前を指先でたどった。郵便受けに手紙をすべらせ、内側の床に、手書きで自分の差出人住所を書いた封筒の裏側が上になって落ちるのをながめた。

車で走り去りながら、彼のためにスケッチした花のことを考えた。ビリー・ボタン。ほっそりした茎にまばゆい黄色のまん丸な花を次々に描いて、紙を埋め尽くし、右隅にその意味を書くスペースだけを残した。
〝わたしからの感謝〟。

愛しきひと、貴男《あなた》は百千《ももち》の花くれた
かつてのわたしの如《ごと》く花うけとり
汝《なんじ》が花を嘆かぬ場所にとどめておくれ
花の色を誠実《まこと》にとどめよと
汝が眼《まなこ》に命じ
汝が魂に花の根はわたしの魂に
あると伝えておくれ

エリザベス・バレット・ブラウニング

28

グリーン・バードフラワー

わたしの心は飛んでいく

Crotalaria cunninghamii

中部から西部の各州

マルガの群生林と砂丘の砂の土壌に広く見られるこの低木は、太くごつごつした枝にやわらかな毛が生えている。花は名前のとおり萼《がく》の先をくちばしと見たてると鳥の形に似ており、黄緑に細い紫の縞が入っている。開花は冬から春。大型の蜂と鳥によって授粉される。

三日間ものドライブを経て、土埃の不毛の風景は青々としてみずみずしいものにかわった。四日間の旅の終わりに、アリスは幹線道路を曲がって海岸ぞいに細い道をたどり、子供の頃に離れたあの小さな町にやってきた。車を停め、農家のトラックがガタゴトと行きかう中心部の交差点に立った。メイン・ストリートにはあたらしい店がちらほらできていた。タトゥーの店、携帯電話の店、ビンテージの古着屋、サーフボードの店。

背後のサトウキビの茎は記憶にあるとおり、鮮明な緑だった。茎は低くなったように見えるが、あたりの空気はいまでも甘く湿っぽい。七歳の自分が、この茎のあいだを走り抜けて、家の境界線のむこうの、このあたらしくてどきどきする世界に飛びこむ様子を思い描いた。自分の身体に腕をまわした。安心させるように、ピップがアリスの脚をなめた。

「大丈夫ですか？　道に迷いましたか？」親しげな声が訊ねた。振り返ると、腰を支えにして幼児を抱いた若い女だった。

「大丈夫。ありがとうございます」アリスは答えた。

女はほほえみ、幼児はピップを見て喉を鳴らした。女は信号のまえで幼児をおろして歩行者用信号のボタンを押した。

「すみません」アリスはすでに知っている答えを聞きたい衝動にかられて彼女に呼びかけた。「道のむこうにまだ図書館はありますか？」

「ええ、ありますよ」女と幼児が手を振り、信号が青にかわった。

✷

長年、サリー・モーガンはふたたびアリス・ハートに会う日が訪れたらどんなふうになるか、何度も多くの場面を思い描いてきた。これほど自然に、ごく普通の火曜の午後に起きるとは考えてもいなかった。

学校が終わって図書館がにぎわう時間帯で、サリーは児童書の棚のまえにしゃがんで本をかたづけていた。なんの理由もないのに、肌が粟立った。

彼女はゆっくりと立ちあがった。汚れた寝間着の下からみすぼらしい小さなサンダルが突きでていたことを思いだした。もつれた髪をたらしてうつむき、図書館の本を一心不乱に読む姿。頬のえくぼ。燃え立つような緑の目。病院のベッドのはしからこぼれる黒い髪。人工呼吸器のカチリ、そしてウーンという音、上下する彼女の胸。幼くて痩せこけた顔のあまりに目立つ頬骨。青白いまぶたの細い青紫の静脈。

サリーは書架のあいだを注意しながら歩いた。見るかぎり、おかしなところはない。いつもと同じだ。疲れているだけだと自分に納得させた。疲れるといつも過去にとりつかれてしまう。それでも図書館のなかを探さずにいられない。

書架をながめる利用者たち。子供を連れた親。高校生たちがかたまって本を読みながらくすくす笑っている。

いつもと違うところはなにもない。日常とぜんぜんかわりない。脈拍がゆっくりになっていった。愚かな期待をした自分を叱り、書架のあいだを自分のデスクへむかいながら、迷子になっていた本を集めた。失望して頬が熱かった。

午後も遅くの日射しがステンドグラスの窓から注がれた。『人魚姫』の尾のアクアマリンの光がまっすぐにサリーの目元に落ちかかった。まぶしくて横にずれて目元をおおった。ふたたび顔をあげると、サリーの愛したあの幼い少女を、目のまえに立つ汚れた格好の女の顔のなかに見た。抱えていた本が床に落ちる。

二十年のあいだ、サリーはアリス・ハートが流れ星のように人生にもどってくる瞬間を待ち焦がれていた。

その彼女がここにいる。

✷

28

グリーン・バードフラワー

アリスはサリーのハッチバックに続いて町のなかを運転し、図書館で繰り広げられた場面を思い返して動揺していた。アリスに気づいた彼女は目の焦点が合わなくなり、まるでアリスを突き抜けた先を見ているようになったが、すぐにきつく抱きしめて前後に揺すって名を繰り返し呼んだ。アリスはサリーのバラの香水の記憶に圧倒され、どう反応していいかわからず、身じろぎもせず立ちつくした。

「顔をよく見せて」サリーは泣きながら鼻をすすりあげて涙をふいた。「なんてきれいな大人の女性になったの」

思いがけないよろこびで頬が熱くなった。

「今度こそお茶をどう？　何年も経ったけれど」サリーが輝く目をして訊ねた。

照れながらうなずいた。

「みなさん、今日は図書館を早めに閉めます。ごめんなさいね」サリーは宣言した。利用者を帰らせてから、アリスを駐車場に連れていった。「わたしのあとをついてきて、アリス」

海を見おろす崖に建つコテージのまえで、アリスはサリーの隣に車をとめた。家をとりかこむベランダは香り高いフランジパニ・ヴァインにおおわれていた。屋根からは貝殻、シーグラス、流木で作った風鈴がさげられている。庭に咲くフラミンゴ・グレヴィレア。鶏がシルバー・ワトル（フサアカシア）の下で草をついばんでいた。

「すてき」アリスはつぶやいた。

「どうぞ」サリーが声をかけて手招きした。「わんちゃんに水をあげましょう」

アリスはキッチン・テーブルについて、ピップは足元に落ち着いた。サリーは紅茶を淹れて戸棚からフルーツケーキを取りだしてカットし、バターを厚く塗った。外では波の寄せる大きな音。サリーが椅子を引いて腰を下ろし、ケーキをのせた皿と湯気のあがるティーカップをアリスのほうへすべらせた。

「さあ食べて」彼女は急かした。

アリスはサリーと一緒にいると心から落ち着けることに驚いた。二十年ほどまえのある日の午後に一度会っただけなのに、長らくうしなわれた家族のように自宅に迎えてくれた。

フルーツケーキを一口かじった。サリーもそうして紅茶に口をつけ、アリスをじっと見つめている。ふたりは気楽に無言のままでいた。海の音がすぐそばで響き、波が家のなかを洗っていくかのようだ。そこで記憶が離岸流さながらにアリスを引きずった。視界が点々と黒くなっていく。テーブルの縁をつかんで気持ちを安定させようとしたが、ますますめまいがひどくなるだけだ。

「アリス？」サリーが慌てて声をかける。

しゃべろうとしたが、うめき声しかでなかった。サリーが肩を抱いて背中をさすった。

「ああ、かわいそうに。さあ、落ち着いて。深呼吸をして」

アリスは海を見て深呼吸をしながら、波の銀の線が浜辺の青緑の水を砕く様子を目で追った。この砂漠は海の古い夢だ。彼の声が自分のなかを波のように流れていく。ンガユク・ピンタ‐ピンタ。冬の焚き火のまわりを裸足で踊るアリス、その身体に彼の視線がまとわりつき、目で飲むように吸いこむ。ンガユク・ピンタ‐ピンタ。おれの蝶。

「深呼吸よ、アリス。わたしの声に集中して。わたしの声だけと一緒にいて」サリーに抱きしめられて記憶が混ざった。わたしの声と一緒にいて。火の海。眠れる森の美女。燃える羽根。羽ばたいて、羽ばたいて、急降下。空高く、空高く、舞いあがる。

アリスはサリーにしがみついた。シャツにしがみつき、自分をつなぎとめることができなかったら、崖から、世界の果てから落っこちてしまうのだろうかと突然不安になった。

✷

黄昏時。サリーがリーキとジャガイモのスープを作り、アリスはカウチに横たわって太陽が雲に色を塗り終えて筆を星にわたすさまをながめた。

ふたりは無言で食事をし、ふたりの沈黙が磁器にふれるフォークの音、風鈴の音色、波のうねり、鶏の鳴き声、ピップが時折もらすあくびの隙間を満たしていった。

「あなたには落ち着く場所が必要になるわね」サリーがナプキンで手を拭きながら言った。

アリスは半分にカットされたパンをちぎって皿についたスープをぬぐい、口に入れてうなずいた。

「ここはわたしが使い切れないくらいスペースがある」サリーが提案する。「客用寝室を自由に使って。朝日がたっぷり入るし、庭と海が見えるのよ」彼女はスープのスプーンをいじっている。「ベッドも、ととのえてあるし」

「甘えるわけには――」

サリーは手を伸ばして、アリスの手に重ねた。あたたかさがアリスの腕にまで伝わった。

「ありがとう、サリー」

サリーはグラスをあげてうなずいた。「あなたに乾杯」目に涙があふれている。

アリスも同じ仕草をした。

「あなたにも」

✷

夕食のかたづけが終わるとサリーはアリスを部屋に案内した。やわらかなタオルとふんわりした枕をわたされた。

「あなたたち、必要なものは全部そろった？」サリーはピップの耳をかいた。アリスはうなずいた。

「じゃあ、明日の朝また」彼女はアリスを抱きしめた。

「おやすみなさい」

アリスは明かりを消してカーテンは閉めずにおいた。月光が窓から注ぐ。海が左右に大きく広がって沖まで見渡せた。ベッドに横たわってピップを身体にぴたりと引き寄せてきつく抱きしめると、涙が寄せては引いていった。

✷

翌朝、アリスはキッチンに入って一杯のコーヒーを淹れ、サリーが起きるまえに庭へ運んだ。ひとりでいられることがありがたかった。空は雲ひとつないパウダー・ブルー。海はきらめき、おだやかだ。ピップがあとについてきた。満開のピンクの綿毛のようなリリー・ピリーの低木に蜂が舞

28

グリーン・バードフラワー

っている。アリスはほほえんだ。あくびをして目をこする。眠りはとぎれとぎれだった。海と記憶の音が大きすぎた。コーヒーを飲みながら庭をぶらつき、足をとめてグレヴィレアに見とれ、鶏に話しかけた。太陽のあたたかさが背骨の緊張をほどいた頃、家の横手にそって鉢植えの熱帯性植物が並ぶ青々とした路地に気づいた。モンステラ、極楽鳥花、アガベ、ビカクシダ、さらに別種のシダ類。

感嘆の気持ちしかない。ここは庭のなかの庭であり、周囲の野性味ある美しさと対照的に、細部まで行き届いた丁寧な世話をされている。緑の贅沢なブレンド。さまざまな光沢のある葉叢《はむら》。だが、歩みを進めるにつれて感嘆が薄れはじめた。コーヒーカップの持ち手を握りしめる。ひびが入って色あせたプラスチックのおもちゃがいくつかの鉢植えの土から突きでていたのだ。手を振る人魚、貝殻、ほほえむイルカ、ヒトデ。足取りが重くなった。

この路地の中央に置かれたのは実物大の木像だった。花を差しだす幼い少女。アリスがまえにも見たことのある像だ。

「アリス」

心臓をどきどきさせてさっと振り返った。サリーが路地のはしに立ち、顔には枕の跡がついて深い悲しみの表情を浮かべていた。

「これってどういうこと？」そう訊ねるアリスの声は甲高くなり、震える指を木像にむけた。「どうして父の彫ったものをあなたがもっているの？」

サリーは一歩下がった。「家に入りましょう」

アリスは反応しなかった。

「来て、アリス。もっとコーヒーを淹れるから。座って話しましょう」

✷

　サリーは淹れたてのコーヒーのポットをカウチのまえのテーブルに置いた。座るよう勧められてアリスは受け入れた。

「どうしよう」サリーはぎこちなく笑った。「長年あなたと、この会話をする機会がないかと祈ってきたのに、いざとなると口ごもってる」彼女は揉み手をした。「正直言うと、どこから話をすればいいのかわからない。なんでも知りたいことをあなたが質問するというのはどうかしら、アリス。そこから話を進められる」

　アリスは身を乗りだし、声が荒ぶらないよう苦労した。「あなたの庭に父の木像がある理由から始めて。それとも、母が遺言でわたしと弟の後見人をあなたに指定した理由か」それはツイッグの厚い封筒をひらいて急いで車を走らせて以来、頭から離れない質問だった。

　サリーの顔が青ざめた。「いきなり核心ね。わかった」

　片膝をガタガタ揺らすアリスの頭で、母の遺言書にあった言葉が燃えあがった。ジューン・ハートがわたしの子供たちの養育をするにはふさわしくない場合、わたし、アグネス・ハートはここに、後見人としてサリー・モーガンを指定する。

「知っていたの？　母のことを？」アリスは問いただした。

「いいえ、アリス。知らなかった。本当の意味では。町でごくたまにすれ違うだけだったの」

アリスは首を振った。「そんなはずない。だったら、どうして母はわたしたちをあなたに託したの？」

「わたしはお母さんを知らなかったけれど、お母さんのほうはわたしを知っていたのよ、アリス。知っていた」

「どういうことか、わからない」アリスの心臓は締めつけられ、まるで胸郭が小さすぎてはちきれそうに感じた。

「あなたが幼い頃に」サリーがのろのろと言う。「わたしは恋に落ちた。恋に落ちてはいけない人と」彼女は首を振った。「わたしは十八歳だった。それまで誰かとつきあったことはなかった。あなたのお父さんをいろんなところで見かけた。あの人は町にあたらしくやってきたサトウキビ農園の人だった。物静かで、働き者、陰があって。人とまじわろうとしなかった。なにか事情がある人なんだと思った」彼女はここで一度口をつぐんだ。「わたしは長いこと遠くから見ていた。彼のことを詳しく知る人は誰もいなかった。彼は結婚指輪をはめていなかったの。一晩だけだった。一度だけ。わたしは女友達たちとパブにいて、シャンディを飲んで酔って勢いづいた。カウンターの彼のもとにまっすぐ歩いて、一杯おごらせてくれと言って……二カ月後に妊娠したと知った、女の子だったわ」

アリスはサリーを見つめた。「それはいつの話？」

「あなたが生まれた翌年で——」

「まさか？」口をはさんだ。「そんなはずない」

サリーは重々しく首を振った。「残念ながら本当」

「まさか」アリスは思わずまたそう言った。母の物語にはどこにも妹なんて登場しなかった。母がサリーのことを知っていたはずがない。

サリーは全神経をかたむけた表情でつらそうな目をして待っている。

頭のなかがぐるぐるまわる。「あなたに父との子供がいるというの？」

「いたの」サリーはつぶやいた。「わたしには子供がいた」彼女は両手を見おろしている。「娘は、ギリアンは五歳で死んだ。白血病だった」

アリスは口をひらくことができなかった。

「クレムにはギリアンが生まれたときに知らせた。ただあの子のことを知ってほしかったからであって、彼になにかしてもらおうとは思っていないとはっきり伝えた。それでも、子供への愛は人をかえるの。クレムにギリアンのことを認めてほしいと期待せずにいられなかった。病的だと思われるかもしれないけれど、あの子が死んだ夜、髪を一束切ってお気に入りのリボンで結んで彼に送ったの。クレムはあの子が生きているあいだは、まったくかかわろうとしなかったけれど、あの子のものをなにかもっていてほしかった。本当を言えばわたしは取り乱していたのよ。怒っていた。クレムを傷つけ、罰して、ギリアンの人生を完全に無視したことを、あの子の死をもって思い知らせたかった」

灯油のにおいがアリスの鼻を満たした。父の作業台の抽斗を開けたらソーンフィールドの写真と、カールした髪が色あせたリボンで束ねられていたことを思いだした。ギリアンの髪。妹の髪だ。

「葬儀からもどったら、ギリアンの木像が玄関まえに置いてあった」

記憶のなかでランプの光がちらちらと照らすのは、父の彫ったジューンと幼い少女の木像だった。

28

グリーン・バードフラワー

アリスが自分だと思いこんでいた木像。

「あなたのお母さんが葬儀に来た」

アリスはサリーにするどい視線をむけた。

「彼女を見たのよ。教会のいちばんうしろの席に。葬儀のあとで彼女を見つけることはできなかった。あの人はギリアンにあてたカードをつけた鉢植えを墓に残していった。あなたの名前で署名して」

アリスは泣きそうになって顔をおおい、母がひとりで町へ行って葬儀に出席して帰宅し、しかも父に見つからないようにしたとは、どんな心情だったことかと想像した。そのような裏切りを知りながらも、サリーに同情できたに違いないなにかがあった。アリスが母親の違う妹に会うことはないとわかっていて、ずっと引きずっていたに違いない痛み。サリーの人柄に見いだしたに違いない信頼。自分の子供たちを育てる権利をサリーに託そうと決意したに違いない、追いつめられた瞬間。遺言が必要な状況に至ったに違いない、不安の瞬間。

「どの植物？」

「なんのこと？」

「母がお墓に置いたのはどの植物？」

サリーはひらいた窓に近づいて手を伸ばし、満開の低木からピーチ色の花を摘んだ。それをアリスに差しだす。

「ビーチ・ハイビスカス」アリスは低い声で泣いて、子供の頃に母が作ってくれた花の冠を思いだした。ソーンフィールド辞書に書かれた意味も。〝愛はわたしたちを永遠に結びつける〟。

「その一年後にあなたが図書館にやってきた」サリーが話を続ける。「すぐにあなたが誰かわかった。クレムとアグネスの娘だとわかった。わたしのギリアンのお姉さんだと。火事のあとで、あなたの世話をすることにした」

「わたしの世話？」

「あそこにいたのよ。病院に」サリーの声は聞き取るのがやっとだ。「あなたが昏睡状態のあいだ、そばに座っていた。あなたに物語を読んだ」

わたしの声と一緒にいて、アリス。わたしはここにいる。

「わたしはあなたに本を詰めた箱を贈って……」サリーの声はとぎれた。

子供時代の本。ジューンからの贈り物だと聞いていた本。

「ジューンがやってくるとわかるまで、わたしはあなたの隣に貼りついていた。あなたがジューンと去ったあとで、看護師がわたしに電話をかけてきて、あなたの弟が峠を越したけれどジューンが引き取らなかったと知らせたの。それから弁護士がアグネスの遺言書のことでわたしに連絡してきて……そして夫のジョンにあなたの居場所を見つけてもらった。あなたが安全だとどうしても知りたかったから。あなたがソーンフィールドにいるとわかってからは、ジューンの願いを受け入れて、納得して生きるしかなかった」

アリスは表情をなくしてサリーを見つめた。「どんな願い？」

サリーはアリスの顔をうかがった。「ああ、アリス」一瞬ののちにそうつぶやく。

「どんな願いなの、サリー？」

「ジューンはあなたをわたしともあなたの弟とも、いっさい接触させたくないとはっきりさせた」

「はっきりさせたって、どうやって？」

サリーの顔から血の気が引いた。「わたしは手紙を送ったのよ、アリス。何年ものあいだ。あなたの弟の成長ぶりを伝える手紙と写真を。いつもあなたと連絡を取りたくて仕方なかったけれど、一度も返事はなかった。法律上はジューンがあなたの血縁なのだから、あの人に口出しすることはできなかった。わたしにはなんの権利もなかった。わたしにできるのは、とくにあなたやあなたの弟にとって、さらなる苦痛を引き起こさないようにすることだけだった」

アリスはやるせなくて泣き声をあげた。どうしても新鮮な空気がほしくなって立ちあがり、窓辺へむかった。冷たい窓ガラスに額を押しつける。

しばらくしてサリーが咳払いした。「あなたの弟は自分が養子だと知って育った。本当のことを言わないで育てるつもりはまったくなかったから」サリーは静かに言う。「彼はずっとあなたのことを知っていた」

アリスは振り返った。

「もうすぐ二十歳になる。とてもやさしい子よ。独立して恋人と暮らしはじめたばかりで、造園家として働いている。庭にいるときがなによりしあわせな子よ」

アリスはカウチに深く座った。「名前はなんというの？」囁いた。

「チャーリーと名づけたわ」サリーはその朝はじめてほほえんだ。

アリスはもう無理だと思えるまで力強くペダルをこいで、丘を登った。揺れるロケット・ペンダントに胸をたたかれながら息を切らした。町に車で行かなかったなんて自分をけとばしてやりたい。その夜の夕食のための食材をぎっしり詰めたバックパックが肩に食いこむ。でも、この運動はありがたかった。サリーが夕食の日程を設定してくれて以来、アリスは全身の神経を静めないとならなかった。今朝はサリーのガレージにあった自転車の蜘蛛の巣を払い、それを使うことにした。町にむかいながらながめた海はターコイズにきらめいていた。これをいい兆候だと受けとった。

帰り道にメニューについてもう一度考えた。バラマンディのタコスにサルサと手作りのグアカモーレを添え、外はカリカリ、中はしっとりのアンザック・ビスケットを焼く。ほかのことについては、サリーがなにもかもやってくれた。アリスとチャーリーがおだやかに会えるようにすると決意しているようだ。

29

フォックステイル

血族の血

Ptilotus

オーストラリア内陸部

ピチャンチャチャーラ語ではチュループン‐チュループンパ。濃い白い毛におおわれた紫の穂状の花をつける小さな低木。葉は星形に密集した毛におおわれており、水分減少の進行を遅らせる。伝統的に女たちは、やわらかな毛に包まれた花を大きな木の器に敷き詰めて、赤ん坊を運ぶのに使う。

29

フォックステイル

アリスがやってきてから数週間、サリーはアリスが我が家だと思えるようになにくれとなく面倒を見てくれた。本の荷解きをするのを手伝い、ルルが結局くれたフリーダ・カーロの複製画を壁にかけた。泣いたときは隣に座ってくれた。ジューンがアグネスとクレムの立派な葬儀をあげる費用を払ったと説明された。サリーはどちらの葬儀にも参列した。彼女はアリスが育った家の跡地に連れていってくれた。そこはもはやサトウキビ畑と海のあいだの隔離された飛び地に過ぎなかった。いまでは海辺のバーとユースホステルとなって、日焼けした旅行者でいっぱいだった。母の庭はなくなっていた。アリスは車から降りることができなかった。サリーの家にもどると波打ち際へ走って降り、深呼吸をして海に叫んだ。花農園と砂漠の話をするとサリーは耳をかたむけた。サリーはギリアンが亡くなったときに自分が世話になったグリーフケア専門のカウンセラーを紹介してくれた。アリスは週に一度セラピーを受け、ディランがメールを送ってくるようになってからは、週に二度とした。キリルピチャラを離れて一カ月して初めてアカウントをたしかめたら、受信ボックスに届いていた。十件を軽く超えたメールは長々と書き連ねてあった。最初のほうは後悔して謝罪していた。だが、返事のないままあとになればなるほど、彼は怒りを募らせていった。読まないで、サリーは懇願した。あなたにとって害にしかならない。サリーもアリス自身も一語残らず読むとわかっていた。何度も繰り返し。あたらしいメールが届いた日にはサリーにいつも見抜かれた。距離を置いてくれた。フルーツケーキを焼いてくれた。いつも一緒に海へ散歩する時間を作ってくれたが、話したくなければ話すよう無理強いすることはなかった。サリーの思いやりは奥深く、するどい直感をもっていた。長年アリスが自分のもとにもどってくる日にそなえていたかのようだった。

アリスはスーパーマーケットでの買い物をすませると、郵便局に立ち寄ってルルの最新の手紙に返事を送った。ここは雨が降って緑が多くて霧のけぶる夢よ、ルルはそう書いていた。あたしたちはだるまストーブ、ヤギ一頭、ロバ一頭（エイデンが彼女にフリーダと名づけたことをぜひ知らせたい）、乳牛二頭、鶏六匹を手に入れた。すぐにでも訪ねてきて。一緒にベイ・オブ・ファイアーズを散策しよう。アリスは封筒に切手を貼って、ルルへの返事として書いたことを思い返してほほえんだ。いつかぜひ訪ねたい。

　帰り道に図書館にも寄った。ロビーを歩くといまでも時をさかのぼるような気分になる。少女の頃にサリーが初めてアリスの世界に光を照らしてくれたときにもどってしまう。

「あなたあてに手紙が届いていたわよ」アリスがデスクにさしかかるとサリーがにこやかな笑顔をむけた。

　封筒の筆跡は誰のものかわからなかった。消印はアグネス・ブラフ。一瞬、呼吸がおかしくなった。ここにいることがディランにばれたのだろうか？　いや、違う。そんなはずはない。彼はアリスがどこにいるか見当もつかないはずだし、知っているのはメールアドレスだけだ。封に指をすべらせて開けた。なかにはカードが一枚入っていた。

きみのしあわせを祈るよ、アリス。
これを勇気のために送ろう。そして自分の心臓のために、だったね？
未来のために、というのもつけくわえてはどうだろう？　未来にあるすべてのもののためにも。
モス。

封筒を振ってみた。デザート・ピーの種のパッケージが手のひらに落ちてきた。

「魔法のようね」サリーが言った。

アリスは小さく笑った。「本当に魔法だ」彼女はパッケージを握りしめ、ひとつひとつの種の形を感じてそれぞれが咲かせる色を考えた。未来のために。

「大丈夫？　夕食のことでずっと緊張しているでしょう？」

アリスは喉をごくりといわせた。「大丈夫。緊張はしてる。じつはちょっと気分が悪いかも」ため息をついた。「でも、今夜のことを、キリルピチャラを離れてからずっと考えていたんだし。弟と会うことを。だから……」

「きっとすばらしい夕食になる」サリーは立ちあがってアリスを抱きしめた。「いまから家に帰るの？」

「あと一カ所、寄るところがある」アリスはそう言い残した。

✴

立ちこぎをしながら、家にたどりつくまでの最後の坂を懸命に登って肺が燃えていた。両親の墓石のイメージが頭にちらつく。歯を食いしばってペダルを踏みつづけようやく坂のてっぺんにやってきた。足をとめて汗ばんだ肌を風で冷やし、空と海を見渡した。なんて広いんだろう。黒いリボンのような道を目でたどると、ほどけたリボンはサトウキビ畑を抜けて崖を登り、曲がってからサリーの家につうじている。弟がじきに車でやってくることになる、まさにその道順を自分は見ているのだ。

ふたたび自転車のサドルにまたがった。もう一度海になごり惜しそうな視線を送ってから、両足をあげて前方の静謐《せいひつ》さにむかってくだりはじめた。

✷

仕事を終えたサリーは最後に寄り道をした。大好きな白いスクリブリー・ガムの木の下に車をとめた。枝でスズドリがさえずっている。誰もいない道を横切って装飾をほどこされた墓地の門を抜けた。ユーカリの並木道を歩き、翼を広げた天使の彫刻を過ぎて左に曲がり、満開のブーゲンビリアにおおわれた歩道を進む。そのまままっすぐ、カユプテの木で日陰になった塚へむかった。サリーがいつも肩を落とす場所だ。

サリーはジョンやギリアンと一緒に座り、背筋を伸ばして潮風に髪をなびかせた。ジョンの名を刻む文字を指先でたどる。ギリアンの名がある冷たい大理石にキスをした。しばらくそのままで鳥の歌や梢の囁きに耳をかたむけた。スプリンクラーの水がはねる音。どこかで芝刈り機が動いている。日射しが薄くなってきて、時計の時間をたしかめた。

車にもどる途中で、なにかが足をとめさせて墓地の北側のことを考えた。もう何年も行っていない。気づけば振り返って並ぶ墓石のあいだをさまよい、それぞれに刻まれた名をたしかめていた。

クレムとアグネスの墓を見てサリーはあっと思った。誰かがここにいた。クレムの墓にちらばっているのは使用ずみのステッカーだった。近づいてみると、ターコイズのペンキの縞がある蝶が見わけられた。アリスが車のドアからはがしたに違いない。良心の可責《かしやく》が胸でふくらんだ。風に顔をむけて歳月を吹き飛ばし、クレム・ハートにとにかく夢中だった十八歳にもどった。

　ふたりが一緒に過ごした夜、サリーはプラスチックのデイジーのイヤリングを身につけていた。おれの故郷では〝わたしはあなたから離れない〟という意味だった、それは彼が初めてサリーにかけた言葉だった。彼に手をとられるとサリーはきつく握り返してそばから離れなかった。ふたりはパブの煉瓦の壁にもたれてファックした。サリーは背中のすり傷に治ってほしくないくらいだった。どの傷も彼が夢ではなかった証拠だから。なのに、次にクレムとばったり出会ったとき、彼はサリーが蒸気でしかないように目にもとめなかった。

　それからほどなくして父がジョン・モーガンを連れてきた。都会から転勤してきた若い警官を自宅での夕食に招いたのだ。彼のあたたかい手と握手して、その目のやさしさを見てとり、サリーは彼が自分の答えだと知った。慌ただしい交際期間を経てふたりは結婚し、サリーの腹が目立ちはじめてもスキャンダルめいた噂が囁かれることはなかった。周囲はふたりのために大よろこびしてくれた。サリーはみずからの嘘を信じきるあまり、赤ん坊がジョンの目やおだやかな性格を受け継いでいることを願うと語った。町の農夫のひとりに恋をしていた話をジョンには隠していなかったが、ギリアンが死んでジョンの心が粉々に砕けるのを見て、クレム・ハートのことはけっしてジョンに語ることのない秘密だと悟った。

　サリーは目を開けてアグネスの墓にむきなおった。彼女の墓石は美しくアレンジされたレモン・マートルの蔓とカンガルー・ポーの手のひらにおおわれていた。アリスがここに座って母のために花の祭壇を建てる様子を想像した。

一瞬の間を経て、サリーは咳払いをした。「アグネス。彼女は帰ってきた。とてもきれいに成長してここに帰ってきた」サリーは落ちたユーカリの葉に手を伸ばし、それを引きちぎった。「彼女は安全よ。あなたの子供たちはふたりとも安全。そしてすばらしい子供たちよ。ああ、アグネス。本当にすばらしい子供たちなの」

頭上のどこかでユーカリの梢に隠れていたらしきカササギフエガラスが歌った。

「わたしがふたりの面倒を見るから」サリーの声は力強くなった。「約束する」

携帯が軽やかに鳴ってじゃまが入った。慌ててハンドバッグを探り、携帯を見つけた。

「ハイ、チャーリー」

サリーは立ちあがり、片手をアグネスの墓石に押し当てて一瞬そのままにしてから、背をむけて歩き去り、息子のやさしい声に耳をかたむけた。

✷

彼は自分が育った家の玄関まえの階段をあがった。息が震える。

きっとすてきな時間になるよ、いってらっしゃいのキスをするキャシーに言われた。ずっと望んでたことだもの。あなたの家族なんだから、チャーリー。心配しないで。

花束を握る手に力が入った。母から電話がきて一緒に夕食をとることに同意してから、ふたたび彼女のことをグーグルで調べた。アリス・ハート、フローリオグラファー。ソーンフィールド農園、ワイルドフラワーの咲く場所。彼はワラタの花束を持参した。ソーンフィールドでは〝もどってきた幸福〟を意味すると書いてあったからだ。

ベランダに立って耳慣れた海、風鈴、鶏のコッコッという声、眠そうに舞う蜂の羽音、キッチンから響く母の声に耳をかたむけた。どの音も一体となって、彼の人生をさかのぼる道だ。そのとき、あたらしい音が飛びこんできた。犬が吠える声。

「ピップ！」笑いに満ちた声、知らない声が彼にむかってきた。

彼は息を呑んだ。汗ばむ手で花束をいじった。

彼女の影が玄関に現れた。彼は網戸を開けた。肩の力を抜いた。目の隅をつつく涙。

姉さん。彼女がそこにいた。

30

ホイール・オブ・ファイア

わたしの運命の色

Stenocarpus sinuatus

クイーンズランド州、
ニュー・サウス・ウェールズ州

あざやかな赤とオレンジの花を数多くつけ、夏から秋にかけて華やかな姿を見せる。開花する前は車輪のスポークのような形状であるこの左右対称の花は、回転する火に似ていることから命名された。

午後遅くになってアリスはみずみずしい火の花の束を手に帰宅した。

ピップに迎えられ、自分の部屋に入って必要なほかのものを回収した。ノートと書類の山だ。ルビーにもらったイニンティのネックレスを首にかけ、種のスモーキーな香りを吸いこんだ。ペン、マッチ箱、巻紐をポケットに突っこむ。なにもかも準備してベランダに出た。うしろにぴたりとついてくるピップと階段から庭へと降りた。先週いっぱいを費やして組んでおいた焚き火の薪のまえで並んで座る。荷物を降ろすと、ピップが腕をなめてきた。

静けさに包まれていた。初秋の日射しが肌にあたたかい。海がアクアマリンにちらちらと輝いている。彼女のデザート・ピーが初めてのシーズンを迎えて咲き誇る片隅に目をやった。成長が気まぐれなことで悪名高い花よ、最近のメールでモスにそう書いた。でも、あなたにもらった種はすくすくと育った。返事でモスは今年の終わり頃に学会で東海岸を訪れる予定だと言ってきた。訪ねていくにはきみの町は遠すぎるかい？　返事を打ちながらアリスは、笑みをおさえられずにいられなかった。

北東の風が吹いて風鈴を鳴らした。時間をたしかめた。サリーはじきに帰宅するし、週末はチャーリーとキャシーが泊まることになっている。アリスが月曜日に飛び立つまえに。コペンハーゲンに三カ月滞在して創作の研修プログラムを受ける機会を勝ちとったのだ。たどってみてアグネスのルーツがここにあるとわかった街だ。受け入れのメールが届いて最初に話した相手はチャーリーだった。本物の人魚姫に会うんだね、彼は誇らしそうに言った。ぼくからグッダイと伝えて。

弟に会って以来、アリスはチャーリーのいない人生が想像できなくなった。サリーの家で初めて夕食を一緒にとった夜、ふたりはテーブルをはさんで腰を下ろしてたがいの顔を見つめ、急にぎこちなく笑い声をあげたり、ときに涙ぐんだりした。あれから週に二回は会い、二週間に一度は一緒にカウンセリングを受け、あたらしい人生を共に理解しようとした。アリスはチャーリーをユースホステルに連れていき、自分が両親のもとで育った場所を見せた。懐かしい海岸を歩いて砂に横たわり、移りかわる雲をながめながらふたりの母の物語を話してきかせた。母がどれだけ庭を愛していたか説明すると、チャーリーは自分の仕事先である地元の園芸店や花市場をアリスに案内しようと提案した。そうした場で草花にかこまれた彼の顔に浮かんだ感嘆の表情を見て、アリスの頭にあることがひらめいた。チャーリーに家へ送ってもらうとすぐに行動に移した。

数週間後、ツイッグとキャンディがソーンフィールドのベランダで待っているまえで、アリスとチャーリーは私道に車を入れた。彼の車には、洪水のあとで農園を立てなおす長い工程の仕上げを助ける品々が満載だった。ツイッグは力強くいかついけれど、いままでどおりにやさしかった。キャンディはやはり花より青い髪をしていた。アリスは農園に滞在を続けていたムーヴやロビン、ほかの〈花〉たち数人に再会し、キャンディとツイッグが連れてきたあたらしい女たちにも会った。チャーリーは黙って、自分とアリスの出自となる景色と物語に夢中になり、あたりをながめて話に聞き入った。

　夜になれば一緒に夕食のテーブルをかこみ、キャンディのごちそうを食べて思い出をわけあった。女たちはチャーリーにソーンフィールドと花の言葉を教えた。アリスはソーンフィールド辞書を持参した。ツイッグとキャンディもいる席でチャーリーに見せたかったからだ。ふたりは母鶏のようにチャーリーのことで大騒ぎした。とくにツイッグだ。アリスが見たおぼえがないほどのよろこびがツイッグの顔には浮かんでいた。

　チャーリーは昔のジューンの寝室に泊まり、アリスは螺旋階段の先の昔の鐘の部屋にあがった。窓を開け放って月明かりが降りそそぐなかで眠った。

　ふたりが東海岸に帰らねばならない数日まえに、チャーリーはアリスに川を見せてくれないかと頼んだ。

「ソーンフィールドのすべての物語を流れる川だよ。帰るまえに連れていってほしいな」

　ツイッグとキャンディがちらりと顔を見合わせるのにアリスは気づいた。「見ちゃったからね」アリスはふたりに人差し指を振ってみせた。「なんなの？」

　ツイッグがキャンディにうなずき、キャンディはいったん部屋を離れてから骨壺を手にもどってきた。

「きみ抜きでやっちゃいけないと思ったんで……」キャンディの声は小さくなった。

30

ホイール・オブ・ファイア

散骨の儀式をおこなった日はあざやかに晴れ渡っていた。ユーカリの天蓋から緑と黄金の日射しが漏れる。ツイッグとキャンディはたがいにほとんど言葉をかわさず、そのときが訪れるとアリスがジューンの遺灰をまいた。灰が川を流れるのを見つめてアリスは頬の涙を拭き、長らく呼吸をとめていたかのようにすっかり息を吐いた。ツイッグとキャンディをきつく抱きしめる。何年ぶんもの記憶が三人のまわりで揺れた。帰りぎわ、アリスはチャーリーの袖を引っ張り、自分と残るよう合図した。

「見せたいものがあるの」

アリスはあのリバー・レッド・ガムの大樹に案内した。

「ここがわたしたちの両親がたがいを見つけた場所。良くも悪くもね」アリスの声は震えた。「そして、この場所があなたと会えた理由でもあるの。わたしの物語でも大きな意味のある場所」

チャーリーは名前の彫られた木の幹を見つめた。ふたりの父の名の隣の削り跡に手を置いた。あごが震えていたが、彼はアリスに笑いかけた。そして尻ポケットに手を入れてナイフを取りだし、問いかけるように眉をあげたから、アリスはにっこりしながらうなずいた。ふたりは樹皮と樹液のにおいをただよわせて母の名を大樹に刻みなおす作業を済ませ、腕を組んで川をあとにした。

ふたりがソーンフィールドを離れる朝、アリスは朝食の席に書類をもってきた。それをテーブルの上でチャーリーにすべらせた。彼はとまどってアリスに視線をむけた。すでにアリスから意向を伝えられていたツイッグとキャンディがほほえんで見つめている。これからの生涯でアリスにとってとりわけ大切なものとして、ソーンフィールドの三分の一の権利をチャーリーにあたえると法的に宣言して署名した書類を、彼がひらいたときの顔が思い出に残るだろう。

✷

アリスは火の花を脇に置き、積んだ紙類のてっぺんにあるものを手にした。ソーンフィールド辞書の祖母の手書きの文字を目で追う。すでに何十回と読んだ物語を親指でめくる。ルース・ストーン、ワトル・ハート、ジューン自身のもの。クレムとアグネスのもの。キャンディとツイッグのもの。アリスは親指と人差し指で火の花の茎をくるくるまわしてその意味を考えた。〝わたしの運命の色〟。決意をかためて、辞書を安全な距離まで離したガーデンチェアに置いた。

次に、紙のはさまったファイルを見なおした。砂漠を離れてから、毎日、毎週、いまだに毎月ディランが送ってくるすべてのメールのプリントアウトだ。いちばん最初のメールの暗記している言葉に目がとまった。

　きみは去ったのに、まだここにいて、おれのまえに現れたり消えたりしてる。きみが最後に使ったコーヒーカップ。おれの服にまじったきみのドレス。おれの歯ブラシの隣にあるきみの歯ブラシ。昨日は雨だった。今日は外に出ることができなかった。きみの足跡が赤い大地から消えたのを見たくなかった。

そのプリントアウトを握りつぶし、胸の奥の痛みをこらえて呼吸した。潮風に顔をむけ、肌を冷やした。横目でソーンフィールド辞書を見る。だから忘れないで、アリス、ジューンの声がそこに書いた言葉を読みあげている。わたしたちの生きのびてきた方法。アリスはしわくちゃになった紙

30

ホイール・オブ・ファイア

を広げてファイルにもどし、脇に置いた。

　最後に、書き溜めたノートに顔をむけた。アグネス・ブラフでの滞在以来、砂漠での日々でも、昨年はずっとサリーの家でも、花について書いてきた物語で埋まった何冊ものノート。創作の研修プログラムに応募する作品となった物語だ。本を書いてるんだね、チャーリーとサリーに原稿の初稿を見せたときに、彼は感嘆して言った。タイトルを読みあげると、サリーは何度もうなずいた。あなたは種をつむいで黄金にかえたのね、静かにそう言って笑いながら涙をこぼした。

　積んだ山から一冊のノートを拾いあげて表紙をなでた。そのとき、ページのあいだから赤い砂がほんの少し膝にこぼれ、日射しを受けてこの世のものではないようにきらめいた。水平にした両の手のひらにノートをのせ、自然とひらくようにした。むきだしになった中央の綴じ目にはさまった、赤い砂粒に指をはわせる。自分の人生、そしてほかの人たちが、いつもアリスは青だと語ってきた。父の目。海。アリス・ブルー。蘭の色。ブーツの色。おとぎ話の女王たちの色。喪失の色。けれど、アリスの中心は赤だった。いつもそうだった。火の色。大地の色。心臓の、勇気の色。

　ノートを熟読した。手をとめてはすべてのスケッチと押し花の名を声に出して読みあげ、その意味を口にした。アリスのなかの語られることのない物語をせおう重荷を終わらせる呪文だ。

ブラック・ファイア・オーキッド　所有欲

フランネル・フラワー　失せ物が見つかる

スティッキー・エヴァーラスティング　わたしの愛はあなたから離れはしない

ブルー・ピンクッション　あなたの不在を悼む

ペインテッド・フェザーフラワー
ストライプド・ミントブッシュ
イエロー・ベルズ
バニラ・リリー
ヴァイオレット・ナイトシェイド
ソーン・ボックス
リバー・リリー
クータマンドラ・ワトル
コッパーカップス
リバー・レッド・ガム
ブルー・レディ・オーキッド
ゴース・ビター・ピー
ショーウィ・バンクシア
オレンジ・イモーテル
パール・ソルトブッシュ
ハニー・グレヴィレア
スターツ・デザート・ピー
スピニフェックス
デザート・ヒースマートル

涙
許された愛
初めての人への歓迎
愛の大使
魅了、魔術
少女時代
隠された愛
わたしは傷ついても癒える
あなたに身を委ねる
魔法にかける
愛に焼きつくされる
気むずかしい美
わたしはあなたの虜
わたしの隠された価値
星に書かれた運命
予知
勇気を出して、心臓の感じるままに
危険なよろこび
炎、わたしは燃える

30

ホイール・オブ・ファイア

ブロードリーブド・パラキーリア　あなたの愛でわたしは生き、そして死ぬ
デザート・オーク　復活
ランタン・ブッシュ　希望が視界をくもらせる
バッツウイング・コーラルツリー　傷心を癒やす
グリーン・バードフラワー　わたしの心は飛んでいく
フォックステイル　血族の血
ホイール・オブ・ファイア　わたしの運命の色

気持ちが定まるとペンのキャップを開け、すべてのノートの表紙に描いた花のイラストに原稿のタイトルを走り書きしていった。それらを膝に置いて紐で縛る。メールのプリントアウトのファイルと一緒に積みあげた。火の花に手を伸ばし、次にポケットのマッチを取りだしたが、決意がぐらついた。落ち着くまでしばし時間を取った。呼吸をして。マッチをすったが空振りで、手に力をこめてふたたびすった。すぐさま酸素を取りこみ、硫黄のにおいがして、静かにシュッと音がしてはじけた。火がついた。

海を背景に炎が高くあがった。花々に火がうつって燃えていく。ディランのメールのプリントアウトのはしが黒く焦げる。ノートはすべて白熱に呑まれた。表紙に自分が書いた文字をもう読めなくなるまで見つめた。

赤の大地と失われた花

しばらくしてからガーデンチェアに座り、ソーンフィールド辞書を抱えた。ピップが脚に寄りかかる。潮、煙、花の空気を胸いっぱいに吸いこんで、炎を見つめた。移りかわるその色。形をかえる様子。永遠に庭にいる美しい母。デザート・ピーのロケットとイニンティの種のネックレスに片手を押し当てた。自分の物語を信頼して。あなたにできるのは、真実を語ることだけ。

記憶が澄み渡って束縛がとかれた。小道のつきあたりの下見張りの家で、アリスは窓辺の机にむかって父に火をつける方法を思い描いている。

鼓動がゆっくりになっていく。

わたしはここにいる。

わたしはここにいる。

わたしはここにいる。

著者覚え書き

この小説にはさまざまな文化の物語と登場人物が描かれている。参考になる話をして、執筆に使わせてくれた寛大な友人たち、経験、文献に感謝を表したい。

最初の章にある、人生はまえへと進むが、うしろむきにしか理解できない、という言葉は、デンマークの哲学者セーレン・キルケゴールの作品に着想を得たものだ。

キャンディの好きな、愛する人をそれは長く待って着ていたドレスの蘭に変身した女王のおとぎ話は、フィリピンのおとぎ話『The Legend of Waling-Waling』に着想を得ている。

〈花〉たちのひとりがアリスに教えてくれたシーターとドラウパディーのインドの物語は、タンメイ・バルハールがわたしに教えてくれたものだ。

いつも同じ色合いの青を着ていた王様の娘についての物語は、セオドア・ルーズベルトの娘、アリス・ルーズベルト・ロングワースに着想を得た。いつも同じ色合いの薄い青を着て、自分の属する社会のルールにけっして縛られないことで知られていた人だ。

オッジがアリスへの手紙でふれた狼と狐についてのブルガリアのおとぎ話は、ブルガリアの民話『The Sick and the Healthy』をイヴァ・ボネーヴァが翻訳してわたしに教えてくれたバージョンに着想を得た。ルルの火の戦士と娘たちについてのオオカバマダラの物語は、ビリディアナ・アロンソ＝ラーラが教えてくれたメキシコの話に着想を得た。

アリスが訪れ、生活し、働くオーストラリア中央部の設定を架空のものにすることは、わたしにとって重要だった。本書においてその部分を実在の場所に設定すると、わたしが語るものではない物語を語ることになるからだ。ヤンクニチャチャラ族の女性で、世界的に評価されている詩人のアリ・コビー・エッカーマンにこのような設定を創造することについて助言を求めた。彼女はそうするのが賢明であると同意してくれた。

キリルピチャラ、別名アーンショー・クレーター、およびそこにまつわるすべて——名前、物語、風景——は架空のものである。キリルピチャラという地名はわたしが創造したものという意味では架空だが、地名を作るためにわたしが使用し、さらに本書のいたるところで見られるピチャンチャチャーラ語はアナング族が話す言葉である。キリルピ（Kililpi, 名詞）は星という意味だ。チャラ（Tjara, 名詞）はより大きなグループや物事の一部、あるいは部分という意味である。組みあわせると〝星につながるもの〟ということになる。使用した主な参考辞書はＩＡＤプレスの『Pitjantjatjara / Yankunytjatjara to English Dictionary』だ。

キリルピチャラの地質構造の雰囲気を作る際には、カンディマラル（ウルフ・クリーク・クレーター）とトノララ（ゴッシズ・ブラフ）のイメージに着想を得たが、その広大さ、エネルギー、存在感は中央砂漠で暮らしたわたしの経験が反映されている。

二〇一六年にわたしはパースのジョン・ゴールドスミス博士に会い、カンディマラルを実際に訪れて西部の砂漠の星の写真撮影をおこなった経験について話を聞いた。ゴールドスミス博士は星を撮影すると同心円を描くこと、クレーターに同心円のでこぼこができることについて語り、わたしが本書で描いた群生するデザート・ピーもまたその形状となる可能性が高いことにも理解を示してくれた。

キリルピチャラ誕生の物語は、トノララのアランダ族公式の誕生の物語に着想を得た。赤ん坊が星にあった木製のゆりかごから地球に落ちてクレーターができ、空の両親は永遠に赤ん坊を探しつづけているというものだ。

ルビーがアリスに見せる観光客から返送されてきた〝ごめんなさいの花〟と添付された手紙は、ウルルの国立公園のスタッフが世界中の罪悪感を抱いた観光客から毎日受けとっていた〝ごめんなさいの石〟に着想を得ている。

ルビーの詩の「Seeds（種）」はアリ・コビー・エッカーマンが書いたものであり、彼女はこの文脈で使用することを快諾してくれた。わたしは砂漠で暮らしていた頃、ルビーのようなたくさんの女性たちに出会い、交友を深める幸運を得た。彼女たちは自分の物語や精神をわたしと分かちあい、ほかのどこでも学べなかった教えをあたえてくれた。オーストラリアは黒い歴史をもっている（先住民族の権利を主張する運動において誇りをもって使われたスローガン）。ここは昔からずっと、そしてこれから先もずっとアボリジナルの土地だ。

謝辞

読者として、わたしは小説の謝辞を読むのが大好きだ。盛りあがっている二次会におじゃまして、著者の物語の舞台の袖にいる人たちに光があたっているのを見るような気分をいつもちょっぴり感じられるからだ。それをわたし自身の初めての小説で書けることは途方もないよろこびだ。

敬意と感謝を次の人々に表したい。わたしがこの小説の多くの草稿を書いた土地のユガムベ族。わたしが育った海辺の土地のブンジャルン族。わたしの祖母が暮らして昔からわたしの心をひきつけてやまないサトウキビ畑のある土地のブッチューラ族。ノーザン・テリトリーで暮らした頃にわたしが働いて旅をしたンガーニャチャーラ・ピチャンチャチャーラ・ヤンクニチャチャラ（ＮＰＹ）ランズのアランダ族とアナング族。とくに、先祖たちから受け継いだ文化と物語をわたしと共有してくれたＮＰＹの女性たちに感謝を表したい。

ハーパーコリンズ・パブリッシャーズ・オーストラリアの優秀なチーム。子供時代のとにかく無謀な夢を完全に超えさせてくれて感謝の言葉しかない──疲れを知らないエネルギー、仕事熱心なところ、仕事以外の時間にも楽しくおしゃべりしてくれたアリス・やり手の《ウイッジー》・ウッドとセーラ・バレット。アリス・ハートの物語のために見たこともないほど美しい表紙を作ってくれたヘイゼル・ラム。この小説とわたしに情熱と信頼を注いでくれたマーク・キャンベル、トム・ウィルソン、カレン＝マリー・グリフィス、エリン・ダンク、エシー・オーチャード、アンドレア・ジョンソン。たくみで直感に優れた編集をおこない、どこをもっとよくできるのかわかって、わたしのやりたいことを見通していたニコラ・ロビンソン。わたしとアリスの長所を最大限に引きだしてくれた物語の姉、キャサリン・ミルン。自分が書いた小説を信頼し、自分自身を信頼することを勧め、教えてくれてありがとう。あなたに借りができた。

謝辞

ツァイトガイスト・エージェンシーのみんな。わたしとアリスを信じ、神話めいた驚異のドリーム・チームでいてくれたエージェントであるベニソン・オールドフィールド、シャロン・ガラント、トマシン・チナリー、作戦本部で過ごしたいのはあなたたち三人のほかにいない。

マッシー&マキルキン・リテラリー・エージェンツのステファニー・アボウ。絶え間ない作業と疲れを知らない献身に感謝を。

オーストラリア国外の出版社と翻訳者のすばらしいチーム。世界中の読者にアリスを届けてくれて、実現するかどうかもわからなかった夢を実現してくれて深い感謝を捧げたい。

アリ・コビー・エッカーマン。砂漠と海のブレスレットの双子の片割れ、チャンピのTシャツをくれたイニンティの姉のような存在でもあるあなたに愛と敬意と心からの感謝を。またとないタイミングでわたしの人生に現れてくれて、ルビーの詩として「Seeds（種）」を使うことを許可してくれて、あなたの力強い言葉と広い心をわたしに分けあたえてくれてありがとう、友《マルパ》よ。

アリス・ホフマン。二〇〇九年にわたしの最初の手紙に返事をくれて、それ以来わたしと手紙のやりとりをしてくれた寛大さ、揺らぐことのない励まし、魔法、そして本書であなたの手紙からの一節を引用することを許可してくれてありがとう。わたしが世界中、肌身離さず持っていく本を書いてくれて、その本が勇気を出して信じる方法をわたしに示してくれて感謝の気持ちでいっぱいだ。

アン・カーソン。サッフォーの詩の翻訳の引用を許可してくれてありがとう。アラギ・エージェンシーのグレイシー・ディットシュとニコル・アラギ。わたしの依頼を進めるすばらしい援助をしてくれてありがとう。

ジュリアンヌ・シュルツ、ジョン・タグ、ジェーン・ハンターランド、そして二〇一五年のグリフィス・レビュー誌のチーム。オーストラリアの読者とライターのために多大なる貢献をしてくれてありがとう。わたしが初めて原稿料を得た刊行物のホームとなってくれて、本書の第一章に年に一度のライター・アワードをあたえてくれて感謝を。あなたたちのわたしへの投資がわたしの人生の方向を変えた。

作家用のオーストラリア国立施設、ヴァルナ・ライターズ・ハウス。本書の編集にこれほど必要だと自分でもわかっていなかった超然とした雰囲気、美、世間から切り離された場所を完璧なバランスで提供してくれたことに感謝を。手探り状態で書いた滞在中に時間を共有した女性たちのビフ・ウォード、ジャッキー・ヨーウェル、ヘレン・ロックリン、ベック・バターワース、あなたたちはつねにシーラが料理したごちそうのテーブルのまわりでわたしの心にいる。ワインと共に。

フロッグ・フラワーズのデイヴィッド・ジャエ＝ララフェ、オン・ラヴ&フォトグラフィーのジュリア・ゾンザ、ナンシー・スペンサー・メイクアップのナンシー・スペンサー。マンチェスターの冬のスノードームのなかに熱帯の庭のおとぎ話をひねりだし、中心にわたしを置くという錬金術に感謝を。とっておきの著者近影を作ってくれて、忘れられない楽しく愛に満ちた経験だった。

花の女王であり魅惑的なボタニカル・アーティストであるエディス・リーワー・バレット。とけることのない強力な呪文をかける花の挿画をありがとう。

刊行にむけ、先頭に立ってアリス・ハートとわたしをサポートしてくれた書店員。あなたたちが世界にもたらすすべての本の魔法と、その一部をわたしと本書に共有させてくれて感謝を。本書をこれから読み、書店の棚に居場所をあたえて、読者と共有してくれる書店員にもありがとうを。すべての都市や町の光でいてくれて、読書好きで野心ある作家としてのわたしの子供時代の夢を実現させてくれてありがとう。

ケイト・フォーサイスとキャロル・クレナン。二〇一五年にオックスフォードでのヒストリー・ミステリー・アンド・マジックのライティング・リトリート・ワークショップに無料参加できる場をあたえてくれて感謝を。創作と作家としての自分に深い影響をあたえる経験だった。同じワークショップに参加した作家たち、セーラ・ギーズ、ケリー・ワトソン、ベック・スメドリー、あたたかい心と物語をわたしと分かちあってくれてありがとう。ケイト、アリスが不安と懸念によって消すことのできない残り火だと思いださせてくれたこと、そしてあなたの友情に心から感謝を。

本書を執筆して暗い森にいるあいだ、わたしに道を照らしてくれた人たちへ、変わらぬ友情、愛、後押し、励ましに感謝を。フェイヴェル・パレット、コートニー・コリンズ、ニコル・ヘイズ、アリス・コンラン、メレディス・ホイットフィールド、アンニ・サルトリオ、ニック・ベンソンとベンソン一家、シモーヌ・ジングラス＝フォックスとガーリンガー一家、ディミ・ヴェンコフ、アシュリー・ヘイ、ケーラ・ハッチンソン、グレゴリーンとＰＤ、エヴァ・ド・フリース、オルガ・ファン・デル・クーイ（とロヒールとルイーズ）、ヘレン・ウェストンとＪＰ、セーラ・ラキッチ、ヴァネッサ・ラドニッジ、リリア・クラステヴァ、ジェシー・ブラックアダー、アンディ・デイヴィ、フィリッパ・ムーア、ジェン・アッシュワース、ジェーン・ブラッドリー、クリスとデビーのマッキントッシュ夫妻（そしてベスとリル）、ケリス・ジョーンズ、ヘレン・ファルチャー、フレイザー・ハウ、デレク・ヘンダーソン、ヴィッキー・ヘンダーソン、スティーヴン・アッシュワース、ロレーナ・フェルナンデス・サンチェス、アレックス・ドネット、リンダ・テオ、イアン・ヘンダーソン、レイチェル・クレッグ（そしてロベルト、ジョー、フランシス、ルーベン）、スーザン・ファーンリー、ブライアン・フォックス、ケイト・グレイ、シェリル・ホラッツ＝ワイズリー、ジャッキー・ベイリー（エン・ヤンとエリー・ベリー）、ジェレミー・ラックラン、ジョシーとジェイムズのマクスキミング夫妻、サニー・ヴァン・デル・スペック、ダーヴラ・マクティアナン、アンディ・スティーヴンソン（そしてルー、サム、ジーナ）。

早い段階の校正刷りを読み、これほどのあたたかさ、愛、寛大な精神で本書を支持してくれたことに対して、ケイト・フォーサイス、ブルック・デイヴィス、フェイヴェル・パレット、アシュリー・ヘイ、ジェン・アッシュワース、ムーヴ・ジョーンズ、アリ・コビー・エッカーマンにとりわけ心からの感謝を表したい。

わたしに会ってくれて、とりとめのない質問に答えて星とクレーターの物語を分かちあってくれたジョン・ゴールドスミス博士に感謝を。

二〇一五年にクラリッサ・ピンコーラ・エステス博士のシンギング・オーバー・ザ・ボーンズのトレーニングで出会った女性たち、愛と物語をわたしと分かちあってくれてありがとう。あれ以来、わたしと共に吠えつづけてくれて感謝。

二〇一七年にクリストファー・ガーマとクリスティン・ネフのマインドフル・セルフ＝コンパッションのトレーニングで共に学び訓練した男女に感謝を。あなたたちの時宜を得た努力、共感、援助、友情がわたしにハードルを超えさせてくれ、そのことに深く感謝している。

わたしは公立学校で教育を受け、小学校から高校までの先生たちの一部は人生を形作ることのできる力強い励ましとしていまでもお手本である。ミセス・スマート、ミズ・ピアス、ミスター・チャンドラー、ミセス・レイノルズ、ミスター・ハム、わたしが自分では見いだせなかったものをわたしに見いだしてくれ、懸命な努力と勇気で可能となる自分を信じる方法を教えてくれてありがとう。

五十年にわたって多様性を推進し、留学生、難民、政治的亡命者、グレーター・マンチェスターの地元の人々に避難所を提供してきた独立慈善団体インターナショナル・ソサイエティ。わたしたち何千人もの人々に対してあたたかさと歓迎、安全と想像力のある場所でいてくれてありがとう。十六の国と地域から集まったわたしのインターナショナル16の学生たちに感謝を。あなたたちと、あなたたちがわたしと分かちあってくれた物語がなければ、わたしが語り手になることはなかった。

才能あふれるタトゥー職人でありアーティストであり語り部であるサマンサ・スミス、わたしの肌に生き生きとしたアリスを描いてくれてありがとう。あなたを見つけて知りあえたことに心から感謝している。

メリッサ・アクトン、あなたは感覚遮断の小部屋を不思議の国に変えることのできる人だ。わたしの初期の読者のひとりになって、あなたの本を愛する心のなかでアリスに家をあたえてくれてありがとう。

タンメイ・バルハール、バットマンは悪名高いかもしれないけれど、あなたはわたしの大好きなヒーローだ。わたしに物語を聞かせてくれてありがとう。本書でその一部を尊重できていることを願う。

火の戦士ビリディアナ・アロンソ＝ラーラ。初めて出会った最初の夜から、メキシコの物語をつうじてあなたの心をわたしと分かちあってくれてありがとう。あなたの家族の話とグアカモーレを分けあたえてくれて感謝を。あなたの愛にありがとうを言いたい。あなたがいなければルルは誕生しなかった。

アムナ・ウィンチェスターの友情と経験をわたしと分かちあってくれたことに感謝を。あなたの寛大な支援と助けとひらめきがなければ、アリスの入院中の描写は書けなかった。

親愛なるバナナ、ボルヤナ・パショヴァ、ブルガリア語の翻訳を手伝ってくれてありがとう。作家としてのわたしを信じ、オーヴンの料理にもっと速く焼けろと叫ぶ方法を教えてくれて感謝を。

マネー・ハニー、並外れた女であるイヴァ・ボネーヴァ、ブルガリアのおとぎ話を分かちあってくれてありがとう。わたしたち自身が共におとぎ話に暮らしたマンチェスターとソフィアでお腹が痛くなるほど笑いあったことに感謝を。

マット・ウォレンとニック・ウォルシュ、笑いと愛は薬だと思いださせてくれて、変人でいることをおそれず恥ずかしがらないことを教えてくれてありがとう。

ブルック・デイヴィス、あなたについて好きな点や感謝していることをすべてあげると、それだけで謝辞のページが終わってしまう。そしてどれだけ讃えても讃えきれない。わたしに会ってくれて、わたしを愛してくれて、あなたがどんなときでもわたしをそばにいさせてくれてありがとう。アリス・ハートとわたしに力をあたえるためにしてくれたすべてのことに感謝を。あなたのことを考えるだけで、わたしはもっといい人間になれる。

ムーヴ・ジョーンズ、無比の親友、わたしたちの流れゆく世界の船長、風読みの教師、すべてをつうじての姉。祝福の言葉を共にかみしめたい人はあなたのほかにいない。アリスに生命を吹きこんだ真に最初の人になってくれてありがとう。

ソフス・スティーヴンソン、すばらしいマンチェスターでわたしが最初の一年を執筆できるようにしてくれて、『高慢と偏見』のエリザベス・ベネットは健在なりと証明してくれてありがとう。ジョニー、『高慢と偏見』のミスター・ダーシーに恥をかかせてくれてありがとう。そしてヘイゼルポップ、『ダウントン・アビー』のバイオレット・クローリーはあなたには遠く及ばないわ、親愛なる人。

セーラ・ド・フリース、初対面から大好きになった心の姉。あなたがわたしの人生にもたらしてくれた愛とよろこびは、午前一時から一日を始めたこと、裸になった木立、ドライブ、花の冠をかぶった犬、アクセサリー、部屋着のボトム、キングプローンのエビ、栄養酵母、ファブリーズのかけあい、ダークホース、おとぎ話のコレクション、ＧｏＴのアーム・ダンスとあげてもまだ足りない。どんな天候でもわたしを拾いあげて埃を払ってくれてありがとう。髪を紫に染めて蝶をかこいこむわたしたちの将来に乾杯。

リビー・モーガン。子供むけのゴールデン・ブックスのシリーズに出てくるような親友がいたらいいと願っていた子供時代、本のページの外に本当にそんな人が存在するなんて思ってもいなかった。わたしの願いをはるかに超える親友となって、十五年のあいだ本物のすばらしい愛をあたえてくれてありがとう。本書のあらゆる気になる点についてわたしと話をして、つねに疲れを知らない論理的な愛情ある意見を出す存在でいてくれて感謝を。陸と海について語りあった数えきれない時間のすべての時にありがとうと伝えたい。アンディ、ジェス、ナス、ラフ、ミック、ジョーディ、ラニ、レイニー、そしてレイザー、自分の家族のようにわたしを愛してくれてありがとう。

家族も同然のメリリン、マット、ゲイブ、レオ、アーリー、バギー、クリス、ヴィッキー、スー、アニー、愛をもってわたしを信じ、応援してくれてありがとう。

リー・シュタインドル。この道の一歩ごとにわたしと叫んでくれてありがとう。ほうきの強さとカラスをにらみつける方法を教えてくれて、わたしの生涯をつうじてお腹がよじれるほど笑わせてくれてありがとう。そしてモエ・エ・シャンドンについても感謝を。モエはいつでも歓迎。

マティ・ハッチンソン。ルルとわたしは永遠にあなたを愛している。アリスを熱心に支持してくれ、あなたのヒマワリのようなお嬢さんに、アリスにちなんで命名してくれ、彼女のカップケーキをわたしにもたらしてくれてありがとう。

ジョーン・メアリー・コーフィールド。わたしたちみんなが好きにさまよえる比類なき妖精の庭を育ててくれて、わたしの血に流れている物語と創作に対しての深い愛に感謝を。

ダッジー、トビー、グース、ティーポット、ココ、あなたたちのもとへもどるほどすばらしいことはほかにない。わたしへの愛と、暗闇のなかでなんとか執筆して花ひらかせるため、これ以上は望めないどこよりも安全な場所をあたえてくれてありがとう。

世界一小さなマイティ・ソーのヘンドリックス、ワイルド・フロンティアの女王キーラ・ナヴィ、想像力と物語がどれだけ強力で欠かせないものか思いださせてくれてありがとう。

母、コリーン・リングランド。あなたはわたしにいかにして勇敢になるか教えてくれた。わたしが三歳になるまでに読書を教えてくれた。わたしに人生をあたえてくれてありがとう、ママリーン。絶対にあきらめないとはどういうことかを示してくれて感謝を。

そのほかの家族と友人たち、あなたたちの愛と支援にありがとうを伝えたい。

いちばんいいものは最後近くまでとっておくもので、サム・ハリス、あなたはわたしに起こった最高の出来事だ。平和は火だと教えてくれてありがとう。あなたの愛こそ本当の魔法だ。

最後の感謝はあなたたち、親愛なる読者に捧げる。作家の言葉は読まれることによって生命を吹きこまれる。アリス・ハートはあなたたちがいなければ真に生きることはない。あなたたちに心からのありがとうを。

訳者あとがき

手を広げた形に似ており藤色の可憐な花が房になったフェアリー・フラワーは、〝あなたのやさしさを感じている〟。

青紫の花びらの中心でおしべが黄からオレンジ、赤とかわるティンセル・リリーは、〝あなたはみんなをよろこばせる〟。

ヴィクトリア朝の花言葉を参考にして、オーストラリア固有のネイティヴフラワーにこめられた、口に出せないときにかわりに話してくれる花の言葉です。この言葉に頼るしかなくなった少女が自分の真実の言葉で話せるようになろうと苦しみ、自身の物語を懸命に生きようとする姿を、オーストラリアの雄大な自然と文化を背景に描いた〝The Lost Flowers of Alice Hart〟（二〇一八年）の全訳が本書となります。

幕開けは、九歳の主人公アリス・ハートが父を燃やすにはどうすればいいか調べているところ。野焼きなど火によって再生され、発芽する植物があると知り、燃やせば父がそうした植物のように、あるいはフェニックスのように、きれいになってよみがえり、生まれかわるのではないかと考えているのです。

アリスは父母と三人暮らし。海とサトウキビ畑にはさまれた家の敷地の外に出ることを禁じられる生活を続けています。心の支えは犬のトビーと図書館の本。そして大好きな母がふたりだけのときにしてくれる遠い国のおとぎ話。ときどき死んだようになって部屋にひきこもる母は、植物に造詣が深く、カンガルー・ポー、ストーム・リリー、各種のシダ類があふれる庭の手入れをするときだけ生気が宿ります。母もアリスも、父の日常的な暴力の被害者だから。アリスはそれで父を燃やそうと考えるまでに追いこまれていました。命の危機を感じるほどの虐待を受けたこともあるアリスは、もうすぐ生まれる妹か弟のために、父のやさしい部分だけが火に包まれたあとに残ってくれることに賭けるしかない、という思考回路に陥っていたのです。

　そんなアリスの半生が、オーストラリアの東海岸、クイーンズランド州内陸部、そして赤の大地である中央砂漠地帯を舞台に語られます。アリスが、父母以外の人々との交流や広大な自然とのふれあいによって少しずつ自信をつけていく過程を、祈るように応援しながら訳出にあたったものでした。本書にはアリスだけではなく、厳しい過去をもつ女たちが登場します。突然の別れ、支えにもなるけれど時には枷《かせ》でしかない家族との確執、自分こそ正しいという思い込みによる愛情と裏表の征服欲、裏切り、偏見による不当な扱いなどに蝕《むしば》まれず、いかに自分らしく生きるか。自分の内面との戦いをとおして、先住民族アボリジナルの問題や伝承を取り入れ、鮮やかな印象を与えながら、復活と再生を描いた作品です。自分の物語、すなわち人生に自信をなくしている人が、ここに描かれたアリスの姿を見て、そして美しく独特なオーストラリアの花々を想像することで、少しでも力としてくれたらと願ってやみません。邦訳タイトルにある「赤」は大切なものを燃やしてしまう火の色ですが、人を温める火の色でもあり、人を動かす心臓の色でもあり、中心に赤い土と赤い大岩のあるオーストラリアそのものでもあり、アボリジナルの星の神話の赤い花でもあります。その赤い花、スターツ・デザート・ピーは〝勇気を出して、心臓の感じるままに〟と繰り返し語りかけてきます。

「盗まれた世代」について。映画『裸足の１５００マイル』で描かれたように、過去百年ほどにわたって、白人とのあいだに生まれた先住民族の子供を親元から強制的に引き離し、保護施設や白人家庭で育てるといった行為がおこなわれていました。その後、ようやく先住民族の市民権、土地返還請求が認められるまでになります。本書に登場する国立公園は架空のものですが、先住民族の聖地と観光の問題は、かつてエアーズロックと呼ばれた一枚岩を擁するウルル－カタ・ジュタ国立公園を彷彿《ほうふつ》させるものです。ウルルではアボリジナルの文化を尊重し、今後も国立公園の観光は歓迎されますが、本年二〇一九年秋から一枚岩に登ることは禁止と決定しています。先住民族の聖地にまつわる神話はドリーミングと訳されていますが、たんなる夢ではなく、言葉、物語などの意味もこめられた概念だと言います。彼らにとって時間は直線ではなくサークルであり、繰り返しであり、過去は過去ではなく現在そのもの。〈川の王〉マーレー・コッドは彼らの天地創造の物語のモチーフでもあると言いますから、これらのキーワードから、本作ではアボリジナルへの敬意が随所に織りこまれていることを読み取っていただけるのではないかと思います。

本書がデビュー作となる著者ホリー・リングランドは、オーストラリアのゴールドコースト育ち。主人公アリスと同じように潮の香りがする場所、背の高いサトウキビ畑がある環境に親しみ、身近な人に暴力をふるわれてきた経験をもっています。九歳から二年間、家族と共に北アメリカを車で旅する生活を送ったことが、その土地固有の民話に関心を抱くきっかけとなり、二十代前半にはウルルーカタ・ジュタ国立公園でメディア担当のレンジャーとして四年間勤務。執筆に専念する環境を作ろうと、二〇〇九年に貯金をはたいてイギリスのマンチェスターに転居し、マンチェスター大学の修士課程で創作を学びました。書くことは長年の夢でしたが、自身のトラウマを作品に反映させることを考えるようになったのはこの頃が初めてでした。故郷から距離を置いてようやく、思いだすにはつらすぎて、しかし忘れることもできない経験を作りかえて意味のあるものにできるだろうか？と考えることができるようになったのです。本書の執筆は二〇一四年に開始。自分の経験を織りこむことを決めはしましたが、自伝を書きたいのではありません。めざすのはあくまでも芸術作品としてのフィクション。これは著者自身の物語だけの本ではないからです。書きはじめたはいいものの、過去とむきあうのは彼女にとってたいへんな痛みを伴う作業でした。虐待の経験が恥ずかしいことだと感じられ、長年話題にすることなどできなかった記憶なのです。そんなとき助けてくれたのは作家仲間や先輩、友人たち、そして人生を作りかえることしか考えておらず、ロマンスなど想像もしていなかった彼女が、マンチェスター到着のわずか四日目に出会ったという現在のパートナーのサムでした。インターネット上で、サムとの仲の良さそうな写真を見ると、こちらも思わず笑顔になります。翌年には大半が書きあがり、第一章はオーストラリアのグリフィス・レビュー・アワードを受賞。現在のホリーはイギリスとオーストラリアを行き来する生活を送り、どちらの国でもオーストラリアのネイティヴフラワーを育てているとのこと。

　オーストラリア本国で大きな反響を呼んだ本書は、二〇一九年五月にオーストラリアン・ブック・インダストリー・アワードのジェネラル・フィクション部門を受賞。現在、三十を超える国と地域で刊行済み、あるいは刊行予定となっています。また、ブルーナ・パパンドレア（『ビッグ・リトル・ライズ』、『ゴーン・ガール』、『ミルク』製作総指揮）率いる製作会社メイド・アップ・ストーリーズによって配信ドラマ化されることも決定。いまのところ配信元の情報はありませんが、日本でも観られる環境であることを願っています。

本書はオーストラリアの植物が頻出します、というか、ほぼ主役です。似た種はあってもワトルなどの一部を除くと和名もないものがほとんど。同じ名で英米とは別の花を指す場合もあります。スロヴァキアでは本書の訳出をきっかけに、科学アカデミーがオーストラリアの花木の語彙六十種を追加したくらいです。翻訳の作業を進めながら実物を見たい、さわりたいと感じたとき、オーストラリアの植木専門の生産者である福岡県の両筑《りょうちく》デザインプランツで実際に植物を購入してお話を伺えたことは、イメージをふくらます上で貴重な体験となりました。ありがとうございました。最後に、訳出にあたって集英社文芸編集部の佐藤香氏、そして校正者のみなさまにはたいへんお世話になりました。お礼を申し上げます。

二〇一九年七月

三角和代

本書317ページの詩『Seeds(種)』については、
アリ・コビー・エッカーマン詩集
『Inside My Mother（私の母の中に）』(2015年)より、
本人の許諾を得て掲載しています。

ホリー・リングランド

HOLLY RINGLAND

オーストラリアのクイーンズランド州南東、母親の熱帯植物の庭で、裸足で駆け回って育つ。9歳の時から2年間家族と共に北米でキャンピングカー暮らしをしながら各地の国立公園を旅したことがきっかけで、様々な自然の文化と物語に興味をもつようになる。20代の頃、オーストラリア中央部の砂漠地帯にある先住民族のコミュニティで4年間働く。2009年にイギリスへ渡り、2011年にマンチェスター大学で創作の修士号を取得。現在はイギリスとオーストラリアを行き来する日々を送っている。エッセイや短編がアンソロジーや文芸誌に掲載され、2018年に本書で長編デビュー。既に30か国で版権が取得され、2019年にはThe Australian Book Industry Awards一般文芸書部門を受賞した。配信ドラマ化も決定している。

三角和代

MISUMI KAZUYO

福岡県生まれ。西南学院大学文学部外国語学科卒。英米文学翻訳家。主な訳書に、ヨハン・テオリン『黄昏に眠る秋』(ハヤカワ・ミステリ文庫)、サラ・プール『毒殺師フランチェスカ』(集英社文庫)、キャシー・アンズワース『埋葬された夏』、ジョン・ディクスン・カー『盲目の理髪師』(以上創元推理文庫)、キジ・ジョンスン『霧に橋を架ける』(創元SF文庫)、ジャック・カーリイ『百番目の男』(文春文庫)など多数。

THE LOST FLOWERS OF ALICE HART
by Holly Ringland

Japanese edition published by arrangement with
Zeitgeist Media Group Literary Agency,
a division of Peacock Consulting sprl, Brussels
through Tuttle-Mori Agency, Inc., Tokyo

COVER ILLUSTRATION ✷ 河合真維
BOOK DESIGN ✷ アルビレオ
INTERNAL ILLUSTRATIONS ✷ ©EDITH REWA BARRETT 2018

赤《あか》の大地《だいち》と失《うしな》われた花《はな》

2019年 9月10日 第1刷発行

著 者 ホリー・リングランド

訳 者 三角和代《みすみかずよ》

発行者 徳永 真

発行所 株式会社集英社
〒101-8050 東京都千代田区一ツ橋2-5-10
電話 03-3230-6100(編集部)
03-3230-6080(読者係)
03-3230-6393(販売部)書店専用

印刷所 凸版印刷株式会社

製本所 加藤製本株式会社

ISBN978-4-08-773501-7 C0097